Paul Grote
Bitterer Chianti

Eine Fotoreportage für einen Weinführer in der Toskana – ein Auftrag ganz nach dem Geschmack des Hamburger Fotografen Frank Gatow. Alles läuft wunderbar, bis ein Winzer und sein Sohn kurz vor Franks Besuch spurlos verschwinden. Einem anderen Weingut werden Strom und Wasser abgestellt, ein drittes geht in Flammen auf. Auch Frank selbst wird mehrmals von Unbekannten attackiert. Was ihn jedoch nicht davor schützt, selbst zum Verdächtigen zu werden …

Paul Grote ist Deutschlands bekanntester und meistgelesener Weinkrimi-Autor. Der Berliner, Jahrgang 1946, berichtete fünfzehn Jahre lang als freier Reporter aus Südamerika. Bei Aufenthalten in Argentinien und Chile entdeckte er sein besonderes Interesse für Wein und Weinbau, den er, zurück in Deutschland, zu seinem Thema machte. 2004 erschien mit ›Tod in Bordeaux‹ sein erster Weinkrimi. Seitdem hat er die wichtigsten europäischen Weinbaugebiete bereist und jedes Jahr einen neuen Krimi veröffentlicht. Seine Bücher erschienen bei dtv.
Mehr unter: www.paul-grote.de

Paul Grote

Bitterer Chianti

Kriminalroman

dtv

Von Paul Grote
sind bei dtv u. a. erschienen:
Der Champagner-Fonds
Tödlicher Steilhang
Königin bis zum Morgengrauen
Ein Weingut für sein Schweigen

MIX
Papier | Fördert gute Waldnutzung
FSC® C019821

Überarbeitete Neuausgabe 2014
8. Auflage 2025

Tumblingerstraße 21, 80337 München
produktsicherheit@dtv.de
Der Band erschien erstmals 2005 im
Rowohlt Taschenbuch Verlag, Reinbek bei Hamburg.
Umschlagfotos: gettyimages/massimo colombo und
Corbis/Ross Woodhall und Ocean
Gesetzt aus der Minion 10/12˙
Gesamtherstellung: Druckerei C.H.Beck, Nördlingen
Printed in Germany · ISBN 978-3-423-21537-4

Dieser Roman ist
Anna Rodaro und Anna Di Giannantonio
aus Avasinis im Friaul gewidmet.

1

Montag, 27. September

Die beiden Männer kamen zielstrebig auf ihn zu. Frank ließ die Kamera sinken, duckte sich und kniff die Augen zusammen, dann sah er sich rasch um. Außer ihm war niemand hier oben, kein Mensch weit und breit, und der Weg aus dem Tal herauf in die Weinberge endete genau da, wo er jetzt stand – also konnten sie nur ihn meinen, obwohl … er erinnerte sich nicht, diese Männer jemals zuvor gesehen zu haben.

In ihren dunklen Anzügen sahen sie aus wie Geschäftsleute – waren sie Einkäufer oder Weinhändler, die sich an Ort und Stelle ein Urteil über die Qualität der Weinberge bilden wollten? Dass Spaziergänger sich in diese Einsamkeit verirrten oder von hier oben die Aussicht genießen wollten, wo die steilen Feldwege in Wildwechsel übergingen, war ziemlich ausgeschlossen.

Frank blickte über das satte Grün der Weinberge und die silbern schimmernden Olivenhaine, sein Blick blieb an den Zypressen hängen, die als dunkle Säulen den steinigen Weg unten säumten, der zur Kellerei von Niccolò Palermo führte. Dahinter zog sich Mischwald bis hinauf zum Kamm des nächsten Hügels. Weiter im Westen, wo inmitten längst gemähter Weizenfelder eine Landmaschine Staubwolken aufwirbelte, neigte sich das Land der Ebene zu. Siena war erst von der nächsten Hügelkette aus zu sehen.

Frank hielt sich für einen sehr guten Beobachter; ja, wenn

er sich etwas zutraute, dann war es das genaue Hinschauen – nur beim Erkennen fühlte er sich längst nicht mehr so sicher wie früher, als er mit dem Fotografieren begonnen hatte. Statt sofort auf den Auslöser zu drücken, fragte er sich heute immer wieder, vielleicht zu oft, was eigentlich unter der sichtbaren Oberfläche lag. Was also trieb diese Männer so entschlossen den Hügel herauf? Sie wirkten wenig vertrauenerweckend, und ein ungutes Gefühl beschlich Frank, er roch den Ärger förmlich …

Er hatte die beiden erst entdeckt, als sie aus ihrem Auto gestiegen waren, ihren großen Geländewagen hatte er weder gehört noch kommen gesehen. Jetzt stand dieser direkt vor seinem eigenen Wagen. Wieder hob Frank die Kamera mit dem Teleobjektiv ans Auge – mit der 200er Brennweite und dem dazwischengesetzten Telekonverter, der die Brennweite noch erhöhte, wirkte es wie ein Fernrohr. Einer der beiden Männer stand in merkwürdiger Haltung da und sah durch ein Fernglas zu Frank herauf. Die Gestalten erinnerten ihn jetzt an amerikanische Prediger, wie man sie durch europäische Innenstädte hasten sah, immer einen einheimischen Helfer im Schlepptau. In ihren abgewetzten Anzügen mit Namensschild am Revers, in der Hand altmodische Aktentaschen, schienen sie unbeirrbar ihrem Ziel zu folgen: Seelen für ihre Sekte zu fangen, und wenn sie die erst mal hatten, war es zum Bankkonto der armen Seelen auch nicht mehr weit.

In ihrem Aufzug wirkten die beiden Männer grotesk, ein Antagonismus zur Natur ringsum. Schwarze Anzüge, weiße Hemden, die Gesichter blass, um den Hals schwarze Krawatten wie zu einer Beerdigung – und um sie herum das blühende Leben: späte Sommerblumen in Gelb und Rot, blaue Glockenblumen im weichen, schmeichelnden Licht des Nachmittags und der nach Rosmarin und Lavendel duftenden Hitze. Bestattungsunternehmer? Nein, das war kein passender Vergleich, da war Prediger schon besser. Der eine war wesentlich kleiner als der andere, gedrungen, aber sportlich, eine Kanonenkugel auf zwei Beinen, das Sakko zu eng für den Brustkorb, der Hals zu dick für den Kragen, aber der Mann war nicht fett, beileibe nicht – er schien vielmehr fast nur aus Muskeln zu bestehen.

Die Männer kamen näher, viel zu schnell für die Hitze des Nachmittags und die starke Steigung, und als sie so nah waren, dass Frank fast ihre Gesichter erkennen konnte, knapp zehn Meter mochten es jetzt noch sein, setzten beide, als hätten sie es eingeübt, gleichzeitig ihre Sonnenbrille auf. Mit den obligatorischen Ray-Ban Wayfarers sahen sie jetzt endgültig wie nahe Verwandte der Blues Brothers aus.

Später versuchte Frank immer wieder, sich an ihre Gesichtszüge zu erinnern, aber es gelang ihm nicht, weder als er abends bei den Carabinieri seine Anzeige machte, noch als ihn der Commissario verhörte. Schwierigkeiten hatte er auch mit dem Alter der beiden. Sie mochten etwa so alt sein wie er selbst, Ende dreißig – oder älter? Es war schwer zu sagen.

Die Unbekannten erreichten den Kamm des Hügels, sie waren schneller heraufgekommen, als er es je geschafft hätte, und ohne außer Atem zu geraten. Jetzt waren sie mit Frank auf einer Höhe, ihre Schritte durchbrachen die Stille, Sand knirschte unter harten Sohlen, das Atmen mischte sich mit dem Zirpen der Grillen, die Sonnenbrillen wirkten so undurchdringlich wie die schwarzen Balken über den Augen einer unkenntlich gemachten Person in der Zeitung. Fünf Schritte waren sie entfernt, dann noch vier …

Irritiert beobachtete Frank, wie der Große weiche Lederhandschuhe überstreifte – wozu das, bei dieser Hitze? Frank wich zurück, er spürte eine Welle der Aggression, unwillkürlich packte er mit der linken Hand das Teleobjektiv, hob die Kamera, bereit zur Aufnahme, versuchte zu begreifen, was sie von ihm wollten. Da schoss die Hand mit dem Handschuh auf ihn zu …

An sie konnte Frank sich später genau erinnern – im Gegensatz zu den blassen, nichtssagenden Gesichtern. Braun war der Handschuh, so glänzend wie eine frische Kastanie, feine Nähte, die kaum auftrugen, verdammt teuer, dünnstes Leder, das nirgends eine Falte warf, am Handrücken und über den Knöcheln waren dunkle Flecken. Jetzt hatte Frank die Kamera am Auge –

Zu spät, der Handschuh war schneller, er griff nach dem Objektiv:

»*Dammi la macchina!*«, hörte Frank den Mann sagen. Die tiefe Stimme kam aus voller Brust, und der breite amerikanische Akzent war unüberhörbar. Er packte das Objektiv und wollte es Frank mit einem Ruck aus den Händen reißen, doch der Trageriemen blieb an Franks Nacken hängen. Frank stürzte nach vorn, prallte gegen den Mann, stieß sich den Kopf an der Kamera, versuchte, sie mit einer Hand festzuhalten und sich mit der anderen abzustützen. Da rutschte der Riemen über seinen Hinterkopf, und er erhielt einen derben Schlag vor die Brust, der ihn zurückwarf. Er strauchelte, fing sich wieder und richtete sich erschrocken auf.

»*How do you open that shit?*«, hörte er den Mann sagen.

Franks Sorge galt nun weniger sich selbst als der Kamera, entsetzt bemerkte er, wie grob sein Gegenüber an ihr herumfingerte. Empört streckte Frank die Arme aus. »He! Was soll das? Gib den Apparat her!«

Der verdammte Idiot stand im Begriff, sie zu ruinieren. Gleichzeitig kam Frank sich lächerlich vor, wie ein Kind, das heulend die Arme nach seinem Spielzeug ausstreckt. Er stutzte – hatte der Kerl eben nicht sowohl Italienisch als auch Englisch gesprochen?

Der Kleinere ging dazwischen und schlug Frank die Hände weg. »*Leva le tue sporche mani di dosso!*« Er sprach fehlerfrei italienisch, aber der Akzent war derselbe wie der seines Begleiters.

»Meine Kamera … he, was soll das? Seid ihr verrückt geworden? *Give it back … dammela!*«, stieß Frank hervor, eher perplex und verständnislos als wütend, aber gleichzeitig dämmerte ihm, dass es sich hier nicht um einen gewöhnlichen Straßenraub handelte.

Kleinkriminelle und Autoknacker bevorzugten Pisa, Genua und die Adria, in touristischen Zentren gab es was zu holen, aber nicht in der Einsamkeit toskanischer Berge. Dass die beiden es nicht auf die Kamera, sondern auf den Film abgesehen hatten, wurde beim nächsten Satz klar.

»*Merda! Come cazzo si apre?*«, schimpfte der Große.

Fassungslos sah Frank den Mann auf alle Knöpfe drücken und an jedem Hebelchen drehen, als hätte er nie eine Spiegelreflex in Händen gehalten. Das Herumfummeln mit den *sporche mani*, den dreckigen Händen, wie der Kleinere gesagt hatte, das traf auf ihn selbst zu – seine *sporche mani* würden die Kamera ruinieren. Es reichte.

»*No. Stop!*«, stieß Frank wütend hervor. »Ich zeige euch, wie sie aufgeht.« Vielleicht ließen sie von der Kamera ab, wenn er ihnen den Film gab? »Man muss die Entriegelung vom Rückspulknopf nach links drehen und ihn anheben, dann springt die Rückwand auf …«

Weshalb vergriff sich dieser Idiot an seinem Fotoapparat? Frank kapierte es einfach nicht. Kamen jetzt die Amis schon zum Klauen nach Europa? Hielten sie ihn womöglich doch für einen Touristen? Wenn die Burschen nur den Film wollten – na schön, dafür würde er sich nicht die Zähne einschlagen lassen, aber sie sollten verdammt noch mal die neue Kamera in Frieden lassen – er hatte sie eigens für diesen Auftrag gekauft. All das schoss ihm in diesem Moment durch den Kopf.

Frank machte einen Satz auf den Mann zu – und sprang in die Faust des Kleineren hinein, die ihn direkt unterhalb der Rippen traf. Ihm war, als würde die gesamte Luft aus seiner Lunge gepresst, und wie ein leerer Sack klappte er zusammen. Der Große packte Frank am Kragen, der Kleinere half, ihn auf die Beine zu stellen, es fiel ihnen nicht schwer, denn

Frank taumelte, rang verzweifelt nach Atem – und dann schlug der Große zu, rechts-links, blitzschnell, distanziert, sachlich und überlegen wie jemand, der in der Trainingshalle tausendmal auf einen Punchingball eingedroschen hat.

Es knallte zweimal, so kurz hintereinander, dass Frank später nicht wusste, ob es ein oder zwei Schläge gewesen waren, sein Kopf wurde hin und her gestoßen, das Gehirn schien zu explodieren, Sternchen überall, die Wucht der Schläge warf ihn zurück, und er fiel und fiel … Verblüfft sah er die Landschaft an sich vorübergleiten, über ihm der Himmel, so blau wie das Meer unten an der Steilküste von Cinque Terre, unendlich und weich und so blau …

Er konnte atmen, aber der Mund war trocken wie Papier, und als Frank schlucken wollte, ließ sich der Unterkiefer kaum bewegen. Das Kinn war geschwollen. Man hatte ihn genau am K.-o.-Punkt getroffen. Weshalb, verdammt? Warum um alles in der Welt hatte ihn dieser Drecksack geschlagen? Nur um die Kamera zu kriegen? Die Fragen schlichen sich einzeln, langsam und leise in den Kopf. Immerhin funktionierte er wieder. Wer war das gewesen? Er hatte die Typen nie im Leben zuvor gesehen, sie weder beleidigt noch provoziert, er hatte niemandem etwas getan. Bei dem Gedanken, dass sie noch da sein könnten, erschrak er. Erst jetzt bemerkte er, dass er am Boden lag.

Wie viel Zeit war vergangen? Frank blinzelte, das Licht kam ihm grell vor, es tat in den Augen weh, aber er musste wissen, ob sie noch da waren. Er fühlte sich kaum in der Lage, sich aufzurichten, aber soweit er sehen konnte, waren sie zumindest aus seiner unmittelbaren Umgebung verschwunden. Warteten sie vielleicht unten am Auto? Kraftlos ließ er den Kopf sinken und schloss die Augen. Dieser Zustand zwischen Schlaf und Wachen war schön. Wenn nur der verfluchte Durst nicht wäre.

Weshalb waren sie wie die Tiere auf ihn losgegangen, und

dann gleich so brutal? Er hatte sie lediglich durchs Teleobjektiv beobachtet. Was war mit der Kamera? Wieso liefen die beiden in Anzügen mitten durch Niccolò Palermos Weinberge? Immer mehr Fragen tauchten auf. Antworten fand er nicht, nicht eine einzige. Benommen rollte er sich auf die Seite und starrte in den Sand. Einsamkeit übermannte ihn.

Eine Eidechse lief vor seinem linken Auge vorbei. Sie war unterhalb der Augenbraue in sein Gesichtsfeld getreten, lief über helle Erdbrocken in Richtung Nase, änderte die Richtung, kam zurück. Er fürchtete schon, die Hand heben zu müssen, um sie zu verscheuchen, aber dann verschwand sie hinter welken Grashalmen.

Eine Weile lag er so da, hatte das Gefühl, als wäre sein Kopf in Watte gepackt. Dann probierte er vorsichtig, den Mund auf und zu zu machen. Der Kiefer knackte und klemmte wie ein rostiges Scharnier. Nach einigen Versuchen ging es besser, wenngleich die Bewegung des Unterkiefers grauenhaft wehtat. Nadeln schienen sich in sein Gehirn zu bohren, als er sich aufrichten wollte, den Kopf nur ein wenig hob. Wie hielten Boxer solche Schläge aus?

Der Durst wurde unerträglich, unten im Wagen, in der Kühlbox war Wasser, er hatte heute Morgen einige Flaschen gekauft. Die Vorstellung war wunderbar. Er musste den Berg hinunter, musste trinken, seine Mundhöhle fühlte sich bereits an wie von Dürre aufgerissene Erde.

Da entdeckte er wenige Meter vor sich, halb verdeckt vom Gras, ein schwarzes Etwas, matt schimmernd an einigen Stellen wie Gefieder – ein toter Vogel? Als Frank begriff, was dort lag, stöhnte er gequält auf: Es war die Kamera. Der Kopfschmerz war vergessen, kein trockener Mund mehr. Frank kroch in Panik darauf zu. Sie hatten sie aufgerissen. Wie eine platt gefahrene Schlange lag der Film daneben.

Er sortierte seine Gliedmaßen und setzte sich in den Schneidersitz auf, im Moment die einzig erträgliche Position. Die Kamera nahm er wie ein kleines krankes Tier auf den Schoß. Der Anblick machte ihn traurig. Er liebte Kameras, konnte sich dafür begeistern, wie jeder Handwerker sich für sein Werkzeug begeisterte. Seine Bewunderung optischer Geräte war natürlich größer als die des Mechanikers für seinen Schraubenschlüssel, doch ging sie nicht so weit wie bei einigen Kollegen, die ihre Fotoapparate regelrecht anbeteten. Statt durch den Sucher zu blicken und die Welt in Rechtecke einzuteilen, schaute er lieber mit eigenen Augen. Aber – von irgendwas musste er leben, er konnte nichts anderes als Fotografieren, und es war für ihn die angenehmste Art, seinen Lebensunterhalt zu verdienen.

Und jetzt? Sie hatten das Ding mit brachialer Gewalt traktiert, die beste Kamera, die er je gehabt hatte, war unwiederbringlich zerstört: Sie machte acht Bilder pro Sekunde und war doch leise, sie hatte einen neuen Autofocus-Sensor, die Matrixmessung erfasste auch die Farbverteilung. Er hatte das hochkomplexe Hightech-Gerät mühsam von seinen knappen Honoraren abbezahlt. Und jetzt war die Kamera eine wertlose Blechbüchse. Vielleicht war sogar die Arretierung des Teleobjektivs verbogen …

Mit allem hatte er gerechnet, mit Diebstahl, mit Krankheit, mit einem Autounfall – die Strecke war lang: von Hamburg bis in die Toskana und zurück und hier drei Wochen unterwegs, es würde auf sechstausend Kilometer hinauslaufen, vielleicht sogar auf mehr. Drei Wochen hatte ihm der Verlag für den Chianti-Classico-Weinführer zugestanden, drei Wochen Spesen, ein herrlicher Job nach all dem nervenaufreibenden Kleinkram, der heutzutage für freie Fotografen noch übrig blieb, in Zeiten, wo alles und jeder bereits fotografiert, digitalisiert und archiviert war.

Drei Wochen waren wenig, bei all dem, was es zwischen Florenz und Siena zu sehen gab, und täglich liefen ihm die Augen über. Dabei war die Vorgabe klar: Der Journalist, der den Weinführer schrieb, hatte die Weingüter ausgesucht;

jetzt musste er sie abfahren und die Pflichtaufnahmen machen. Das Wie hatte man ihm freundlicherweise überlassen, aber es war pures Glück gewesen. Danach blieb noch ein wenig Zeit für die Kür, für das, was er selbst machen wollte.

Vorsichtig legte Frank die Kamera beiseite und sah sich um – und wäre beim Anblick seines Fotokoffers fast wieder in Ohnmacht gefallen. Sie hatten ihn ausgeschüttet. Die anderen Kameras, Objektive und sämtliches Zubehör lagen über den Boden verstreut im Staub. Sogar die Filter hatten sie aus den Schachteln genommen und in den Dreck geworfen, zwei waren zersplittert. Frank schaute müde ins Tal, sah die Azienda Agricola von Niccolò Palermo, umgeben von Rebflächen, auf die jetzt das sanfte Licht fiel. Rebzeilen in schöner Regelmäßigkeit, wie mit einer gewaltigen Harke über Hänge und Hügelkuppen gezogen, und auch die Olivenplantagen folgten den Erfordernissen des welligen Geländes, die Bäume in Reihen wie topografische Linien entlang der Hänge.

Vor dem Treffen mit dem Winzer Palermo hatte Frank sich wie üblich einen Überblick verschaffen wollen, nur deshalb war er hier heraufgekommen, denn die Totale, die Aufnahme des gesamten Anwesens, würde er exakt von hier aus machen müssen, allerdings am frühen Morgen, denn am Nachmittag hatte er die Sonne gegen sich.

Vorhin war jemand über den Hof der Azienda gelaufen, und obwohl Frank aus einiger Entfernung hinübergesehen hatte, hatte er den Eindruck gehabt, einen jungen Mann ausgemacht zu haben, so leichtfüßig, wie er sich bewegt hatte.

Unten, am Fuß des Hügels, stand noch sein silbergrauer Volvo, anscheinend unbeschädigt. Zum Glück, denn er hatte sich den Wagen von seinem Vater geliehen, der im Austausch dafür Franks Rostschleuder benutzen durfte. Mit seiner eigenen Kiste hätte Frank die Reise hierher nie gewagt. Es war eine Frage der Ehre, dass er seinem Vater den Wagen heil zurückbrachte.

Von dem Geländewagen der beiden Prediger keine Spur.

Wahrscheinlich waren sie zur Azienda zurückgefahren und hatten dort vor dem Tor gewendet. Denn von dort mussten sie auch gekommen sein.

Inzwischen war es Abend geworden. An den Besuch bei Palermo, dem Winzer. war nicht mehr zu denken. Außerdem fehlte ihm seine Kamera, mit der er neuerdings die Porträts machte. Erst jetzt fiel Frank auf, dass sämtliche Filme und Datenchips verschwunden waren. Die Aufnahmen des Tages waren also weg, er würde sie noch einmal machen müssen. Bei seinem Zeitbudget eine Katastrophe. Wenigstens hatte er genügend neue Filme und Reservechips im Kühlschrank seines Hotelzimmers liegen.

Frank sammelte seine Ausrüstung ein und trottete missmutig den Weg hinab, wobei er jede unnötige Erschütterung des Kopfes vermied. Beim Wagen angekommen, stellte er fest, dass einem Reifen die Luft fehlte. Wenigstens nur einem, dachte Frank, während er eine Flasche Wasser aus der Kühlbox holte und sie in einem Zug leerte. Dann nahm er die nächste, trank die Hälfte und ließ sich den Rest über Kopf und Nacken laufen. Jetzt ging es ihm besser.

Hatten sie nur die Luft herausgelassen oder auch das Gummi durchstochen? Auf jeden Fall musste er gewechselt werden. Frank krempelte die Ärmel hoch und machte sich an seinem Wagen zu schaffen. Die Gedanken rasten in seinem Kopf. Was sollte das Theater? Hatte er in den letzten Tagen eine Aufnahme von jemandem gemacht, der nicht fotografiert werden wollte, oder versehentlich militärische Einrichtungen abgelichtet? Kaum anzunehmen, dass sich Carabinieri so verhielten, höchstens vielleicht die Geheimpolizei, doch auch die ging eher unauffällig vor.

Frank erinnerte sich an ein ähnliches Erlebnis zu Zeiten des Kalten Krieges. Er hatte gerade mit dem Fotografieren angefangen und war in die Nähe eines Sperrgebietes geraten. Militär überall, Manöver – eine Streife der britischen Rhine Army hatte ihn trotz seines Presseausweises festgenommen,

Offiziere hatten ihn mehrere Stunden lang verhört und ihn schließlich den Feldjägern übergeben, die ihn rasch wieder hatten laufen lassen. Er war harmlos, ein Nachspiel hatte die Sache nicht gehabt, für alle Ewigkeit registriert hatten sie ihn allerdings bestimmt, in irgendein Raster passte jeder. Aber niemand hatte ihn misshandelt.

Frank schüttete sich die nächste Flasche Mineralwasser über den Kopf, das Kribbeln der Kohlensäure auf der Kopfhaut ließ ihn endlich wieder klar werden. Er machte sich daran, seine Ausrüstung zu überprüfen – die anderen Kameras waren intakt und nur leicht verschmutzt, die Objektivdeckel hatten Erde und Staub von den Linsen fern gehalten. Er nahm jedes einzelne Teil des Zubehörs in die Hand, die Druckluftpatrone zum Reinigen der Kameras, Filter, Batterien, Blitzgerät, Schraubenzieher, die winzige Taschenlampe, all das Zeug, das er stets mit sich herumschleppte. Es würde eine lange Nacht werden, bis er alles wieder in Schuss gebracht hatte. Seine beste Kamera aber war total hin! Er musste zur Polizei gehen, obwohl er sich nichts davon versprach, sie würde wohl kaum nach den Tätern suchen, geschweige denn sie finden. Ohne Protokoll jedoch würde ihm die Versicherung die Kamera nicht ersetzen. Gab es in Castellina überhaupt ein Kommissariat?

Was hatten die beiden Männer für ein Kauderwelsch gesprochen? Englisch? Italienisch? Beides, mal so, mal so, Englisch und Italienisch mit amerikanischem Akzent. Seltsam, hier oben?

Die Schatten wurden länger, das Blau des Himmels verblasste. Sosehr Frank sonst diese Tageszeit genoss, zum einen wegen der Stille, aber mehr noch wegen des schmeichelnden, flach einfallenden Lichts, das allem weiche Konturen verlieh und die Perspektiven betonte – heute berührte es ihn nicht. Mit brummendem Schädel machte er sich an den Reifenwechsel. Drüben auf der Azienda rührte sich nichts. Niemand war gekommen, niemand hatte die Kellerei verlassen, und außer Vogelgezwitscher und dem Wind in den Bäumen war nichts zu hören.

Die Fototermine morgen würde er absagen müssen. Einen Ersatz für die Kamera zu beschaffen war wichtiger. Fraglich war, ob dieses Modell in Florenz überhaupt zu finden war, unter Umständen musste er nach Rom fahren. Vielleicht konnte er sich vorab telefonisch erkundigen. Zur Not musste er mit den alten Kameras weiterarbeiten. Hoffentlich bekam er Filter in der richtigen Größe, er brauchte sie, denn in dieser Jahreszeit lag viel Dunst in der Luft. Einen Arbeitstag musste er für die Besorgungen einkalkulieren, ein verlorener Tag, den ihm niemand bezahlte. Bereits jetzt grauste ihm vor der Rennerei durch die Fotoläden, und das im überfüllten Florenz.

In diesem Moment fiel ihm siedend heiß ein, dass er sich ja für den Abend mit Giacomo Paese zum Essen verabredet hatte. Er würde vielleicht eine Minestrone löffeln können – bloß nichts zum Kauen –, Polenta wäre weich genug, mit irgendeiner Soße, aber da gab es meistens Fleisch dazu. Ein Risotto mit Steinpilzen oder Meeresfrüchten wäre auch nicht schlecht. Er kannte Paese nicht, aber kaum ein italienischer Winzer war knauserig, keiner ließ sich lumpen, dazu tafelten sie selbst viel zu gern. Aber eigentlich war es schade, in diesem Zustand eine Einladung anzunehmen. Je länger Frank darüber nachdachte, desto besser schien es ihm, abzusagen. Er würde nichts genießen können, außerdem saß ihm der Schreck in den Gliedern.

Auf der Azienda drüben blieben die Fenster dunkel, weder über dem Hoftor noch an der Haustür war ein Licht eingeschaltet worden, und noch immer war kein Laut zu hören. Das Anwesen machte einen verlassenen Eindruck. Da war das zweistöckige Hauptgebäude, wahrscheinlich das Wohnhaus des Winzers, der vielleicht auch noch eine Stadtwohnung besaß, wie viele seiner Kollegen. Links drängte sich ein weiteres Gebäude gegen das Wohnhaus, quer dazu lagen ehemalige Stallungen oder etwas in der Art. Rechts schloss ein großer Schuppen an und nach außen hin etwas, das die Werkstatt oder ein Geräteschuppen sein mochte. Alle Häuser stützten sich gegenseitig wie in einem mittelalterlichen Dorf. Nur die neue flache Halle gegenüber dem Hauptgebäude störte das Ensemble. Sie schmiegte sich an den Hang und schien in den Berg hineingebaut zu sein. Frank vermutete dort die Keller. Tief im Fels lagen die alten Fässer und Flaschen.

Aber wieso standen Autos im Hof, ein Fiat und ein Pick-up, wenn niemand da war? Viel zu sehr mit sich selbst beschäftigt, um dieser Frage weiter auf den Grund zu gehen, verstaute er den durchstochenen Reifen nebst Wagenheber und lud seine Fotoausrüstung in den Wagen.

Während er langsam auf dem steinigen Weg in Richtung Landstraße zurückfuhr, versuchte er sich immer wieder an die Gesichter der beiden Männer zu erinnern. Ihm kamen abermals die Blues Brothers in den Sinn, Szenen aus dem Film, den er zweimal gesehen hatte. Diese Bilder überlagerten die Erinnerung an die Wirklichkeit, denn den Gesichtern der beiden Männer hatte jeder Ausdruck gefehlt.

Wie anders waren da die Gesichter der Winzer, die Frank seit einigen Tagen fotografierte, die Charakterköpfe der Landarbeiter und Bäuerinnen mit den Spuren eines gelebten Lebens: Furchen, Runzeln, Lach- und Sorgenfalten, sympathische Krähenfüße in den Augenwinkeln, Gesichter wie zerknittertes Pergament, wie Leder oder Olivenholz, Gesichter voller Ernst, Not und Lebensfreude.

Auf der Landstraße begann das Bild der beiden Kerle zu verblassen. Vor Vagliagli bog Frank links ab und nahm die Steigung durch den lichten Wald über den Höhenzug. Die Straße konnte kaum als solche bezeichnet werden. Sie war so voller Schlaglöcher, dass Frank heftig durchgeschüttelt wurde. Jede Bodenwelle war zu spüren. Kurz vor der Chiantigiana lagen links oben im Wald die etruskischen Gräber, zumindest wiesen ein Wegweiser und drei rote Punkte auf der Straßenkarte darauf hin. Ansehen sollte er sich die Stätte zumindest, vielleicht ein lohnendes Objekt zur Illustration des Weinführers? Oder er stellte einen Winzer mit einem Weinglas in der Hand davor. Den Hügel hinunter zu seiner Linken kam Castello di Fonterùtoli in Sicht, Fons Rutolae in der römischen Epoche; auch diese Kellerei stand auf seinem Programm. Geradezu legendär, hieß es, seien die dortigen Weine. Chianti Classico von der elegantesten Art, wie der *Gambero Rosso* behauptete, Italiens wichtigster Weinführer, der sie mit drei Gläsern bewertet hatte. Aber ob die Weine tatsächlich so großartig waren, entzog sich Franks Kenntnis und seiner Beurteilungsgabe.

Fonterùtoli war längst keine Festung mehr, mit Graben und Wall, eher eine Ansammlung einstmals befestigter Häuser, sehr romanisch, mit eigener Kapelle an dem nach Südwesten ausgerichteten Hang. Alle Siedlungen weitab der Städte waren früher befestigt, denn zwischen Florenz und Siena hatten die Heere der Stadtstaaten sich gegenseitig alle naslang die Schädel eingeschlagen. Das Brummen in seinem Kopf war eine Reminiszenz daran.

Frank parkte oberhalb von Fonterùtoli, um sich die Örtlichkeiten einzuprägen. So wusste er, wann die Sonne richtig stand, und er brauchte nicht lange nach der richtigen Position für seine Bilder zu suchen. Er hatte bereits viel Zeit darauf verwendet, die versteckt liegenden Weingüter zu finden, wenn er an einem Objekt vorbeikam, das er zu fotografieren hatte, fertigte er sofort eine Skizze davon an,

Mit welcher Kamera sollte er arbeiten? Er hatte die beiden anderen Nikons und die kleine Autofocus mit dem 35-mm-Objektiv, eine Polaroid für Stillleben und Porträts, aber ohne sein bestes Stück hatte er das Gefühl, barfuß über Steine laufen zu müssen. Wenn es die Männer auf die Filme und Chips abgesehen hatten, waren dann nicht auch die anderen in Gefahr, die er im Hotelzimmer verwahrte? Er musste sie in Sicherheit bringen, am besten schickte er die Filme gleich morgen ans Labor in Hamburg.

Gewaltsam verbannte er die Überlegungen aus dem ohnehin schmerzenden Kopf und stellte die Skizze fertig. Über das Wetter brauchte er sich keine Sorgen zu machen, Ende September war es relativ beständig, obwohl die Feuchtigkeit zunahm, Nebel konnte aufkommen, mit Regen jedoch war der großräumigen Wetterlage nach kaum zu rechnen. Für den Wein war das ideal, die Winzer waren mit dem Sommer und dem frühen Herbst mehr als zufrieden.

Frank wendete und fuhr auf der Chiantigiana zurück. Sie verband Florenz mit Siena und führte in Nord-Süd-Richtung mitten durch das Kernland des Chianti Classico. Kein Tag, an dem er sie nicht befuhr, kreuzte oder zumindest tangierte. Rechts und links dieser Straße wurden jene Flaschen abgefüllt, die später eine rosa Banderole mit der Aufschrift Chianti Classico DOCG bekamen.

Es ging bergauf, Castellina lag vor ihm in knapp sechshundert Meter Höhe noch immer im Licht, während sich zwischen den Bergen die Schatten streckten. Erste Sterne zeigten sich am wie frisch geputzten Himmel, so schön, dass es fast kitschig wirkte. Sollte er Niccolò Palermo gleich vom Hotel aus anrufen? Frank tastete nach dem Handy in der Brusttasche der olivfarbenen Weste mit den vielen Taschen, die er über dem Polohemd trug. Das Ding war nicht … oh nein, wo war das Handy? Verdammt … Er trat hart auf die Bremse. Hinter ihm quietschte es, jemand hupte wie wild und überholte, Frank erkannte die eindeutige Geste des Alfa-Romeo-Fahrers, aber es interessierte ihn nicht. Wichtig war das verschwundene Mobiltelefon.

Im Fotokoffer war es nicht gewesen, nicht auf der Ladefläche seines Wagens – dann vielleicht im Handschuhfach? Nein, auch nicht. Er stieg aus und durchsuchte den Fotokoffer noch einmal, obwohl er ihn sorgfältig wieder eingeräumt hatte. Jede Linse hatte ihren Platz, jedes Objektiv lag griffbereit, damit er sich auch in absoluter Dunkelheit sofort zurechtfand. Dann konnte das Telefon nur oben auf dem Berg liegen.

Frank sah zum Himmel hinauf. Bald war es dunkel. Es hatte keinen Zweck, jetzt noch einmal umzukehren. Aber was, wenn Christine anrief? Nun, seine Tochter würde er auch vom Hotel aus erreichen können. Außerdem brauchte er dringend ein Bad und eine Kopfschmerztablette. Die Suche würde er auf morgen früh verschieben, am besten, bevor er nach Florenz fuhr. Und dann würde er auch gleich mit Niccolò Palermo einen neuen Termin für die Aufnahmen vereinbaren. Vielleicht wusste der Winzer, was es mit den beiden Schlägertypen auf sich hatte.

2

Montag, 27. September

»*Dio mio!* Mein Gott, wie sehen Sie denn aus?« Laura, die Tochter des Hotelbesitzers, schoss von ihrem Platz vor dem Fernsehapparat im Foyer hoch. So schnell, wie die hochhackigen Schuhe es zuließen, trippelte sie auf Frank zu. »Was ist passiert?«, rief sie und sah ihn mit weit aufgerissenen Augen an.

Viel zu sehr mit seiner Ausrüstung beschäftigt, war Frank gar nicht auf die Idee gekommen, dass man seine Blessuren sehen konnte. »Ich bin gestürzt, abgerutscht, beim Fotografieren, oben in den Bergen.« Die Ausrede war nicht besonders originell, aber eine bessere kam ihm auf die Schnelle nicht in den Sinn. Wie schlimm sah er aus? Er brauchte einen Spiegel.

Ob Lauras Bestürzung tatsächlichem Mitgefühl entsprang – etwas plump wirkte ihr Ausbruch allemal –, interessierte Frank nicht im Geringsten, im Gegenteil. Sie ging ihm entsetzlich auf die Nerven. Er hatte gehofft, ungesehen an ihr vorbeizukommen, nach dem Schlüssel zu greifen und sich auf sein Zimmer zu schleichen, aber die junge Dame passte ihn ab, sie verfolgte ihn, seit sie wusste, welchem Beruf er nachging.

»*Signor Gaaato* …«, sie zog seinen Nachnamen absichtlich in die Länge, sie fand ihn »süß«, denn Gatow klang wie das italienische Wort für Kater, »… Sie brauchen Hilfe! Haben Sie Schmerzen?«

Nur wenn ich dich sehe, dachte Frank giftig und wich zurück, als Laura ihm die Wange tätscheln wollte. Sie kam ihm so nahe, dass es sich kaum vermeiden ließ, ihr in den Ausschnitt zu blicken: Wie immer war an der Bluse ein Knopf zu viel offen. Ein anderer Fotograf wäre möglicherweise auf ihren Wunsch eingegangen, Fotos von ihr zu machen, mit denen sie sich bei einer dieser billigen Shows des Fernsehsenders RAI als *podesta* bewerben wollte, eines der langbeinigen, blond gefärbten Mädchen, die hinter dem Moderator auf einem Podest herumtanzten. Jemand anderes hätte die Situation ausgenutzt, um sie ins Bett zu kriegen, aber Frank hielt sich weder für Helmut Newton, noch stand er auf junge Mädchen. Wenn er sich vorstellte, dass seine Tochter sich genauso affektiert benahm … Sie war ungefähr im selben Alter.

»*Mamma!*« Der Schrei gellte wie »Feuer!« durchs Hotel, und Frank erstarrte. Was kam jetzt? Als Laura eilig hinter der Rezeption verschwand, warf er einen Blick in den Spiegel.

Jetzt verstand er die Reaktion des Mädchens. Einen derart verheerenden Anblick hatte er nicht erwartet: Die Blutergüsse ließen das unrasierte Gesicht krank erscheinen. Die blauen Augen wirkten matt und glanzlos. Das dunkle Haar, in dem sich erste graue Strähnen zeigten, war zerzaust und hing verschwitzt in die Stirn, am linken Ohr klebte Erde. An der Schläfe war die Haut abgeschürft. Das sonst schmale Kinn wirkte aufgedunsen, die Schwellung als Folge der harten Schläge breitete sich aus, inzwischen tat sogar das Sprechen weh. Die Weste mit den vielen kleinen Taschen für die Utensilien, die er beim Fotografieren brauchte, war so schmutzig wie die Jeans.

Lauras Mutter legte bei Franks Anblick die Hände aneinander, als würde sie ein Stoßgebet gen Himmel schicken. »*Signore! Mein Gott, was ist geschehen?*«

»Bitte! Es ist nichts, ich bin nur gestürzt, kann passieren.«

»Brauchen Sie einen Arzt? Soll mein Mann Sie hinfahren? Geben Sie mir Ihre Kleidung, wir lassen alles waschen.«

Frank winkte ab. Die Hilfsbereitschaft der Frau erstickte ihn, und letztlich würde er sich verpflichtet fühlen, das Fotoshooting von Laura zu machen, und alles würde nur noch komplizierter. »Ich gehe gleich hinauf, ich müsste nur kurz telefonieren, das Telefon auf meinem Zimmer …«

»*Scusi,* ich weiß, es ist kaputt, tut mir leid. Der Monteur, Sie verstehen, er hatte keine Zeit, morgen vielleicht, kommen Sie, hier, an die Rezeption, selbstverständlich.«

Laura witterte ihre Chance. »Er kann doch unser Büro benutzen, *d'accordo, mamma?*« Entschieden zog sie Frank ins Büro hinter dem Foyer. »Hier, ich mache Ihnen den Schreibtisch frei.« Sie schob Papiere beiseite und rückte den Stuhl zurecht, doch statt zu gehen, blieb sie im Türrahmen stehen, bis ihre Mutter sie fortzog.

»Danke, alles bestens, *tutto bene, tutto*«, rief Frank beiden nach und sackte auf den Stuhl. Die Spannung wich aus seinem Körper, er senkte den Kopf ein wenig und schloss die Augen.

Irgendwie musste er sich mit der Situation arrangieren, ein Umzug war ausgeschlossen, die Redaktion hatte das Hotel gebucht. Er hätte sich ein anderes kaum leisten können, allerdings hatte Lauras Mutter angeboten, ihm das Zimmer einige Tage gratis zu überlassen, wenn er nur die Fotos ihrer Tochter machte. Sie wünschte ihr wohl ein Leben weit weg von ungemachten Betten und zu dünnem Kaffee. Aber der Vater durfte davon bestimmt nichts wissen.

Frank konnte weder ja noch nein sagen, wollte er es sich nicht mit der Hotelbesitzerin verderben. Andererseits würde er sie nach Beendigung seines Auftrags, die besten Weingüter des Chianti-Classico-Gebietes zu fotografieren, nie wieder sehen, genau wie die Winzer, die er fotografierte. Einige würden im Belegexemplar des Weinführers das Foto ihrer Fattoria oder Azienda suchen und es dem Kellermeister zeigen, danach kam das Buch ins Regal. Ob nun er oder sonst jemand die Bilder gemacht hatte, war gleichgültig. Wieso sollte es anders sein als bei all seinen Reportagen zuvor? Beim Porträt allerdings waren die Menschen wichtig, für eine sechzigstel Sekunde, große Blende, Streiflicht – oder besser die Schärfe auf der rechten Gesichtshälfte? Später, auf dem Film oder dem Chip, waren sie längst Material.

Gedanken wie diese kamen Frank inzwischen immer wieder in den Sinn. Weshalb sah er alles so negativ?, fragte sich Frank dann. Arbeitete er zu viel allein, oder schaute er nicht mehr lange und neugierig genug hin? War er zu schnell und zu häufig unterwegs? Er sah viel, verdammt viel, und er konnte sich immer weniger daran erinnern. Tatsächliche Begegnungen wurden selten, Menschen, die ihn bewegten, die Einfluss nahmen, von denen etwas blieb. Je mehr Fotos er von jemandem machte, desto weniger konnte er sich später an ihn erinnern. Deshalb trug er auch nie ein Foto von Christine in der Brieftasche.

Bei diesem Stichwort fiel ihm ein, weshalb er auf dem unbequemen Stuhl saß. Er riss sich zusammen und hämmerte ihre Nummer in die Tasten des Telefons. Doch statt Christine meldete sich seine geschiedene Frau. Instinktiv nahm Frank den Hörer ein wenig vom Ohr, denn sie ging wie immer sofort zum Angriff über.

»Der Unterhalt für September ist zu spät gekommen, wie soll ich bei den Kosten …«

»… dafür hast du bereits das Geld für den Oktober«, konterte Frank und ärgerte sich, dass er überhaupt angerufen hatte. Streit mit seiner Exfrau konnte er in diesem Moment am wenigsten gebrauchen. Wieso war Christine nicht ans Telefon gegangen? Er zögerte. »Gib mir unsere Tochter, ich will nicht diskutieren, Hannelore, bitte.«

»Du bist wieder auf Reisen, statt dich um sie zu kümmern!«

Frank wurde wütend und war schon kurz davor aufzulegen, als er hörte, wie Christine ihrer Mutter den Hörer aus der Hand riss: »Papa? Streitet euch von mir aus, wenn ich nicht da bin. Lass los, Mama, ich rede jetzt mit Papa … nein, du kriegst den Hörer nicht!«

Frank hörte, wie sich seine Exfrau schimpfend entfernte, dann wurde es ruhig. »Sie ist rausgegangen … Papa?«

»Christine? Geht es dir gut?«

»Geht so, du hörst es ja, alles wie immer. Lass mich endlich ganz zu dir ziehen, bitte, ich bin schließlich achtzehn.«

»Nicht vor dem Abitur, das haben wir abgemacht, außerdem … gut, wir reden darüber, wenn du herkommst. Noch zwei Wochen …«

»… und zwei Tage«, unterbrach Christine, »ich habe den Zug nach Florenz schon rausgesucht.« Sie nannte Frank die genaue Ankunftszeit. »Außerdem habe ich zwei Überraschungen …«

Als sie neun Jahre alt war, hatte Frank ihr nach langem Betteln den ersten Fotoapparat geschenkt, mit dreizehn Jahren gewann sie den ersten Schülerwettbewerb, womit die berufliche Perspektive sich abzuzeichnen begann. Sie würde es weiter bringen als er, so viel war sicher. Frank hielt sich selbst für einen guten Fotografen, manchmal auch für einen sehr guten, sie aber war geradezu besessen. Klamotten waren ihr nicht wichtig, die packte sie erst im letzten Moment, und Jungs fand sie langweilig, aber ihre Fotoausrüstung, die sie nach Florenz mitnehmen wollte, lag sicher schon griffbereit. Frank war versöhnt, als er merkte, dass Christine sich auf ihre gemeinsamen Ferien genauso freute wie er. Seinen momentanen Zustand verschwieg er besser. Warum sollte er sie nervös machen? Er habe sein Handy verloren, sagte er und nannte ihr die Telefonnummer vom Hotel. Und er versprach, am Donnerstag wieder anzurufen.

Ohne Christine hätte er seine Ehe nur als einen einzigen gewaltigen Irrtum sehen können. Noch ein knappes Jahr, dachte er, als er aufgelegt hatte und zu seinem Zimmer hinaufging, noch ein Jahr. Welche Überraschungen hatte Christine wohl für ihn? Er seufzte.

Der einzige Wermutstropfen in ihrer Vater-Tochter-Beziehung war Christines entsetzliche Eifersucht. War das immer so bei Scheidungskindern? Seine letzte Freundin hatte sie regelrecht weggebissen. Vielleicht doch keine so gute Idee, sie ganz bei sich wohnen zu lassen? Wenn sie wenigstens einen Freund hätte.

Nachdem er das Gespräch mit seiner Tochter beendet hatte, meldete er sich bei Giacomo Paese, um die Verabredung mit ihm um einen Tag zu verschieben. Dann rief er die Kamerawerkstatt in Florenz an, wo eine automatische Ansage ihn über die Öffnungszeiten aufklärte. Das letzte Telefonat galt Massimo Vanzetti, einem Winzer, der angeblich spektakulär gute Weine machte.

»*Non c'è*«, sagte die Haushälterin abweisend, »Signor Vanzetti ist für einige Zeit in Mailand.«

Das war keine gute Nachricht. Auf der Liste der Redaktion stand hinter Tenuta Vanzetti *sehr wichtig!*, mit dem Ausrufezeichen. Das bedeutete, dass der Text ausführlich Bezug auf die Kellerei nahm und dass es zusätzlich zu den üblichen Aufnahmen ein Porträt des Winzers brauchte.

»Aber ich kann die Signora holen«, fuhr die Haushälterin fort. »Einen Augenblick, bitte.«

»Das wird wenig Zweck haben«, entgegnete Frank. Er brauchte den Winzer, den Mann, der den Wein machte, der für die Kellerei stand, für die Tradition, und nicht dessen Frau, höchstens beide gemeinsam, wenn es ein interessantes oder besonders hübsches Paar war, aber die Haushälterin mit der kalten Stimme hatte den Hörer bereits zur Seite gelegt. Frank hörte, wie sich ihre Schritte entfernten, jemand wurde gerufen, es handelte sich offenbar um riesige Räumlichkeiten, so sehr hallte es. Dann vernahm er kurze und energische Schritte.

»*Pronto?* Sie wünschen?«

Frank zögerte. So eine Stimme hatte er nicht erwartet. Sie klang so energisch, wie ihr Schritt sich anhörte, war dabei durchaus verbindlich und trotz aller Entschiedenheit auch warm. Frank entschuldigte sich, dass er den Termin morgen nicht wahrnehmen könne, der mit ihrem Mann abgesprochen worden war.

»Die Verabredung hat das Consorzio mit *mir* getroffen«, sagte die Signora entschieden, und ein Hauch von Ärger war zu vernehmen. »*Ich* führe das Weingut, nicht mein Mann! Die Tenuta Vanzetti firmiert zwar unter seinem Namen, aber für den Wein wie für alles, was hier passiert, bin ich verantwortlich, Signore!«

Jetzt wusste Frank Bescheid. Um die Ehe der Vanzettis war es nicht sonderlich gut bestellt.

Je näher Frank den Menschen kam, ob mit Weitwinkel oder Teleobjektiv, je mehr er seiner Devise folgte: »Rangehen, noch näher – ja, und dann noch einen Schritt«, desto deutlicher zeigten sich die Unreinheiten der Haut unter der Schminke, zugeschüttete Abgründe, verkleisterte Widersprüche und tödliche Langeweile, auf Gesichtern und in Wohnzimmern. Das war ihm oft gar nicht recht, denn er verstand sich als Fotograf und nicht als psychologischer Enthüller. Er wollte Bilder machen, weiter nichts.

»Ihr Kollege, der deutsche Journalist …«

» … Signor Steinhauer …«

»… *esattamente.* Signor Steinhauer hat das Interview mit mir geführt. Das hätte er Ihnen eigentlich mitteilen müssen.«

Ein schönes Fettnäpfchen. Frank merkte, wie sein Fuß wippte, ein Zeichen, dass er nervös wurde. War sie ungehalten, weil man nur dem Ehegatten die Führung der Kellerei zutraute? Konkurrierten die beiden, stritten sie um den Besitz? Wer weiß schon, was hinter den pittoresken Mauern toskanischer Landhäuser abläuft, dachte Frank, und sein Blick fiel auf das Foto des Castello di Brolio an der Wand gegenüber. Gestern hatte er es fotografiert, leider nur von außen. Die Innenräume im Stil Sieneser Neugotik hatte man ihm vorenthalten, sie wurden renoviert. Andererseits hatte natürlich niemand gern Fremde im eigenen Wohnzimmer, schließlich wohnte die Familie des Grafen Ricasoli dort.

Wie konnte er sich jetzt bei Signora Vanzetti elegant aus der Affäre ziehen?

Die Winzerin nahm ihm die Entscheidung ab. »Mir ist es recht, wenn Sie morgen nicht kommen. Auch übermorgen habe ich keine Zeit, da findet eine wichtige Verkostung in Siena statt. Sie sehen, ich bin sehr beschäftigt. Zum Wochenende hin wäre es mir lieber.«

»Selbstverständlich, Signora, *molto piacere,* ganz wie Sie wollen, sagen wir …«

»… am Freitag um sieben Uhr dreißig«, unterbrach sie ihn. »Schön, bis dann – ach, wie war Ihr Name?«

»Gatow, Frank Gatow …«

Signora Vanzetti schwieg einen Moment verdutzt, sie schien sich über seinen Namen zu amüsieren, jedenfalls interpretierte Frank ihr Schweigen so. Immer diese blöde Katze. Dabei war das Tier nicht einmal sein animalisches Alter Ego, das war im chinesischen Horoskop die Schlange und ansonsten der Widder, impulsiv und unfähig, auf den Rat anderer zu hören.

»Verstehen Sie etwas von Wein, Signore?«, fuhr Signora Vanzetti dann fort.

Frank zuckte zusammen. So direkt hatte ihn das noch kein Winzer gefragt. Er wusste nicht, was die Signora mit der Frage bezweckte, und wurde verlegen. »Nein. Ich trinke zwar gern …«

»Gut, dann weiß ich Bescheid. Also, bis Freitag, *arrivederci.*« Ohne seinen Gruß abzuwarten, legte sie auf.

Frank starrte mit offenem Mund auf seinen Terminkalender. Diese Dame war keinen Widerspruch gewohnt. Hielt sich der Gatte deshalb in Mailand auf?

Frank stieg nachdenklich die Treppe hinauf, eine Hand am Geländer. Das intensiv gemaserte Kastanienholz der Stufen faszinierte ihn heute bei weitem nicht so wie in den vergangenen Tagen. Auch für die Bruchsteine des vierhundert Jahre alten Hauses und das rustikale antike Mobiliar hatte er keinen Blick. Auf halber Treppe erinnerte er sich an den Termin mit Niccolò Palermo und kehrte noch einmal um. Doch im Haus des Winzers ging niemand ans Telefon. Frank wählte die Nummer von Palermos Handy – und erreichte nur die Mailbox.

Frustriert und total erledigt schleppte er sich wieder nach oben, warf die Weste aufs Bett, die Jeans, das durchgeschwitzte Hemd und die Unterwäsche achtlos auf den Boden, ging ins Bad und nahm eine Aspirin. Er blickte in den Spiegel und betastete vorsichtig das geschwollene Kinn. Dann stieg er in die Dusche und drehte das Wasser auf. Er kauerte sich unter den Wasserstrahl, legte die Arme um die Knie und beugte den Kopf nach vorn. Mit geschlossenen Augen spürte er, wie ihm das lauwarme Wasser über den Körper rann.

Langsam kam er zur Ruhe, die Schmerzen ließen nach. Termine ließen sich neu arrangieren, sagte er sich, auch die Kamera und das Objektiv waren letztlich ersetzbar. Allerdings waren zwei belichtete Filme weg und damit die Arbeit auf der Podere Il Palazzino in der Nähe von Gaiole zum Teufel. Da musste er noch mal hin. Aber es ließ sich bestimmt eine Ausrede finden.

Nachdem Frank sich vorsichtig rasiert und frisch gekleidet hatte, ging er zur Polizei. In Castellina war alles nah, auch das Kommissariat in der Via IV Novembre. Dem diensthabenden Beamten, einem jungen Mann in äußerst gepflegter Uniform und mit pomadisiertem Haar, schilderte Frank die Ereignisse des Nachmittags. Doch je länger das Gespräch dauerte, desto mehr verstärkte sich sein Eindruck, dass sein Gegenüber ihm misstraute; das Gespräch wurde zum Verhör, nahm geradezu feindselige Züge an, besonders nachdem Frank erwähnt hatte, wo in Castellina er wohne.

In der Frage, weshalb er so gut Italienisch spreche, schien ein Vorwurf zu liegen.

»Mein Vater war bei einer deutschen Firma in Turin beschäftigt, und ich bin dort auf eine italienische Schule gegangen.«

»Wie lange?«

»Mein Gott, ist das wichtig?«

»Das zu entscheiden überlassen Sie bitte mir!«

»Sechs Jahre lang«, sagte Frank und ärgerte sich bereits, dass er hergekommen war.

»Sie sagten, die Täter fuhren einen Geländewagen?«

»Ja.«

Der Carabiniere zog die Stirn in Falten. »Wenn Sie gesehen haben, dass einer der Männer ein Fernglas in der Hand hatte«, fuhr er in noch schärferem Ton fort, »dann hätten Sie doch auch das Fabrikat des Autos erkennen müssen.«

»Das kann man nur, wenn man die Marken kennt. Mich interessiert das nicht. Bis vor einigen Jahren waren sie eckig, heute sind sie rund, ob BMW, Mitsubishi oder irgendein Franzose, alles dasselbe, das ist Mode.«

»Design«, korrigierte der Carabiniere, »nicht Mode. Welche Farbe hatte das Fahrzeug?«

»Was weiß ich? Grau, dunkel auf jeden Fall, Blau vielleicht, Schwarz, ich weiß es nicht mehr. Gelb auf keinen Fall, auch nicht Grün.«

»Sie wollen Fotograf sein und erinnern sich nicht mal an die Farbe?«

»Bei Gegenlicht sehen Sie nichts, Sie kneifen die Augen zusammen, die Sonne stand flach, Gegenlicht eben, wie der Name sagt, es blendet. Außerdem war ich ein gutes Stück entfernt. Ist das hier ein Verhör?«

»Die Fragen stelle ich! *Tutto chiaro,* ist das klar? Vorhin haben Sie gesagt, Sie wüssten nicht, wie weit Sie entfernt waren.«

»Ich hab's nicht gemessen.«

Der Carabiniere zögerte, fixierte Frank böse mit zur Seite geneigtem Kopf. »Kommen Sie sich eigentlich nicht lächerlich vor? Sie nennen mir weder Fabrikat noch Farbe, noch liefern Sie eine vernünftige Beschreibung der angeblichen Täter. Italiener, die Englisch sprachen? Amerikaner mit italienischem Akzent?«

»Sie haben da was durcheinander bekommen, wenn ich mir die Bemerkung erlauben –«

Der Carabiniere schnitt Frank mit einer Handbewegung das Wort ab. »Und die sollen Sie niedergeschlagen haben? Erzählen Sie mir eine andere Geschichte.«

»Sie müssen sich schon mit der hier begnügen.«

»Sie sagen, Sie hätten die Männer beobachtet, wie sie den Berg heraufkamen. Da hatten Sie doch ausreichend Zeit, sich die Gesichter einzuprägen, und mir wollen Sie weismachen, Sie würden die beiden nicht wiedererkennen?« Der Carabiniere kniff die Augen zusammen. »Schwarze Anzüge? Grotesk, völlig absurd, kein Mensch läuft hier so herum.«

Frank wurde das Gefühl nicht los, dass der Mann partout nicht überzeugt werden wollte, außerdem schielte er ständig zu dem Fernseher in der Ecke. Soeben hatte eine dieser Shows begonnen, in denen Laura auftreten wollte. Der Carabiniere schien fasziniert.

Frank musterte ihn unauffällig. Eigentlich ein ganz hübscher Kerl. Ihn hätte er sofort beschreiben können: dunkle Augen, umrahmt von langen Wimpern, eine leicht nach rechts gebogene Nase, die rechte Augenbraue länger als die linke.

Was zum Teufel hinderte ihn nur, die Gesichter der Prediger zu beschreiben?, fragte sich Frank. Nicht einmal an ihre Frisuren oder die Haarfarbe erinnerte er sich. Aschblond, mittelbraun oder grau? Doch, das Haar war sehr kurz.

Er hätte dem Carabiniere etwas über das Schwarz der Anzüge erzählen können oder über die Sonnenbrillen, die die

Augenbrauen und Gesichtszüge sowie die Form der Nase irgendwie verschwinden ließen … Er hatte versucht, die Brillengläser zu durchdringen, die Augen zu erkennen, eine menschliche Regung. Die Augen waren es, die sprachen, darauf hatte er sich konzentriert, aber er hatte lediglich sein Spiegelbild in den Gläsern gesehen. Der Polizist mit dem albernen Abdruck seiner Uniformmütze im Haar hätte es nicht kapiert. Frank räusperte sich unüberhörbar.

Der Carabiniere riss sich vom Bildschirm los, blickte Frank tadelnd an und nahm wichtigtuerisch die kaputte Kamera in die Hände. »Die hat man Ihnen entrissen und so zugerichtet, nur um an den Film zu kommen? Nein. Alles, was Sie sagen, ist unglaubwürdig.«

Frank nickte. »So ist es.«

Die plötzliche Zustimmung verwirrte den Polizisten. »Ich, äh … ich will Ihnen sagen, wie es wirklich war. Sie ist Ihnen hinuntergefallen, und Sie wollen eine neue. Wir kennen das. Touristen behaupten immer wieder, dass sie von Italienern bestohlen wurden, und in Wirklichkeit betrügen sie ihre Versicherung. Das ist eine Beleidigung für uns alle. Und ich soll Ihnen auch noch helfen? Niemals!«

Was für ein Idiot, dachte Frank. »Warum sollte ich als Fotograf meine beste Kamera zerschlagen?«

»Woher soll ich wissen, dass Sie Fotograf sind?«

Wütend knallte Frank seinen Presseausweis auf den Schreibtisch. Der Carabiniere warf einen skeptischen Blick darauf.

»Vielleicht wollen Sie ein neueres Modell haben? Das wäre plausibel.«

»Es gibt keine bessere als diese Kamera!«, entfuhr es Frank. Entweder war sein Gegenüber strohdumm oder der Mann verfolgte eine bestimmte Absicht. Frank zwang sich zur Ruhe, der Fuß zuckte schon wieder. »Die ist keine drei Monate alt, Objektiv und Kamera sind zusammen glatt viereinhalbtausend Euro wert. Da werde ich nicht …«

»Viereinhalbtausend Euro? Das hat nicht einmal mein Auto gekostet. Wissen Sie, Signore, ich glaube Ihnen nicht. Außerdem haben Sie keine Zeugen. Sie behaupten, dass Sie überfallen wurden. In Florenz oder Pisa vielleicht, aber auf dem Weinberg von Niccolò Palermo?«

»Sie können das überprüfen.«

»Das werden wir auch, verlassen Sie sich darauf, und wenn ich persönlich hinfahre. Wenn Sie wirklich eine Verabredung mit Palermo gehabt hätten, dann wäre er auch da gewesen. Er ist die Zuverlässigkeit in Person. Ihr Handy wollen Sie auch noch verloren haben? Signore!«

»Es steht Ihnen nicht zu, meine Aussagen zu bewerten. Sie sollen sie zu Protokoll nehmen.«

»Und Sie haben mir nicht zu erzählen, wie ich meine Arbeit zu machen habe«, gab der Carabiniere barsch zurück.

Frank verschränkte die Arme vor der Brust. Weshalb machte der Kerl ihm Schwierigkeiten? War es primitive Freude an der Macht? Wenn er einen Versicherungsbetrug voraussetzte, wollte er dann mitverdienen? Keinen Cent, sagte sich Frank, nicht ums Verrecken. Er musste die Angelegenheit jetzt zu Ende bringen. Nur – Härte mochte zu Hause angebracht sein, aber bei Italienern erreichte man damit das Gegenteil. Er machte einen Vorstoß, diesmal in die richtige Richtung.

»Ich bin hier, um Ihre Winzer zu fotografieren, Signore, die Winzer des Chianti Classico, ihre Weine, die Natur, Hotels, Restaurants … Alle verdienen Geld durch meine Arbeit, und Sie wollen mir Steine in den Weg legen?« *Bastoni* sagte man auf Italienisch, erinnerte sich Frank, Knüppel, und nicht Steine, und korrigierte sich. »Das werden Ihnen die Winzer kaum danken. Es bleibt mir nichts anderes übrig, als mich an das Consorzio zu wenden, an den Grafen …«

Der Hinweis auf das Consorzio, die Vereinigung der Winzer des Chianti Classico, zeigte Wirkung. Sie waren einflussreich, und der Graf war bekannt. Brav schob der Carabiniere den Presseausweis zurück. »Mich hat ausschließlich das Gesetz zu interessieren.«

»Und mich meine Arbeit«, unterbrach ihn Frank. »Ich bin am Freitag mit dem Grafen Solcari verabredet. Ich werde ihn fotografieren, und dafür brauche ich diese Kamera, beziehungsweise eine neue.«

»Sie fotografieren nur Kellereien und Weinberge?«

Frank nickte. Was sollte diese Frage nun schon wieder?

»Keine, äh, wie soll ich sagen, Menschen, äh, ich meine Mädchen, junge … äh …?«

»Aktfotografie, meinen Sie?«, beendete Frank den Satz, um dem jungen Mann entgegenzukommen.

»Ja, äh, genau, das … meine ich.«

»Nein«, sagte Frank entschieden, »das ist nicht mein Thema.«

Der Carabiniere war nicht überzeugt, aber seine aufgesetzt strenge Miene machte einem gequälten Lächeln Platz. Er brauchte Zeit für den Wechsel. »Sie haben mich falsch verstanden, Signore. Ich möchte beim Abfassen des Protokolls lediglich Unklarheiten vermeiden, die Ihnen hinderlich sein könnten. So ist das zu verstehen.«

Endlich, dachte Frank, endlich hatten sie eine gemeinsame Sprache gefunden. Eine Viertelstunde später trat er mit dem Protokoll in der Tasche auf die Straße. Mittlerweile war die Nacht heraufgezogen, und die Anspannung ließ Frank frösteln. Scheinwerfer rissen die Rocca, die mittelalterliche Festung Castellinas mit dem gewaltigen Turm, aus der Schwärze der Nacht. Sie wirkte wie aus dem Himmel herausgeschnitten und hatte sich seit sechshundert Jahren, als diese Steine aufeinandergeschichtet worden waren, nicht verändert. Oben am Himmel funkelten die Sterne. Es wirkte wie eine Glocke, die sich über die Stadt und die Umgebung stülpte.

In der Festung befand sich auch das Rathaus, ehemals ein etruskisches Museum. Die Toskana war von den Etruskern besiedelt worden, die den Weinbau bereits vor den Römern praktiziert hatten. Sicher hatten andere, unbekannte Völker lange zuvor hier gelebt, von denen allerdings weder Pfeilspitzen noch Gräber gefunden worden waren. Mit den Besichtigungen würde er auf Christine warten. Und vorher musste der Weinführer fertig sein.

Wie sollte er das nur schaffen? Der Nachmittag fehlte ihm bereits, die Aufnahmen vom Vormittag mussten wiederholt werden, und den morgigen Tag würde er mit Besorgungen in Florenz vergeuden, das waren zwei ganze Tage.

Das Pflaster der Via delle Volte, des überdachten Wehrgangs, glänzte im Schein der schmiedeeisernen Laternen, die ein blasses Licht auf harte Hauswände aus Bruchstein warfen. Mörtel bröckelte von einigen Fassaden. In den Schatten der Stützmauern und Bögen lebte die Vergangenheit auf. Frank hätte sich nicht gewundert, wäre eine Gestalt mit wehendem Umhang hinter der nächsten Ecke hervorgetreten, die Florentiner Klinge in der Hand, einen Hut mit Feder auf dem Kopf. Aber es waren lediglich Gitter, Simse und angeschlagene Kapitelle, die bizarre Schattenspiele schufen.

Die Erinnerung an den schrecklichen Nachmittag verblasste. Lau strich ihm die Luft über die Wangen, er hörte das silberne Zirpen der Grillen. Die Nacht empfand er als gnädig, nichts war genau umrissen, die Dunkelheit verdeckte, sie beschwichtigte seine angespannten Nerven, in ihr herrschte eine andere Zeit. Sie schuf Raum für Ruhe und Phantasie, so wie jetzt, wo sie es ihm leicht machte, sich in eine vergangene Epoche hineinzufühlen, zumindest bis morgen früh.

Frank strebte auf eine Bar zu, als neben ihm ein Mann in dunklem Anzug eilig aus einem Torbogen ins Licht trat. Frank war sofort hellwach. Er beschleunigte seinen Schritt und folgte dem Unbekannten mit klopfendem Herzen. Als der Mann sich misstrauisch umdrehte, drückte Frank sich in einen Torbogen. Seine Nerven hatten ihm einen Streich gespielt. Dieser Mann glich weder vom Gang noch von der Statur her einem der Männer, die ihn zusammengeschlagen hatten. Schließlich stieg der Verfolgte in einen Fiat mit Mailänder Kennzeichen und fuhr davon.

Frank stöhnte, vergrub die Hände in den Hosentaschen und schlenderte zurück zur Bar. Ein paar ältere Männer saßen draußen, Einheimische, sie redeten laut und lebhaft und rauchten. An Essen war nicht zu denken, dazu schmerzte sein Kiefer noch zu sehr; vielleicht einen Kaffee, einen Espresso, dazu einen Sambuca mit Kaffeebohnen und dann ins Bett.

Ein paar Männer am Nebentisch sprachen über eine Verkostung. War es dieselbe, die auch Signora Vanzetti erwähnt hatte? Es schien sich um ein wichtiges Ereignis zu handeln. Die Männer erwähnten Kellereien wie Rocca delle Macìe, Castellare und Il Palazzino und debattierten lautstark darüber, wer wohl das Rennen machen würde, und das alles mit einem Enthusiasmus, den Frank sonst nur von Fußballfans kannte.

Jemand richtete das Wort an ihn, aber sein hilfloses Schulterzucken machte den Streithähnen klar, dass er als Schlichter der Frage, welcher Winzer besser abschneiden würde, nicht taugte. Woher sollte er wissen, ob die Weine von Dievole besser waren als die von Bonelli?

»Die kann man nicht vergleichen«, sagte jemand, »aber die 98er Riserva von Nittardi verfügt über ein größeres Potenzial als die von Santa Chiletta.« Bossi, das sei überhaupt das Größte, ah, Bossi! Aber an den Torquato von Niccolò Palermo reiche der lange nicht ran.

Frank horchte auf. »Arbeitet jemand von Ihnen dort, bei Palermo, meine ich?«

Ein kleiner Mann, weit über die sechzig, sprang auf. »*Si, si, signore*, ich. Ich war sein *capomastro.* Niccolò macht wunderbare Weine, als sein ehemaliger Vorarbeiter kann ich das beurteilen. Die Erde da ist Gold wert.«

»Aber Sie waren heute Nachmittag nicht auf dem Gut, oder?«

»Nein, ich bin nur noch selten dort, nur wenn wir probieren und die Assemblage zusammenstellen, verstehen Sie?«

Frank nickte, obwohl er in den letzten Tagen lediglich mitbekommen hatte, dass ein Chianti Classico nicht nur Sangiovese enthielt. Aber was es genau damit auf sich hatte, wusste er nicht.

»Was Besseres als den Roccato gibt es nicht«, rief einer der Tischgenossen dazwischen. »Der *Gambero* hat ihm nicht umsonst drei Gläser verliehen.«

»Der *Veronelli* hat ihn nicht so gut bewertet«, warf ein anderer ein. »Die pure Marmelade, aber der *Maroni ...*«

»Dass ihr den Unsinn immer noch glaubt«, sagte Palermos ehemaliger Vorarbeiter. »Alles Betrug, die Jury war gekauft, das ist immer so bei Weinführern, alles Schiebung. Verlasst euch lieber auf die eigene Nase.«

Gleichgewicht, Struktur, Tannine, Säurewerte – über alles wurde heftig diskutiert. Frank hörte mit halbem Ohr zu, er verstand nichts von der Materie. Das alles in dem Weinführer zu erklären war Sache des Journalisten.

Frank nippte an seinem Espresso, bestellte einen zweiten und einen dritten Sambuca und starrte in die Nacht. Sterne, Stimmen, zuschlagende Autotüren, fernes Gelächter und hart klingende Schritte. Er stand auf, um zu zahlen, doch die Männer am Nebentisch hatten seine Zeche bereits übernommen und wünschten ihm eine gute Nacht.

Aus einem Delikatessenladen fiel schwacher Lichtschein, und Frank betrachtete die Auslage. Ein Regal diente als Rückwand des Schaufensters. Auf einer Breite von drei Metern drängten sich Weinflaschen in vier Reihen übereinander. Alle hatten dieselbe Form, doch kaum ein Etikett glich dem anderen.

Davor lagen in großen Körben diverse Schinken, vom Wildschwein, *cinghiale,* und der *Sinta-Senese*-Rasse, von ihr auch die *finocchiona* mit Fenchel, die echte Salami, dazu in Blättern eingewickelte und verschnürte Würste. Käselaibe trugen die Aufschrift *Pecorino al Tartufo,* Pecorino mit Trüffeln, und *dolce dell'Amiata.* Frank genoss den Anblick, das Wasser lief ihm im Munde zusammen.

Von kaltgepressten Olivenölen und Pastasoßen wanderte Franks Blick zurück zu den Weinflaschen. Was für ein Angebot: Auf den meisten Flaschen stand Chianti Classico, Frank zählte knapp siebzig verschiedene Kellereien. Dabei gab es wesentlich mehr, allein im Chianti Classico mehr als fünfhundert. Wer brauchte so viel Wein, so viele verschiedene Marken? Waren sie wirklich alle so unterschiedlich, wer wollte oder konnte das beurteilen?

Die Flaschen verschwammen vor Franks Augen, er hörte die Stimme von Signora Vanzetti: Verstehen Sie etwas von Wein?

Nein, nichts, dachte Frank beim Blick ins Schaufenster. Zum Chianti Classico kam die Riserva hinzu, der Brunello und der Rosso aus Montalcino und die Roten aus Montepulciano. Der Vino Nobile war um einiges billiger als der Brunello, der kostete »nur« achtundzwanzig Euro. Es gab auch eine Abteilung Maremma, die Region lag an der Küste. Colli Senesi, die Hügel von Siena, Colli Fiorentini, die Weinberge um Florenz, Colline Pisane, die Lagen von Pisa. Ein wahres Paradies für Weinliebhaber, und ganz rechts im Schaufenster ein Weißwein aus San Gimignano, ein Vernacchia aus der Stadt mit den rechteckigen Türmen. Die würde er mit Christine besichtigen.

3

Dienstag, 28. September

Nichts! Frank wühlte zwischen vertrockneten Grasbüscheln und drehte jeden Stein um. Hier hatten sie ihn niedergeschlagen, nur hier konnte ihm das Handy aus der Tasche gefallen sein, aber nirgends war eine Spur von dem Ding zu sehen. Er brauchte nicht weiterzusuchen.

Stöhnend richtete er sich auf und blickte nach unten zu der Stelle, wo er den Reifen gewechselt hatte. War ihm das Handy dort aus der Brusttasche gerutscht? Er stieg den Hügel hinab und suchte dort, wo er den Wagen aufgebockt hatte, aber auch da fand er nichts.

Einer der Prediger wird es eingesteckt haben, dachte er, doch wenn sie ein Handy klauten, wieso ließen sie die Kameras liegen? Benutzen würden sie es ja wohl kaum, für so dumm hielt er die beiden nicht. Handys ließen sich orten, sobald man sie einschaltete. Sollte er den Carabiniere, der gestern das Protokoll aufgenommen hatte, darum bitten? Er wird es nicht kapieren, dachte Frank, oder eher: Er wird es nicht kapieren wollen.

Frank griff nach der alten F3, und sofort war aller Ärger vergessen. Wenn er eine Kamera in die Hand nahm, trat alles andere in den Hintergrund. Wie gut, dass die Objektive auf seine diversen Kameras passten. Ausgerüstet außerdem mit der alten Polaroid ging Frank den Weg wieder hinauf. Mit ihr machte er zuerst eine Aufnahme davon, was er für Fußabdrücke hielt, nur leider war der Boden zu trocken, als dass

Schuhsohlen deutliche Spuren hätten hinterlassen können. Es waren jedenfalls nicht seine eigenen, die hätte er am Profil erkannt; im Gelände trug er stets halbhohe Schnürstiefel mit geriffelter Sohle. Diese Abdrücke, oder was er dafür hielt, stammten von Straßenschuhen mit glatten Sohlen, lediglich an einer sandigen Stelle fand er einen Abdruck eines Absatzes, darin ein kaum sichtbarer Kreis mit einem Querbalken: Mit solchen Schuhen liefen Winzer kaum durch die Gegend. Frank wedelte das Polaroid in der Luft, bis es trocken war, und betrachtete es lange. Der Abdruck ließ sich einigermaßen gut erkennen. Sicherheitshalber machte er mit der anderen Kamera weitere Aufnahmen, obwohl er sich lächerlich dabei vorkam, denn es erinnerte ihn an die Spurensicherung der Polizei bei Kapitalverbrechen. Er hatte wirklich Wichtigeres zu erledigen. Heute musste er die Totale von Palermos Weingut aufnehmen. Der Stand der Sonne, sie war inzwischen über den Kamm des Berges hinter ihm gestiegen, war wie geschaffen dafür.

Es gab einen wunderbaren Bildaufbau. Alle wichtigen Linien führten zur Azienda: zum einen die Rebzeilen, sie liefen von hier aus wie geharkt an den Hängen herab, links schlängelte sich zwischen zwei Hügeln idyllisch ein Bach auf das Haus zu und floss weiter ins Tal, den Weg rechts flankierte eine Reihe Zypressen. Damit hatte er einen Vordergrund und Tiefe, dazu Linien, die dem Bild Halt gaben, und im weichen Morgenlicht leuchteten die Mauern der Azienda in schönstem Ocker.

Er machte mehrere Aufnahmen, spielte mit Blende und Schärfe und gewöhnte sich rasch wieder an die alte Kamera. Mit dem Ergebnis zufrieden, machte er sich auf den Weg zu Palermo. Inmitten dieser Umgebung schienen ihm die Ereignisse von gestern absolut unwirklich, bis ihn das Gebell eines Hundes aus den Gedanken riss. Es kam von der Azienda.

Wieso regte sich dort noch immer keiner? Auf den anderen Weingütern waren morgens um diese Zeit längst alle auf den Beinen, doch unten bei Palermo herrschte Stille, dabei gab es so kurz vor der Weinlese sicher alle Hände voll zu tun.

Nachdem die Kameras im Fotokoffer verstaut waren, sah Frank sich um. Er war allein, allerdings hatte er gestern erlebt, wie sehr man sich täuschen konnte. Er fühlte sich beobachtet, wenngleich er nicht wusste, von wem, geschweige denn, von wo aus, und erst recht nicht, weshalb. Es war ein ihm gänzlich unbekanntes Gefühl, denn normalerweise lag er auf der Lauer und drückte auf den Auslöser, wenn sein Objekt sich unbeobachtet fühlte.

Die Stille ließ sich mit den Händen greifen. Frank horchte in den Morgen hinein ... nichts. Doch: Vögel, Grillen, der Wind und das kaum hörbare Brummen eines einzelnen Flugzeugs am Himmel, aber sonst kein Laut. Dann wieder das Bellen, also musste jemand da sein. Er schlenderte hinüber zum Haupttor. Rechts vom Parkplatz begann eine Pergola, die zum zweistöckigen Wohnhaus führte. Wein rankte an den Säulen hinauf, und zwischen den Querstreben hingen reife violette Trauben.

Frank betätigte den Türklopfer auf der mit Eisennägeln beschlagenen Haustür. Vergeblich wartete er auf das Geräusch von Schritten, aber nichts rührte sich. Er klopfte heftiger, schließlich schlug er mit der Faust gegen das Holz – ohne jeden Erfolg, nur der Hund bellte wie wild. Die Fenster lagen hoch. Auch diese Azienda stammte wie die anderen Gehöfte aus dem 15. und 16. Jahrhundert und war so gebaut, dass man sie leicht verteidigen konnte, was damals im Chianti üblich und nötig gewesen war. Ohne Leiter konnte er keinen Blick ins Innere des Hauses werfen. Die unten liegenden Fenster, einst Schießscharten, waren vergittert, dahinter war alles dunkel.

Während er unter der Pergola zurückging, probierte er die Trauben, die ihm fast in den Mund wuchsen. Er hatte nicht die geringste Ahnung, um welche Art Wein es sich handelte, aber sie schmeckten besser als alle, die er jemals probiert hatte. Ob Palermos Wein genauso gut war?

Zu Franks Überraschung war das Hoftor nicht abgeschlossen, und er trat in einen gepflasterten Hof. Hier hatte er noch viel mehr den Eindruck, in einer Burg zu stehen, denn die Gebäude, mochten es ehemalige Speicher, Werkstätten und Stallungen sein, bildeten ein geschlossenes Geviert. Alles wirkte sehr gepflegt. Die Dächer waren erst kürzlich neu gedeckt worden und die Wände neu verfugt. Der rote Fiat und der Pick-up standen noch immer an derselben Stelle wie am Vortag. Wohnte Palermo in Florenz oder in Siena, wie andere, denen das Leben in ihren Landhäusern zu langweilig oder zu unbequem war? Aber doch nicht mitten in der Lese – und wieso stand das Tor offen?

»*Buon giorno!*«, rief Frank.

Keine Antwort, es war so still, dass Frank meinte, sein Blut in den Ohren rauschen zu hören.

»*Signor Palermo?*« Das darauf folgende Schweigen war geradezu unheimlich.

»*C'è qualcuno qui?*«

Auch die Frage, ob jemand da sei, verhallte ungehört zwischen den Mauern, nur der Hund gebärdete sich wie toll.

Das Tier tat Frank leid. Es war ihm klar, dass er hier nicht einfach so eindringen durfte, aber wieso kümmerte sich niemand um den Hund? An der Rückfront des Wohnhauses lagen die Fenster niedriger, es gab eine Tür. Sollte er es versuchen? Er drückte die Klinke hinunter, die Tür ging auf, dahinter öffnete sich ein dunkler Flur. Aber nach dem gestrigen Erlebnis war Frank nicht wohl dabei, und er schloss die Tür wieder. Das Winseln des Hundes wurde lauter, das Tier wusste, dass jemand gekommen war, und als er um eine Ecke bog, sah er den braunen Setter. Normalerweise hätte er sich dem Zwinger nicht genähert, aber dieses Tier war jung, es hechelte entsetzlich, die Zunge hing weit aus dem Maul, der Trinknapf war leer, der Zwinger voll Kot. Irgendetwas stimmte hier nicht.

Frank fand einen Wasserhahn und einen Eimer, füllte ihn und goss das Wasser von außen in den Trinknapf. Der Hund schlabberte gierig, der Napf war im Nu leer, Frank füllte ihn ein zweites und ein drittes Mal, bis der Hund sich beruhigte und sich freundlich wedelnd an den Zaun drückte. Frank mochte Setter, besonders ihr rotbraunes Fell. Meistens waren sie freundlich, aber ein fremdes Tier fasste man besser nicht an, und als er sich zum Gehen wandte, kläffte der Hund wieder. Erst als Frank das Hoftor geschlossen hatte, wurde es still – viel zu still für Franks Empfinden.

Was ging hier vor sich? Ich werde Palermo abends vom Hotel aus anrufen, nahm er sich vor, oder besser noch vom Consorzio aus, wo er auf dem Rückweg aus Florenz vorbeifahren wollte. Die Mitarbeiter der Winzervereinigung wissen sicher, wie ich Palermo erreichen kann, denn schließlich haben sie den Fototermin arrangiert.

Nachdenklich fuhr Frank zurück nach Castellina. Hätte er nicht besser warten sollen, zumindest auf die Arbeiter, wenn Palermo oder sein Sohn schon nicht auftauchten? Aber er musste unbedingt der Erste in der Werkstatt sein, die Zeit drängte.

Castellina kündigte sich schon von weitem mit riesigen Silos an, gewaltigen Betonröhren, den hässlichsten Bauwerken im gesamten Chianti Classico. Von dieser Seite aus bot das Städtchen einen schauerlichen Anblick. Aber bald schon fuhr er über die hübsche Platanenallee, an der auch das Polizeirevier lag, an das er heute lieber nicht dachte.

Frank drosselte unwillkürlich das Tempo und musterte die geparkten Wagen. Er suchte einen Landrover, dunkel, mit getönten Scheiben, soweit er sich erinnerte, ziemlich dreckig, aber ein neues Modell. Er zuckte zusammen, als er ihn entdeckte. Genau, das war er! Mit Genugtuung stieg er aus und fotografierte den schwarzen Landrover Discovery und das Nummernschild. Eine Aufnahme machte er mit der Polaroid, so hatte er ein Bild, das er gleich der Polizei vorlegen würde. Jetzt kam er um einen erneuten Besuch bei den Carabinieri nicht herum.

Das Hochgefühl wich jedoch der Enttäuschung, als er hundert Meter weiter auf den nächsten Offroader stieß, einen VW Touareg, genauso schwarz wie der Landrover, aber vielleicht mit mehr Chrom? War das der Wagen der Prediger gewesen? Sicherheitshalber fotografierte er auch ihn, aber als er danach noch einen M-Klasse-Mercedes am nördlichen Stadtrand sah, war Frank die Sinnlosigkeit seiner Suche bereits klar. Alle Wagen sahen für ihn ähnlich aus, er hatte sich nie für Autos interessiert, und schließlich bauten auch noch Mitsubishi, Ford, Porsche, Volvo, und wie sie alle hießen, ganz ähnliche Modelle. Missmutig fuhr er weiter.

Auf der Landstraße war er fast allein, nur einmal begegnete ihm ein Lieferwagen einer Lebensmittelkette. Man hatte ihn gewarnt: Sobald in den nächsten Tagen die Traubenernte erst richtig begann, war um diese Zeit kein Durchkommen mehr. Die Erntearbeiter rückten bei Sonnenaufgang aus, pausierten mittags und arbeiteten am späten Nachmittag weiter. Ein Winzer hatte berichtet, dass man im vergangenen Herbst sogar nachts bei Scheinwerferlicht gearbeitet hatte, weil die Trauben bei der Hitze von einem auf den anderen Tag reiften. Das könnten spannende Aufnahmen werden. Dazu brauchte er allerdings die neue Kamera. Er gab Gas. Die Werkstatt lag östlich von Florenz, im Stadtteil Campi Bisenzio, laut Karte ganz einfach zu finden.

Vor Poggibonsi neigte sich die Landstraße dem Tal der Elsa zu. Frank folgte den Wegweisern zur Superstrada Firenze-Siena, bog zweimal rechts ab und war auf der Schnellstraße. Sie war mit Schlaglöchern und notdürftig gekennzeichneten Baustellen nicht gerade das, was er sich unter einer Superstraße vorstellte. Gefährlich wurde es an Baustellen mit nur einem Fahrstreifen, und nicht einmal die Lastwagenfahrer hielten sich an die Geschwindigkeit von neunzig Stundenkilometern. Frank passte sich an und war fünfzehn Minuten später kurz vor Florenz, fuhr westlich um die Stadt herum und fand die richtige Abfahrt.

Campi Bisenzio war kein Stadtteil von Florenz, sondern ein verschlafener Vorort mit Einfamilienhäusern in baumbestandenen Straßen. Außer hübschen Gärten und Supermärkten war hier nichts bemerkenswert. Die Galeria dell'Accademia mit dem David von Michelangelo, dem Standbild mit dem knackigen Marmorhintern, von dem die Frauen schwärmten, zumindest Franks Bekannte, war weit weg. War es niemandem aufgefallen, dass dieser Mann viel zu große Hände hatte, im Vergleich zu sonstigen Körperteilen? Mit solchen Pranken konnte niemand eine Kamera bedienen. Hände sah Frank immer in Bezug auf das, was sie taten, und sie sagten viel über den jeweiligen Menschen aus. Hatte Michelangelo seinem David die großen Hände gemacht, weil seine eigenen so bedeutend waren, oder war die Replik vor dem Palazzo Vecchio missraten? An das Original erinnerte er sich jedenfalls nicht mehr so genau. Sicherlich Blasphemie, sich in dieser Weise über Davids Hände zu äußern, es gab keine schlimmeren Fanatiker als die Verfechter kultureller Mythen. Plötzlich sah Frank die behandschuhte Faust wieder auf sich zuschießen, ihm die Kamera entreißen, die Faust, die ihn niederschlug, und mit seiner guten Laune war es vorbei. Jetzt konnte ihn nur ein gutes Frühstück retten.

Nachdem er eine halbe Stunde lang durch den Ort gekurvt war, fand er die Werkstatt in einem Einfamilienhaus, aber es war noch geschlossen. Dafür war die Bar an der nächsten Ecke bereits geöffnet, und da die Türen weit offen standen, konnte er die Werkstatt im Blick behalten.

Er legte die Plastiktüte mit der kaputten Kamera vor sich ab, lehnte sich an den Tresen und gab seine Bestellung auf. Der junge Mann neben ihm sah von seinem Cappuccino auf.

Er mochte Mitte zwanzig sein, trug eine rot-weiße Motorradmontur, deren Jacke offen über die Hüften baumelte, darunter ein bedrucktes T-Shirt. Sein schwarzes Haar war sehr kurz geschnitten, und er hatte ein überaus freundliches und entspanntes Gesicht. Den Integralhelm hatte er auf den Tresen gestellt, er erinnerte Frank mit dem heruntergelassenen Visier ein wenig an den Helm eines mittelalterlichen toskanischen Ritters.

Fassungslos sah der Biker zu, was der Barmann Frank alles auftischte: ein Tramezzino mit gekochtem Schinken und Salat, einen großen Teller mit Tomaten und Mozzarella, Brot, den üblichen Caffè Latte, und als der Barmann zuletzt ein Stück Blätterteig mit Spinat und Pecorino zum Heißmachen in den Grill schob, konnte sich der Fremde nicht zurückhalten.

»Das alles so früh am Morgen?« Er starrte Frank ungläubig an, der zu essen begonnen hatte.

Überrascht hielt Frank beim Kauen inne. »Früh?«, nuschelte er mit vollem Mund, blickte auf die Uhr. Es war bereits kurz nach acht Uhr. »Es ist nicht früh, *non per me.* Ich bin seit drei Stunden unterwegs, *lavoro qui,* ich arbeite hier.« Damit beugte er der Fragerei nach der Nationalität vor, sie ging ihm auf die Nerven, und er grenzte sich auf diese Weise von den Touristen ab. Wer nahm die schon für voll? Auch wenn sie ihr Geld hierließen.

»Italiener sind Sie aber nicht, oder?«

Frank schob eine Tomatenscheibe in den Mund, um nicht antworten zu müssen, und schüttelte nur langsam den Kopf.

Die Augen des anderen wanderten von Franks Teller zu der Plastiktüte. »Sind Sie, äh … Fotograf?«

Frank folgte dem Blick seines Nachbarn. Mit ein wenig Phantasie ließ sich erraten, dass die Tüte vor ihm eine Kamera mit aufgesetztem Objektiv enthielt.

»Hm«, brummte Frank, bevor er sich den Mund abwischte und weitersprach, »die Kamera ist total kaputt, nur noch Schrott.«

»Zeigen Sie mal«, sagte der Fremde, und es klang so bestimmt, als würde der Arzt sagen, dass man jetzt den Oberkörper freizumachen habe. »Oh! Sind Sie damit unter den Zug gekommen?«, fragte er, als er die Kamera aus der Tüte zog.

»So könnte man sagen.«

Frank ließ ihn gewähren, obwohl er sonst niemals eine seiner Kameras aus der Hand gab. »Nebenan ist eine Werkstatt, mal sehen, ob die noch was machen können.«

Der junge Motorradfahrer nickte. »Ja, die Kamera ist hin, *senza dubbio,* ohne Zweifel, aber das Objektiv möglicherweise nicht. Sehr gut, sehr lichtstark. Vielleicht kann man es retten. Man müsste vermessen, ob sich die Linsen verschoben haben, vielleicht haben wir Glück ...«

»Wieso wir?«

Der Barmann schmunzelte, und der Motorradfahrer zog einen Schlüsselbund aus der Hosentasche. »Ich gehe schon mal vor. Wenn Sie mit Ihrem ... Mittagessen fertig sind, kommen Sie nach, *d'accordo?*«

»Dein Vater ist mal wieder vor dir da, Sergio«, sagte der Barmann mit lauter Stimme, um das Zischen der Espressomaschine zu übertönen.

»Na und? Ist er doch immer.« Bevor Frank protestieren konnte, griff der Motorradfahrer nach der Kamera. »Folinari, Sergio Folinari, Feinmechaniker, spezialisiert auf optische Geräte, Digitalkameras, Rechner – *molto piacere.*« Grinsend schüttelte er Frank die Hand, legte eine Münze auf den Tresen und verließ die Bar. Frank sprang auf, um zu sehen, ob der Mann tatsächlich zur Werkstatt ging.

Frank stockte der Atem, als dieser sich auf seine schwere Maschine setzte, den Motor aufheulen ließ, nur um auf die andere Straßenseite zu fahren und direkt vor dem Eingang der Werkstatt zu halten. Der Wirt lachte über Franks verblüfftes Gesicht und stellte ihm einen neuen Milchkaffee hin.

Sergio Folinari war seinem Vater wie aus dem Gesicht geschnitten. Allerdings trug dieser einen grauen Anzug und Krawatte, und an seinem Hals baumelte eine Lesebrille.

»Du glaubst nicht, was der morgens alles verdrücken kann«, sagte Sergio, als er Frank in die Werkstatt führte und ihn seinem Vater vorstellte. Der hatte bereits das Objektiv von der Kamera gelöst und legte das Werkzeug beiseite.

Signor Folinari, den Frank auf Mitte fünfzig schätzte, sah ihn mitleidvoll an und nickte. »*Brutto, molto brutto,* sehr schlimm, wie kann man einem Fotoapparat nur so etwas antun?«

Als Frank die feingeschnittenen Hände des Mannes sah, ganz anders als die Pranken von Michelangelos David, wusste er, dass er ihm jede Kamera anvertrauen würde.

»Ist mir runtergefallen, oben, in den Bergen, ich fotografiere Weingüter und Kellereien, mache Porträts von Winzern.« Obwohl ihn niemand danach gefragt hatte, meinte er, den Schaden erklären zu müssen. Die Wahrheit jedoch behielt er besser für sich, sie schien ihm zu absurd.

»In den Bergen?« Folinari zog die Augenbrauen hoch. »In welchen Bergen? In den Apenninen oder im Pratomagno?« Dabei schaute er seinen Sohn vielsagend an und fragte: »Runtergefallen?« Es war offensichtlich, keiner der beiden glaubte ihm.

»An einem Abhang, noch hinter Fonterùtoli, falls Sie das kennen, der Boden ist da sehr felsig, östlich, also oberhalb des Höhenrückens.«

»Runtergefallen? *Giammai*«, brummte Folinari, »niemals, höchstens aus hundert Meter Höhe. *Ma – mi è indifferente,* mir soll's egal sein.« Damit war das Thema beendet. »Die Kamera können Sie wegwerfen, sie hat einen Riss im Gehäuse. Das Röntgen sparen wir uns. Sie werden sich eine neue kaufen müssen!«

Da Frank mit nichts anderem gerechnet hatte, nahm er die Nachricht gelassen auf. Er überschlug die Kosten des gestrigen Debakels. 2600 Euro hatte das Teil gekostet, für ihn war es verdammt viel Geld, aber er würde es von der Versicherung zurückbekommen und sich davon die neue kaufen. Außerdem brauchte er ein Handy. Hinzu kam die Rechnung dieser Werkstatt plus zwei Tage länger Arbeiten, Hin- und Rückfahrt Florenz – er gab sich einen Ruck. »Ich habe noch eine digitale und zwei analoge Kameras, uralt zwar, aber sie funktionieren perfekt.«

»Womit haben wir alle eigentlich gearbeitet, als es die modernen Dinger noch nicht gab?«, fragte Folinari. »Die Mechanik kenne ich in- und auswendig, aber mit der Elektronik hapert es, das macht mein Sohn. Kameras können Sie bei Morganti kaufen, in der Via delle Oche. Ich rufe an, dann kriegen Sie Rabatt.«

»Ich bring ihn hin«, sagte Sergio und wehrte Franks Protest ab. »Sie brauchen anderthalb Stunden, die Stadt ist dicht! So schlimm wie in diesem Jahr war es noch nie.« Fast wie zur Entschuldigung fügte er hinzu: »Für die Uffizien muss man sich zwei Wochen vorher anmelden.«

Der Gedanke an die verstopfte Innenstadt war alles andere als ermutigend, aber wie immer konnte Frank Hilfe nur schlecht annehmen. »Ich müsste auch bei der Bank vorbei, das könnte dauern.«

Sergio hatte bereits seinen Helm aufgesetzt und hielt Frank einen zweiten hin. »Ich auch, also? *Avanti!*«

Wenn Frank gewusst hätte, was ihn erwartete, wäre er zu Fuß gegangen, obwohl es bis ins Zentrum rund fünfzehn Kilometer waren. Sergio fuhr nicht wie der Teufel, er war der Leibhaftige in Person. Er überholte rechts, dann links, dann wieder rechts, zwängte die 500er zwischen Autos und Bordsteinkante durch, missachtete jede zweite rote Ampel, schaffte die grüne Welle in der halben Zeit und beschleunigte so schnell, dass Frank sich hilflos an ihn klammerte. Trotz des Tempos war der Fahrtwind zu schwach, seinen Angstschweiß zu trocknen. Besonders gefährlich waren Begegnungen mit

Vespa-Fahrern, die im historischen Zentrum auftauchten und, ohne Zeichen zu geben, in alle erdenklichen Richtungen auseinanderstoben, wenn Sergio auf sie zuhielt. Aus den Augenwinkeln sah Frank, dass im Palazzo Strozzi eine Ausstellung stattfand. Ob tatsächlich Botticelli angekündigt war, konnte er schon nicht mehr lesen, sie waren längst vor der Piazza Repubblica zum Arno abgebogen.

Menschenmassen drängten sich vor dem Dom, vor jeder Kirche. Auf dem Ponte Vecchio sah es aus wie früher beim Schlussverkauf, und Luxusbusse entluden neue Reisegruppen, die zwischen dem Museo di San Marco und dem Palazzo Pitti unterwegs waren.

Später, als Frank mit der neuen Nikon auf den Stufen der Nationalbibliothek wartete, überlegte er, ob er für den Rückweg nicht lieber ein Taxi nehmen sollte. Doch sich klammheimlich zu verdrücken war auch nicht seine Art, außerdem raste in diesem Moment jemand vom Ufer des Arno auf ihn zu und umrundete in extremer Schräglage die Piazza vor der Bibliothek. Sergio verstand überhaupt nicht, weshalb Franco, wie er ihn inzwischen nannte, Angst hatte. »An deinem Alter kann es nicht liegen. Mein Vater fährt leidenschaftlich gerne mit.«

Signor Folinari hatte das Teleobjektiv vermessen und gerichtet und die Schadensmeldung formuliert. Als Vater und Sohn gegen halb zwei die Werkstatt schlossen, luden sie Franco noch zum Mittagessen ein. Sergios Frau hatte heute eine wunderbare schwarze Pasta mit Tintenfisch zubereitet, aber Frank sehnte sich nach Ruhe.

»Eines noch«, sagte Signor Folinari, als er auf den Sozius seines Sohnes stieg. »Wie haben Sie die Kamera so zugerichtet?« In dem Moment gab Sergio dröhnend Gas, und sein Vater brauchte beide Hände, um sich an seinem Sohn festzuklammern.

Erst jetzt kam Frank zu Bewusstsein, dass sie weder für die Reparatur noch für die Fahrt Geld genommen hatten. Beschämt machte er sich auf den Rückweg, erreichte eine Stunde später Spedaletto im Chianti Classico und bog vor dem Weiler links ab zum Büro des Consorzio.

Eine Mitarbeiterin des Winzerverbandes hatte seine Fototermine arrangiert. Vielleicht wusste sie, wo er Niccolò Palermo erreichen konnte? Aber um die Mittagszeit war niemand anzutreffen, auch das Restaurant gegenüber, ein flacher, mittelalterlicher Bau, die Albergaccio Machiavelli, war geschlossen. Hier also hatte der berühmte Mann nach seiner Verbannung aus Florenz gelebt. Nicht übel, dachte Frank, ein solches Exil würde er sich gefallen lassen, obwohl *albergaccio* eigentlich eine üble Kaschemme bezeichnete.

Auf dem Hügel gegenüber lag in der gleißenden Sonne die zweistöckige Villa Mangiacane, ein Prachtbau der Renaissance, und ein Stück unterhalb des sanft abfallenden Weinbergs ein weiteres Anwesen, beide hatten ebenfalls der Familie Machiavelli gehört. Frank hatte *Il Principe,* »Der Fürst«, vor langer Zeit mal gelesen, aber jetzt, in der Hitze, war es zu anstrengend, sich an den Inhalt zu erinnern. Die Sonne stand hoch, die Schatten bildeten mit den Grundrissen der Objekte fast eine Linie und waren perspektivisch uninteressant, die Fülle des Lichts blendete, sie nahm allem die Farbe. Solange Frank die Augen zusammenkneifen musste, konnte er keine Aufnahme machen, dabei hätte er die neue Kamera zu gern ausprobiert.

Müde ließ er sich auf den Autositz fallen, und als er gegen halb vier erwachte, summte sein Kopf wie ein Transformatorenhäuschen. Eine kalte Dusche wäre das Richtige, so aber nahm er mit dem Waschbecken auf der Toilette im Büro des Consorzio vorlieb und schüttete sich Wasser ins Gesicht.

Auf dem Korridor stürmte die für ihn zuständige Sachbearbeiterin in heller Aufregung vorbei, und Frank folgte ihr in den ersten Stock. Anna hieß sie, wenn er sich recht erinnerte, und gern hätte er ein wenig geflirtet, sie zum Essen eingeladen. Sie sah gut aus, war gepflegt und recht charmant, hielt ihn aber, wie beim ersten Besuch, mit einem Wortschwall auf Abstand.

»Ich erwarte jeden Augenblick eine Gruppe, es sind achtzehn Journalisten aus Amerika.« Sie verdrehte die Augen. »Alles Männer. Die muss ich in den nächsten Tagen betreuen. *Dio mio!* Avvocato Strozzi hat sie eingeladen. Kennen Sie ihn? Nein? Sie werden ihn kennenlernen, er steht auf Ihrer Fotoliste, ist auch Winzer, aber in erster Linie Politiker, einer von der alten Alleanza Nazionale, die in Berlusconis Popolo della Libertà aufging, wenn Ihnen das was sagt, nicht zu bremsen, der Mann, will um jeden Preis Minister werden. Bei den Amerikanern bin ich auf ihn angewiesen.«

Frank erinnerte sich, wie ein Brasilianer ihn wütend darauf hingewiesen hatte, dass auch er »Amerikaner« sei, aber diese Amerikaner meinte Anna wohl kaum. Anscheinend hatte sich diese Ausdrucksweise in ganz Europa eingebürgert.

»Sie können sich nicht vorstellen, wie hilflos die sind«, plapperte die junge Frau weiter, »total unbeweglich. Eigentlich vermutet man das nicht bei Journalisten. Wenn irgendetwas nicht so ist wie bei ihnen, flippen sie gleich aus. Und dann die Angst vor allem, sogar vor unserem Essen. Gestern, beim Mittagessen, wissen Sie, was die tranken?« Die junge Frau schüttelte fassungslos ihre langen blonden Locken. »Coca-Cola! Oder Pepsi, was weiß ich! Dabei standen unsere besten Weine auf der Tafel. Ach, was rede ich. Hier, die Privatnummer von Niccolò.«

Sie reichte Frank einen Zettel. »Er hat ein Apartment in Florenz. Da wohnt seine Frau.« Sie zögerte, betrachtete stirnrunzelnd die Nummer und wählte dann selbst. »Eigentlich müsste er auf der Azienda sein.« Stirnrunzelnd hob sie den Kopf. »Ich verstehe das nicht.« Sie hielt mit der Hand die Sprechmuschel zu. »Einen Espresso?«

Als Frank nickte, bedeutete sie ihm mit der Hand, sich einen Moment zu gedulden. »*Pronto, Signora Palermo? Ah, buona sera. Va bene? Allora,* wir haben hier einen deutschen Fotografen, der war gestern mit Ihrem Mann … ach … nein? Sie auch nicht? In Florenz ist er nicht … Ja, seit gestern? Und Ihr Sohn auch? Mein Gott, das ist tatsächlich sehr … Könnten sie nicht verreist sein? Nein? Ja, das wüssten Sie. Gut, Signora, ja, ich sage es ihm. Bitte, und wenn Sie was hören sollten, bitte, melden Sie sich sofort! Keine Sorge, die tauchen wieder auf. Ich werde alle informieren, ja, selbstverständlich. Ich rufe an, ja, natürlich, sobald ich etwas erfahre.«

Die Sachbearbeiterin legte auf und starrte das Telefon an. »Ihr Mann und ihr Sohn sind verschwunden. Seit gestern haben sie sich nicht mehr gemeldet.«

Das wusste Frank längst. »Wo haben Sie angerufen, in Florenz oder in der Kellerei?«

»In der Kellerei. Und was merkwürdig an der Sache ist … die Fahrzeuge der beiden stehen im Hof. Keiner weiß, wo sie sind. Aber es sind ja zwei erwachsene Männer, da braucht man sich eigentlich keine … *Oh, Madonna,* was ist das?«

Im Treppenhaus hörte man Gelächter und polternde Schritte, Türen schlugen. »Sie sind da!« Die Sachbearbeiterin holte tief Luft und stand auf. »Ich hätte gern mehr Zeit für Sie, Signor Gatow. Fotografie hat mich immer besonders interessiert. *Per favore,* tun Sie mir einen riesigen Gefallen? Bitte, organisieren Sie die Termine selbst? Das wäre reizend von Ihnen, zumal Sie so gut Italienisch sprechen.«

Die Frau stand bereits an der offenen Tür, der Lärm schwoll an. Die verzweifelte Miene, die sich auf ihr Gesicht legte, stand ihr nicht schlecht.

Frank nickte ihr beruhigend zu, küsste sie leicht auf beide Wangen und zwängte sich an ihr vorbei in den Flur. Draußen beschwerte sich die Journalistenmeute darüber, dass die Weinlese auf der heute besuchten Azienda noch nicht begonnen hatte.

Frank horchte auf. Der Akzent eines der Männer kam ihm bekannt vor! So hatte einer der Prediger gestern geredet.

Trotz der Hitze lief Frank ein Schauer über den Rücken. Die Männer waren viel zu sehr mit sich beschäftigt, als dass sie bemerkt hätten, wie Frank jeden Einzelnen von ihnen musterte, in aller Ruhe. Einige trugen Sonnenbrillen, die unterschiedlichsten Modelle …

Hinter den Journalisten tauchte ein mittelgroßer Mann auf. Er trug einen hellbeigefarbenen Straßenanzug, ein elegantes Oberhemd und dazu eine ebenfalls beige Seidenkrawatte mit weißen Punkten. Sein dunkelbraunes glattes Haar war akkurat geschnitten, über den wachen Augen wölbten sich dichte Brauen, die ihm den Ausdruck eines interessierten Zuhörers verliehen. Die scharfen Falten um den Mund zeugten jedoch von Verbissenheit. Das wird dieser Avvocato sein, Strozzi, derselbe Name wie der des Palazzo in Florenz. Also eine alte Familie, dachte er und betrachtete den Mann genauer.

Es war Frank lieber, nichts über einen Menschen zu wissen, bevor er sich ein Bild von ihm machte. Es war für ihn zu einer Art Sport geworden, vom Aussehen auf den Charakter zu schließen und dann zu erfahren, wie weit er sich geirrt hatte. Christine und er hatten sich schon oft auf diese Weise die Zeit vertrieben, wenn sie irgendwo warten mussten oder im Straßencafé saßen. Sie hatten überlegt, was hinter einem Gesicht verborgen liegen mochte, was dieser oder jener Ausdruck bedeuten könnte. Sie dachte sich kuriosere Geschichten aus, er kam der Wirklichkeit meistens näher. Zu dumm, dass er bereits wusste, einen Politiker vor sich zu haben. Da blieb nicht mehr viel Raum für Phantasie.

Strozzi war mindestens zehn Jahre älter als er, aber absolut vorzeigbar: dynamisch, durchsetzungsfähig, mit einem durchaus gewinnenden Lächeln. Mit weit ausgebreiteten Armen sorgte er für Ruhe und Aufmerksamkeit für seine Person und erzählte dann die Geschichte, wie der Schwarze Hahn, der Gallo Nero, zum Wappentier der Toskana wurde.

»… und zum Symbol des Chianti Classico. Das war im

Jahr 1924«, sagte Avvocato Strozzi, »als unser Konsortium zum Schutz des Chianti-Weins gegründet wurde. Im Mittelalter hatten wir Florentiner ständig Ärger mit Siena, mit den neidischen Nachbarn, verstehen Sie? Aber damit ein Land sich entwickeln kann – als Amerikaner begreifen Sie das sicher –, braucht es Frieden und sichere Grenzen. Wir haben uns also auf einen Wettstreit geeinigt, um die Grenzen festzulegen: Beim ersten Hahnenschrei sollte ein Reiter in Siena und einer in Florenz aufbrechen, jeweils zur anderen Stadt, und wo sie auf der alten Römerstraße aufeinandertrafen, sollte die Grenze zwischen den beiden Republiken gezogen werden. Sehr fair, nicht wahr? Aber die Sieneser sind, nun ja, nicht ganz so klug wie wir Florentiner.« Beifall heischend blickte der Avvocato sich um. »Sie mästeten ihren Hahn, einen weißen übrigens. Klar, dass er faul und fett wurde. Wir hingegen hielten unseren, einen kleinen schwarzen, knapp im Futter, also krähte er morgens schon sehr früh, und unser Reiter startete vor dem aus Siena. Und wo trafen sie sich? Bei Fonterùtoli, wohin ich Sie morgen führen werde. Seitdem gehörten zwei Drittel des Chianti Classico zu Florenz, später natürlich alles, nachdem wir Siena erobert hatten.« Strozzi lachte selbstgefällig.

Sein Englisch war bemerkenswert und auch die Art, wie er den Eindruck erweckte, als hätte er bereits damals aufseiten der Sieger gestanden. So hatte er die Journalisten schnell für sich eingenommen und zog weiter über die *babbei*, die Dummköpfe aus Siena, her.

Frank hatte genug von der Show – er hasste Selbstdarsteller – und fuhr zurück nach Castellina. Wie viel lieber war es ihm, allein zu reisen statt in einer Gruppe. Zusammen mit einem Journalisten – gut, man half sich, vier Augen sahen mehr als zwei, aber mit so einer Horde? Hinterher stand in allen Zeitungen dasselbe, und die Fotos glichen sich ebenfalls.

Er brachte den kaputten Reifen zur Tankstelle und kehrte

zum Hotel zurück. Laura ließ ihn unbehelligt, sie tauchte erst auf, als er bereits auf der Treppe und nicht mehr einzuholen war.

Auf der Piazza del Comune vor dem Castello von Castellina wimmelte es von Touristen. Mühsam bahnte sich Frank kurz vor neun einen Weg durch die Menschenmenge. Er hatte Hunger und freute sich auf ein gutes Essen, der Kiefer hatte sich leidlich von den Schlägen erholt, die Schwellung war abgeklungen. Er hatte ein wenig geschlafen und fühlte sich erholt.

Die Tische vor der Trattoria *La Torre* waren bis auf den letzten Platz besetzt. Engländer, Franzosen, Deutsche, Nord- und Südamerikaner und Schweden redeten durcheinander, kaum ein Wort Italienisch war zu hören. Drinnen jedoch, im einzigen großen Raum des Restaurants, herrschte eine entspannte Atmosphäre – hier waren die Einheimischen unter sich.

Der korpulente Mann an der Kasse im Durchgang zur Küche, Signor Stiaccini, war Besitzer des Restaurants und kannte Giacomo Paese, mit dem Frank verabredet war. Stiaccini zwängte sich hinter seinem Pult hervor und dirigierte Frank zu einem Tisch am Fenster, wo sich ein sonnenverbrannter Mann erhob und ihn willkommen hieß. Er füllte ein Glas mit Wasser und schob es langsam über den Tisch.

»Das einzige Getränk, das wichtiger ist als Wein«, sagte er und setzte sich wieder. Paese erkundigte sich nach Franks Arbeit, fragte, welche Kellereien er bereits fotografiert hatte, und lobte dabei die Art, wie andere Winzer ihr Land nutzten

»Mein Betrieb steht Ihnen für Ihre Fotos selbstverständlich offen«, sagte er schließlich und kam damit auf den nächsten Tag zu sprechen. »Sie können sich umsehen, wo immer Sie wollen. Im Weinberg genauso wie im Keller..«

Ein Arbeitstier habe ich da vor mir, dachte Frank, als er die schwieligen Hände des Winzers sah; diesem Mann war kein Wetter zu schlecht und kein Weinberg zu steil. Er machte einen gewissenhaften Eindruck, er mochte konservativ sein, allem Neuen gegenüber skeptisch, aber letztlich doch den Kompromiss suchen, was Frank durchaus schätzte. Wie war dieser Mann am besten zu porträtieren? Im Anzug, mit einer Kiste in den Händen und darin junge Weinstöcke.

Der Kellner brachte die Speisekarten. Während Paese darin blätterte, sprach er weiter: »Sie fangen sicher früh an – sieben Uhr, wenn Ihnen das recht ist? So, bevor wir weiterreden – wozu darf ich Sie einladen?«

»Ich verlasse mich gänzlich auf Ihre Empfehlung«, erwiderte Frank.

Der Winzer winkte den Kellner zurück. »Salvatore, bring uns Crostini alla Fiorentina, danach Tagliatelle al Sugo Norcino. Habt ihr heute Brasato al Vino? Wirklich? Gut, dann nehmen wir das als Hauptgericht.«

Der Kellner notierte. »Ein Dessert?«

»Gibt es etwas Besonderes?«

»Die Torta di Pere ist wunderbar … die Signora hat sie heute selbst gemacht.«

»Bestens, das lassen wir uns nicht entgehen. Als Wein nehmen wir selbstverständlich meinen Chianti Classico, den jüngsten, und schön kühl bitte!«

Giacomo Paese sah dem Kellner nach. »Es gibt viele Weine im weitläufigen Keller dieser Trattoria, bestimmt auch bessere als meine, obwohl das nicht so viele sein können. Vor zwanzig Jahren habe ich das Weingut von meinem Vater übernommen, seitdem war es mein Ziel, unter den Besten zu sein. Zum Hauptgang nehmen wir die Riserva aus dem Vorjahr – ein Gedicht, sage ich Ihnen, gerade richtig zum Rindfleisch. Der Sommer damals war heiß und trocken, aber dank des Regens im August hatten die Trauben nicht so viel Wasserstress wie drei und vier Jahre zuvor. Die Trauben waren gleichmäßig reif, wir konnten recht früh lesen. Ausgebaut habe ich die Riserva natürlich im Barrique. Mögen Sie solche Weine?«

Die Rückkehr des Kellners mit der Flasche enthob Frank der Antwort. Er wusste zwar, dass ein Barrique ein Eichenholzfass mit einem Inhalt von 225 Litern war, dass Wein darin einen besonderen Geschmack und Duft annahm, Nelke und Vanille. Wie das Eichenholz sich aber sonst auf den Wein auswirkte, war ihm schleierhaft.

»Öffnen Sie auch die Riserva schon mal, Salvatore, die braucht Luft, um sich zu entfalten«, sagte Paese zum Kellner, der den Chianti Classico entkorkte, diskret am Korken schnüffelte und dann Paese etwas ins Glas goss. Der Winzer steckte die Nase hinein, blickte versonnen und nickte. »*Eccellente,* ausgezeichnet, schöner Wein, den Sie da haben.«

Der Kellner grinste, er kannte den Winzer, wusste, dass es sein Wein war, und füllte die Gläser mit dem hohen, tulpenförmigen Kelch.

»Zuerst trinken wir einen Chianti Classico. In erster Linie sind das Sangiovese-Trauben, es ist die wichtigste Rebsorte der Toskana. Nicht nur der Chianti wird daraus gekeltert, auch der Vino Nobile di Montepulciano und der Brunello di Montalcino. Dafür werden jedoch andere Klone verwendet, die haben sich in Jahrhunderten unterschiedlich entwickelt. Sangiovese Grosso, so heißt der Klon des Brunello. Oder wissen Sie das alles längst?«

»Keineswegs«, beruhigte ihn Frank. Man hatte ihn auf den Gütern bislang mehr sich selbst überlassen, und er hatte fotografiert, was ihm vor die Kamera gekommen war. Der Text für den Weinführer war noch nicht komplett, daher hatte ihm die Redaktion lediglich die Adressen der Winzer mitgeteilt. Jetzt begriff er, dass sich seine Fotografie mit dem Hintergrundwissen um Wein ganz anders anlegen ließ. Er konnte Unterschiede deutlich machen, Details betonen, er würde sich mit den Rebsorten auseinandersetzen und mit dem Boden, auf dem sie wuchsen.

Der Kellner brachte die Crostini, geröstete Ciabatta mit einer Paste bestrichen.

»Eine unserer Spezialitäten«, sagte Paese auf Franks skeptischen Blick hin. »Ein Aufstrich aus Herz, Magen und Leber vom Huhn, dazu *odore*, Rotwein, Kapern und Anchovis. Es sieht undefinierbar aus, schmeckt aber wundervoll.«

»Was ist …«

»*Odore?* Das nehmen wir für viele Speisen her, wahrscheinlich, weil wir in der Toskana schon immer damit gekocht haben. Die Zutaten wachsen hier: Karotten, Sellerie und Zwiebel, die Basis vieler Soßen, so wie Sangiovese die Grundlage der toskanischen Rotweine ist.«

Paese hatte nicht übertrieben, die Crostini schmeckten vorzüglich.

»Aber um noch einmal auf den Wein zurückzukommen, 95 Prozent Sangiovese, wie gesagt, hinzu kommen fünf Prozent Merlot, der macht den Wein weicher, gefälliger, denn Sangiovese ist ziemlich säurestark. Cabernet Sauvignon sorgt für die Struktur, davon kommen zehn Prozent in meine Riserva. Sagt Ihnen nichts, Struktur?«

Frank schüttelte den Kopf und schaute ein bisschen verlegen in sein Weinglas.

»Sie müssen trinken, um die Struktur zu erfahren, na los, nehmen Sie einen Schluck, lassen Sie ihn im Mund, schlucken Sie – und jetzt fühlen Sie mal mit der Zunge am Gaumen … Und was fühlen Sie? Seide oder Nessel? Wolle oder ein feines Baumwollgewebe?«

Frank wusste nicht recht, was er sagen sollte. Seide? Nein. Baumwolle? Was für ein Quatsch. Er hatte doch kein T-Shirt im Mund, das verdammte Zeug war flüssig, und er sollte hier den Idiotentest machen …

Der Winzer amüsierte sich. »Tut mir leid, die meisten sind zuerst einmal überfordert, als würde es nur darum gehen, was einem schmeckt. Ich sage Ihnen eins, wenn Ihre Arbeit beendet ist, sind Sie Experte, garantiert.«

Als Frank aufblickte, sah er einen breitschultrigen, für einen Italiener sehr großen Mann mit einem kräftigen Schnurrbart sich durch die Tischreihen zwängen. Sein Aussehen erinnerte an einen mexikanischen Revolutionär. Er wirkte müde, gehetzt, zwei steile Falten zwischen den Brauen und viele kleine um die dunkel umrandeten Augen. Er beugte sich über den Nebentisch und redete leise mit den dort sitzenden Männern.

Giacomo Paese zupfte den Mann am Hemd, da er ihm den Rücken zuwandte. »Eh, Stefano, gibt's was Besonderes?«

Der Angesprochene zog einen Stuhl heran, fuhr sich mehrmals mit den Fingern durch das dunkle Haar und setzte sich zwischen die beiden Tische. »Niccolò Palermo ist seit gestern verschwunden! Giorgio auch, sein Sohn. Seine Frau hat eben angerufen. Sogar das Consorzio hat sie verrückt gemacht. Dabei haben die gerade ihre Not mit einer Gruppe amerikanischer Journalisten …«

»Ach, ich kenne Niccolò«, unterbrach einer der Männer ihn und winkte ab, »da steckt bestimmt wieder 'ne Weibergeschichte dahinter. Letztes Jahr hatte er deswegen auch schon Ärger. Es ist ein Drama mit seiner Frau. Die macht jeden verrückt, wenn Niccolò nur fünf Minuten zu spät kommt. *Paranoia totale!*«

»*Che scemenza,* man nimmt doch seinen Sohn nicht mit zur Geliebten, so ein Quatsch. Außerdem sollen ihre Autos da sein.«

»Dann hat sie vielleicht jemand abgeholt?«

Die Geschichte wurde Frank unheimlich. Hatte das Verschwinden des Winzers möglicherweise mit seinen Predigern zu tun? Trotzdem hielt er besser den Mund. Er war lediglich Beobachter, gehörte nicht zu den Einheimischen. Wer wusste schon, was hinter den Kulissen ablief? Allerdings, wenn der Winzer nicht auftauchte, müsste er den Fototermin mit dessen Frau absprechen.

»Wer ist er?«, fragte der Mann jetzt und wandte sich Frank zu. »Ihr Gesicht habe ich hier noch nie gesehen.«

»Franco Gatow, ein Deutscher, aber er spricht wie ein Italiener«, bemerkte Paese. »Er fotografiert für einen deutschen Verlag. Nein, nicht dich, Stefano, du siehst zu gut aus, meine Fattoria knipst er, morgen früh – na gut, unsere, wenn du so willst.«

Paese wandte sich an Frank: »Stefano Scudiere berät mich und auch andere Winzer hier. Er ist das, was wir hier einen *consultore* nennen.«

»Heute hier, morgen auf Sizilien, übermorgen in den Abruzzen oder Tirol. Unbeständig, immer gehetzt, unausgeschlafen und natürlich vollkommen unzuverlässig …«

»… und unmäßig in seinem Qualitätsanspruch«, frotzelte einer der Winzer vom Nachbartisch, »genau wie in seinen Honorarforderungen!«

In dem Einwurf klang ein ernster Unterton durch, und Frank horchte auf. »Wenn es nach Stefano ginge, müssten wir alle Weinstöcke rausreißen und das gesamte Chianti-Classico-Gebiet neu bepflanzen«, meinte ein anderer Winzer und winkte ab.

Scudiere streckte gebieterisch die Hand aus. »Er meint das natürlich im Scherz, Franco, so war Ihr Name? Ganz so schlimm ist es nicht. Einige Produzenten haben in den letzten zehn Jahren die Hälfte ihres Bestandes erneuert, und das nicht zu ihrem Schaden. Was wollt ihr also?«

»Du musst hier kein Referat halten, Stefano. Frank Gatow ist Fotograf und kein Journalist. Die haben Augen, aber sie hören nicht zu …«

»Scudiere bremst man nur, wenn man ihm was zu trinken gibt«, warf Paese vermittelnd ein.

»Was trinken wir?« Der Consultore nahm die Flasche, die zwischen Frank und Paese stand, und betrachtete das Etikett. »Bäh, dafür bin ich ja verantwortlich. Und ihr da, was trinkt ihr?« Er griff nach der Flasche auf dem Nebentisch. »Oh,

Querciabella, *che bello,* bei dem Wein mache ich mit!« Er hielt einem der Männer ein leeres Glas hin, was dieser nur zwei Finger breit füllte.

»*Avaraccio!*«

Bevor es zu einer Debatte über den »Geizhals« kam, stellte der Kellner die Tagliatelle auf den Tisch.

»Gehackte Schweinswürstchen«, erklärte Paese, »natürlich *odore,* wie immer, Peperoni, frische Tomaten und Weißwein.«

Beim Essen erzählte Paese Frank die Geschichte seines Weingutes, das er vom kranken Vater übernommen hatte, und welche Opfer er hatte bringen müssen, um daraus einen Spitzenbetrieb zu machen. »Meine gesamte Jugend habe ich im Weinberg verbracht. Wenn andere in die Disco sind, habe ich geschuftet, um fünf Uhr raus, jede Lira umdrehen, alles, was ich verdiente, habe ich wieder investiert. Nur deshalb bin ich heute da, wo ich immer hinwollte.«

»Er muss immer noch früh aufstehen«, stichelte Scudiere, »und mich hetzt er auch raus, dabei muss ich mich jetzt noch um Niccolòs Frau kümmern ...«

»Aber nur, wenn Niccolò nicht wieder auftaucht. «

»Er kümmert sich doch gerne«, kam es vom Nebentisch.

Der Consultore überhörte die Spitze. »Sicher taucht Palermo bald wieder auf. Wir sehen uns morgen?« Er legte Frank die Hand auf die Schulter. »Ich fange früh an, damit Giacomo länger schlafen kann, schließlich bezahlt er mich. Also, *buona notte!*«

Kurz vor zwölf verließ Frank das *La Torre.* Der Wein hatte seine Stimmung gehoben, aber der Brasato al Vino, das in Wein marinierte und anschließend geschmorte Rindfleisch, war schon zu viel gewesen, und auf den Birnenkuchen hätte er besser verzichtet, und so ging er schwerfällig zum Hotel zurück. Andere Gäste, die gleichzeitig ankamen, öffneten ihm die Eingangstür, denn er hatte seinen Schlüssel an der Rezeption gelassen. Aber dort hing er nicht.

Verdammt, er hatte sein Zimmer doch abgeschlossen, oder etwa nicht? Oben waren die Kameras! Frank hastete die Treppe hinauf. Er drückte auf die Klinke, erwartete, dass die Tür verschlossen war, aber sie ließ sich öffnen, die Nachttischlampe brannte, und auf seinem Bett lag … Laura.

Frank erstarrte. »Was … was soll das denn?«, entfuhr es ihm. »Bist du verrückt geworden?«

Laura war aufgewacht, rieb sich die Augen und verschmierte dabei ihre Schminke. »Bitte, Franco, ich … äh, ich wollte auf dich warten.«

»Raus! Raus aus meinem Zimmer, auf der Stelle!«

»Nein. Ich will, dass du mich fotografierst.«

»So nicht, Laura. Und vor allem nicht jetzt.« Frank merkte, wie er wütend wurde. »Raus! Sofort!«, zischte er böse.

Laura blickte kokett an sich herab, der Rock war nach oben gerutscht, sie zog ihn nicht wieder runter. »Ich bleibe. Du wirst die Aufnahmen von mir machen … so oder so.« Sie grinste und legte die Hände an den Kragen ihrer Bluse, als wollte sie sie aufreißen. »Ich schreie, ich rufe um Hilfe.«

Frank schluckte und sah sich um. Die Zimmertür war geschlossen. Ob sie trotzdem jemand hören konnte? Bestimmt. Dieses Flittchen! Wenn sie tatsächlich schrie? Wahrscheinlich hatte sie so was schon mal in einer ihrer Seifenopern gesehen. Jeder würde denken, dass er sie aufs Zimmer geschleppt hatte, er hatte getrunken, es war eine Katastrophe. Er musste aus diesem Hotel weg, musste das Quartier so schnell wie möglich wechseln. Nur, wohin? Egal, darüber konnte er sich morgen noch den Kopf zerbrechen. Jetzt musste ihm sofort etwas einfallen.

»Gut, Laura. Ich fotografiere dich, wenn du gehst. Ich verspreche es dir. Morgen reden wir …«

»Nein, wir reden jetzt. Wann machst du die Bilder?«

»Ich muss mit den Winzern sprechen, ich habe jede Menge Termine.«

»Ich gebe dir einen Tag«, sagte Laura von oben herab und

stieg hoheitsvoll vom Bett. Dabei rutschte ihr Rock vollends hoch. »Habe ich nicht schöne Beine?« Triumphierend schlenkerte sie damit und warf den Kopf in den Nacken, eine weitere einstudierte Geste, die bei Frank Mitleid ausgelöst hätte, wenn Laura nicht so ein Aas gewesen wäre. Sie schlüpfte in ihre hochhackigen Pumps und stolzierte zur Tür. Bevor sie hinausging, drehte sie sich noch einmal um.

»Was ich noch sagen wollte – da waren vorhin zwei *signori,* die haben gefragt, ob bei uns ein Fotograf wohnt. Ich glaube, es waren Engländer oder Amerikaner. Du scheinst ja berühmt zu sein. Sie wollten wiederkommen …«

4

Mittwoch, 29. September

»Ich stelle die Bedingungen. Ich arbeite nur dann für ein neues Weingut, wenn wir in der Frage, wie ein Wein werden soll, harmonieren – der Winzer und ich, und natürlich der Weinberg. Wenn die Erde nicht das hergibt, was mir vorschwebt, dann lasse ich die Finger davon. Ihnen geht es vermutlich nicht anders. Sie akzeptieren einen Auftrag doch auch nur dann, wenn Sie überzeugt sind, dass Sie mit guten Fotos nach Hause kommen, oder?« Stefano Scudiere sah Frank an, legte dabei fragend die Stirn in Falten und blinzelte in die Morgensonne.

»Wäre schön, wenn ich mir das erlauben könnte«, erwiderte Frank. »In dieser Position war ich mal, und da würde ich gern auch wieder hinkommen. Zurzeit bin ich jedoch froh, wenn es überhaupt genug zu tun gibt. Andererseits wird jemand wie ich natürlich nicht mehr gefragt, ob er Passbilder oder Hochzeitsfotos machen will.«

»Genau das meine ich. Sie haben Ihre Arbeitsweise, Ihre Eigenart, und die muss zu dem Buch passen, für das Sie die Aufnahmen machen. Das ist bei externen Beratern im Weinbau nicht anders. Den Stil, den bestimmen die Winzer. Wie diese Vorstellungen dann verwirklicht werden, das liegt in meiner Hand.«

»Und was ist dabei das Schwierigste? Die Arbeit hier, im Weinberg, oder im Keller?«

»Der Winzer!« Scudiere lachte. »Den findest du im Wein

wieder, in einem gut gemachten, seine Philosophie, seine Auffassung, die Lebenseinstellung. Wenn sich darin keine Übereinstimmung ergibt, kann man auch seinen Wein nicht machen.«

Frank dirigierte seinen Begleiter in die richtige Richtung, und Scudiere stützte sich mit der Hand auf einen stabilen Pfahl.

»Bleiben Sie so, gut, ja, jetzt kommt das Licht von der Seite, noch ein wenig … halt! Behalten Sie den skeptischen Ausdruck bei, und bleiben Sie genau so.«

Frank machte drei Aufnahmen, bei denen eine Hälfte von Scudieris Gesicht ein wenig heller war als die andere. Das war die positive Seite des sympathischen Draufgängers. Die andere, mehr im Dunkeln, war weniger deutlich, sie hatte etwas Verlorenes und war berechnend. Wer mit ihm Geschäfte machte, musste auf der Hut sein.

Immer häufiger kamen Frank bei der Arbeit derartige Gedanken. Sie stellten sich von selbst ein, ohne dass er über den Menschen nachdachte, der vor seiner Linse posierte. Manchmal war es nur ein Auge oder der Mund, eine Bewegung mit dem Kopf, die etwas Entscheidendes ausdrückte. Er betrachtete Scudieres Hände. Sie waren groß, fest, schwielig, den Pfahl, auf den er sie gelegt hatte, hätte er ausreißen können.

»Lassen Sie uns weiter nach unten gehen, da habe ich mehr vom Weinberg im Bild. Was ist das für eine Rebsorte? Die hier, die hinter Ihnen an den Drähten rankt?«

»Das ist Sangiovese, wie fast alles hier«, sagte Scudiere, der sich umgedreht hatte. »Mehr als drei Viertel der Toskana sind damit bestockt. Es ist überhaupt Italiens wichtigste Rebsorte. Soweit ich weiß, haben bereits die Etrusker Sangiovese angebaut, die Römer natürlich auch. Die Trauben ähneln einem Herzen, das ein wenig in die Länge gezogen wurde. Hier drüben, gleich gegenüber, auf der anderen Parzelle, da wächst Merlot. Aber der ist bereits gelesen.«

Scudiere fand eine Traube, die vergessen worden war. Er

ging hinüber und hob sie in die Höhe, ohne sie zu pflücken. »Sie ist oben am Stiel geschlossener, nicht so offen. Auch sind die Beeren heller und kleiner, dickschalig, sehen Sie!« Der Consultore schnitt um die Traube herum Weinlaub weg, damit die Sonne sie beschien.

Sofort kniete Frank sich hin und machte einige Aufnahmen von der Hand mit der Schere und der Traube.

»Das Holz, der Stiel, ist bei Merlot heller, an den Blättern kann man die Trauben auch unterscheiden, allerdings nur ein geübtes Auge. Ich habe schon viele Fotografen hier arbeiten sehen. Jeder hat zwar seinen eigenen Stil, aber im Grunde arbeiten sie doch alle ähnlich.«

»Wie die Winzer, nehme ich an«, warf Frank ein.

»Wenn Sie gute Bilder machen wollen, müssen Sie Ihre Möglichkeiten kennen. Sie müssen sehen, ob die Umgebung oder das, was gerade passiert, für ein Bild taugt ...«

»Das ist richtig. Ich sehe etwas und will eine Aufnahme davon machen, aber wenn ich die Kamera nehme und durch den Sucher blicke, das heißt, dem Ganzen einen Rahmen gebe, kann es völlig anders wirken.«

»Bei Wein ist es ähnlich. Wir müssen wissen, was das Terroir hergibt, der Boden, wie tief er ist, seinen pH-Wert kennen. Wie ist die mineralische Zusammensetzung, mit wie vielen Sonnenstunden ist pro Tag zu rechnen, und wie reagiert Sangiovese darauf, wie Malvasia und wie Trebbiano.«

»Nie gehört, diese Namen«, sagte Frank halb abwesend und hockte sich vor die Rebzeile mit Sangiovese. Er hatte eine Traube mit einer perfekten Form gefunden, nicht eine einzige Beere war faul oder fehlte. Scudiere legte die Traube mit seiner Gartenschere frei.

»Malvasia und Trebbiano sind weiße Sorten, die bislang mit dem Chianti verschnitten wurden. Damit hat man den Wein geschmacklich in eine bestimmte Richtung gelenkt. Aber nach dem neuen Disziplinar, den Produktionsvorschriften, ist das seit einigen Jahren untersagt. Weiter unten«, Scudiere deutete den Hang hinab, »da haben wir Trebbiano angebaut. Diese Sorte ergibt einen ganz schönen Weißwein, aber nur, wenn man die Menge begrenzt, das heißt, bereits im Sommer einen Teil der grünen Trauben wegschneidet. Malvasia haben wir gänzlich ausgerissen. Dafür wurde Cabernet Sauvignon gepflanzt. Sehen Sie die neue Anlage, dort weiter rechts? Es sind recht junge Stöcke; jetzt, im fünften Jahr, erwarte ich endlich gute Resultate. Übermorgen beginnen wir auch dort mit der Lese, Cabernet Sauvignon reift spät.«

Frank dachte an die Weinberge von Niccolò Palermo, um die sich niemand kümmern würde, wenn der Winzer nicht rechtzeitig wieder auftauchen sollte. »Was passiert, wenn die Trauben nicht gelesen werden?«

»Das hängt von vielen Umständen ab, einer davon ist das Wetter. Wenn es regnet, saugen sich die Trauben voll und verwässern den Extrakt; ist es zu trocken, dann ernährt sich der Stock vom Wasser in den Beeren, und der Zuckeranteil steigt – wie auch in der Folge der Alkoholanteil, und die Säure vermindert sich.«

»Danke, danke, das reicht fürs Erste. Für Sie sind das einfachste Grundlagen, aber für mich nicht. Wie lange üben Sie diesen Beruf schon aus?«

»Dreißig Jahre. Habe Agrarwissenschaft studiert, ein wenig Chemie, Schwerpunkt Lebensmittel, aber ich fand es eklig, was in den Labors mit unserem Essen veranstaltet wird. Da wird einem schlecht. Wenn Sie das sehen, kaufen Sie nur noch beim Bio-Bauern. Für den Chianti Classico gibt es ganz klare und harte Regeln.«

»Wieso wächst hier überall Gestrüpp zwischen den Rebzeilen?«, fragte Frank und schloss seine Fototasche. Er bedeutete Scudiere, dass er nach unten gehen wollte.

Der Berater lachte. »Das ist kein Gestrüpp, das nennt sich Dauerbegrünung«, korrigierte er jovial. » In einem so heißen und langen Sommer wie diesem vertrocknen Gras und

Kräuter.« Er gähnte und folgte Frank den Abhang hinab zu der weiter rechts liegenden Parzelle mit dem Cabernet Sauvignon, die oberhalb eines Olivenhains angelegt worden war.

Frank hatte eben schon bei den Porträtaufnahmen von Scudiere bemerkt, dass er heute noch angespannter wirkte als gestern. Was ging in dem Mann vor? So unverfänglich wie möglich erkundigte sich Frank nach Palermo: »Haben Sie etwas gehört, ob der Winzer und sein Sohn wieder aufgetaucht sind?«

»Wieso interessiert Sie das?«

»Weil – na ja, wenn man hier ist, interessiert man sich eben für das, was in der Gegend passiert – «

» – und außerdem hatten Sie einen Termin mit Palermo, vorgestern, am Nachmittag«, ergänzte Scudiere fast beiläufig. Doch Frank blieb der vorwurfsvolle Unterton nicht verborgen. Er ging weiter, als wäre nichts geschehen, aber er wusste, dass der Consultore auf eine Reaktion wartete.

Scudiere konnte seine Information nur vom Consorzio haben, oder von Signora Palermo. Weshalb also den Termin abstreiten? Rasch rief er sich in Erinnerung, was er der Frau im Büro erzählt hatte. Dass niemand auf der Azienda gewesen sei oder dass er Palermo telefonisch nicht hatte erreichen können? So war es gewesen! Er hatte auch um eine weitere Telefonnummer gebeten. Also war die Antwort klar. Frank blieb stehen und ließ Scudiere herankommen.

»Ich habe mehrmals dort angerufen, aber es hat sich niemand gemeldet.«

»Und wieso haben Sie gestern nichts davon gesagt? Es hätte hilfreich sein können.«

»Wissen Sie, Signor Scudiere, das sind eigentlich Dinge, die mich nichts angehen. Soll ich mich als Fremder hier einmischen? Sie würden sich das verbitten. Ich bin froh, dass man mich in den Kellereien fotografieren lässt und in den Weinbergen und dass Menschen wie Sie mir ihre Zeit opfern. Die Weinwirtschaft in der Toskana scheint mir sowieso sehr familiär. Wo hier die Grenze zwischen Privatleben und Arbeitsalltag verläuft, ist mir nicht klar.«

»Eine Grenze gibt es gar nicht«, sagte Scudiere. »In der Landwirtschaft, im Weinbau, bei allem, was mit der Natur zu tun hat, für die Viehzucht gilt das auch, sind Sie immer gefordert, das ist das Malheur. Wenn man Spitzenweine machen will, braucht man Arbeitskräfte, die bereit sind, sich auch am Wochenende abzurackern. Oder nehmen Sie sonntags frei?«

»Nein!«

»*E allora?* Und wenn Sie hier arbeiten, und sei es auch nur für zwei oder drei Wochen, bekommen Sie nur dann ein realistisches Bild, wenn Sie sich einlassen. *Vero? No?*«

Langsam verstand Frank, wieso Scudiere so mitgenommen aussah. Er engagierte sich, als wären die Weingüter, bei denen er als Berater arbeitete, seine eigenen. Das war zwar lobenswert und wurde wohl auch erwartet, aber anscheinend tat es seiner Gesundheit nicht gut. Möglich, dass er sich zu viel aufhalste oder schnell reich werden wollte. Soweit Frank wusste, rissen sich die Produzenten um die besten Berater, lockten sie angeblich mit Einkommen, von denen er selbst nur träumen konnte, und auch von gewaltigen Ablösesummen war die Rede.

Mittlerweile waren die beiden Männer am unteren Ende der Parzelle angelangt und folgten dem Weg, der zu dem mit Cabernet Sauvignon bestockten Weinberg führte. Von hier aus hatte Frank einen offenen Blick an dem Höhenzug entlang bis nach Panzano, das einen malerischen Hintergrund abgab. Das Licht war gerade an der Grenze: so hell, dass er sowohl die Rebstöcke im Vordergrund als auch die Kirchtürme in der Tiefe des Bildes noch im Schärfebereich hatte, aber von einer derartigen Fülle, dass einen die Farben fast erschlugen.

»Noch die Trauben hier, den Cabernet will ich fotografieren, dann gehen wir zurück«, sagte Frank, froh darüber, das

Thema Palermo umschifft zu haben. Scudiere übernahm bereitwillig die Rolle des Assistenten. Er befreite verdeckte Trauben von Blättern, schnitt einzelne Beeren heraus und bog die Triebe nach Franks Anweisungen zurecht. Knapp zwanzig Minuten später machten sie sich auf den Rückweg. Es ging steil hinauf, und Frank dachte daran, wie mühsam die Lese für die Erntearbeiter war. Zwanzig Kilo Trauben auf dem Buckel waren erheblich schwerer als seine Fotoausrüstung, und als sie atemlos die Kellereigebäude erreichten, rann ihm der Schweiß in Strömen übers Gesicht, sein T-Shirt war klitschnass.

»Kein Strom … wir haben keinen Strom!« Das waren die ersten Worte, die Giacomo Paese verzweifelt rief, als er aufgeregt aus dem Haus trat. »Keine Kühlung! Keine Maschine läuft mehr. Wie sollen wir morgen ernten und entrappen? *Maledetto!* Wir müssen kühlen, *porco* …«

Entnervt fuchtelte er mit den Händen in der Luft herum, Schweiß rann ihm über die Stirn, die Haare standen wirr um seinen Kopf. Paese bot ein Bild des Elends.

Scudiere hob beschwichtigend die Hände. »Erzähl erst mal in Ruhe, was los ist.«

»Ganz einfach, wir haben keinen Strom! Das ist alles, *maledizione!*« Der Winzer breitete die Arme aus. »Und dabei soll ich ruhig bleiben?«

»Hast du die Elektrizitätsgesellschaft …«

»Klar, was glaubst du denn? Gleich als Erstes …«

»Und was sagen die?« Scudiere war mittlerweile zu einem Wasserhahn mit einem angeschlossenen Gartenschlauch gegangen, hatte sich das Hemd ausgezogen und drückte Frank das Schlauchende in die Hand. Dann drehte er den Wasserhahn auf. Die wenigen Tropfen reichten kaum zum Händewaschen. »*Che scarogna!* So ein Mist. Wieso gibt es kein Wasser?«

»Begreifst du es nicht? Kein Strom! Ich sag es doch. Kein

Strom, keine Pumpe, kein Wasser. Wir liegen zu hoch, 450 Meter über dem Meer. Der Druck aus dem Netz reicht nicht bis hier herauf.«

Frank kam sich im Moment völlig überflüssig vor. Hier bahnte sich eine Katastrophe an, die Lese war in Gefahr! Das Beste wäre, er würde sich verdrücken und die Leute ihre Arbeit machen lassen. Castellina war nur zehn Kilometer entfernt, das Städtchen war von Paeses Terrasse aus fast zu sehen, und im Hotel gab es so viel Wasser, wie er sich wünschte.

»Die Stromleitung muss irgendwo unterbrochen sein, sagen die von der Enel. Sie werden einen Suchtrupp losschicken. Vom Transformatorenhäuschen bis zu uns läuft die Leitung drei Kilometer durch offenes Gelände, da könnte was defekt sein.«

»Und wie lange soll das dauern?« Scudiere zog sich das verschwitzte Hemd wieder an. »Hast du kaltes Bier im Kühlschrank? Franco kommt bestimmt auch um vor Durst, nicht wahr, Franco?« Der Consultore, der ihn zum ersten Mal beim Vornamen genannt hatte, blinzelte ihm zu. Anscheinend war das Eis gebrochen, bei der Hitze kein Wunder.

»Das Einzige, woran ihr jetzt denkt, ist Bier?! Ich habe wirklich andere Sorgen.«

»Ob du dich aufregst oder nicht, Giacomo, das ändert gar nichts. Und das Bier wird nur warm.«

Paese ging in die Küche des Hauses und nahm zwei Flaschen aus dem Kühlschrank, öffnete sie mit einem Schlüssel und knallte sie auf den Küchentisch.

»Ich hätte doch verkaufen sollen. Vorgestern, da war so ein Kerl hier, Gel im Haar, schwarzer Anzug, geschniegelt, ein Makler von einem dieser Büros.« Paese schimpfte mehr, als dass er sprach.»Er war letztes Jahr schon mal da, kann aber auch ein anderer gewesen sein, die sehen ja alle gleich aus. Damals hat er mich gefragt, ob ich verkaufen will, heute wieder, das Land, Gebäude, Maschinen, einfach alles. Korrekter Preis, das muss ich ihm lassen, er traf den Wert ziemlich genau, schien gut über alles im Bilde hier. Vielleicht hätte ich verkaufen sollen. Aber ich verkaufe nicht! Wäre ja verrückt! Habe ich dem Mann klipp und klar gesagt. Er meinte, ich würde es mir bestimmt noch anders überlegen … Er käme wieder … Hätte ich nur … ach, Unsinn.«

»Die Hitze«, flüsterte Scudiere und beugte sich zu Frank. »Das haben die Winzer immer am Ende des Sommers, wenn es zu heiß wird, besonders kurz vor der Lese. Die Nerven liegen blank.«

»Deine nicht?« Während Paese schimpfend im Haus verschwand, ging Frank zum Wagen und schob lustlos die Fototasche auf die Ladefläche. Das war wieder nicht sein Tag. Er hatte lediglich die Hälfte von dem erledigt, was er sich vorgenommen hatte. Das Porträt von Paese war überfällig, die Kiste mit den Rebstöcken in der Hand, ein freundliches Gesicht. Und ihn zu bitten, jetzt einen Anzug anzuziehen, dazu hatte Frank nicht die Stirn.

Scudiere war Frank gefolgt. »Eigentlich hätten wir einige Weine verkosten müssen, damit es nicht bei einer Trockenübung bleibt. Aber das holen wir nach. Morgen findet übrigens eine wichtige Verkostung statt: Der Chianti Classico vom letzten Jahr wird vorgestellt, das heißt der Presse und einem Gremium des Consorzio. Findet in Siena statt. Wusstest du davon?«

»Nein, aber wahrscheinlich hat deshalb morgen Nachmittag niemand Zeit«, sagte Frank und schob die Fototasche in einen großen Plastiksack, um sie vor dem feinen Staub zu schützen, der beim Fahren auf den unbefestigten Wegen durch alle Ritzen drang und die Optik beschädigen konnte. »Wo findet das statt?«

»Im Ospedale Santa Maria della Scala, direkt gegenüber vom Dom. Den kannst du gar nicht verfehlen.«

Frank fand im Wagen ein Handtuch, um sich Gesicht und Nacken abzutrocknen. Es war schon ein bisschen schmuddelig, aber besser als nichts. »Ich bin vor einigen Jahren mal in Siena gewesen und habe mir einige Sehenswürdigkeiten angeschaut. Braucht man eine Einladung?«

»Ich sorge dafür, dass du auf die Gästeliste kommst. Sonst fragst du am Eingang nach mir, ich hole dich beim Pförtner ab. Oder du rufst mich an. Du hast ein Handy?«

Frank schüttelte den Kopf.

»*Ma – non fa niente,* macht nichts. Du musst auf jeden Fall kommen. Zum einen, um zu probieren, zum anderen triffst du dort alle, die was zu sagen haben und hier wichtig sind – na, die Unwichtigen auch. Welche Güter fotografierst du noch?«

Frank ging zur Fahrertür und nahm seine Agenda. »Auswendig weiß ich das nicht.«

»So genau wollte ich das gar nicht wissen.«

Frank blätterte im Terminkalender: »Heute Nachmittag bin ich bei Rondine, morgen bei einem gewissen Malatesta.«

»Malatesta? Den habe ich auch mal beraten. Ein eigenwilliger Typ, extrem, nicht besonders gut gelitten hier, weil er, sagen wir mal, etwas aggressiv und impulsiv ist, seine Art eben. Aber seine Weine sind hervorragend. Nun gut, du wirst ihn kennenlernen. Wer noch?«

»Übermorgen das Podere Vanzetti, Josti di Chiarli, Wanda Livonardi, das Weingut von Strozzi …«

»Eine gute Auswahl. Wer hat sie getroffen?«

»Der Journalist, der den Weinführer schreibt, Steinhauer heißt er.«

»Ihre Weine sind alle bei der Verkostung in Siena vertreten. Die Winzer oder ihre Önologen werden auch da sein. Es ist gut, die Leute schon vorher zu kennen, dann ist es beim Fotografieren einfacher. Mit den meisten kommt man gut aus. Und nimm dir Zeit, auch das Krankenhaus zu besichtigen, es ist eines der ältesten in Italien.« Scudiere klopfte Frank auf die Schulter. »Ich kümmere mich jetzt um Paese und um ein Notstromaggregat. So etwas Blödes passiert immer direkt vor der Ernte. *Ciao,* Franco, mach's gut.«

»Bis morgen, Stefano.« Auch Frank war ohne Umstände

zum Du übergegangen. Ein guter Draht zu dem Consultore konnte Türen öffnen, außerdem war er sympathisch, Frank konnte einiges von ihm lernen. Kurz darauf, als er, eine Staubfahne hinter sich lassend, den Berg hinunterfuhr, fragte er sich, ob es vielleicht sinnvoll war, ihm von dem Überfall zu erzählen. Die Prediger hatten sich offenbar nach ihm erkundigt. Das bedeutete, dass er aus dem Hotel verschwinden musste, am besten ohne Spuren zu hinterlassen. Wer nichts Böses im Schilde führte, hätte bei Laura seine Visitenkarte oder zumindest eine Telefonnummer hinterlassen. Laura ... dieses Mädchen war eine Qual. Auch ihretwegen musste er schleunigst umziehen.

Statt direkt nach Castellina zu fahren, bog er an der Chiantigiana rechts ab und fuhr nach Panzano hinauf. Er klapperte Hotels und Privatunterkünfte nach freien Zimmern ab, aber entweder waren sie belegt oder zu teuer. Total entnervt hielt er gegenüber dem *Café La Curva,* wo die Straße zum alten Ortskern abzweigte, und ließ sich einen doppelten Espresso und danach einen Eisbecher mit Sahne bringen und genoss beides im Schatten unter den Platanen. Zumindest war für diesen Augenblick die Welt in Ordnung.

Kaum war er zurück im Hotel, versperrte Laura ihm den Weg und pochte auf die Erfüllung seines Versprechens. »*Quando?* Wann?« Es klang wie eine Drohung.

»Du musst vorher zum Friseur, du solltest dir die Fingernägel machen lassen, die Fußnägel auch. Und dann müssten wir deine Klamotten sichten, äh, die Kleider, die du anziehen willst.«

»Ein Bikini reicht doch. In der Show haben die anderen Mädchen auch nicht mehr an.«

Wenn er sie halb nackt fotografieren würde, hätte sie die nächste Chance, ihn zu kompromittieren. Die einzige Lösung bestand darin ... ihm kam der rettende Gedanke. »Ich will, dass deine Mutter dabei ist. Ich fotografiere dich nur, wenn sie dabei ist!«

Laura schaute ihn finster an. Sie begriff, worauf Frank hinauswollte, und wusste genau, dass es dann kaum zu den Aufnahmen käme, die ihr vorschwebten. »Meine Mutter ist viel zu spießig für solche Sachen.«

»Für welche Sachen?«

»Na ja, so … freizügige Bilder.«

»Ich auch«, erwiderte Frank. »Dafür musst du dir jemand anderen suchen. Ich mache Qualitätsaufnahmen und keine Sexfotos.«

»Ja, ist schon gut«, sagte Laura schnell, »aber ich muss mit Mama reden, wann sie Zeit hat.«

»Tu das«, sagte Frank und hoffte, dass er bis dahin längst über alle Berge oder zumindest in Radda, dem Nachbarort, war. Seine Arbeit konnte er genauso gut von dort aus erledigen. Doch bestimmt war es auch dort schwierig, ein Zimmer zu finden. Dennoch, er musste schleunigst weg von hier, Laura war unberechenbar, und dann die Prediger …

Einige Kilometer hinter Vagliagli rissen ein paar Bagger rechts der Schotterstraße nach Pianella den Boden auf, und Raupenschlepper planierten ihn für neue Weinberge. Frank hielt an, stieg aus und schaute sich um. Es gefiel ihm hier, und er machte einige Aufnahmen. Pflücker bewegten sich durch die Weinberge, hier und da stand ein kleiner Traktor mit Anhänger oder ein Lieferwagen, in dem die Trauben in die Kellereien gebracht wurden. Erntemaschinen waren nirgends im Einsatz. Dazu waren das Terrain zu steil und die Parzellen zu klein.

Links entdeckte Frank den Wegweiser zum Podere Rondine. Es war das typische Schild der Produzenten von Chianti Classico: brauner Untergrund, gelbe Schrift und das Symbol des Schwarzen Hahns. Ein Weg führte durch ein Wäldchen leicht abwärts, wand sich nach rechts, dann nach links bis zu einer schmalen Schlucht und führte den leicht ansteigenden Hügel hinauf. Auf halber Höhe lag ein alter Bauernhof, das

Podere Rondine, der Job für den heutigen Nachmittag. Hier brauchte er nicht lange nach der richtigen Position für die Totale zu suchen. Das Licht würde am späten Nachmittag von rechts kommen, die Sicht war gut, kein Dunst in der Luft, also benötigte er keine Filter, und der Hintergrund stimmte.

Der Himmel über den Hügeln war von einem flachen Blau wie das Wasser des Mittelmeers. Zwei Formationen von Zirruswolken brachten Struktur in die Weite. Über den Dächern der Kellerei kreisten die Schwalben, nach denen der Betrieb benannt war. Es gab ein zweistöckiges Haus mit einer Loggia im Obergeschoss, rechts standen Bäume, dahinter ein langer, etwas höherer Anbau, wahrscheinlich war es das Gebäude mit den Gärtanks. Drei weitere Häuser gehörten zu dem Anwesen, die locker um das Zentrum angeordnet waren. Die alte Umfassungsmauer war nur noch in Bruchstücken vorhanden und von Heckenrosen überwuchert.

»Hier kann man glauben, mit dem Rest der Welt, mit dem Konkurrenzkampf, den internationalen Messen, den Krediten, dem Finanzamt, dem Chaos der Politik nichts zu tun zu haben«, sagte der Winzer Renato Benevole, als der Rundgang beendet war und sie in den Keller hinabstiegen. Dort lagerten seine Weine in kleinen und großen Holzfässern aus slowenischer Eiche.

»Ich arbeite mit einer kleinen Mannschaft, die ich nur zur Lese vergrößern muss. Die Neuanlage von Weinbergen überlassen wir Spezialisten. Haben Sie bestimmt gesehen, drüben, auf der anderen Seite, MV-Leasing, die mit den Baggern. Ansonsten haben wir hier alles, was wir brauchen. Hier wohnen und arbeiten wir, meine Frau hat ihre Kinder nicht in der Klinik bekommen, sondern der Arzt und die Hebamme sind zu uns gekommen. Wir bauen Obst und Gemüse an, nur nebenbei, doch es reicht … Unsere Welt ist klein, friedlich und überschaubar. «

»Sie sind hier aufgewachsen?« Eigentlich erübrigte sich die Frage nach alldem, was Renato Benevole erzählt hatte.

»Nein, in Bologna«, erwiderte Benevole. »Meine Eltern hielten nichts von Landwirtschaft oder vom Weinbau. Ich sollte Betriebswirtschaft studieren und in unser Unternehmen einsteigen, eine Spedition. Aber ich habe es gehasst, immer Stress, immer in Eile, und Logistik interessiert mich nicht, außer es geht um Weintransporte. Ich habe Geschichte studiert.«

»Und wie kommt man dann … äh … an ein Weingut?«

»Mein Vater hat einem Vetter viel Geld geliehen, und der hat das Podere Rondine als Sicherheit angeboten. Als der Vetter zahlungsunfähig wurde, besaßen wir plötzlich ein Weingut. Jemand musste sich darum kümmern, und da hat man mich als das schwarze Schaf der Familie hierher abgeschoben. So bin ich Winzer geworden.«

Dabei schien Renato Benevole alles andere als unzufrieden zu sein. Der Fünfunddreißigjährige wirkte ausgeglichen; sein Zuhause, seine Arbeit gefielen ihm. Und sein Stolz, all das auch dem interessierten Besucher vorzuführen, war offensichtlich.

Mit der Hand am Geländer tastete Frank sich hinter dem Winzer in den Keller. Es roch süßlich, nach Gewürz, irgendwie bekannt, Frank hatte den Geruch in den letzten Tagen häufig wahrgenommen. Heute empfand er ihn besonders intensiv, da es auf der Treppe stockdunkel war, und er fragte sich bereits, ob auch hier der Strom ausgefallen war.

Da schaltete Benevole das Licht ein. Sie befanden sich in einem Gewölbekeller mit zahllosen Fässern aus hellem Holz. Die Fässer waren hüfthoch und lagen in Zweierreihen nebeneinander. Von ihnen ging dieser an Nelken oder Karamell erinnernde Duft aus. Die Spundlöcher waren entweder verkorkt oder mit einem gläsernen Verschluss versehen, aus dem Luft entweichen konnte.

»Der Teil mit den Rundbögen ist der alte Keller, direkt unter dem Haus«, erklärte Benevole. »Später haben wir angebaut, weil wir zu wenig Platz hatten, der neue Keller schließt daran an.«

»Das habe ich oben gar nicht gesehen«, sagte Frank.

»Das kann man auch nicht sehen. Der Boden ist bepflanzt.«

»Und die Fässer hier?«

»Sangiovese, was sonst. Da drüben«, Benevole wies auf eine Reihe von Fässern an der Wand, »da lagern Canaiolo und Colorino, zwei rote Rebsorten, mit denen bis vor wenigen Jahren der Chianti verschnitten wurde.«

»Weshalb gerade die?«

»Canaiolo macht den Wein robuster, und Colorino, wie der Name schon sagt, bringt Farbe mit. Aber wir sind dabei, auch mit Merlot und Cabernet Sauvignon zu verschneiden, wie andere auch. Wir bauen die Weine erst einzeln aus, dann stellen wir die Cuvée zusammen. Wie sie später miteinander reagieren?« Benevole lachte. »Das lernt man aus Erfahrung. Da erlebt man als Anfänger einige blaue Wunder. Was schiefgehen kann, das geht auch schief.«

Benevole drehte bei einem der Fässer den Stopfen heraus und schob einen Glaskolben durch das Spundloch. Er verschloss mit einem Finger die obere Öffnung des Kolbens, dadurch entstand ein Vakuum, das den Wein in der Röhre hielt, und ließ dann ein wenig Wein in zwei Gläser laufen. Eines gab er Frank.

»Sangiovese aus dem letzten Jahr, ein Jahrhundertjahrgang. Wir hatten so viel Sonne, dass die Beeren an den Stöcken fast kochten. Schauen Sie, es ist ein schönes Rubinrot, später wird es sich noch verändern. Und riechen Sie mal!«

Frank steckte die Nase ins Glas, so wie er es bei den Winzern gesehen hatte. Für ihn roch der Wein gut, aber nicht viel anders als andere, die er hier probiert hatte.

»Was riechen Sie?«, fragte Benevole.

»Veilchen und etwas Kirsche, ja, und … Nelke vielleicht?«

»Schon ganz gut für den Anfang«, meinte der Winzer

wohlwollend. »Beim Geschmack wird es komplizierter. Da gehört einige Erfahrung dazu und zur richtigen Beschreibung das entsprechende Vokabular.«

Frank probierte und hatte ein leicht pelziges Gefühl im Mund. »Das kommt von der Gerbsäure, dem Tannin, nicht wahr? Aber er schmeckt und riecht ähnlich wie der, den wir gestern Abend getrunken haben.«

»Welcher war das?«

»Ein Chianti Classico von Giacomo Paese.«

»Natürlich. Zum einen ist es Sangiovese, zum anderen haben wir, Paese und ich, ungefähr denselben Bodentyp. Die toskanische Erde ist sehr unterschiedlich, im Wesentlichen haben wir vier Bodentypen. Hier, auf Podere Rondine, ist es Alberese: Sandgestein, ton- und kalkhaltig, Sie sehen das an den etwas schrofferen Bergen. An der Oberfläche finden wir an manchen Stellen auch Scaglie, da ist Alabastergips mit drin. Der Boden eignet sich nicht zum Weinbau. Nach Süden hin, in Richtung Siena, geht es wieder; da wird es flacher, die Hügel sind runder, da ist zuerst Tuffgestein, dann kommt der Ton. Aber überall gibt es Galestro, Kiesel und Steine, sie machen den Boden durchlässig. All das finden Sie im Wein wieder, im Geschmack, im Duft.«

Frank erinnerte sich an die bisherigen Aufnahmen. Der Erde hatte er wenig Aufmerksamkeit geschenkt, aber jetzt erinnerte er sich an grauen Boden, umbrafarbene Brocken oder fast weiße Kieselsteine, an manchen Stellen war das Erdreich ocker, teilweise sogar bräunlich. Klar, das alles hatte eine geologische Bedeutung. Doch dass sich diese Bodentypen auf den Geschmack und den Wein auswirkten, war ihm neu.

Renato Benevole führte ihn zu anderen Fässern, erklärte die Beschaffenheit der Weine, ihre Besonderheiten, und ließ Frank einen Wein nach dem anderen probieren, bis er ein wenig beduselt war und sich erinnerte, dass er zum Fotografieren hier war und nicht zum Trinken. Aber es machte Spaß, sich mit den Unterschieden zu beschäftigen, die Weine in einer Reihe nacheinander zu probieren und zu vergleichen, was er nie zuvor getan hatte.

Als er seine Kameras auspackte und das Stativ aufstellte, ließ Benevole ihn allein. »Wir verschieben die Ausbildung zum Önologen auf ein andermal. Sie finden den Weg hinaus? Wenn Sie draußen fertig sind, wird es Zeit zum Abendessen. Sie sind herzlich eingeladen.«

Es war dunkel, als Frank sich auf den Heimweg machte. Ihm war klar, dass er nicht mehr hätte fahren dürfen, aber wer sollte ihn in dieser Einöde kontrollieren? Verkehr gab es auch nicht, also würde schon nichts passieren. Er fuhr nicht über Vagliagli zurück, sondern in Richtung Siena. So vermied er die Schlaglochstrecke durch den Wald, gelangte kurz vor Siena auf die Chiantigiana und fuhr zurück nach Castellina. Beim Essen hatte ihm Benevole angeboten, auf dem Weingut Quartier zu nehmen, wenn er wollte, gleich morgen. Die Familie vermietete Ferienapartments, und ein Gast hatte kurzfristig abgesagt. Frank konnte die zwei kleinen Zimmer mit Küche günstig bekommen, und Benevole wollte ihn weiter in den Weinbau einführen.

Letztlich doch ein gelungener Tag, dachte Frank, als er vor dem Hotel ausstieg. Er musste jetzt nur noch an Laura vorbeikommen. Er schulterte die Fotoausrüstung, schloss den Wagen ab und schlenderte auf die Hoteltür zu. Zwei Männer traten aus dem Schatten neben der Tür, einer verstellte ihm den Weg, der andere blieb hinter ihm.

»Sind Sie Signor Gatow, der Fotograf aus Deutschland?«

Der größere der beiden Männer griff mit der rechten Hand in die Jackentasche, Frank erstarrte. Der Mann zog eine eingeschweißte Karte hervor und hielt sie Frank hin. »Carabinieri. Commissario Sassarella. Würden Sie bitte mitkommen?«

Mit einem Mal war Frank wach und nüchtern. »Wieso? Wozu? Sagen Sie mir, worum es geht!«

Nein, so einfach ließ er sich nicht einschüchtern, dazu hatte er zu viel erlebt. Er war hier nicht in irgendeiner Bananenrepublik, sondern in einem Mitgliedsland der Europäischen Union. »Ich will mir Ihren Ausweis genau ansehen!«

»Wir haben Fragen, und deshalb verlangen wir, dass Sie mitkommen.«

»Fragen können Sie auch hier«, sagte Frank. »Und wohin soll ich mitkommen? Sie haben kein Recht, mich hier mitten in der Nacht – sagen Sie endlich, was Sie wollen!«

»*Naturalmente,* selbstverständlich«, sagte der Mann, der sich als Commissario ausgegeben hatte, und blickte sich nach allen Seiten um. Frank tat es ihm gleich, außer ihnen befand sich niemand auf der Straße. Sein Gegenüber schien die Arme über der Brust zu verschränken, und dann sah Frank wieder eine Hand auf sich zuschießen. Diese Mal war er nicht so überrascht, aber er schaffte es trotzdem nicht, den Kopf vollends zur Seite zu drehen. Die Handkante traf ihn zwar nicht so hart, aber er merkte sofort, wie ihm das Blut in die Nase schoss. Er taumelte zurück, da war der Fuß des zweiten Mannes, er stolperte und fiel zu Boden. Selbst im Fallen dachte er noch daran, sich nach rechts zu drehen, um nicht auf die Kameras zu fallen. Lieber brach er sich den Arm, als dass noch eine Kamera zu Bruch ging.

Der Arm blieb heil, die Kameras auch, dafür knallte Frank sehr schmerzhaft auf den Hüftknochen und schrie laut auf, mehr vor Schreck als vor Schmerz: »*Aiuto, soccorso!* Hilfe!«

Das waren keine Polizisten, das waren Gangster. Doch als der Mann ins Licht trat, der ihm das Bein gestellt hatte, erkannte Frank fassungslos den jungen Carabiniere. Der hielt ihm grinsend die Hand hin.

»Tut mir leid, das Straßenpflaster ist alt und schlecht, da stolpert man leicht.« Und leise fügte er hinzu: »Sollten Sie noch einmal meine Freundin belästigen, dann trete ich Ihnen die Nase ganz ein, ist das klar? *Capito tutto?*«

»Aufstehen, los, ein bisschen schneller!«, befahl der Commissario. »Wir fahren zur Wache.«

Die beiden Polizisten hoben Frank, obwohl er größer war

als sie, wieder auf die Füße, drückten ihm ein Taschentuch in die Hand und schoben ihn vor sich her zu einem zivilen Wagen. Zehn Minuten später saß er auf demselben Stuhl wie zwei Tage zuvor, nur dass er sich heute zwei Polizisten gegenübersah und mit Toilettenpapier versuchte, das Nasenbluten zu stoppen.

»Kennen Sie Niccolò Palermo?«

»Nein.«

»Wieso waren Sie dann mit ihm verabredet, wie es hier im Protokoll steht?«

»Weil ich sein Weingut fotografieren sollte.«

»Wieso wollten Sie das Gut fotografieren, wenn Sie es nicht kannten?«

»Weil es auf meiner Liste steht, die mir der Verlag gegeben hat. Den Termin hat das Consorzio festgelegt.«

»Was haben Sie oben auf dem Berg gemacht?«

»Ich wollte das Gut fotografieren.«

»Wieso von oben und so weit weg?«

»Weil eine Totale, eine Gesamtaufnahme, dazugehört. Sagen Sie, was soll das hier? Das habe ich alles schon ihrem, ihrem …« Frank suchte nach einem weniger beleidigenden Ausdruck, er wollte keinen weiteren Schlag auf die Nase riskieren, deshalb hielt er lieber den Mund. Das Toilettenpapier war inzwischen blutgetränkt.

»Hol ihm noch was«, sagte der Commissario zu seinem Untergebenen, »sonst saut er uns alles ein.« Und Frank zugewandt, fragte er: »Haben Sie einen Beweis, dass Sie da oben niedergeschlagen wurden?«

»Von wem? Von Ihnen?«

»Wenn hier einer witzig ist, dann bin ich das, du Paparazzo. So, und nun mach endlich den Mund auf. Wo ist Niccolò Palermo? Wo ist sein Sohn?«

Frank sah den Commissario vor sich, sein breites, unangenehmes Gesicht, gewöhnlich und dumm, deshalb saß er wahrscheinlich in Castellina fest und wurde nicht befördert.

»Ich weiß es nicht. Ich will einen Anwalt.«

Der Commissario lachte. »Einen Anwalt will der Signore? Ah, jemand, der seine Rechte kennt. Die Anwälte schlafen jetzt, leider, hier geht man früh zu Bett. Pech für Sie. Also noch mal: Waren Sie auf dem Hof?«

»Nein, verdammt, ich bin gar nicht dazu gekommen, er war auch gestern Morgen nicht da, als ich dort oben mein Handy gesucht habe.«

»Also waren Sie doch da. Sie lügen, das wissen wir, Sie Schlaumeier, Sie sind gesehen worden. Auch wenn es alles einsam aussieht, irgendwer ist immer unterwegs. Wo waren Sie gestern tagsüber?«

In dieser Art ging es weiter, sie drehten sich im Kreis. Frank merkte an der Fragestellung des Commissario, dass er ihn einschüchtern wollte. Es ging gar nicht um das Verschwinden von Niccolò Palermo und seinem Sohn. Und der junge Polizist war anscheinend Lauras Freund, bei dem sie mit den zukünftigen Fotos geprahlt hatte.

Als Frank eine halbe Stunde später auf der Straße stand, über sich die Sterne, und die laue Luft tief in sich einsog, meinte er, aus einem Albtraum aufgewacht zu sein. Aber als er sich die Nase rieb und das klebrige Blut an der Hand fühlte, hatte er das ungute Gefühl, dass der Auftritt eben nicht die Schlussszene eines Dramas war, sondern erst der Prolog.

5

Donnerstag, 30. September

»Friedlich? Nein! Die Bewohner der Toskana sind nicht friedlich. Wir sind hart, Krieger sind wir! Man muss frühzeitig unterscheiden lernen: Wer ist dein Freund? Wer ist dein Feind? Das ist eine Frage des Überlebens.«

Marco Malatesta reckte sich und wirkte dadurch noch größer. Der Winzer war für einen Italiener geradezu ein Riese, er hatte etwas von einem Baum, er wirkte knorrig, aber grau wie der Stamm waren nur seine Augen. Frank beschloss, den Winzer unter einem seiner Ölbäume und nicht im Weinberg zu porträtieren, eine Hacke wie eine Waffe in Händen.

Seine Fattoria Tre Querce lag auf der Kuppe eines Hügels, und Malatesta beobachtete von oben, wie Stefano Scudiere weiter unten durch die Rebzeilen ging und den Reifegrad der Trauben prüfte. Er träufelte etwas Traubensaft auf die abgeflachte Spitze des Spektrometers und hob das Röhrchen ans Auge. Die Lichtbrechung sagte ihm den Zuckergehalt der Beeren, aber nichts über ihren physischen Reifegrad.

»Sonst verlässt er sich lieber auf seine sensorischen Fähigkeiten«, sagte Malatesta, und Frank hatte den Eindruck, dass er damit gar nicht einverstanden war. »Er will morgen mit der Lese beginnen, die Geschmacksstoffe im Wein haben angeblich ihr Optimum erreicht. Ich will lieber noch einen Tag länger warten, mir ist der Zuckerwert noch nicht hoch genug, um einen Wein mit 13,5 Prozent Alkohol zu bekommen.« Der Winzer blickte verdrießlich ins Tal und wartete ungeduldig auf die Rückkehr seines Beraters.

»Nach außen hin scheinen hier alle ein Herz und eine Seele. Zu Ihnen sind bestimmt alle freundlich. Weshalb auch nicht? Wir wollen schöne Bilder von unseren Weinbergen, von uns und von den Kellereien, so verbessern wir unser Image, gewinnen neue Kunden, und Sie, Franco, sind jedermanns Freund.«

Frank war ganz anderer Ansicht, denn seit gestern gab es neben den Predigern weitere Personen, denen seine Anwesenheit so sehr missfiel, dass sie auf ihn einschlugen.

»Wir untereinander – das ist was anderes. Nach außen scheint die Familie einig, aber im Inneren sieht es anders aus. Was hat uns geprägt? In der Toskana wurde über Jahrhunderte gestritten, gemordet, intrigiert ... Wie viele sogenannte edle Familien führen ihren Adel auf die *condottieri* zurück? Söldner waren das und Raubritter! Ständig wurden die Seiten gewechselt, Verträge gebrochen, und wer den Herrschern nicht passte, wurde umgebracht oder verbannt. Dante und Machiavelli durften sich Florenz von weitem ansehen, genau wie Palla Strozzi, einer der wenigen ehrenwerten Aristokraten der Medici-Ära. Mailand kämpfte gegen Venedig, Florenz immer gegen Siena, beide zusammen gegen Arezzo, oder Lucca fiel über Padua her oder Bologna über Pisa ...«

»Das ist lange her«, wandte Frank ein.

Malatesta schob grimmig das Kinn vor. »Die aus Arezzo können nicht mal einen anständigen Furz lassen, heißt es heute noch. Und wenn Sie mit Sienesen mitfahren, und Ihnen kommt einer aus Florenz in die Quere, dann wird sofort gegen die Florentiner gewettert. Seit wann ist Italien vereint? Wissen Sie das?«

»Die Einigung wurde um 1860 oder 1870 vollzogen ...«

»Stimmt, zur Zeit der deutschen Vereinigung. Bis dahin regierten hier Päpste, Deutsche, Bourbonen, Österreicher und Spanier. Italien ist so wenig eine Nation wie Deutschland, es ist zerrissen, gespalten.«

»Seit damals ist vieles zusammengewachsen.«

Malatesta winkte ab, einen verächtlichen Zug um den Mund. »Jede Region verfolgt ausschließlich ihre eigenen Interessen. Wer hier von Italien spricht, meint sich selbst. Das ist in Deutschland kaum anders. Sehen Sie sich unsere Parteien an: Forza Italia, die Kommunisten, Partito Democratico, Alleanza Nazionale, die Faschisten, dann die Lega Nord. Sie würden sich am liebsten vom Süden trennen, weil er sich angeblich nicht entwickelt. Und wer verhindert das? Die Politiker! Sie schieben fleißig Hilfsgelder nach Süden, allerdings in die Taschen ihrer Freunde. Jede Bewerbung um ein öffentliches Amt hat den Griff in die Staatskasse zum Ziel! Und wenn die leer ist, wird eine andere Partei gewählt und greift zu.«

Frank hatte den Eindruck, dass Malatesta ein ziemlich dickes Paket aus der Vergangenheit mit sich herumschleppte, lange schon. Aber er musste von der Politik zurück zum Wein, das war sein Thema; die Sonne stieg, es waren noch viele Aufnahmen zu machen.

Frank dirigierte Malatesta in den Schatten eines alten Ölbaums, der die Mauer eines Schuppens gesprengt hatte. »Aber im Weinbau wurde in den letzten zwanzig Jahren doch vieles modernisiert, wie man mir ...«

Der Winzer hob abwehrend beide Hände. »Es gibt verschiedene Typen von Weinbauern, von Winzern, oder nennen Sie sie meinetwegen Weinmacher, ganz wie Sie wollen. Da sind die Winzer, die machen die Mode, da gibt es diejenigen, die ihr folgen – immer zwei, drei Jahre hinterher –, und dann sind da noch diejenigen, die gar nicht wissen, wie sie ihren Wein haben wollen und was sie tun sollen, damit er so wird wie ... na ja, wie? Sie wissen es eben nicht.«

»Zu welcher Gruppe zählen Sie sich?« Frank überlegte, ob die Frage verletzend war, aber Malatesta war kein Modemensch – mit seinem verwaschenen Hemd, der Jeansjacke, einer fleckigen Hose und weichen Lederstiefeln. Teuer war nur die Cartier an seinem Handgelenk.

»Ich halte mich für einen Kreativen, den da unten übrigens auch«, er zeigte auf Scudiere, dessen Kopf dann und wann zwischen den Rebzeilen auftauchte. »*Caminare la terra* nennt er es, die Erde ablaufen, jeden Quadratmeter meiner zwanzig Hektar kennt er … seit Jahren. Kreative, das sind Leute, die ihren Wein so machen, wie sie wollen, die eine Vorstellung haben, der sie folgen. Und manchmal trifft man den sogenannten Trend. Das ist dann der Durchbruch oder der ganz große Erfolg. Wahrscheinlich drängen sie mich deshalb dazu, Tre Querce zu verkaufen. Unsere Arbeit und der Trend haben sich gerade gekreuzt.«

»Gilt das nicht für alles? Ich meine, wenn der eigene Stil die Mode trifft?« Frank spürte, wie der Winzer sich langsam entspannte; gleich hätte er ihn da, wo er ihn haben wollte. Man musste den Mann lassen, wie er war, knorrig, radikal, widerspenstig, und wenn er sich dabei wohlfühlte, brauchte Frank nur noch abzudrücken.

»Es gibt Winzer, die fordern, dass dem Chianti Classico vierzig Prozent anderer Rebsorten beigemischt werden sollen. Die haben zu viel Merlot und Cabernet Sauvignon für ihre Super Tuscans angepflanzt und sind darauf sitzengeblieben. Die Mode ist vorbei, die Preise waren zu hoch, hinzu kam der drastische Verkaufsrückgang in den USA, auch Deutschland kauft wenig, keine Qualität, Hauptsache billig.«

Wenn dieser Mann seine positive Seite nach außen kehrte, das, was er an Stärke besaß, sah er großartig aus – und Frank machte die Aufnahme, auf die er gewartet hatte.

»Lassen Sie uns zu Scudiere gehen. Die Sonne steigt, das Licht wird härter …«

Malatesta grinste geheimnisvoll. »Vorher muss ich Ihnen noch zeigen, was mir am meisten Freude macht.«

Er zog Frank ungeduldig über den mit Kies bestreuten Innenhof zu einer unter Weinranken und Glyzinien versteckten Tür, öffnete sie und betrat – den Pferdestall. In einer der vier halbhohen, gitterlosen Boxen stand eine braune Stute – und neben ihr, noch staksig auf den Beinen, ein Fohlen mit vier weißen Hufen.

»Um zwei Uhr heute Nacht ist es gekommen«, sagte Malatesta stolz, als wäre er der Vater. »Ich habe kein Auge zugetan. Ist es nicht wundervoll?«

Er hielt der Stute einen Apfel hin, den sie gerne fraß, wobei sie mit ihrem Körper ihr Fohlen abschirmte. Malatesta öffnete die Box, kniete sich neben dem Fohlen ins Stroh und lächelte.

Hier hätte ich ihn porträtieren müssen, dachte Frank. Je mehr ich über ihn weiß, desto besser trifft das Bild den Charakter, im Guten wie im Bösen. Nur, bei diesem Job durfte es nichts Böses geben, alles hatte positiv zu sein, es gab nur blauen Himmel, alle Restaurants waren erstklassig, die Weine Spitzengewächse und die Menschen edel. Alles andere wurde ausgeblendet.

Zwischen den Boxen führte eine Tür ins Freie, sie gab den Blick auf den Nordhang frei, eine Weide, die sich nach unten bis zum Weg am Fuß des Hügels zog.

»Diese Seite ist für den Wein ungeeignet«, hörte Frank den Winzer sagen, aber er war mehr damit beschäftigt, nach einem Fluchtweg Ausschau zu halten, denn drei ausgewachsene Pferde kamen im Galopp hochgeprescht. Frank brachte sich hinter der Tür in Sicherheit. Erst als Malatesta die Hand hob, blieben sie direkt vor ihm stehen.

Malatesta führte Frank außen um das Haus herum, er schaute zu den hohen Steinmauern hinauf. »Familienbesitz?«

»Selbstredend«, sagte Malatesta, »aber mein Name täuscht. Wir haben mit dem Geschlecht der Malatestas nichts zu tun. Meine Vorfahren waren Landwirte, seit Generationen, nicht ganz arm, wie man sieht, aber auch keine Fürsten. Wir hatten auch einen berühmten Anarchisten in der Familie, der hat bis zu Mussolinis Machtergreifung eine Zeitung herausgegeben, aber sonst haben wir immer hart arbeiten müssen.«

Für Franks Geschmack untertrieb Malatesta ein wenig. Wer vor hundert Jahren hier ein derartiges Haus besessen hatte, musste keine Ställe ausmisten oder im Spätherbst Kiepen voller Trauben den Berg raufschleppen. Dafür gab es Lesehelfer, Kellermeister und einen Consultore wie Stefano Scudiere. Häuser, der Landbesitz, auch Eichenwälder gehörten zu den meisten Gütern, inklusive Jagdrecht. Dieser Reichtum ringsum verunsicherte Frank. Wer hatte den Preis dafür bezahlt? Die Besitzer oder die Landarbeiter? Wenn er sich mit einem der Winzer verglich – was konnte er vorweisen? Bilder, Illusionen, Zelluloid und Bits. Was waren die Geräte in seiner Dunkelkammer wert? Was die auslaufenden Spiegelreflexkameras? Nichts, wenn er sie verkaufen wollte. Das Teuerste war die Blitzanlage: Fünfzehntausend Euro hatte sie ihn gekostet, gebraucht würde man ihm vielleicht noch viertausend dafür geben. Sein alter Wagen war in der Werkstatt, er fuhr den seines Vaters, ganz nette Möbel in der Wohnung, Bücher, aber alles nichts von Wert …

»*Vieni qui!* Komm hierher!« Scudiere riss Frank, der den Hang, während Malatesta noch einmal sein Büro aufgesucht hatte, inzwischen ein gutes Stück hinuntergegangen war, aus seinen Gedanken. Frank sah den Kopf des Consultore in etwa dreißig Meter Entfernung ab und zu aus dem Blättermeer auftauchen. Sollte er ihm doch von dem Überfall der Prediger erzählen und von dem, was sich gestern Abend vor dem Hotel ereignet hatte?

Den kleinen Scheißer an der Seite des Commissario hatte sich Laura offensichtlich als Freund ausgesucht und wahrscheinlich vor ihm angegeben, dass Frank sie groß rausbringen würde. Jetzt war der Typ rasend eifersüchtig. Die Situation war verfahren, dieses Theater konnte seinen Auftrag gefährden … Nur gut, dass er heute umziehen würde. Bei Benevole war er vor Laura sicher. Die Verkostung in Siena würde sich bestimmt bis in den Abend hinziehen, also musste er vorher seine Sachen packen.

»He, Franco!« Scudiere stand plötzlich neben ihm. »Eingeschlafen?«

Frank schrak auf. »Ja, so was Ähnliches.« Verblüfft musterte er den Consultore. Er trug ein gelbes Polohemd von Lacoste, eine elegante helle Hose von Gucci, und die weichen Lederschuhe, mit denen er durch die Rebzeilen lief, kosteten mindestens 250 Euro. Dazu noch eine goldene Armbanduhr! Bereits gestern hatte Frank sich über Scudieres elegantes Auftreten gewundert.

Er zögerte, aber dann gab er sich einen Ruck. Scudiere würde Fragen stellen, aber das musste er in Kauf nehmen. »Ich brauche einen Anwalt. Kennst du jemanden? Verlässlich muss er sein.«

»Worum geht es, um eine Auskunft? Kann ich nicht weiterhelfen?«

»Höchstens mit einem Anwalt.«

»Du hast Ärger, vermute ich?«

Frank seufzte. »Nein.«

Scudiere stutzte. »Wofür dann einen Anwalt, hier in Italien? Jede normale Rechtssache hätte doch Zeit, bis du wieder in … wo wohnst du noch mal? In Hamburg? *Allora*, was hat keine Zeit bis dahin? Hast du einen Autounfall gehabt?«

Besonders geschickt stellte Frank sich nicht an. Versteckspiel war nie seine Sache gewesen, und andere belästigte er selten mit seinen Angelegenheiten. Er war Einzelgänger, bei einer Reportage war er eine gewisse Zeit zur Zusammenarbeit mit dem Journalisten bereit, doch nach der Arbeit ging er lieber seine eigenen Wege. Mit Frauen war es ähnlich. Irgendwann waren ihm die meisten Beziehungen zu eng geworden, und war das einmal nicht der Fall, schob Christine sich dazwischen.

Scudiere bemerkte, wie Frank sich wand, und machte es ihm leicht: »Selbstverständlich kenne ich Anwälte. Für welches Gebiet? Wie soll ich dir sonst den Richtigen empfehlen?«

Frank musste schmunzeln, Scudiere war nicht dumm. »Ich brauche jemanden, der mir hilft, wenn die Polizei mir Ärger macht. Reicht das als Antwort?« Mehr durfte er nicht preisgeben. Er kannte Scudiere nicht, und Vertrauen wollte erworben sein, obwohl sich das Verhältnis zu anderen Menschen meistens in den ersten Sekunden ihres Zusammentreffens entschied. Scudiere lag auf seiner Wellenlänge.

»Einen aus Florenz oder Siena?«

Frank sah Malatesta den Hügel herabkommen. »Halte mich bitte aus eurem Jahrhundertgemetzel raus.«

»Also Florenz«, frotzelte Scudiere, »schön auf der Seite der Sieger bleiben! Hast du was zu schreiben?«

Frank gab ihm Papier und Bleistift.

Scudiere notierte Namen und Telefonnummer. »Ein guter Freund von mir, absolut verlässlich, ich rede mit ihm, mit dem Alten. Der Sohn, na ja, ein *ragazzo sconsiderato.*«

Einen leichtsinnigen Jungen wollte Frank allerdings nicht engagieren, sein Fall war etwas für jemanden mit Fingerspitzengefühl. Inzwischen hatte der Winzer sie fast erreicht, als Frank sich erinnerte, was er Scudiere hatte fragen wollen: »War Malatesta politisch aktiv, so in den sechziger Jahren?«

»Das merkt man, nicht wahr? Ja, er war das, was man in Italien einen Militanten nannte, bei Lotta Continua, radikal und links, obwohl jeder sich darunter was anderes vorstellt, entsprechend seinen Vorurteilen. Soweit ich weiß, ist er abgesprungen, bevor alle zu Realos wurden. Er nennt sie Opportunisten, und das klingt nicht so gut wie Realo.«

»Und du selbst?«

»Ich pflege meine Radikalität im Weinberg, ähnlich wie Malatesta heute. Aus der politischen Überzeugung wurde die ökologische. Unsere Produktion hier ist zu hundert Prozent biodynamisch! Köpfchen statt Chemie.«

Was das bedeutete, erklärte Malatesta, als er zu den beiden

gestoßen war. Er setze nur von außen wirkende Stoffe gegen Schädlinge ein, Kräuterauszüge und tonhaltige Minerale. Eine Begrünung der Rebzeilen zur Bodenbelüftung und Naturdünger waren für ihn Selbstverständlichkeiten.

»So bekommt auch die Pferdehaltung ihren Sinn, über das Abreiten deines großartigen Besitzes hinaus«, flachste Scudiere, was mit einem bösen Blick kommentiert wurde.

Biodynamisch hieß für Malatesta, ausschließlich Rebsorten anzubauen, für die der Boden auch geeignet war. Die Bestockungsdichte habe er erhöht, aber die Erntemenge verkleinert und den Blattschnitt intensiviert. Dadurch trockne der Wind die Blätterwand und beuge dem Pilzbefall vor. Auch die Thermik am Hang trage dazu bei.

Frank überlegte gerade, wie er diese Informationen fotografisch zum Ausdruck bringen könnte, als Malatesta das Thema wechselte.

»Eben hat wieder dieser unangenehme Mensch von der Immobilienfirma angerufen. Der nervt mich seit Tagen.«

»Du hast mir gar nichts davon erzählt.«

»Ich dachte, es wäre nicht so wichtig. Aber jetzt nervt es, *terribilmente.* Alle zwei Tage rufen die an, obwohl ich von Anfang an klargemacht habe, dass ich nicht verkaufe, nur über meine Leiche. Und der Kerl hat gelacht, eine Unverschämtheit.«

»Welcher Makler war das?«

»Vignabella oder Terrabella, ein gewisser Filippi, aus Colle Val d'Elsa. Ich wusste nicht, dass es dort Immobilienhaie gibt.«

»Hat er einen Preis genannt?«

Frank hörte noch, dass Malatesta die Frage bejahte, als er sich ein Stück entfernte, um den Winzer zusammen mit seinem Berater zu fotografieren. Auch den Betrag bekam er noch mit: hunderttausend Euro je Hektar – ein Wahnsinn für hundert mal hundert Meter. Malatesta besaß zwanzig Hektar. Da wollte jemand tatsächlich zwei Millionen für das bisschen Rebland ausgeben. Wie viel Wein musste man produzieren, um das wieder hereinzuholen? Frank stutzte. Hatte nicht gestern …? Genau, Giacomo Paese, auch er hatte von einem Interessenten gesprochen. Ach, was ging es ihn an, ob sie ihre Weinberge verkauften oder nicht? Er musste Fotos verkaufen und sie dazu erst einmal machen.

Eine halbe Stunde später war alles geschafft, und Frank schleppte die Ausrüstung den Berg hinauf zum Wohnhaus. Was ihm von außen als Bollwerk erschienen war, entpuppte sich von innen als herrschaftlicher Sitz mit hohen Räumen und kostbaren alten Möbeln. Reich verzierte Balken trugen die Decken, dicke Teppiche bedeckten glänzende Terrakottafliesen. Die schmiedeeisernen Kandelaber waren antik, genau wie die vergoldeten Bilderrahmen der Gemälde in den Wohnräumen.

Ein Hausmädchen wies Frank den Weg zur Küche, wo ihn die Köchin und Signora Malatesta erwarteten. Die Frau des Winzers war eine kleine, äußerst lebhafte Person, bei der man nicht auf den Gedanken kam, dass sie im Schatten ihres Mannes verkümmern könnte. Wie alle Frauen, die Frank im Chianti getroffen hatte und die auf dem Lande lebten, war sie ein handfester Typ und verfügte gleichzeitig über eine gehörige Portion Charme. Das waren nicht die abgedrehten Frauen Fellinis oder die zickigen Partnerinnen von Marcello Mastroianni.

Der Tisch in der Mitte der Küche war für vier Personen gedeckt, fasziniert betrachtete Frank das Arrangement und griff sofort wieder nach der Kamera. Vor ihm lag alles, was die Fattoria produzierte: mehrere Sorten Oliven, winzige eingelegte Tomaten und Paprika, gebackene und mit Käse bestreute Auberginenscheiben, Käse von Ziegen, Schafen und Kühen, kaltes Rebhuhn in Aspik, Pasteten sowie Würste, die Frank nicht zu benennen wusste und die ihn an die Auslage des Lebensmittelladens in Castellina erinnerten. Und die Köchin bereitete zusätzlich ein Soufflé mit Waldpilzen.

Ich werde mich zurückhalten, beschloss Frank, sonst werde ich dick und unbeweglich. Aber als alle anderen zulangten, war der Vorsatz schnell vergessen, besonders als der Chianti vom Vorjahr und ein frischer, weicher Vermentino auf den Tisch kamen, den Malatesta nur für sich und Freunde kelterte.

Signora Malatesta wandte sich an Frank: »Wenn Sie überall herumkommen, haben Sie bestimmt gehört, dass ein Kollege und sein Sohn verschwunden sind.«

Frank nickte, um einen gleichgültigen Gesichtsausdruck bemüht.

Die Signora versuchte ihr Glück bei Scudiere, sie schien ernstlich besorgt. »Hast du was in Erfahrung bringen können, Stefano?«

»Nichts, keine Spur. Sehr merkwürdig, dass zwei Menschen einfach spurlos verschwinden. Am Montag sind sie zuletzt gesehen worden, heute ist Donnerstag. Wir haben überall herumgefragt, Suchmeldung im Radio, das Consorzio hat an alle Winzer E-Mails mit Fotos verschickt, und auf der Azienda haben sie seinen Hund in jeden Winkel gehetzt – der hätte ihn garantiert gefunden. Heute soll eine Hundertschaft Polizeischüler aus Florenz die Gegend absuchen, auch den Wald.«

Scudiere schüttelte den Kopf, dann sah er Frank lange und eindringlich an. Frank wurde flau, für sein Empfinden war der Blick zu eindringlich. Wusste der Consultore, was sich oben auf dem Weinberg abgespielt hatte, wusste er, dass Frank womöglich der Letzte war, der einen der beiden gesehen hatte? Denn entweder waren am vergangenen Montagnachmittag der Winzer oder sein Sohn über den Hof gelaufen. Wahrscheinlich hatte Palermo Franks Namen und das Treffen im Kalender notiert, und den Kalender konnte jemand in die Finger bekommen haben, es sei denn, Palermo trug ihn bei sich. Auch das Consorzio wusste von der Verabredung, verdammt, und bei der Polizei hatte er es zu Protokoll gegeben. Frank wurde heiß und kalt, irgendwann würden sie auf ihn kommen, und das machte ihm Angst. Er griff nach dem Weißwein, und unter Scudieres strengem Blick verschüttete er beim Eingießen etwas Wein. Oder bildete er sich alles nur ein?

»Marco sagte, dass das Verschwinden der beiden auch gestern Abend im Umweltbeirat Thema war«, sagte in diesem Moment Signora Malatesta. »Und? Seid ihr in der anderen Frage zu einem Ergebnis gekommen?«

»Welcher Frage?«, wollte Scudiere wissen.

»Es geht um Neubauten und um Gutachten«, erklärte Malatesta. »Niccolò war an der Sache dran, aber es ist viel zu früh, darüber zu sprechen.«

»Du informierst mich doch rechtzeitig? Ich würde gern wissen, was hier läuft«, bat Scudiere.

»*Ma naturalmente, amico*«, antwortete Malatesta lächelnd und prostete Scudiere zu, »du wirst der Erste sein.«

Während die anderen über den Sinn des Umweltausschusses debattierten, dachte Frank darüber nach, dass zwei der Winzer, die er in den letzten Tagen aufgesucht hatte, von Käufern angesprochen worden waren.

»Wieso sind Makler bei den hohen Grundstückspreisen überhaupt an einem Kauf von Weingütern interessiert?«, platzte er mitten in die Unterhaltung.

Malatesta wischte sich mit einer Stoffserviette über den Mund. »Mein Wein gehört, dank Stefanos Hilfe, zu den absolut Besten hier. Da finden auch andere daran Gefallen. Die Toskana ist ausverkauft, alles wie leer gefegt, aber Leute mit Geld gibt's genug. Es gehört mittlerweile zum guten Ton, ein Weingut zu besitzen, auch wenn man dort weder lebt noch arbeitet. Die letzten Immobilien haben Ausländer gekauft, Holländer, Deutsche, US-Amerikaner. Das Gebiet des Chianti Classico umfasst lediglich 7100 Hektar Rebland. Nur der Wein von hier darf sich Chianti Classico nennen. Die Rebflächen dürfen nicht vergrößert werden.«

»Wenn jemand einen Baum fällt«, warf Scudiere ein, »ist Marco der Erste, der die Polizia Forestale alarmiert.«

»So schlimm bin ich auch wieder nicht«, meinte Malatesta begütigend. »Die Weinberge mit Sangiovese, die zum kontrollierten Ursprungsgebiet gehören, wir nennen das Denominazione de Origine Controllata e Garantita, DOCG, sind registriert. Das steht auf der rosa Banderole, die oben über den Flaschenhals geklebt ist. Zwei Drittel davon verkaufen wir ins Ausland, davon dreißig Prozent in die Vereinigten Staaten, ein für uns sehr lukrativer Markt. Die würden Sangiovese gern selbst anbauen, bei den vielen italienischen Einwanderern ein Bombengeschäft. Im Napa Valley und im Bundesstaat Washington haben sie's versucht. Klappt nicht, den Duft kriegen sie nicht hin, den Geschmack auch nicht. Dazu braucht es unsere Erde.« Die Genugtuung darüber war Malatesta deutlich anzusehen.

Nach dem üppigen Mahl löste sich die Runde auf, und Frank machte sich auf den Weg. Das Weingut von Marco Malatesta lag westlich von Panzano. Bis nach Castellina brauchte Frank eine knappe Stunde. Im Hotel warf Frank sein Hab und Gut schnell in seine Koffer, hinterließ bei Lauras Mutter als neue Adresse ein Hotel in Gaiole (wo Laura ihn garantiert nicht auftreiben würde) und zockelte in der Staubwolke eines Campingbusses über die Schlaglochstrecke nach Vagliagli und weiter zur Tenuta Rondine.

Seine neue Unterkunft lag bei weitem nicht so verkehrsgünstig wie Castellina. Dadurch würden die Wege länger und wegen der schlechten Straße beschwerlicher. Andererseits hatte er bei Renato Benevole seine Ruhe und war mitten in der Weinlese, mitten im Thema. Etwas Besseres konnte ihm nicht passieren, hier würde er die Kamera nicht mehr aus der Hand legen.

Der Winzer begrüßte Frank herzlich und half ihm, seine Ausrüstung über die Außentreppe ins Apartment im ersten Stock des ehemaligen Wirtschaftsgebäudes zu bringen.

»Mehr haben Sie nicht? Lord Byron reiste damals mit fünf Kutschen und einigen Möbelwagen durch die Toskana.«

»Ich weiß«, sagte Frank und suchte den Kühlschrank, um seine Filme kühl zu lagern, »sogar seinen Koch hat er mitgenommen.«

»Hier kochen Sie selbst.« Benevole zeigte Frank die kleine Küche, die an den Wohnraum mit Schreibtisch und Sitzgruppe anschloss, das Weinregal war gefüllt. Rechts lag ein offener Kamin, daneben führte eine Tür zum winzigen Schlafzimmer. Frank öffnete die Fenster und klappte die Läden auf. Ein atemberaubender Anblick bot sich ihm: Berge und Wälder, terrassierte Hügel mit Olivenbäumen, Benevoles Obstgarten und Wein – eine in Jahrhunderten gewachsene Landschaft. Inmitten der Grüntöne schimmerte grau und ocker die toskanische Erde durch, und ein paar alte Gemäuer, eingefallen und restauriert, leuchteten in der Sonne.

»*Che vista divina*«, sagte Frank zu dem Winzer, der neben ihm am Fenster stand, »ein göttlicher Ausblick!«

»Man gewöhnt sich dran«, murmelte Benevole gleichgültig, obwohl er um die Wirkung dieser Aussicht wusste, und kam dann gleich zur Sache. »Wegen der Verkostung – ich komme nicht mit nach Siena, mein Kellermeister vertritt mich, falls Sie Fragen haben. Sie fahren also besser mit dem eigenen Wagen.«

Viel Zeit zum Duschen blieb nicht, und nachdem Frank die Liste der gemachten Aufnahmen vervollständigt hatte, machte er sich auf den Weg nach Siena. Scudiere würde später kommen, er war noch einmal nach Florenz in seine Wohnung zurückgefahren.

Bei Ponte Bozzone erreichte Frank die Landstraße, und von dort aus war es ein Katzensprung bis zur Stadt. Die Torre del Mangia an der berühmten Piazza sowie die Kuppel des Doms wiesen den Weg. Unterhalb der Porta Ovile fand er einen Parkplatz. Von hier aus waren es ein paar Schritte zu den Rolltreppen, die ihm den mühsamen Aufstieg in die Altstadt ersparten. Das Gedränge wurde unangenehm. Um die Kameras sicher aufzubewahren, hatte Frank für diesen Anlass den Fotorucksack gewählt, den er vor der Brust tragen konnte, was allerdings weniger zum Sakko mit Krawatte passte.

Er überquerte einen Platz mit einer terrakottafarbenen, recht schmucklosen Kirche im Hintergrund und schritt auf der Via Rossi unter einem hohen Torbogen hindurch. Der Strom der Menschen zwischen hohen Häusern mit braunen und grünen Fensterläden riss ihn mit, Frank passte sich der Geschwindigkeit an, immer bedacht, dass ihm nicht irgendwer ein Eis ins Gesicht oder ein Stück Pizza aufs Jackett drückte. Zumindest diesen Tag sollte es heil überstehen, darüber hinaus würde sich wohl kein Anlass ergeben, bei dem er es tragen musste.

Die Piazza del Campo war überfüllt, sämtliche Straßencafés waren bis auf den letzten Platz besetzt. Zwischen den hohen Häusern staute sich die Hitze, und auf den Steinen des muschelförmigen Platzes schienen alle Touristen zu lagern, die sich gegenwärtig in Italien aufhielten. Frank flüchtete in eine Nebengasse, quetschte sich an ein paar Finnen vorbei, überholte eine riesige Gruppe Koreaner, schwenkte mit Argentiniern in Dreierreihe nach links – und stand völlig unerwartet neben dem Dom. Davor drängten sich die Massen wie bei einem Konzert der Rolling Stones.

Eine Weile betrachtete Frank versonnen die weiße Fassade, nein, es war auch roter und grüner Marmor dabei. Säulen, Türmchen, Zinnen und Statuen machten die Front des Doms zu einem lebendigen Bild. Stunden hätte er hier stehen können, versunken in die Betrachtung von Rundbögen und Kapitellen. Doch plötzlich mischten sich in das Gewirr aus Tausenden von Stimmen ungewohnte Klänge. Ein Gospelchor sang auf den Stufen *Oh Happy Day.* Sein glücklicher Tag war jedoch augenblicklich vorüber, als ihn jemand anrempelte und mit dem Ellenbogen gegen seine Nase stieß, die sofort wieder blutete. Taschentücher hatte er vorsichtshalber eingesteckt, und so stellte er sich in eine Ecke, hielt den Kopf in den Nacken und drückte ein Taschentuch gegen die Nase. Erst als die Blutung vollständig gestillt war, betrat er das Ospedale Santa Maria della Scala.

Ruhe und gedämpftes Licht umfingen ihn, still war es und kühl. Die Dame am Empfang suchte auf der Gästeliste vergeblich nach seinem Namen. Sie rief beim Consorzio an, doch die Sachbearbeiterin war mit den Journalisten unterwegs, und sonst wollte niemand die Verantwortung für Franks Teilnahme an der Verkostung übernehmen. Nach endlosem Palaver und mehrmaliger Prüfung des Presseausweises wurde er eingelassen. Scudiere musste ihn vergessen haben.

Frank besichtigte zunächst die Kirche zur Linken mit Marmoraltar und Bronzeengeln, der Blick hinauf zur Kassettendecke tat seiner Nase gut. Dann folgte er dem Wegweiser mit dem Schwarzen Hahn in die Tiefen des einstigen Krankenhauses. Ein langer Flur tat sich vor ihm auf, acht bis zehn Meter hoch. Die beiden Mitarbeiter des Consorzio, die vor dem Saal standen, in dem die Verkostung stattfinden sollte, kannte er nicht, auch nicht die wenigen Personen, die im Flur plauderten, und als er den Raum der Verkostung betreten wollte, versperrte ihm ein Oberkellner den Weg mit dem Hinweise auf den späteren Beginn der Veranstaltung: »*Tardi, più tardi.*«

Zu fotografieren gab es momentan nichts, und verboten war es allemal, und so vertrieb sich Frank gegenüber in der Sala del Pellegrinaio die Wartezeit auf angenehme Weise. Von Domenico di Bartolo hatte er nie gehört; dieser Maler hatte einen wunderbaren Freskenzyklus geschaffen, unter Beachtung der in der Renaissance entwickelten Perspektiven und des räumlichen Sehens, farbenfroh, realistisch, mit Sinn fürs Detail: Da hielten die Ärzte des Krankenhauses ein Glas mit dem Urin eines Kranken gegen das Licht, Brot wurde an Bedürftige verteilt, Geld ausgezahlt, und ein Reiter, sicher ein Edelmann, schlug auf einen Handwerker ein, vielleicht wegen einer überhöhten Rechnung. Frank musste schmunzeln. Sogar die Angst im Gesicht des Mannes, der auf eine Amputation vorbereitet wurde, zeigte sich sehr plastisch. Die Fresken waren vor nicht allzu langer Zeit restauriert worden, und so strahlte sogar das Kreuzrippengewölbe wie neu, obwohl der Raum mit bodenlangen Vorhängen abgedunkelt war, um die Farben zu schützen. Die Atmosphäre war äußerst angenehm, denn es waren, im Gegensatz zum Gedränge am Domplatz, nur wenige Besucher da.

Frank wollte soeben zu den Plastiken im ehemaligen Frauenkrankenhaus wechseln, als ihm eine Dame auffiel. Sie war extrem schlank, ihr Gesicht schmal und hager, ihr elegantes, anthrazitfarbenes Kostüm und der passende Schmuck wirkten sehr edel, dazu passte auch das kurz geschnittene schwarze Haar. Am rechten Arm baumelte eine große schwarze Lederhandtasche. Das Auftreten der Dame, die Körperhaltung, alles an ihr signalisierten Wohlstand und auch Macht. Sie gehörte zweifellos zu jenen Menschen, die Befehle erteilten, statt sie zu empfangen.

Sie hatte eine leicht gebogene Nase, einen Zug von Blasiertheit (vielleicht auch Ekel?) um den Mund und einen Ausdruck um die Augen, als suchte sie etwas. Ausgiebig betrachtete sie die Fresken, schien aber nicht wirklich interessiert, ging weiter, blieb stehen, blickte zum Eingang, ging ein Stück weiter, drehte sich merkwürdig langsam um, und als Frank sich ihr von der Seite näherte, bemerkte er, dass sie so tat, als betrachtete sie die Fresken, dass die Augen aber auf den Eingang gerichtet waren. Als ein Kellner hereinkam, hob sie kaum merklich den Kopf: Für den Bruchteil einer Sekunde huschte der Ausdruck des Erkennens über ihr Gesicht.

Frank sah auf die Uhr. Ihm blieb noch viel Zeit bis zum

Beginn der Veranstaltung, und er konnte das ungleiche Paar in aller Ruhe beobachten. Dass die beiden etwas verband, war ihm sofort klar, dazu hatte er zu oft die unterschiedlichsten Menschen in allen möglichen Situationen fotografiert. Die Spannung zwischen der Frau und dem Kellner war zu deutlich, sie stachelte seine Neugier an.

Er hätte die beiden liebend gern fotografiert (eine geheime Affäre, eine Geschäftsfrau mit Hang zum Küchenpersonal?), aber das strikte Fotografierverbot hinderte ihn daran. Und selbst wenn Kameraverschlüsse inzwischen sehr leise waren, in dieser feierlichen Atmosphäre hätte das Knipsen geklungen, als hätte er einen Schuss abgegeben.

Plötzlich hielt die Dame eine zerknitterte Plastiktüte in der Hand, die so gar nicht zu ihrem eleganten Auftritt passte.

Frank ließ sich an den Fresken vorbei in Richtung Eingang treiben, als der Kellner unauffällig hinter der Frau vorbeiging, zu ihr zurückkehrte und sie wie zufällig anstieß. Er entschuldigte sich – und wie von selbst baumelte die Plastiktüte an seinen auf dem Rücken verschränkten Händen, dann war sie verschwunden.

Respekt, dachte Frank, eine gute Nummer. Was war das für eine Übergabe? Worum ging es hier? Um Falschgeld? Diamanten? Geheime Daten? Frank nahm eine der Kameras aus seinem Rucksack. Eine bessere Tarnung als den dummen Touristen gab es nicht. Er folgte dem Kellner, der nach zwei kleinen Umwegen durch die Vorhalle auf den Verkostungssaal zusteuerte. Die Tür stand halb offen, niemand hinderte ihn am Betreten des Raumes, doch ein Paravent verdeckte die Sicht ins Innere.

Frank folgte dem Kellner mit einer Selbstverständlichkeit, als hätte auch er hier etwas zu erledigen. Ihn trieben sowohl die Neugier wie auch der sportliche Ehrgeiz. Was mochte die Frau in dem teuren Kostüm dem Kellner übergeben haben?

Mit seinem weißen Anstrich wirkte der Verkostungsraum sehr hoch und weit. Er maß sicher mehr als dreißig Schritte, war mit Sisal ausgelegt, und der Eindruck von Weite wurde durch die lange Tischreihe in der Mitte noch verstärkt. Die Tische waren weiß eingedeckt, und eine schier endlose Kette von Weinflaschen, in Alufolie eingehüllt und mit Nummern gekennzeichnet, reihte sich aneinander. Die Etiketten selbst waren nicht zu sehen, bei einigen Flaschen aber blitzte die rosa Banderole und das Zeichen des Gallo Nero hervor.

Als Frank sich nach einem Versteck umsah, von wo aus er den Kellner beobachten konnte, bemerkte er das dunkle Gemälde an der rechten Wand: ein riesiges Schlachtengetümmel, wahrscheinlich das, wovon Malatesta gesprochen hatte. Die linke Wand war gänzlich leer.

In diesem Moment holte der Kellner einen Zettel aus der Tasche und warf einen Blick darauf, dann ging er prüfend an den Flaschen entlang. Dabei wandte er Frank den Rücken zu, sodass dieser sich ungesehen hinter einer spanischen Wand verbergen konnte, zwischen Weinkisten und leeren Gläserkartons. Der Kellner blieb in der Mitte der Reihe stehen und rückte zwei Flaschen zur Tischkante, immer wieder schaute er zur Tür. Dann zog er blitzschnell die weiße Plastiktüte aus der Jackentasche und entnahm ihr eine Plastikspritze.

Erst als Frank sah, was er damit machte, wurde ihm der Sinn dieser Aktion klar. Der Kellner zog Wein aus einer der Flaschen, schüttelte die Spritze vielleicht zehn Sekunden, damit sich der Wein mit dem Inhalt der Spritze vermischte, hielt sie wie ein Arzt vor einer Injektion in die Höhe, betrachtete die dunkle Flüssigkeit und gab sie zurück in die Flasche. Er wiederholte den Vorgang bei der zweiten Flasche. Dann hielt er beide Flaschen mit dem Daumen zu, drehte sie kurz auf den Kopf, schüttelte sie und stellte sie wieder in die Reihe. Ein Blick über den Tisch, einer zur Tür – Frank fuhr zurück –, und mit wenigen raschen Schritten verließ der Kellner den Raum. Erst jetzt fiel Frank auf, dass er kaum auf sein Gesicht geachtet hatte, sondern eher auf die flinken Hände. Müsste er den Mann beschreiben, er hätte nicht viel zu bieten: weiße

Jacke, schwarze Hose und Fliege, glänzendes schwarzes Haar. Doch ja, der Kellner hatte sehr lange Koteletten gehabt und ein schmales Ziegenbärtchen am Kinn, wie es viele junge Männer trugen.

Frank ging zur Mitte der langen Tafel, dorthin, wo der Kellner gestanden hatte. Welche Flaschen hatte er manipuliert? Aber keine sah so aus, als wäre sie verschoben worden, und aus der Entfernung hatte Frank die Nummern nicht erkennen können.

»*Eh, signore, cosa fa qui?*«, herrschte ihn der Ober von vorhin lauthals an.

Frank fasste sich schnell und hielt dem Oberkellner den Presseausweis vors Gesicht. »*La Prensa!* Ich arbeite für das Consorzio.«

»*Questo non mi interessa!* Interessiert mich nicht. Niemand darf den Raum betreten, bevor die Jury die Weine getestet hat! Jemand könnte sie manipulieren. Das ist Gesetz. Erst wenn der Präsident den Raum freigibt, dürfen die Winzer rein, und auch die Presse. Also, bitte, gehen Sie, sofort.« Der Ober griff noch einmal zum Presseausweis. »Wo steht hier Ihr Name?«

»Ist in Ordnung, ich gehe schon. Wann geht es los?«

»Die Jury kommt in fünf Minuten, die brauchen mindestens zwei Stunden. Die ersten Winzer kommen so gegen fünf Uhr.«

Frank sah auf die Uhr. Das waren noch anderthalb Stunden. Er konnte sich also ruhig noch einmal in der Stadt umsehen – oder in Ruhe das gesamte Krankenhaus besichtigen.

Der Oberkellner drehte sich noch einmal um. »Wieso wissen Sie das nicht, wenn Sie fürs Consorzio arbeiten? Wo steht hier Ihr Name auf diesem Ausweis? Was ist das überhaupt?« Er fasste Frank am Ärmel.

»Was müsste ich wissen?«, fragte Frank, erstaunt, dass der Ober weiter insistierte.

»Wann die Veranstaltung beginnt.«

»Ist ja gut, Signore. Beruhigen Sie sich. Sie werden es nachher sehen – und nehmen Sie Ihre Hände da weg, ja?« Frank wurde böse, denn schon wieder grabschte ihn jemand ungefragt an. Aggressiv riss er den rechten Arm hoch.

Der Ober erschrak, wich aber nicht zurück. »Sie sind Deutscher? Wenn Sie Schwierigkeiten machen, hole ich den Wachdienst.«

»*Dannazione! Non fa il diavolo a quattro!* Verdammt! Spielen Sie hier nicht den wilden Mann!«, stieß Frank wütend aus, drehte sich um und verließ den Raum.

Entgeistert starrte ihm der Oberkellner nach. Woher kannte ein Deutscher diese Beschimpfung?

6

Donnerstag, 30. September

Wie der Ober vorausgesagt hatte, trafen die Winzer ein, als die Jury bereits seit anderthalb Stunden einen Chianti Classico nach dem anderen prüfte. Zuerst unterhielten sich nur zwei oder drei Weinproduzenten flüsternd in der Halle, dann immer mehr. Das Gemurmel nahm zu, und als gegen halb sechs etwa siebzig bis achtzig Frauen und Männer laut durcheinander redeten, musste man fast schreien, um sich zu verständigen.

Es war die Spannung, die sich auf diese Weise löste: Im Verkostungsraum entschied eine achtköpfige Kommission über Geschmack, Duft und Qualität der Weine, über die Mühe eines ganzen Jahres und damit auch über sehr viel Geld.

Frank wurde von den Winzern begrüßt, die er in den Tagen zuvor aufgesucht hatte, und die wiederum machten ihn mit anderen bekannt. Er schüttelte Hände und hörte Namen, die er sofort wieder vergaß, an die Gesichter jedoch würde er sich erinnern. Und immer wieder sah er Avvocato Strozzi, dem er auf dem Flur des Consorzio begegnet war. Heute trug er einen etwas zu blauen Anzug mit roter Krawatte und wirkte überaus aufgeräumt. Er klopfte auf Schultern, küsste Frauen und behandelte seine Winzerkollegen, als wäre er der Präsident des Consorzio. Frank hatte das Gefühl, dass viele der Anwesenden Strozzi mit einer gewissen Abneigung begegneten.

In diesem Moment steuerte Anna, die Frau vom Consorzio, bleich und gehetzt auf Frank zu.

»Ich wollte Ihnen eine Einladung schicken, aber wie ich sehe, sind Sie auch ohne reingekommen.«

»Hat Stefano Scudiere Sie darum gebeten?«

»Nein, wieso? Es war meine Idee, ich dachte, es könnte für Sie interessant sein.«

»Und Sie haben die amerikanischen Journalisten überlebt?«

»Es ist noch nicht vorbei«, erwiderte Anna. »Aber irgendwann sind alle wieder abgereist, so viel steht fest, und deshalb kann ich damit leben. Was haben Sie eigentlich mit den Carabinieri von Castellina zu tun? Da hat sich ein Commissario Sassarella nach Ihnen erkundigt.«

Frank schluckte. Der Mistkerl schnüffelte hinter ihm her. Was sollte er antworten? Er musste sich herausreden, er durfte seine Arbeit nicht gefährden, kein Misstrauen aufkommen lassen. Die Wahrheit? Vielleicht war es nicht besonders klug, trotzdem entschied er sich dafür. »Ich bin überfallen worden, dabei ging meine Kamera zu Bruch, ich habe Anzeige erstattet.«

»Ach, so war das. Ich dachte schon, es wäre etwas mit Ihnen, der Kommissar tat so geheimnisvoll.«

Bevor Frank sich zu weiteren Erklärungen genötigt sah, wurde Anna von Mitgliedern des Consorzio mit Beschlag belegt. Im Weggehen winkte sie ihm zu: »Wir sehen uns, dann erzählen Sie mir den Rest.«

Frank atmete auf, er war noch einmal davongekommen. Was wollte dieser verdammte Commissario? Da trat Giacomo Paese zu ihm und stellte einen Kollegen mit einem Weingut bei Gaiole vor, der wiederum ein Freund Marco Malatestas und seiner biodynamischen Methoden war, und er stellte Frank außerdem zwei Winzer vor, die es auch noch zu fotografieren galt.

»Fließt der Strom wieder?«, erkundigte sich Frank, während er daran dachte, dass ihm das Porträt des Winzers noch fehlte.

»Provisorisch, rein provisorisch. Drei Masten wurden abgesägt, das Kabel wurde an mehreren Stellen durchtrennt und das Transformatorenhäuschen beschädigt. Eindeutig Sabotage.«

»Sind Sie sicher? Haben Sie eine Idee, wer ...«

»Nein. Da will mir jemand die Ernte versauen. Die Polizei ist eingeschaltet. Ohne Strom und Wasser sind wir aufgeschmissen. Immerhin haben wir das Notstromaggregat. Die Leitung soll in den nächsten Tagen geflickt werden. Ab heute haben wir einen Wachdienst mit Hunden. Sind Sie gestern mit den Aufnahmen fertig geworden?«

Frank verneinte und kündigte für irgendwann in den nächsten Tagen seinen Besuch an, um das Porträt nachzuholen. In diesem Moment drängte sich Renato Benevole dazwischen. Er hatte zwei Freunde mitgebracht, deren Güter südöstlich vom Podere Rondine lagen, in der Nähe des Städtchens Castelnuovo Berardenga, das Frank wegen des Lokalkolorits wärmstens empfohlen wurde. Einer der beiden bat Frank um Fotos seiner neuen Kellerei. Ein Auftrag, *grazie a Dio!* Einen Auftrag durfte er nicht ausschlagen, falls ihm noch Zeit blieb – vor Christines Ankunft in Florenz oder danach.

Die Mehrheit der Anwesenden aber bewegte ganz andere Fragen: Hatten sich die Investitionen des letzten Jahres gelohnt? Würde es sich auszahlen, dass man vier oder fünf Hektar hatte neu bepflanzen lassen? War es richtig gewesen, Sangiovese mit Merlot zu verschneiden statt wie bisher mit Canaiolo und Colorino? Aber immer wieder tauchte eine ganz andere Frage auf: Wo war Niccolò Palermo? Wo war sein Sohn?

Der Lokalsender hatte eine Suchmeldung gebracht, die Polizei bat um Hinweise, und die Zeitung hatte Fotos der beiden veröffentlicht. Die meisten Winzer kannten Niccolò

Palermo vom Umweltbeirat her, der den staatlichen Umweltausschuss beriet und kontrollierte. Palermo galt als unbestechlich, was ihn sowohl beliebt als auch verhasst machte, je nach Interessenlage, wie Malatesta erzählte, der demselben Gremium angehörte.

»Über ihn kann keiner was Schlechtes sagen, außer vielleicht seine Frau – wegen seiner Affären. Vielleicht hat ihn ein gehörnter Ehemann verschwinden lassen?« Malatesta grinste süffisant.

Seit Frank zur Azienda gefahren war, hatte niemand mehr Niccolò Palermo zu Gesicht bekommen. Es war eine Frage der Zeit, wann man ihn auf Palermos Verschwinden ansprechen würde, wo sich jetzt die Polizei sogar schon beim Consorzio nach ihm erkundigte. Wurde nicht immer derjenige verdächtigt, der eine Person als Letzter lebend gesehen hatte? Er hatte ihn aber gar nicht gesehen, da war lediglich jemand über den Hof gerannt. Der Sohn? Hatte er dem Carabiniere gegenüber davon gesprochen? Die Vorstellung, dass die Polizei in Castellina davon wusste, war beunruhigend, und Frank verdrängte den Gedanken an mögliche Konsequenzen rasch.

Was auch immer geschehen war, Palermos Wein wurde hier bewertet, und seine Frau musste die Azienda vertreten. Die Belastung zehrte an ihren Nerven. Die Anspannung der letzten Tage hatte Spuren in ihrem Gesicht hinterlassen. Trotzdem hatte sie darauf verzichtet, sich hinter einer dunklen Brille zu verstecken. Sie stand eher schweigsam in einer Ecke, und die müden Augen, der traurige Zug im Gesicht und die Blässe waren nicht zu übersehen. Die Frau bemühte sich um ein Lächeln, aber das nervöse Zucken ihrer Mundwinkel ließ sich schlecht verbergen.

»Es geht los«, sagte Scudiere hinter ihm und riss Frank aus seinen Gedanken. Der Consultore war gerade noch rechtzeitig eingetroffen. Frank musterte bewundernd die sportliche Gestalt. Scudiere hatte Geschmack, der elegante hellgraue

Flanellanzug war maßgeschneidert, und die Krawatte mit dem feinen weißen Muster auf weinrotem Grund war bestimmt teuer gewesen. Neben ihm fühlte Frank sich in seinem verknitterten Leinensakko ziemlich heruntergekommen. Bevor er aber lange darüber nachdenken konnte, zog der Mann an der Tür zum Verkostungsraum die Aufmerksamkeit auf sich. Ein paar wenige Blitze zuckten, und so wusste Frank, der ebenfalls die Kamera hob, dass nicht allzu viele seiner Kollegen an der Arbeit waren.

»Der Chef-Önologe des Consorzio del Vino Chianti Classico«, flüsterte ihm Scudiere ins Ohr, »verantwortlich dafür, dass in der Flasche auch das ist, was draufsteht. Dafür gibt's die rosa Banderole! Er wird die Ergebnisse bekannt geben. Jetzt geht's ums Ganze!«

»Geht es nicht auch um Ihre, ich meine um deine Weine?« Frank wunderte sich über das unbeteiligte Verhalten des Consultore.

»Ja sicher. Aber vielleicht interessiert es den Mond gar nicht, ob ihn der Hund anbellt?« Scudiere zog ein wenig zu selbstbewusst die Augenbrauen hoch.

»Aber es geht auch um dein Geld.«

»Wenn man nicht von dem überzeugt ist, was man tut, dann sollte man es gleich lassen.«

Winzer, Presseleute und auch Händler drängten in den Saal und gruppierten sich auf der einen Seite der langen Tafel, die acht Prüfer blieben auf der anderen Seite. Eine kurze Ansprache wurde gehalten, Allgemeinplätze über gestiegene Produktionskosten, die geringe Erntemenge und die große Hitze wurden bewegt, ebenso die Schwierigkeiten auf den ausländischen Märkten und so weiter. Doch die erfahrenen Weinmacher, Önologen, Agronomen und Kellermeister hatten alle Schwierigkeiten gemeistert, hieß es, was ja auch nicht anders zu erwarten gewesen war. Ein Jahrgang war präsentiert worden, der die vorhergehenden an Qualität bei weitem übertraf …

In diesem Moment drängte sich die Frau mit dem krausen schwarzen Haar in Richtung des Redners. Frank hatte sie zuvor kurz bemerkt, aber jetzt konnte er nicht mehr wegsehen. Sie magnetisierte ihn regelrecht, er war fasziniert.

Sie stand weiter rechts von ihm und hörte aufmerksam zu. Sie war nicht klein, zumindest nicht kleiner als die Männer um sie herum. Ihr Alter ließ sich schwer schätzen. Sie mochte jünger sein als er, höchstens gleichaltrig, aber gewiss nicht älter, denn sie hatte keine tiefen Falten, weder im Gesicht noch am Hals, und maskenhaft wie nach einer Operation war ihre Haut auch nicht – normalerweise entging seinem Blick so etwas nicht. Ihr freundliches, offenes Gesicht bekam durch das ausgeprägte Kinn einen energischen Zug. Die Augen waren immer in Bewegung, schienen an dem Drumherum so interessiert wie an dem Redner, und Frank meinte, auch eine kritische Distanz wahrzunehmen. Die Frau begann ihn ernsthaft zu interessieren.

Irgendwann hörte Frank dem Redner gar nicht mehr zu, sondern starrte die Frau richtiggehend an. Er zwang sich, in eine andere Richtung zu blicken, aber sein Kopf drehte sich unweigerlich wieder zu ihr hin. Er befürchtete schon, es könnte auffallen.

Am Ende der Rede wurden Listen mit den Bewertungen der Weine verteilt, auch die Frau streckte die Hand danach aus. Mit zusammengezogenen Brauen studierte sie den Zettel, dann hellte ihr Gesicht auf, und sie lachte befreit.

Zwei Aufnahmen hatte Frank jetzt von seiner Entdeckung gemacht, eine mit dem Stirnrunzeln, die andere, als sie beim Lesen lachte. Den zweiten Blitz hatte sie bemerkt. Sie sah in seine Richtung. Wie ertappt wich Frank ihrem Blick aus, als wäre er mit allem auf der Welt beschäftigt, nur nicht mit ihr. Dabei hatte er kaum noch für etwas anderes Augen, auch dann nicht, als sich die Anwesenden, mit Gläsern bewaffnet, auf die inzwischen enthüllten Flaschen stürzten.

Frank war es recht, dass niemand von ihm Notiz nahm, so

konnte er der Frau ungestört durchs Gedränge folgen. Angeregt unterhielt sie sich in einer Gruppe von Männern, danach sehr vertraulich mit einer blonden Dame, die ihr Haar zu einem Zopf geflochten hatte. Diese hielt ebenfalls ein Glas in der Hand, und die beiden steckten ab und zu die Nase hinein, zögerten und schienen dann den Wein zu kommentieren. Frank gefiel die Art, wie die Frau ihr Glas anfasste: Sie hielt den Fuß elegant mit Daumen und Zeigefinger und führte den Kelch leicht an die Lippen. Erst da bemerkte er, dass fast alle die Gläser auf diese Weise hielten. Einige fassten den Stiel an, aber niemand den Kelch.

In diesem Moment kam Scudiere mit zwei halb vollen Gläsern auf Frank zu: »Riech mal, das ist der Wein, den du gestern hättest probieren sollen, der Classico von Paese.«

Frank beugte sich über den Kelch, aber der Druck in der Nase nahm zu, und er fürchtete, dass sie wieder bluten würde, wenn er den Kopf weiter nach unten beugte. »Meine Nase ist zu, ich rieche nichts. Vielleicht habe ich mich erkältet«, murmelte er.

»Schade, ich hätte dir gern beigebracht, wie man riecht. Aber so geht es nicht, dann ein andermal«, gab der Consultore zurück und war schon wieder verschwunden.

Drei Kellner kamen herein, Frank sah zuerst nur die Tabletts mit den Canapés über den Köpfen der lebhaft plaudernden Menge und dann die dazugehörigen Männer. Der erste war der derjenige gewesen, der ihn hinauskomplimentiert hatte, der letzte der drei hatte die Weine manipuliert. Frank machte rasch eine Aufnahme von ihm. Zwar hielt er keine Spritze mehr in der Hand, aber möglicherweise reichte es, zu wissen, wer hier anderen zwar nicht in die Suppe, sondern in den Wein spuckte. Der Kellner stutzte, schien sich zu erinnern, Frank bei den Fresken gesehen zu haben und wandte sich ab, senkte den Kopf, brachte den Arm mit dem Tablett zwischen sich und die Kamera und verließ schließlich eilig den Saal. Frank jedoch hatte eine, vielleicht sogar zwei Aufnahmen. Nur, was sollte er damit anfangen?

Er suchte nach der Unbekannten, die ihn so faszinierte, doch kaum hatte er sie entdeckt, schob sich dieser Avvocato Strozzi in sein Blickfeld. Der sah auf die Uhr, warf einen Blick in die Runde, lauernd, den Kopf leicht vorgeneigt, als ob er sich versicherte, dass ihn niemand beobachtete, dann bewegte er sich rückwärts auf die Saaltür zu.

Der Mann führte etwas im Schilde, ohne jeden Zweifel. Seine Haltung war ähnlich wie die des Kellners vor den Fresken, er schaute sich so betont unauffällig um, dass es auffallen musste. Gelassen folgte ihm Frank, niemand nahm Notiz von ihnen oder hielt sie auf.

Sie durchquerten den Flur, dann den Saal mit den Fresken, Strozzi schlenderte weiter durch die Ausstellung etruskischer Vasen. Dahinter begann der Teil des Krankenhauses, den Frank noch nicht gesehen hatte. Er wurde restauriert, Werkzeug lag herum, Wände waren mit Planen abgehängt, Decken durchbrochen, und provisorische Treppen führten über Stahlgerüste abwärts. Er hörte Strozzi bereits eine Etage tiefer, beugte sich übers Geländer und sah, wie er einer Schubkarre auswich und zwischen Baugerüsten verschwand. Frank musste sich beeilen. Er hatte keine Erklärung für das Verhalten des Mannes, aber irgendetwas strahlte der Avvocato aus, was Frank bewegte, ihm zu folgen.

Er entdeckte Strozzi wieder, als dieser in der Tiefe des Gebäudes eine fensterlose Kapelle betrat. Es war düster, lediglich auf dem Altar brannten rechts und links der aufgeschlagenen Bibel zwei Kerzen und ließen den Goldschnitt des Buches glimmen. Gespenstisch war der Anblick, archaisch, Religion in Verbindung mit Angst statt mit Gnade. Frank gruselte es nicht, aber das hier war beileibe kein gesegneter Ort. Waren hier einst die Messen für die Sterbenden des Hospitals gelesen worden?

Kaum hatte der Avvocato den Raum betreten, schien er

von der Dunkelheit wie verschluckt. Nur mühsam konnte Frank sehen, wie der Mann mit leicht geneigtem Kopf suchend durch die Stuhlreihen ging, schließlich stehen blieb und sich ans äußere Ende einer Reihe setzte. Jetzt bemerkte Frank, der sich hinter einer Flügeltür versteckt hatte, dass Strozzi sich zu jemandem gesetzt hatte. An dem kurz geschnittenen Haar erkannte er die Frau. Sie war es gewesen, die dem Kellner die Plastiktüte mit den Spritzen gegeben hatte.

»... hat seine Aufgabe gut gemacht ...«, drang an Franks Ohr.

»Kann man sich auf ihn verlassen?«, flüsterte die Frau.

»Absolut. Ich kenne ihn, lange. Außerdem ist er mir verpflichtet, er kann es sich gar nicht leisten ...«

In diesem Moment lud ein Arbeiter draußen polternd eine Ladung Steine ab, und Frank verstand die folgenden Sätze nicht.

»... habe ich an seiner Reaktion gesehen«, hörte er Strozzi sagen, als es wieder leise geworden war.

»Dann müssen wir ihn nicht länger bearbeiten?«

»Unwahrscheinlich, der ist soweit, glaub mir.«

»Das gefällt mir nicht, Strozzi. Besser nicht so schnell. Wir sollten lieber noch zwei Tage warten ...«, wandte die Frau ein.

»Das geht nicht. Sie wollen endlich Resultate sehen. Nein, wir müssen zu Abschlüssen kommen. Wir brauchen etwas zum Vorzeigen. Es geht alles zu langsam, kostet zu viel Zeit und Geld.«

»Nicht so laut.«

»Ich hoffe, sie haben sich in Bezug auf San Gimignano an unsere Abmachung gehalten?«

Frank sah nicht, ob die Frau nickte, er musste seinen Platz verlassen, denn Besucher kamen die Treppe herunter und näherten sich der Kapelle.

Frank war wohl kaum mehr als eine Viertelstunde wieder oben im Saal, als ihn jemand harsch von hinten ansprach.

»Kommen Sie hier herüber.«. Frank erschrak, es war Avvocato Strozzi. »Machen Sie eine Foto von den Signori da drüben!« Der Mann zeigte auf eine Dreiergruppe und stellte sich daneben in Positur.

Ist der meschugge? Frank blickte den Anwalt verständnislos an, dann fiel der Groschen, und er lachte. »Gern, *volentieri,* sofort.« Avvocato Strozzi hielt ihn wohl für einen vom Consorzio engagierten Fotografen. Nur so einer ließ sich derart herumkommandieren. Frank beschloss, das Spiel mitzumachen. Vielleicht kam er auf diese Weise näher an den Avvocato heran, denn es interessierte ihn brennend, was die filmreife Nummer mit dem Kellner und das heimliche Treffen im Keller des Krankenhauses zu bedeuten hatten.

Mal wurde Frank hierhin geschoben, mal dorthin gezerrt. Er fotografierte den Anwalt mit zwei Winzern, dann mit drei Önologen, und als Avvocato Strozzi sich bei der Unbekannten und ihrer Freundin einhakte und ihn, Frank, aufforderte, ein Gruppenbild zu machen, glaubte dieser, zwischen sich und der Frau etwas wie ein Einverständnis zu bemerken. Aber in Bezug auf Frauen bildete man sich vieles ein.

»Ein Gärfehler … ein Gärfehler soll es sein«, hörte Frank eine Stimme hinter sich. »Beide Proben. Alle Jurymitglieder sind sich einig.«

»Niemals. So ein Unfug, völlig absurd. Das hätten wir gemerkt und dein Kellermeister erst recht. Die Flaschen hätten wir nie eingereicht.«

»Ich bin mir sicher, dass die Proben in Ordnung waren.«

»*Ecco,* eine Flasche kann schlecht sein, aber beide?«

»Unwahrscheinlich. Hast du sie aus verschiedenen Abfüllungen genommen?«, fragte ein Dritter.

Frank drehte sich um. Er kannte die Männer nicht.

»Wir fahren nach Hause. Wir müssen die anderen bereits abgefüllten Flaschen prüfen, das ganze Lot, wir müssen wissen, was los ist. Wenn das publik wird, wenn die gesamte Charge schlecht ist, bin ich ruiniert.«

»Dann komm!«, drängte der andere. »Aber du wirst kaum verhindern können, dass es morgen in den Zeitungen steht. Die Journalisten haben die Liste mit den Ergebnissen auch. Und sie brauchen immer einen, den sie kreuzigen können …«

»Ave Maria«, seufzte der Älteste der drei, »vielleicht lässt sich noch irgendetwas retten.«

Waren das die Winzer, deren Probe manipuliert worden war? Soll ich ihnen einen Tipp geben oder besser Scudiere? Der kennt die Männer doch sicherlich.

Doch Frank verwarf den Gedanken, und in dem Gewühl war der Consultore nicht zu finden, außerdem zerrte Strozzi wieder an ihm herum. Zu Beginn hatte Frank die Sache für witzig gehalten, mit der Zeit wurde der Mann ihm jedoch lästig.

Schließlich kam die Rettung in Gestalt von Renato Benevole.

»Was soll er?«, fragte Benevole den Anwalt erstaunt. »Er soll Sie fotografieren?« Es war offensichtlich, dass die beiden Männer sich nicht besonders mochten.

»Dafür bezahlen wir ihn schließlich«, gab Strozzi zurück.

Renato Benevole schüttelte den Kopf. »Das ist Signor Gatow, mein Gast, unser Gast, ein deutscher Fotograf, er arbeitet für einen deutschen Verlag. Er macht einen Weinführer.«

Mit verblüffender Selbstverständlichkeit änderte Avvocato Strozzi seinen Ton. »Wunderbar, herzlich willkommen im Chianti! Da habe ich mich leider vertan. Aber Sie waren der Einzige, der gearbeitet hat, typisch für die Deutschen. Sie verzeihen es einem Unwissenden? Man hat mich nicht informiert. Mein Name ist Dottore Pierluigi Strozzi, ich bin Rechtsanwalt in Florenz. *Molto piacere,* sehr angenehm. Wirtschaftsfragen, Investitionen, Strukturförderung …«, er schüttelte Franks Hand.

»... außerdem Abgeordneter, Ehrenvorsitzender des Sportbundes, Vizepräsident des Tourismusverbandes, im Rat der nationalen Wirtschaft, einer der besten Abzocker von EU-Millionen zur Strukturförderung und mit besten Beziehungen – auf allen Ebenen ein Politiker, angetreten, um unsere Nation zu retten«, setzte Renato Benevole sarkastisch hinzu.

»Neidisch, Signor Benevole? Das hier ist wohl kaum der richtige Ort für politisches Gezänk«, fuhr ihn Strozzi an, und Benevole wandte sich mit einer eindeutigen Handbewegung verächtlich ab.

»Keine politische Kultur«, fuhr Avvocato Strozzi fort und zog Frank am Arm weiter. »Sie müssen das entschuldigen. Die Menschen sind erregt, mein lieber Signor Gatow, womöglich ist sein Wein«, er machte eine Kopfbewegung in Richtung Benevole, »nicht so gewürdigt worden wie gewünscht. Meiner hingegen hat wie immer die Jury überzeugt.« Der Anwalt lachte und zeigte die strahlend weißen Zähne. »Ich bin an den Fotos sehr interessiert. Ich bezahle sie selbstredend, daran soll's nicht liegen, wenn Sie mir die Aufnahmen zukommen lassen ... Halt!« Vertraulich senkte er die Stimme. »Wie wäre es denn, wenn Sie mich auf Castello d'Aquila besuchen kämen?«

»Ein Besuch bei Ihnen steht sowieso auf meinem Arbeitsprogramm, Signor Deputato. Es ist mir eine Ehre und ein Vergnügen.« Mit Floskeln kannte Frank sich aus, und er schilderte dem Avvocato seine Aufgabe. Dabei hielt er unauffällig nach der Unbekannten Ausschau, die ihn so sehr in ihren Bann gezogen hatte. Er fand sie angeregt plaudernd inmitten einer Gruppe von Männern. Sie sieht nicht aus wie eine, die sich duckt, dachte Frank. Frauen, die dem Mann nach dem Munde redeten und ihm die Initiative überließen, konnte er nicht ausstehen, solche Frauen wurden ziemlich bald langweilig.

Aber vorerst musste er sich um den Anwalt kümmern.

War Strozzi tatsächlich eine wichtige Nummer im Consorzio, oder tat er nur so? Um die Konversation nicht einschlafen zu lassen, könnte er ihn eigentlich fragen, ob er von jenen Strozzi abstamme, die im Florenz des 15. Jahrhunderts eine wichtige Rolle gespielt hatten. Oder sollte er ihn ganz direkt fragen, weshalb er Proben manipulieren ließ?

»Meine Karte«, sagte Strozzi und machte tatsächlich eine leichte Verbeugung. »Wo sind Sie zu erreichen?«

Frank versprach, ihn anzurufen, sobald er sein neues Handy hätte. Dass er bei Renato Benevole untergebracht war, wusste der Avvocato ja bereits. Und das war möglicherweise ein ungünstiger Umstand, denn anscheinend waren die beiden ernste politische Gegner. War es das, was Malatesta mit den Kriegern gemeint hatte? Ging es wirklich nur darum, Freund und Feind zu unterscheiden?

Unauffällig umkreiste Frank die Gruppe von Männern, in der die faszinierende Frau anscheinend nicht nur wohlgelitten, sondern überaus willkommen war.

»Sehr interessant, die Dame«, flüsterte Stefano Scudiere plötzlich hinter ihm. »Sieht blendend aus, eine ausgezeichnete Winzerin, wunderschöne Kellerei, überaus kompetent, Mutter zweier Kinder, Gatte ist vermögend, extrem sogar …«

»Wie heißt sie?«

»Vanzetti, Antonia Vanzetti – Podere Vanzetti bei San Martino al Vento.«

»*Maledizione!*« Der Fluch war ihm so rausgerutscht, und Scudiere blickte ihn verständnislos an. »Da bin ich morgen früh«, knurrte Frank und kam sich vor wie ein Trottel. Weshalb – das wusste er nicht, oder er traute sich nicht, es sich einzugestehen. Er hätte die Frau zu gern näher kennengelernt, doch was war er im Vergleich zu ihr? Natürlich war sie reich, natürlich kam sie aus einer alten Familie, natürlich verheiratet – wie konnte er sich einbilden, mit so einer Frau …

»Gehen wir was essen?«, schlug Frank dem Consultore vor. Nach dieser niederschmetternden Nachricht war die

Frau in unerreichbare Ferne gerückt, und er musste sich etwas Gutes tun. »Du kennst dich in der Stadt aus. Wo gehen wir hin? Ich zahle.«

»Keine schlechte Idee. Aber lass uns besser aufs Land fahren«, erwiderte Scudiere, »in der Stadt sind zu viele Touristenfallen.« Er hob den Kopf und überblickte die Menge. »Was ist los? Was ist das für eine Unruhe?«

Die Stimmen wurden lauter, Rufe schwirrten durch den Saal, als würde eine Nachricht weitergegeben. Es dauerte keine dreißig Sekunden, bis sie Frank erreicht hatte.

»Das Weingut von Malatesta steht in Flammen!«

Schon drängte sich der genannte Winzer durch die Menge auf Scudiere zu. »Ich habe den Wagen an der Porta Ovile«, stieß er hervor. »Bring mich hin, schnell!«

Scudiere sah sich um. »Sofort. Ich komme selbstverständlich mit.«

»Ich auch«, sagte Frank, ohne zu überlegen, und schloss die Schnallen des Rucksacks.

»Was willst du da?«, fuhr ihn Scudiere grob an. »Viel zu gefährlich. Das ist unsere Sache.«

»Wenn er will?«, warf Malatesta ein. »Los jetzt, Tempo, keine Zeit für Palaver.« Mit dem Handy am Ohr stürmte er aus dem Saal. Frank vergaß die Schöne und den Politiker und rannte hinterher.

An diesem Abend ließ Frank bestimmt mehrere Millimeter Profil auf der Superstrada und einen Stoßdämpfer auf der Landstraße. Zuerst konnte er Scudiere folgen, aber dann, auf der Landstraße und später auf der Schotterpiste durch den Wald zum Weingut, hängten der Winzer und der Consultore ihn mit ihren großen Autos mühelos ab; sie kannten jede Kurve. Doch Feuerwehrwagen und die Rauchsäule am Abendhimmel wiesen den Weg zur Brandstelle.

Der Anblick der brennenden Kellerei glich einem Menetekel. Dort wo die Stallungen waren und die Gärkeller, waren die Flammen längst durchs Dach gebrochen, der rechte Teil des Hofes war kurz davor einzustürzen. Flammen schlugen aus den Fenstern. Menschen liefen hilflos herum.

Frank hielt am Fuß des Hügels und stieg aus seinem Auto aus. Das Fauchen des Feuers und das Knistern der Flammen war bis hierher zu hören. Eine Zypresse loderte wie eine in den Boden gesteckte Fackel. Seit Monaten hatte es nicht mehr geregnet. Dort oben war alles staubtrocken. Die nächste Zypresse ging in Flammen auf, Funken stoben in den dunklen Himmel und mischten sich auf unselige Weise unter die Sterne. Es war halb zehn. Ende September waren die Tage nicht mehr so lang.

Auf dem Weg preschte ein weiterer Löschzug in halsbrecherischer Fahrt an ihm vorbei den Hügel hinauf. Hatten sie genug Wasser? Konnten sie das Anwesen retten? Blaulicht zuckte durch die Nacht, die Warnlichter der Feuerwehr rotierten. Was sollte er selbst dort oben? Konnte er helfen? In diesem Moment hatte jemand die Umzäunung der Koppel niedergerissen, sodass ein Feuerwehrwagen ums Haus herumfahren konnte. Frank sah, wie eine Leiter ausgefahren wurde und ein Mann nach oben kletterte. Es war ein mickriger Strahl, der auf das gefräßige Feuer gerichtet wurde. Anscheinend wollte man verhindern, dass das Feuer auf die linken Gebäudeteile übergriff. Der rechte Teil war sowieso nicht mehr zu retten. Ob die Weine in den Kellern wohl sicher waren?

Frank stieg in den Wagen und fuhr nach oben. Fünf Minuten hielt er es mit der Kamera in Händen aus, dann zog er Sakko und Leinenhose aus und stieg in die Arbeitsmontur, die er für Aufnahmen in Fabriken oder Bergwerken, oder wo es sonst besonders schmutzig war, im Wagen liegen hatte, und machte sich nützlich. Nachbarn trafen ein, andere Winzer, die auf der Veranstaltung in Siena von dem Unglück gehört hatten, Landarbeiter und Erntehelfer. Alles, was dem Feuer Nahrung hätte geben können, wurde in sichere Entfernung geschleppt.

Immer mehr Menschen kamen, und es machte den Eindruck, als wollten sie die Flammen mit bloßen Füßen austreten. Mit einem Mal erinnerte Frank das Feuer an ein glühendes, wütendes Tier, das von einer wimmelnden Schar von Ameisen angegriffen wurde.

Am wütendsten von allen kämpfte Marco Malatesta – grimmig und voller Hass ging er gegen die Flammen an, ließ sich von ihrer Tücke nicht beirren, von ihrem Auflodern nicht einschüchtern; eimerweise trug er Wasser zu den verschiedenen Brandherden. Mit gefletschten Zähnen ging er dort hin, wohin sich sonst niemand traute. Signora Malatesta warf ihm ein nasses Handtuch zu, das er sich um den Kopf schlang.

Frank entdeckte einen anderen Fotografen, der seiner Arbeit nachging, doch es kümmerte ihn nicht. Er war hier nicht als Berichterstatter. Was hatte er neulich gedacht, gestern oder vorgestern? Er wäre Zuschauer? Ihn ginge das alles nichts an? So kann man sich irren, dachte er und sah kurz auf eine Brandblase, die sich auf seiner Hand gebildet hatte.

Später, als die Flammen keine Nahrung mehr fanden und ihre Kraft verloren hatten, saßen der Winzer, seine Frau und die beiden Kinder nebeneinander auf der Treppe ihres geretteten Wohnhauses. Malatesta weinte.

»Ja, so ist das«, sagte Frank mit rauchiger Stimme. »Die Anspannung fällt erst allmählich von einem ab.«

»Nein«, widersprach Scudiere heiser. »Es sind die Pferde. Drei sind tot, das Fohlen auch. Nur einen Tag hat es auf der Welt zugebracht. Und die Mutterstute war Marcos Lieblingstier. Zwölf Jahre hat er sie gehabt, ist fast jeden Tag damit geritten. Das trifft ihn ins Mark. Für die anderen Verluste gibt's eine Versicherung.«

»Und was wird aus der Ernte?«, meinte Frank. »Die Trauben sind reif. Es gibt ja nicht einmal mehr Bottiche, geschweige denn Gärtanks, um die Trauben aufzunehmen. Diese Ernte ist verloren.«

Der Consultore ließ seinen Blick über die verkohlten Balken, eingestürzten Mauern und verbogenen Tanks schweifen. Leise, sodass Malatesta ihn nicht hören konnte, sagte er: »Früher, mit den Tanks aus Zement, wäre so etwas wie heute nicht passiert. Die waren in den Berg gebaut, was hätte da brennen sollen? Der Kunstharzanstrich innen? Dazu hätte erst einmal der Wein verdampfen müssen. Wird eine Weile dauern, bis alles wieder aufgebaut ist.«

»Dazu wird's nicht kommen«, meinte Malatesta barsch. »Hier stinkt's nach Niederlage.«

»Es wird erst eine, wenn man aufgibt«, sagte Frank. Aber in Wirklichkeit beschäftigte ihn eine ganz andere Frage: Was war die Brandursache? Oder gab es etwa einen Brandstifter?

7

Freitag, 1. Oktober

»Die Signora ist unten irgendwo im Weinberg. Sie können hier durchs Haus gehen«, erklärte die Haushälterin widerwillig.

»*Grazie, signora!*« Frank nickte der alten, schwarz gekleideten Frau freundlich zu, aber es half nichts. Sie konnte ihn nicht ausstehen, Frank hatte es schon beim Hereinkommen gespürt. Die Chemie stimmte einfach nicht. Er hatte sogar das Gefühl, dass sie ihn verachtete.

Wie befohlen, durchschritt er den halbdunklen Flur, warf einen Blick nach rechts in ein sehr geschmackvoll eingerichtetes Kaminzimmer und den Salon nebenan. Von vorn fielen Sonnenstrahlen durch die mehrfach unterteilte Terrassentür und zeichneten Schattenbilder rechts auf die Wand und auf die glänzenden Steinplatten am Boden. Frank bemühte sich, nicht auf die Linien zu treten. Wenn es ihm gelang, dann … Aufgeregt dachte er an die Begegnung im Ospedale Santa Maria von Siena. Gleich würde er die Frau wiedersehen.

Draußen schlug ihm das gleißende Licht der flach stehenden Sonne entgegen, er kniff die Augen zusammen und ging ein paar Schritte weiter bis zur Balustrade der Loggia. Unter ihm lagen die Parzellen des Weinbergs wie Tortenstücke, deren Spitzen in eine weite Mulde zeigten. Wege, auf denen gerade mal ein kleiner Trecker durchkam, trennten die Parzellen voneinander. Die Anlage war nach Süden ausgerichtet, die Rebzeilen waren so gezogen, dass sie die größtmögliche Sonneneinstrahlung erhielten. Zwischen den Rebzeilen lagen Steine, die die Wärme speicherten und sie nachts wieder abgaben, was angeblich für die gleichmäßige Reifung des Weins ideal war, wie Frank mittlerweile gelernt hatte. Mit jedem Tag in den Weinbergen kam ein bisschen Fachwissen dazu.

Da unten irgendwo sollte die Signora sein, aber er sah nur Hüte, die an die Kopfbedeckungen vietnamesischer Reisbauern erinnerten.

Ihm war nicht ganz wohl; er hatte kaum geschlafen und noch immer den Brandgeruch von Malatestas Kellerei in der Nase. Die Brandblase an der Hand schmerzte, die Knochen taten von der Schufterei weh. Dabei stand ihm das Treffen mit Signora Vanzetti bevor. Er kannte ihr Gesicht, hatte ihr Lachen von gestern noch im Ohr, und er erinnerte sich daran, was Scudiere ihm über sie gesagt hatte. Die Tenuta Vanzetti hatte einen guten Namen, und ihre Weine wurden in einem Atemzug mit denen des Barons Ricasoli vom Castello di Brolio genannt, also mischte sie in der Spitzenklasse mit. Lag es daran, dass Brolio gleich hinter der nächsten Hügelkette lag und der Boden von ähnlicher Beschaffenheit war?

Die Signora machte den Wein – und nicht der Ehemann! Das hatte sie gleich klargestellt. Eine Frau in der Sammlung seiner Winzer – eine interessante Abwechslung. Wieso hatte sie ihn ohne Umschweife gefragt, ob er was von Wein verstünde? Gingen alle Winzer davon aus, dass er keine Ahnung hatte?

Frank näherte sich den Pflückerinnen am Fuß des Hanges. Eine Frau am Ende der Rebzeilen arbeitete als Einzige mit Handschuhen. Sie trug auch keinen Kittel, sondern Jeans und ein langärmeliges Hemd. Krauses schwarzes Haar schaute unter dem Strohhut hervor. Die Frau arbeitete schnell und sicher. Als sie den Verschluss der Kamera hörte, wandte sie sich Frank zu, schob den Hut zurück und lächelte. »Haben Sie nicht gestern schon genug Bilder von mir gemacht? Sie kommen spät.«

Frank brauchte einen Moment, bis er Antonia Vanzetti erkannte, so gänzlich anders als gestern sah sie aus. Verlegen suchte er nach Worten. »*Buon*, äh, *buon giorno, signora!*«, stammelte er, und in ihm machte sich eine Mischung aus Unsicherheit und Glücksgefühl breit. Er ging auf sie zu und gab ihr die Hand. »*Buon giorno, come va?*«

Gleichzeitig hätte er im Boden versinken mögen. Ihm war sein Verhalten bei der Verkostung peinlich, es erschien ihm jetzt zu aufdringlich. Sie hatte gemerkt, dass er sie fotografiert hatte. Sicher, die Kamera hatte für eine gewisse Distanz gesorgt, aber das Lächeln, die Berührung im Blick, das war sehr direkt gewesen. Aber – hatte sie denn nicht mitgespielt, insgeheim für ihn posiert? Jetzt spürte er nichts davon. Er musste schleunigst das Thema wechseln.

»Das alles hier«, Frank machte eine ausladende Handbewegung und räusperte sich verlegen, »das … managen Sie … allein?«

Antonia Vanzetti blickte ihn kühl an. »Würden Sie mich das auch fragen, wenn ich ein Mann wäre?«

Autsch, das hatte gesessen! Nein, bitte jetzt keine feministischen Tiraden. Aber – hatte sie nicht recht? Er beschloss, ehrlich zu sein. »Bei Männern bin ich das gewohnt, bei Frauen ist es für mich neu. Sie sind die erste Winzerin, mit der ich zu tun habe. Alle anderen Kellereien werden von Männern geleitet.« Und um sich ein wenig Luft zu verschaffen, fügte er hinzu: »Ich würde sehr gern einige Bilder machen.«

»Deshalb sind Sie ja wohl gekommen. Von mir brauchen Sie wahrscheinlich keine mehr.«

»Aber im Weinberg habe ich Sie noch nicht fotografiert«, entgegnete Frank. »Vielleicht sollten wir dazu auf Ihre Loggia gehen? Oben an der Brüstung, ein Glas Wein in der Hand, Weinberge im Hintergrund … übrigens ist es ein wunderschöner Besitz, den Sie hier haben, sehr gepflegt, in die Landschaft eingebettet …«

»Das Land und das Haus gehören meinem Mann«, unterbrach ihn die Frau, »er ist der Eigentümer. Nur der Wein gehört mir.«

Das klang eindeutig nach Abgrenzung, nach Ehedrama, da waren Kinder, die litten, ein Scheidungsprozess – auch für ihn eine bittere Erfahrung. Und bei diesen Leuten kam noch der Krieg um den Besitz dazu. Wie dick lag hier die Asche über der Glut? Frank nahm sich vor, das Feuer nicht anzufachen, obwohl diese Frau bereits jetzt einen Sturm in seinem Inneren auslöste.

»Schauen Sie sich in Ruhe um, Signor Gatow. Nein, warten Sie, ich mache mich frisch, und dann begleite ich Sie. Das wird Ihnen recht sein? Haben Sie schon gefrühstückt?«

Frank blieb keine Zeit für eine Antwort.

»Also nicht, ich auch nicht. Aber wir heben uns das für später auf.« Signora Vanzetti rief einer der Pflückerinnen etwas zu, stellte ihre halb gefüllte Kiste in den Schatten und ging wortlos in Richtung Haus. Frank folgte ihr.

So befangen wie heute hatte er sich ewig nicht mehr gefühlt. Alles, was er hätte sagen können, schien ihm banal, einfältig und zu weit hergeholt. Was war das für ein Chaos in seinem Kopf?

Frank blickte auf. Von unten betrachtet beherrschte das breite Haus den Hügel. Es wirkte von hier aus großzügiger als von der anderen Seite, wo er den Wagen geparkt hatte. Hibiskus, große Büsche Oleander und Rosenbeete waren um das Haupthaus gruppiert. Die Weinstöcke liefen in Linien geradewegs auf die Mauer unter der Terrasse zu. Rechts waren ein Turm und zwei kleinere Anbauten, einer ragte nach vorn, der andere war nach hinten versetzt. Das Gebäude links war halb in den Hügel gebaut und mit Naturstein verblendet, hohe Eisentore standen weit offen.

»Die Kellerei, die gehört auch mir. Der größte Teil ist unterirdisch, oben ist die Zufahrt, verdeckt von Bäumen, da werden die Trauben angeliefert, entrappt, teils gemahlen und in die Gärtanks gefüllt. Wir vergären den Wein nur in Edelstahltanks, bei kontrollierter Temperatur.«

»Warum das?«

»Wir lassen den Rotwein während der Gärung lange auf den Trauben, dabei löst sich mehr Farbe aus den Beerenhäuten und Gerbsäure. Würden wir rote Trauben pressen und nur den Most vergären, bekämen wir Weißwein. Wird die Temperatur zu hoch, sterben die Hefen ab, die Gärung stoppt, und der Zucker wandelt sich nicht mehr in Alkohol um. Bei zu viel Zucker in den Beeren entsteht zu viel Alkohol, und der wiederum tötet die Hefen, und die Gärung endet zu früh. Verstehen Sie?«

Frank nickte, war sich aber nicht ganz sicher. »Und dann kommt der Wein in die Holzfässer, in die Barriques, zum Altern, nicht wahr?«

»Nicht gleich, aber das erkläre ich später.«

Frank strich sich verlegen über den Kopf.

»Die besten Trauben nehme ich für meinen Erstwein, die Gran Selezione. Es handelt sich dabei ausschließlich um eigene Trauben von meinen besten Lagen. Anders als bei der Riserva und dem normalen Chianti Classico darf ich kein hinzugekauftes Traubenmaterial verwenden. Der Ausbau im Holzfass muss mindestens dreißig Monate dauern, danach reift der Wein weiter auf der Flasche. Wenn er fertig ist, kommt die chemisch-physikalische Analyse. Fachleute prüfen, ob er die gebietstypischen Eigenschaften vorweist und damit das Prädikat Gran Selezione tatsächlich verdient. Die Bezeichnung Riserva sagt nicht unbedingt etwas über die Qualität, lediglich darüber, dass der Wein erst zwei Jahre nach der Ernte in den Handel kommt und drei Monate zuvor abgefüllt wurde. Meinen Zweitwein, von Trauben jüngerer Weinstöcke, lasse ich nur sechs bis acht Monate in gebrauchten Barriques und in 500-Liter-Fässern, bevor ich ihn abfülle. Das ist dann der normale Chianti Classico.«

»Ist Ihr Mann auch Winzer?«, fragte Frank dazwischen.

»Nein, aber mein Vater«, antwortete Antonia Vanzetti ein wenig irritiert, bevor sie fortfuhr. »Auch der normale Classico, der mit dem Schwarzen Hahn im roten Kreis, reift bei mir noch einige Monate in der Flasche. Wir dürfen den letzten Jahrgang nie vor dem 1. Oktober des Folgejahres verkaufen. Was schauen Sie mich so an? Sie sagten doch, dass Sie nichts von Wein verstehen.«

Frank hatte nur mit halbem Ohr zugehört. Er betrachtete Signora Vanzetti, dann wieder die Häuser und die Kellerei, der sie sich bis auf wenige Meter genähert hatten. »Wie alt ist das alles hier?«

»Einige Gebäude stammen bereits aus dem Jahr 1492, das war, als Kolumbus Amerika entdeckte,. Über die Jahrhunderte hinweg kam immer mehr dazu. Der Familie meines Mannes gehört das Anwesen seit 1872.«

Frank gefiel die Art, wie die Gebäude in die Landschaft integriert waren. Die Tenuta Vanzetti hatte etwas ganz Privates, etwas sehr Persönliches, was er auf den anderen Gütern in dieser Ausprägung nicht wahrgenommen hatte. Es war ein Ort, an dem man sich wohlfühlen konnte. Wo aber war der Haken? Im Verhältnis der Signora zu ihrem Mann?

Fünf Minuten später stand sie in der Küche an der Espressomaschine und schäumte Milch auf. Frank musterte wortlos die Einrichtung der Küche mit dem sechsflammigen Herd, einem rußigen Kamin, der offensichtlich noch benutzt wurde, alten, vom Rauch gebeizten Küchenschränken und offenen Balken unter der Decke. Die Küche ähnelte der von Malatesta, kam es ihm in den Sinn, und kaum erinnerte sich Frank an den Winzer, hatte er den Brandgeruch wieder in der Nase.

»Sie sind gestern so plötzlich aus dem Saal gestürzt«, sagte Signora Vanzetti in diesem Moment und deckte den Tisch: Konfitüre, frisches Brot, Schinken, Salami und Pecorino, Tomaten und Schalotten. »Haben Sie den Brand bei Malatesta fotografiert?«

Frank war erstaunt, dass sie seinen Abgang bemerkt hatte. »Ja, ich bin mitgefahren, habe ein bisschen geholfen.«

»Hat es Verletzte gegeben?«

»Nein. Der Kellermeister und die Arbeiter waren im Weinberg. Einer der Arbeiter hatte sich mit der Traubenschere geschnitten und war ins Haus gegangen, um sich ein Pflaster zu holen. Der hat den Brand bemerkt, glücklicherweise. Zuerst hat er versucht, die Pferde freizulassen, aber der Stall stand bereits in Flammen …«

»Dort hat der Brand offenbar angefangen.«

»Wer hat das erzählt?«

»Das Chianti Classico ist ein großes Dorf, Signor Gatow. Was ist mit den Pferden?«

»Leider konnte nur ein Tier gerettet werden, voller Brandwunden zwar, aber immerhin. Eine Stute und ihr neugeborenes Fohlen hatten nicht so viel Glück, beide sind umgekommen.«

»*Madonna!* Wie schrecklich!«

Frank hatte wieder das brennende Gebäude vor Augen, die Remise, die im Funkenregen zusammenbrach. Malatesta, der mit dem Feuer kämpfte, Scudiere … Nie zuvor hatte er etwas Ähnliches gesehen. Er betrachtete die Brandwunde auf seinem Handgelenk.

»Sie sollten die Wunde verbinden. Sie ist ziemlich groß und könnte sich entzünden. Ich habe da etwas rein Pflanzliches«, sagte die Signora und schickte die Haushälterin nach Salbe und Verbandszeug, um ihm dann mit sanften Händen einen Verband anzulegen.

Während sie frühstückten, berichtete Frank, dass der Gebäudeteil mit den Gärtanks, der Traubenmühle und der Weinpresse vollständig niedergebrannt war.

»Es gibt also weder Kisten für die Lese noch Tanks zum Vergären«, bemerkte Antonia Vanzetti nachdenklich.

»Die Tanks hätten Sie sehen sollen, vollkommen ausgeglüht. Am schlimmsten aber war das mit den Pferden, das hat Malatesta böse zugesetzt. Er will verkaufen.«

»Was?«, rief Signora Vanzetti und sprang auf. Sie stieß gegen den Tisch, sodass der Kaffee überschwappte. »Das darf er nicht. Er macht so guten Wein. Seine Familie ist seit Generationen hier – man verkauft seine Geschichte nicht. Ich könnte ihm Trauben abnehmen, damit nichts verkommt, Wanda auch, die hat auch noch Kapazitäten frei. Wir können alte Tanks wieder in Betrieb nehmen. Marco ist verrückt. Ich rufe ihn sofort an«, sagte Signora Vanzetti und rannte aus der Küche.

Zehn Minuten kam die Signora zurück. »Alles geregelt«, sagte sie, setzte sich wieder. »Malatestas Trauben sind untergebracht. Wanda Livonardi, Sie haben sie bestimmt in Siena mit mir gesehen, nimmt auch einen Teil. Jeder reißt sich um Malatestas Trauben, zumal Scudiere daran mitgearbeitet hat. Allerdings wird es nicht ohne Verlust abgehen. Barriques und andere Fässer hat er selbst.«

»Sind Sie übrigens auch gefragt worden, ob Sie verkaufen wollen?«, erkundigte Frank sich, nachdem die Signora mit ihrem Bericht zu Ende war.

»Wie kommen Sie darauf?«

»Weil – weil einige Winzer hier in der Gegend Offerten bekommen haben.«

Die Winzerin dachte einen Moment lang nach. »Ein guter Wein kann ein lukratives Geschäft sein, so ab siebzig- bis achtzigtausend Flaschen rechnet sich das Geschäft, besonders wenn die Qualität stimmt. Weingüter gibt es hier nicht mehr zu kaufen. Unten an der Küste, in der Maremma schon, aber hier nicht.« Die Signora schüttelte ein wenig den Kopf, wobei ihr Pferdeschwanz leicht hin und her schwang. Frank fand sie auch in ihrer Arbeitskluft höchst attraktiv.

»Ich kann mir nicht vorstellen, dass bei uns irgendjemand freiwillig verkauft.«

Nach dem Frühstück zeigte die Winzerin Frank die Kellerei, wo sie ihm auch die technischen Abläufe erklärte, von der Anlieferung der Trauben über das Entrappen bis hin zum Pressen des Tresters, der Beerenhäute und Kerne, die nach der Gärung übrig blieben. Frank erfuhr, dass der neue Gärkeller ganz bewusst in drei Etagen angelegt worden war.

»Der Wein fließt von einer Verarbeitungsstufe zur nächsten, nach der Gärung in die Tanks, wo die malolaktische Gärung stattfindet, der biologische Säureabbau, und von dort aus in die Eichenfässer. Die Schwerkraft macht alles von allein. Wir vermeiden das Umpumpen, denn es stresst den Wein.« Sie winkte ab. »Ich weiß, was Sie sagen wollen. Nuancen, gut, aber heute kommt es auf jede Kleinigkeit an, wenn man an der Spitze mitmischen will!«

Und das wollte die Signora. Dabei wirkte sie weder ehrgeizig noch verbissen.

»Haben Sie Kinder?«, fragte Frank nach einer Weile unvermittelt, und ihm fiel im selben Moment ein, dass er vergessen hatte, Christine anzurufen.

Signora Vanzetti blieb verdutzt stehen. »Warum?«

»Weil Sie … so … so geduldig sind.«

Sie lachte kurz, und ihre Blicke trafen sich. Dann wandte sie ihm den Rücken zu. »Noch einen Milchkaffee?«

Frank bejahte, *»con piacere«*, und überlegte, die Frage besser auf sich beruhen zu lassen, aber die Winzerin antwortete ihm.

»Meine Kinder sind im Internat. Ihr Vater wollte es so, vielleicht die beste Lösung, um einem Prozess aus dem Weg zu gehen. Felicitas macht das nicht so viel aus, sie liebt ihren Vater über alles. Aber Piero fehlt mir, er würde lieber hier wohnen, er liebt die Toskana. Nur gibt es das Problem mit der Schule. Wir müssten in Florenz oder Siena leben, aber für eine Stadtwohnung habe ich nicht genügend Geld.«

»Aber die Kellerei gehört doch Ihnen?«

»Mein Mann verweigert die Scheidung. Ich bin ein armes Kind vom Land«, erklärte sie mit gequälter Miene. »Er stammt aus bester Familie, eine blendende Partie … Ich war jung, verstehen Sie? Und hatte wenig zu melden. Ich fühle mich ein wenig wie in der Verbannung, und gleichzeitig ist all das hier mein Garten Eden. Können Sie sich das vorstellen?«

»Ich wollte nicht indiskret sein«, Frank hob entschuldigend die Hände.

»Die Geschichte kennt jeder, nur spricht niemand darüber. Bei uns bleibt alles unter der Decke. Statt zu kämpfen, zündet man lieber eine Kerze für die Madonna an. Dazu drei Ave-Maria. Oder man wirft einen Euro ein, und die elektrischen Kerzen leuchten für zehn Minuten. Sind Sie verheiratet?«

»Geschieden, eine Tochter.«

»Die lebt bei der Mutter, wie ich vermute, bei Ihrem Beruf? Wie alt ist sie?«

Frank meinte, einen leichten Vorwurf herauszuhören, wie immer, wenn das Gespräch darauf kam. Jeder war der Ansicht, er würde sich als Vater um die Verantwortung und den Unterhalt drücken.

»Gerade achtzehn geworden«, antwortete Frank und ärgerte sich, das Thema angeschnitten zu haben. Dabei war es ihm wichtig, was diese Frau von ihm hielt, und gleichzeitig beunruhigte es ihn. »Christine kommt in zwei Wochen, sie fotografiert auch, wir wollen hier zusammen Urlaub machen.«

»Das ist ja wunderbar. Mein Mann hat sich nie um die Kinder gekümmert, sie langweilen ihn. Na ja, wir leben ja auch seit zehn Jahren getrennt.«

»Seit zehn Jahren schon? Kommt er nie her?«

»Nur, um Schwierigkeiten zu machen. Er weiß bestimmt längst, dass Sie hier sind.«

»Die Haushälterin?«

Antonia Vanzetti sah Frank offen an. »Sie haben ein gutes Gespür. Mein Erfolg mit dem Wein ist ihm gar nicht recht.

Die meisten Menschen reagieren auch immer noch so wie Sie vor ein paar Tagen am Telefon.«

»Es tut mir leid«, erwiderte Frank, und er meinte es wirklich. Er hastete durchs Leben, die Kamera vor Augen, und trat dabei Leuten auf die Füße, die mehr waren als ein Motiv zum Ablichten. »Das Licht ist noch gut, vielleicht gehen wir noch ein wenig herum, und wenn Sie später Zeit hätten? Oder in den nächsten Tagen ... ich hätte da noch ein paar Fragen.«

Wie schön, dass er einen Grund hatte, sie wiederzusehen, aber sich einfach mit ihr zu verabreden, das wagte er noch nicht.

»Kommen Sie einfach vorbei, wir sind immer hier, vom Morgengrauen bis zur Dämmerung, und nachts in der Kellerei.«

»Wenn ich Ihre Arbeit nicht behindere? Ich würde mir außerdem sehr gerne Ihr Haus anschauen, wenn das nicht zu indiskret ist?«

Signora Vanzetti sah Frank lange an. Und es war wie ein Wind, der ihn in ihre Richtung schob. Er wich ihrem Blick nicht aus.

»Ich habe eigentlich überhaupt keine Zeit, aber ... wenn Sie ... wie wär's mit morgen Abend?«

Frank willigte nur zu gern ein. Und nur mit Mühe konnte er sowohl seine Verwirrung als auch seine Begeisterung verbergen. So verblieben sie, und jeder machte sich an seine Arbeit. Frank fotografierte die Anlieferung der Trauben, dokumentierte, wie sie entrappt und vorsichtig gemahlen wurden. Immer schwebte ihm dabei Antonias Bild vor Augen, und er hatte alle Mühe, sich zu konzentrieren. Neu für ihn war, dass in der Kellerei und im Weinberg jeder Arbeitsplatz, bei dem es nicht unbedingt auf Körperkraft ankam, mit einer Frau besetzt war. Statt eines Kellermeisters überwachte eine Kellermeisterin die Arbeiten, und für den Nachmittag hatte sich die Agronomin angemeldet, die, ähnlich wie Scudiere,

Signora Vanzetti beriet. Allerdings konnte Frank nicht auf sie warten. Er wollte zurück nach Rondine. Der Kühlschrank im Apartment war leer, er musste einkaufen und sich ausruhen. Denn am Nachmittag hatte er einen Termin beim Grafen Solcari, dem Präsidenten des Consorzio.

Gegen zwölf Uhr packte er seine Ausrüstung zusammen und verstaute alles im Wagen. Noch einmal ging er zur Loggia und hielt vergeblich nach Antonia Vanzetti Ausschau. Vielleicht machte sie Mittagspause, genau wie die Pflückerinnen, die würden erst am späten Nachmittag weiterarbeiten, wenn es ein wenig kühler wurde. In der weiten Senke unterhalb des Hauses war kein Mensch. Am liebsten hätte Frank sich auf die Liege gelegt, die rechts im Schatten stand.

Wie mochte sich jemand fühlen, allein, getrennt, die Kinder weit weg, Nieselregen im November oder verschneite Bergspitzen ringsum? Das Kaminzimmer war wunderbar, doch abends allein vor dem Feuer sitzen? Da half auch der schönste Wein nicht. Er kannte das Leben als Single. Bestimmt hatte Antonia einen Liebhaber, eine Frau wie sie … Im Anbau rechts waren die Büros, es gab eine Sachbearbeiterin für den Export und jemanden fürs Marketing. Vielleicht war das ihre Gesellschaft? Die Präsentationen auf Messen und internationalen Verkostungen bestritt sie selbst, wie sie erzählt hatte. Und wenn die Mitarbeiter nach Hause fuhren, was dann? Wenn es nichts zu tun gab, einfach Leerlauf? Die Stille hier musste ungeheuerlich sein, so wie jetzt. Sie erinnerte Frank an das Schweigen rings um die Azienda von Niccolò Palermo.

Frank ließ den Wagen den Berg hinunterrollen. An der Nationalstraße 484 bog er links ab, das weinrote Castello di Brolio oben auf dem Berg blieb rechts liegen. Der schnellste Weg von hier aus nach Florenz führte über Siena und dann weiter über die Superstrada. Er wollte die Filme zur Bearbeitung in ein Labor in Florenz bringen, außerdem waren sie dort sicher.

Er gab Gas, machte ordentlich Tempo, was auf den schmalen, kurvenreichen Straßen lebensgefährlich war. Als er die Ausläufer des Chianti erreichte, die flachen Hügel der Crete, beschleunigte er weiter, schleuderte durch eine Kurve, aber danach war die Straße wieder gerade, und der Wagen fing sich. Eine Stunde später war er in Florenz. Er gab die Filme in dem Labor ganz in der Nähe der Werkstatt der Folinaris ab und erledigte seine Einkäufe im Supermarkt auf der anderen Straßenseite. Dann fuhr er zurück.

Die Bar in Vagliagli war brechend voll. Wie üblich saßen Touristen auf der Terrasse, während sich die Erntearbeiter im Inneren drängten, und es kostete Mühe, bis an den Tresen vorzustoßen. Frank bestellte Kaffee, seinen persönlichen Treibstoff, und eine große Flasche Wasser. Da fiel sein Blick auf die Überschrift in einer Zeitung:

Noch immer vermisst: Vater und Sohn!

Frank las den Artikel, der sich in allen möglichen Theorien über den Aufenthaltsort von Giuseppe und Niccolò Palermo erging. Man hatte das Weingut gründlich abgesucht, in jedem Gärbottich nachgeschaut, alle Freunde befragt, eine Belohnung ausgesetzt, der Hund (war das nicht der Setter?) hatte das gesamte Gelände abgesucht – aber nichts und niemanden gefunden. Waren Vater und Sohn verschleppt worden? Ein Verbrechen der Mafia? Das sollte jetzt eine alte Frau klären. Es hieß, sie habe das zweite Gesicht, sie sei eine der letzten Hexen der Toskana.

Frank fand einen Platz in einer Ecke, wo er trotz des lauten Fernsehers ein wenig dösen konnte. Die vergangenen Tage gingen ihm durch den Sinn. Die beiden groben Männer oben auf dem Berg, der Commissario, der ein widerlicher Kerl war. Und dann sein junger Kollege, noch grün hinter den Ohren, der sich als Beschützer der dämlichen Laura aufspielte. Der Junge war schlicht neidisch und hatte irgendeine

Lügengeschichte erfunden. Dann der Kellner im Ospedale Santa Maria: Was hatten die Spritzen beinhaltet? Der Wein war zwar verdorben, aber immerhin hatte es sich nicht um Gift gehandelt. Sollte er mit Signora Vanzetti darüber sprechen? Nein, den Ärger würde er zu spüren bekommen. Es war in den letzten Tagen viel passiert, zu viel. Der Brand bei Malatesta – eine Petroleumlampe war noch kein Beweis für Brandstiftung. Aber wer hatte die Strommasten bei Paese abgesägt?

Frank war müde, ihm sank der Kopf auf die Brust – bis er jäh hochschreckte. Wildes Geschrei um ihn herum, alle strömten nach draußen. Auf der Terrasse herrschte ein fürchterliches Gedränge, sogar die Passanten auf der Straße blieben stehen.

Frank lief ans Fenster und sah hinaus. Einem weißen Polizeiwagen mit Blaulicht folgte langsam ein zweiter, dann eine Art Mannschaftswagen und zuletzt ein großer Krankenwagen.

»Den brauchen sie nicht mehr«, rief jemand von der Straße her. »Sie haben Palermo gefunden! Und Giuseppe!«

»Und? Sind sie verletzt?«, wollte jemand auf der Terrasse wissen.

»Nein. Beide tot!«

Einen Moment lang herrschte Schweigen. Frank drehte sich langsam um und ging zu seinem Platz zurück. Er war tief erschüttert. Angst stieg in ihm hoch Er hatte Niccolò Palermo nie gesehen. Jetzt war der Mann tot, sein Sohn auch.

Er sah Signora Palermo vor sich, auf der Verkostung am Vortag. Gefasst hatte sie die Glückwünsche für den gelungenen Wein des Vorjahres entgegengenommen und alle Fragen nach ihrem Mann geduldig beantwortet. Wer war dieser Palermo? Bis vor drei Tagen lediglich ein Name auf der Liste des Redakteurs. Dann waren die Kerle aufgetaucht, und ihretwegen war Frank in all die Ereignisse hineingezogen worden. War es Mord? Hatten sie …?

Trotz der Hitze in der Bar lief es Frank kalt den Rücken hinunter. Vielleicht hatten die beiden geglaubt, dass er ... deshalb hatten sie die Kamera zerschlagen und die Filme ... Frank schluckte. Sie hatten sich beobachtet gefühlt, als er das Teleobjektiv auf sie richtete ...

Frank war nicht feige, war Auseinandersetzungen nie aus dem Weg gegangen. Aber jetzt traute er sich kaum, seine Gedanken zu Ende zu denken. Angst und klares Denken vertrugen sich nicht besonders gut. Er starrte den großen Ventilator an, der bewegungslos unter der Decke hing. Eine Frage stellte sich ihm, und sie wurde von Minute zu Minute dringlicher: Weshalb hatten sie ihn nicht genauso behandelt wie den Winzer und seinen Sohn? Was war den beiden widerfahren?

Frank kämpfte sich zum Tresen durch, zahlte und drängte sich an den anderen Gästen vorbei zum Ausgang. Draußen stolperte er die abschüssige Straße hinunter zu seinem Wagen. Verrannte er sich da in eine fixe Idee? Er wusste doch gar nicht, ob die beiden ermordet worden waren. Und wenn, kamen die Prediger dann als Täter überhaupt in Betracht?

Der Fahrersitz war so heiß wie eine Herdplatte. Das Lenkrad ließ sich kaum anfassen. Mit spitzen Fingern fuhr er hinunter nach Rondine. Als er die Tür aufschloss, merkte er, dass etwas nicht stimmte. Er schloss immer zweimal ab, jetzt brauchte er den Schlüssel nur einmal zu drehen. Er betrat das vordere Zimmer – und blieb wie angewurzelt stehen. Hier hatte sich jemand gründlich umgesehen. Der Koffer und sogar die Tasche mit dem Waschzeug waren durchwühlt worden. Auch die Papiere, Karten und Unterlagen der Weingüter lagen nicht so, wie er sie am Morgen zurückgelassen hatte. War eine Hausangestellte auf der Suche nach Geld gewesen?

Wütend holte er die Lebensmittel aus dem Wagen. Dann ging er ins Badezimmer, um zu duschen. An eine Pause oder ein Schläfchen war nicht mehr zu denken. Also machte

Frank sich erneut auf den Weg. Alles raste an ihm vorbei, die Weinberge, die Weingüter, die Kellereien, er nahm sie kaum wahr. Der Wagen schlingerte auf dem Schotter durch die nächste Kurve. Fast hätte Frank die Abzweigung verpasst, die zur Burg des Grafen Solcari führte. Wie es sich für einen Adligen geziemte, lebte er auf einer Festung, Castello di Monteluna, aus dem 12. Jahrhundert.

Eine mehr als hundert Meter lange Steigung, links Wein, rechts Olivenbäume, führte hinauf zur Burg. Der ehemalige Burggraben war zugeschüttet, aber einige Mauern und Wehrtürme waren gut erhalten. Frank folgte dem Aufgang und gelangte in den Innenhof. Hinter einem vergitterten schmalen Fenster sah er Licht und die freiliegenden Deckenbalken eines niedrigen Raums. Frank musste kräftig zupacken, um die angerostete Türklinke herunterzudrücken. Dann trat er ein.

Eine Frau, keine fünfundzwanzig Jahre alt, blond gefärbt, schwarz gekleidet, ließ ihn wissen, dass der Graf sich wegen eines wichtigen Termins verspäte und er, Frank, bitte warten möge. Sie wies auf einen Stuhl, Frank setzte sich, und die Sekretärin hockte sich, von der Störung wenig angetan, wie ein Raubvogel vor ihren Computer.

In das Büro drang nur wenig Tageslicht, die dicken Mauern ließen nichts von der Hitze draußen ahnen. Zuerst war die Kälte erfrischend, doch mit der Zeit wurde es unangenehm, und Frank begriff, weshalb die Frau, die sich kurz angebunden als Flavia vorgestellt hatte, hier drinnen einen dicken Pullover trug. Um sich die Zeit zu vertreiben, studierte er aufmerksam die große Karte an der Wand, ein Messtischblatt, auf dem die einzelnen Lagen in Solcaris Besitz eingezeichnet waren. Sie entfalteten sich von Osten nach Westen um den Berg Monteluna herum und reichten bis ans nächste Dorf. Nur die nördlichen Hänge blieben ausgespart, ähnlich wie bei Malatesta.

Das Büro war seit Jahrzehnten nicht modernisiert worden. Flavias Schreibtisch hatte bestimmt dreißig Jahre auf dem Buckel, ähnlich wie der Rollschrank für Aktenordner. Aus dem angrenzenden Raum führte eine Art Leiter nach oben. Frank kam auf den Gedanken, dass man sie wahrscheinlich nach oben ziehen konnte, falls der Feind in die unteren Räume eindringen sollte. Bevor er weitere Überlegungen zur Verteidigung des Kastells anstellen konnte, holte ihn der Kellermeister zum Rundgang ab, und als sie nach draußen traten, hatte Frank das Gefühl, als schlüge ihm jemand auf den Kopf: Die Hitze schien undurchdringlich, die Helligkeit schmerzte.

Der größte Teil des gräflichen Besitzes bestand aus Wald, wie der Kellermeister erklärte, annähernd 150 Hektar. Wein wurde auf einer Fläche von vierzig Hektar angebaut, und im Nordwesten entstanden neue Terrassen mit Olivenbäumen, eher aus Gründen des Landschaftsschutzes als aus wirtschaftlichen Erwägungen heraus, denn die Oliven eines Baumes ergaben lediglich einen halben Liter kaltgepresstes Extra Vergine.

Gerade als sie von ihrer kleinen Tour zurückkehrten, knirschte der Kies auf dem Burghof unter den Reifen eines schweren dunkelblauen Audi, und mit einer Entschuldigung auf den Lippen kam Graf Solcari auf Frank zu, um ihn zu begrüßen.

Der Graf war groß, sehr schlank, sein volles Haar an den Schläfen leicht angegraut. Braun gebrannt wie er war, wirkte er agil, seine Miene allerdings war bedrückt.

»Sie werden es sowieso erfahren«, sagte er, während er die schwere Tür zu seinem alten Keller aufschloss und die dunkle steile Treppe hinabsah. »Ich komme eben … ich, äh habe eben zwei Tote in einem Keller gesehen.«

»Sie waren auf der Azienda von …«

»Sie wissen davon?«

»Man redet hier von nichts anderem. Was ist passiert? Wo hat man die beiden gefunden?«

»Sie lagen in einer Grube, wo früher der alte Gärkeller war.« Der Graf wirkte sichtlich mitgenommen und zögerte, in die finsteren Eingeweide seines Schlosses vorzudringen. »Bei der Gärung entsteht Kohlendioxid, verstehen Sie? Es ist schwerer als Luft, es sinkt immer an den tiefsten Punkt und reichert sich dort an. Bei Palermo ist im alten Keller eine Grube. Darin lagen Niccolò und sein Sohn. Den Vater hat man erschossen, beim Sohn dachte man zuerst, er sei erstickt, aber dann wurde klar, dass ihn jemand zusammengeschlagen hat. Schädelbruch.«

Frank fuhr ein Schauder über den Rücken. »Weiß man schon …«

Der Graf schüttelte den Kopf. »Wer es war? Nein! Das wollen natürlich alle wissen. Im Moment sind wir erst einmal geschockt. Jeder fragt sich natürlich, wer so was Abscheuliches tut, und vor allem, weshalb. Welches Motiv gibt es? Palermo hatte keine Feinde!«

So hieß es anfänglich immer, später allerdings ergaben sich oft alle möglichen merkwürdigen Verstrickungen, dachte Frank. »Wie alt war Palermos Sohn?«

»Sechzehn. Wer bringt einen sechzehn Jahre alten Jungen um? Was sind das für Menschen, was sind das für Zeiten?«

»Früher soll es hier auch nicht besser gewesen sein«, murmelte Frank.

Graf Solcari verstand die Anspielung. »Das waren auch andere Zeiten. Sind Journalisten und Fotografen eigentlich immer so abgebrüht?«

»Wer kann sich schon aussuchen, was er sehen will?«

»In Ihrem Beruf ist es wohl extrem.«

»Ich lebe davon, dass ich die Augen offen halte. Man ist da, etwas passiert, und man hält drauf. Es gibt allerdings auch Kollegen, denen geht es nur um Sensationen, um das eine Foto, das sie berühmt und reich macht.« Frank nahm die Fototasche wieder auf. »Lassen Sie uns weitergehen. Ich möchte ein Porträt von Ihnen machen, da vorne, in dem Bogen, mit wenig Licht im Hintergrund. Sie stützen sich auf das letzte Barrique, nehmen ein Glas mit ein wenig Wein, oder besser die Hellebarde, als wären Sie der Wächter des Weins.«

Das Porträt gelang und auch die Außenaufnahmen, aber mit den Fotos im Keller wurde es nichts. Solcari war unkonzentriert, alle fünf Minuten klingelte das Handy. Das mulmige Gefühl in Franks Magen nahm zu, ebenso seine diffuse Unruhe. Sie kehrten ins Haus zurück, und der Graf ließ einen kleinen Imbiss in das Probierzimmer bringen.

»Unsere Weine aus den letzten zehn, fünfzehn Jahren. Alles, was älter ist, können Sie vergessen. Ein Chianti Classico sollte früh getrunken werden, innerhalb von fünf Jahren nach der Lese. Eine Riserva reift länger, da sind gut zehn Jahre Alterung oder mehr möglich. Bei der Gran Selezione sind es zwanzig, aber damit habe ich bislang keine Erfahrung. Also auf den Schreck hin! Zum Wohl.« Er hob sein Glas. »Wir machen eine vertikale Probe. Sie trinken immer denselben Wein, nur der Jahrgang wechselt. Das erleichtert den Vergleich, da die Weine einem ähnlichen Konzept folgen. Nur haben wir vor einiger Zeit die Zusammensetzung geändert. Wir verschneiden heute mit Cabernet Sauvignon statt mit den klassischen Sorten. Viel wichtiger allerdings ist, dass wir die Erträge reduziert haben.«

Nach einigen Gläsern kamen sie auf das Leben jenseits der Arbeit und damit auf ihre Familien zu sprechen. Solcari war Witwer und zog die beiden Kinder allein auf. Frank erzählte von seiner gescheiterten Ehe, von Christine und den bevorstehenden gemeinsamen Ferien, woraufhin der Graf ihn einlud, einige Tage mit ihr auf Monteluna zu verbringen. Nach der Lese würde er sich gern Zeit für sie nehmen.

Die Männer redeten, tranken und aßen, und Frank bemerkte erfreut, dass seine Nase wieder normal funktionierte, als er den Duft des sechsten oder siebten Chianti einsog. Er bemerkte die Unterschiedlichkeit der Weine, fühlte sie anders am Gaumen, mal rauer, mal samtig, je älter, desto feiner, und sie hielten unterschiedlich lange nach. Nur um das alles zu benennen, fehlten ihm die Worte.

»Das lernt man«, beruhigte ihn der Graf, der die Probe sichtlich genoss. »Wichtig ist die Wahrnehmung. Und wer wirklich etwas zu sagen hat, findet auch die passenden Worte.«

Er nahm ein Glas, schnupperte und stellte es auf den Tisch zurück. »Im Moment suche auch ich nach Worten, denn ich möchte Sie um einen Gefallen bitten.«

Frank war gespannt. Womit, außer mit seiner Kamera, konnte er behilflich sein?

»Ich muss Sie bitten, unser Gespräch absolut vertraulich zu behandeln. Ich habe mit einigen Winzern über Sie gesprochen, man hat Ihre Arbeit natürlich im Auge.«

Frank nickte.

»Als Präsident des Consorzio muss ich die Interessen unseres Verbandes vertreten. Das geht nur, wenn ich weiß, was passiert. Ich kenne Ihren Arbeitsplan, Sie kommen viel herum, doch was man Ihnen zeigt, ist nicht unbedingt die Wirklichkeit. Verstehen Sie mich nicht falsch!« Der Graf hob die Hände. »Sie sprechen Italienisch, Sie sind unparteiisch, Sie hören viel. Und zurzeit passiert hier etwas, ich weiß nur nicht, was. Verstehen Sie mich?«

Frank nickte, schob ein Stück Parmesan in den Mund und spülte mit einem jungen Wein nach.

»Bei Giacomo Paese wurden die Strommasten abgesägt. Im Zusammenhang mit dem Brand bei Malatesta wurde von Brandstiftung gesprochen. Und wie wir seit heute wissen, wurden Palermo und sein Sohn ermordet. Was meinen Sie: Besteht da ein Zusammenhang? Man hat seinen Kalender gefunden. Der Termin mit Ihnen ist der letzte Eintrag …«

Frank wurde heiß und kalt. Nur mit größter Mühe gelang es ihm, das Gespräch im Folgenden so zu führen, dass der Graf nicht merkte, wie ihm zumute war. Nach einer Weile kündigte er mit Blick auf seine Uhr an, nun aufzubrechen. Er bedankte sich herzlich, aber der Abend sei schon fortgeschritten und er habe den Nachhauseweg noch vor sich.

Es war kurz vor Mitternacht, als Frank den Hof von Renato Benevole erreichte. Kaum hatte er den Wagen zum Stehen gebracht, sah er, wie sich eine Gestalt im Schatten des Torbogens bewegte. Frank erstarrte.

»Keine Sorge, ich bin's«, sagte Benevole laut und trat ins Licht der Laterne; sie beleuchtete die Treppe zu Franks Apartment. »Wie war's bei unserem Grafen?«

Frank schnappte laut nach Luft. »Haben Sie mir einen Schreck eingejagt. Schöne Weine macht er, nur leider wird man davon betrunken. Ich wollte eigentlich meinen Führerschein behalten ...« Frank war verwirrt, denn dass Renato Benevole mitten in der Nacht auftauchte, um mit ihm zu plaudern, hielt er für unwahrscheinlich. »... ist irgendetwas nicht in Ordnung?«

»Sie haben von dem Doppelmord gehört?«

»Ja. Der Graf hat davon berichtet. Weiß man Näheres?«

»Nein. Aber ich habe schlechte Nachrichten für Sie.«

Frank erstarrte erneut. »Ist meiner Tochter etwas zugestoßen?«

»*Calma, calma,* immer mit der Ruhe«, sagte der Winzer, als er Franks Erregung bemerkte, »nichts dergleichen. Aber die Polizei war hier!«

»Man hat mein Apartment durchsucht, nicht wahr?«

»Ja, ich habe sie reingelassen. Aber keine Sorge«, fügte Benevole hinzu, als er Franks schreckgeweitete Augen sah, »ich war dabei, sie haben nichts mitgenommen. Sie sollen morgen um acht bei den Carabinieri sein, in Castellina – es geht um den Fall Palermo.«

»So früh? Weshalb?« Frank stellte sich dumm, aber er ahnte, was sie wollten, nachdem der Terminkalender aufgetaucht war. Außerdem stand alles im Protokoll vom Überfall. Er sollte zur Polizei gehen? Einen Dreck würde er tun. Er würde nicht zu diesen gewalttätigen Carabinieri gehen, höchstens mit Zeugen. Außerdem hatte er zu tun. Mittags meinetwegen, dachte er, aber das brauchte er Benevole nicht auf die Nase zu binden.

»Und da ist noch etwas«, fuhr der Winzer fort, deutlich distanzierter als zuvor, und Frank hatte den Eindruck, dass er bereute, ihn bei sich aufgenommen zu haben. »In Ihrem Hotel in Castellina ist eingebrochen worden, in das Zimmer, in dem Sie übernachtet haben. Irgendwie scheinen Sie in eine Sache verstrickt zu sein …« Benevole schüttelte missbilligend den Kopf. »Es geht mich ja nichts an, aber ich will keinen Ärger. Morgen beginnt die Lese. Klären Sie das bitte mit der Polizei, *va bene*?«

Im Gehen drehte er sich noch einmal um. »Ich wünsche Ihnen trotzdem eine gute Nacht. Und – nehmen Sie das alles bitte nicht persönlich.«

Wie soll ich es denn sonst nehmen?, fragte sich Frank und fühlte sich, als hätte ihm jemand einen Eimer Wasser über den Kopf geschüttet. *Dio mio*, was für ein Tag. Müsste er sich morgen schon wieder ein neues Quartier suchen?

Frank schleppte die Fotoausrüstung in das Apartment und schloss die Akkus der Blitzanlage ans Stromnetz an. Es war zu spät, um sich noch etwas zu essen zu machen, zum Schlafen war er zu aufgeregt, also blieb ihm nur die Möglichkeit, sich müde zu trinken. Er ging zum Wagen und holte den Rotwein, den der Graf ihm zum Abschied gegeben hatte.

Frank duschte zum dritten Mal an diesem Tag. Er zwang sich, an nichts mehr zu denken, um einer Panik vorzubeugen, die ihm den Schlaf rauben würde. Er band sich ein Badelaken um die Hüften, öffnete das Fenster im Schlafzimmer und ließ sich aufs Bett fallen. Draußen war es dunkel, die Sterne glitzerten wie in einer klirrend kalten Nacht.

Die Ereignisse der letzten Tage hatten sein Bild von der friedlichen Toskana grundlegend geändert. Sie hingen vermutlich alle miteinander zusammen – nur wie? Im Grunde gingen ihn die Menschen, denen er hier begegnete, gar nichts an, ob sie nun ihre Weingüter in Brand steckten, sich gegenseitig den Wein verdarben oder Strommasten absägten. Vielleicht sollte er davon Bilder machen, aber dafür wurde er nicht bezahlt. Und jetzt kam noch ein Mordfall hinzu. Hatte ihn jemand am Montag bei Palermo herumschleichen sehen? Dann käme er wirklich in – wie hieß das? – Erklärungsnotstand? Er musste Scudiere dringend noch einmal auf den Anwalt ansprechen, und er brauchte schleunigst ein neues Mobiltelefon.

Der Wein vom Monteluna, vom Mondberg des Grafen Solcari, hatte etwas von ungeheurer Tiefe und fühlte sich hintergründig an, der Duft des Chianti erinnerte Frank an reife Brombeere, ganz entfernt konnte er sich Kirsche vorstellen und kargen Boden. Sollte nicht Veilchen typisch für die Sangiovese-Traube sein? Frank schnüffelte, steckte die Nase ins Glas, wie er es bei den Winzern gesehen hatte – nein, von Veilchen roch er beim besten Willen nichts.

Frank ertappte sich dabei, wie seine Gedanken abschweiften. Morgen durfte er den Anruf bei Christine nicht vergessen, vielleicht hatte sie es bereits im Hotel versucht? Beim Verlag musste er sich melden, zumal die Bildredakteurin aus dem Urlaub zurück war und wohl erst den Schreck verdauen musste, dass er den Auftrag bekommen hatte. Sie konnte ihn nicht riechen – noch ein unerfreuliches Kapitel.

Aber dann dachte er an das Treffen bei Antonia, dieser so schönen, stolzen und angenehmen Frau. Aber – stimmte sein Bild von ihr mit der Wirklichkeit überein? Welche Seite an ihr war die echte? Bei der Verkostung in Siena hatte er eine elegante, gewandte, eloquente, aus gehobenen Kreisen stammende Frau kennengelernt. Das war nicht seine Liga, das konnte er sich abschminken. Oder hatte er die wirkliche Antonia im Weinberg erlebt, schlicht, zupackend, die ihre Mitarbeiter – nein, Mitarbeiterinnen – mit sicherer Hand führte? Das stand ihm näher. Sie hatte traurig auf ihn gewirkt, verhalten. Kein Wunder, eine Frau, der man die Kinder vorenthielt, konnte kaum glücklich sein.

Was schwebte dieser Signora vor? Ein heftiger Flirt? Eine kurze Affäre? Er hatte ihr gefallen, das spürte er, sonst hätte sie sich nicht von ihm fotografieren lassen und ihm auch kein Frühstück gemacht. Allerdings lag ihm nichts an kurzen Affären, und One-Night-Stands hatten jeden Reiz verloren. Er konnte sich mit ihr durchaus etwas anderes vorstellen, sofern ihm nicht Christine einen Strich durch die Rechnung machen würde …

8

Samstag, 2. Oktober

Kurz nach Sonnenaufgang fuhr Frank zum Hof von Josti di Chiarli. Dort war man mitten in der Lese. Der Sommer hatte die meisten Winzer verwöhnt, nun konnten die Früchte eines Jahres eingefahren werden.

Frank sprach einen Arbeiter an, um sich nach dem Winzer zu erkundigen, aber der Mann bekam kaum die Zähne auseinander. »Weiß nicht, wer das ist, kenne ich nicht.«

Herrgott, was war denn jetzt wieder los? »Sie wissen nicht, wem das Weingut gehört, für das Sie arbeiten?«

Der Arbeiter zuckte mit den Achseln. »Was geht es mich an? Wir sind heute hier, morgen da, wie soll ich da jeden Winzer kennen.«

»Wer weiß Bescheid?«

Unwillig zeigte der Mann auf den Vorarbeiter in einem grauen Kittel, dann drehte er sich rasch um und eilte in einen Schuppen. Frank ging auf den Vorarbeiter zu und stellte die Frage erneut.

»Sprechen Sie mit dem Kellermeister«, sagte der Mann. »Der kennt den Besitzer bestimmt. Ich kann Ihnen nicht sagen, wo er steckt. Ich bin nur für die Arbeiter zuständig, alles andere …« Ergeben breitete er die Hände aus.

»Sind Sie hier nicht angestellt?«

Der Vorarbeiter lachte bitter. »Angestellt? Bei wem?«

»Bei Josti di Chiarli.«

»Wer soll das sein?«

»Na, der Winzer, der Inhaber.«

»Angestellt? Sie träumen wohl? Wir sind Saisonarbeiter, ohne jede Sicherheit. Wir werden nach Hektar bezahlt, Akkord eben. Uns gibt es nur noch, weil sie noch keine Maschinen erfunden haben, die uns auf den steilen Hängen ersetzen könnten. Was Akkord bei der Hitze bedeutet, können Sie sich nicht vorstellen.«

»Eine Frage noch«, sagte Frank, als der Vorarbeiter sich zum Gehen wandte. »Wo sind die Leute, die vorher hier gearbeitet haben?«

»Wegrationalisiert, alle entlassen. Der da unten«, der Vorarbeiter zeigte auf einen sehr kräftigen, rothaarigen Mann mit Sommersprossen, »der da ist für alles verantwortlich. Der führt jetzt das große Wort – wenn ihn einer versteht.« Damit drehte er sich um und ging davon.

»Wie heißt er?«, rief Frank ihm nach.

»Keine Ahnung, er nennt sich Flying Winemaker. Ich glaube, er ist ein Consultore.«

Es gab sicher einige, die wie Scudiere von Gut zu Gut zogen, und er würde zumindest wissen, wo Frank den Winzer finden konnte. Merkwürdig jedoch war die allgemeine Gleichgültigkeit auf dieser Fattoria schon.

Der sommersprossige Önologe hatte Frank bemerkt, kam herüber und begrüßte ihn mit einem gekünstelten *buon giorno.* Nichts an dem vierschrötigen Mann erinnerte im Entferntesten an einen Italiener. Stirn und Unterarme waren von der Sonne gerötet, er war untersetzt, aber sportlich, trug ein rot kariertes kurzärmeliges Hemd und eine staubige Hose. Besonders auffällig war sein dicker Hintern.

Der Mann musste Amerikaner sein – vor Franks innerem Auge tauchten unangenehme Erinnerungen auf.

»*Questa terra privata*«, sagte der Winemaker in gebrochenem Italienisch mit starkem Akzent. »*No foto!*«

»Sie meinen, dass es sich hier um Privatbesitz handelt und ich nicht fotografieren darf?«, erwiderte Frank auf Englisch.

Der Mann nickte, aber dadurch wurde er keineswegs verbindlicher. »Sie müssen das Gelände sofort verlassen, wir arbeiten hier hart, und was wir tun, ist nicht für Außenstehende bestimmt! *Get lost, mister!* Verschwinden Sie!« Er war in seine Muttersprache zurückgefallen.

»Ich will Josti di Chiarli sprechen. Oder seinen Kellermeister.«

»Wir verkaufen keinen Wein an Touristen.«

»Ich will keinen Wein kaufen, ich will auch nichts probieren. Ich habe den Auftrag, das Weingut zu fotografieren. Signor di Chiarli ist informiert.«

»Das wüsste ich, wenn wir Aufträge an Fotografen vergeben hätten. Machen Sie, dass Sie fortkommen, Mister!«

Anscheinend hatte sein Gegenüber keinen Schimmer von südeuropäischen Umgangsformen. Die Situation drohte zu eskalieren, denn Frank merkte, wie die Wut in ihm hochstieg. Damit beschäftigt, seinen Zorn im Zaum zu halten, hatte er gar nicht wahrgenommen, dass sich ein weiterer Mann zu ihnen gesellt hatte.

»*Scusi, signore,* der Herr kennt sich noch nicht so gut aus. Er ist unser neuer Önologe und Manager, Mr. McEvern – aus Kalifornien, aus dem Napa Valley, glaube ich …«

Obwohl sich der Mann noch nicht vorgestellt hatte, erkannte Frank in ihm sofort den Kellermeister.

»Und wo ist …?«

»Ich bringe Sie hin. Kommen Sie.«

Bevor der kalifornische Manager etwas einwenden konnte, was Frank mit Sicherheit zu einer unflätigen Bemerkung veranlasst hätte, zerrte ihn der Kellermeister über den Hof zum Büro.

Josti di Chiarli, ein kleiner, gemütlicher Mann von etwa fünfzig Jahren, saß gequält zwischen zwei Männern in weißen Oberhemden und dunklen Krawatten, die Sakkos hingen über den Stuhllehnen. Sie wirkten wie Wirtschaftsprüfer, die das Unternehmen und di Chiarli unter die Lupe nahmen.

Das Gespräch war mühsam. Es dauerte eine Weile, bis Frank aus di Chiarli herausgeholt hatte, dass er den Betrieb vor drei Wochen verkauft hatte und daher nicht mehr an Aufnahmen interessiert war.

»Diese Entscheidung haben Sie wohl erst kürzlich getroffen. Als unser Journalist Sie interviewt hat, war keine Rede davon.«

Di Chiarli seufzte. »Sie haben ganz recht. Davon war keine Rede. Aber ich … wurde, äh … sah mich gezwungen zu verkaufen. Freiwillig hätte ich, also … wir haben Fehler gemacht«, sagte er und blickte beim Sprechen immer wieder zu den Controllern. »Und wir hatten Pech. Die Weine vom vorletzten Jahr haben sich nicht gut verkauft. Wir hatten Probleme. Irgendwer hat behauptet, unsere Weine seien mangelhaft. Na ja, irgendwann ist alles einmal vorbei. Es tut mir leid, dass Sie extra gekommen sind. Ich hätte Sie verständigen müssen. Ich hoffe, Sie hatten nicht zu viele Unannehmlichkeiten. Vielleicht können wir Sie mit unserer Riserva aus einem unserer besten Jahre ein wenig entschädigen. Wenn Sie mich jetzt entschuldigen?«

Frank spürte, wie peinlich es dem Winzer war, sich auf diese Weise herauszureden, und er beließ es bei einem freundlichen Lächeln.

Der Kellermeister brachte drei Flaschen des außergewöhnlichen Jahrgangs und begleitete Frank zum Wagen. Der ließ vor dem Einsteigen den Blick über die Gebäude, die Kellerei und den Maschinenpark schweifen. »Weshalb hat er verkauft? Ist Missmanagement wirklich der Grund? Bleiben Sie hier, oder hat man Ihnen auch gekündigt?«

»Ich gehe freiwillig, der neue Manager … Wir sind Menschen und keine Maschinen. Ich finde überall Arbeit, wir hatten einen guten Ruf, einen sehr guten.«

»Und?«

»Und was?«

»Weshalb das alles? Freiwillig hätte er nicht verkauft, hat Signor di Chiarli gesagt.«

Der Kellermeister sah sich um, aber außer ihnen war niemand auf dem Parkplatz. »Es begann vor über einem Jahr. Unsere Lieferung in die Vereinigten Staaten wurde von der Gesundheitsbehörde bemängelt. Angeblich war der Wein nicht in Ordnung. Er wurde monatelang zurückgehalten. Die Lagerkosten mussten wir bezahlen, auch den Rücktransport, sonst wäre alles vernichtet worden. Immerhin geht ein Drittel unserer Produktion in die USA. Als Nächstes hat uns eine Betriebsprüfung lahmgelegt. Vor kurzem dann wurden uns die Kredite gekündigt ... damit war alles aus. Wir seien nicht mehr – wie nennt man das – solvent? Verstehen Sie das?«

»Na ja, nicht so ganz. Wer ist der Käufer?«

»Eine Immobilienfirma in San Gimignano, Terranuova«, flüsterte der Kellermeister und blickte sich um, ob ihn jemand hörte. »Aber das bleibt unter uns, *va bene?*«

Frank nickte ihm beruhigend zu. *»In ogni caso.«*

»Ich glaube, da hat uns jemand in den Verkauf getrieben«, bestätigte der Kellermeister Franks Vermutung. »Sie sind Reporter, halten Sie die Augen offen. So viel Pech, wie wir auf einmal hatten ...«

Zwei Stunden lang ließ man Frank in einem heißen Raum im Kommissariat in Castellina schmoren. Leute kamen nach ihm und gingen vor ihm, sie wurden von den wenigen Beamten in aller Ruhe abgefertigt. Trotz mehrmaliger Bitte bekam Frank nicht einmal ein Glas Wasser, sodass er sich gezwungen sah, auf der Herrentoilette Wasser aus der Leitung zu trinken. Dann befahl man ihn in einen kahlen Raum mit zwei Stühlen und einem Schreibtisch und ließ ihn dort aufs Neue warten.

Als der Commissario den Raum betrat, mit einem Revolver im Schulterhalfter, protestierte Frank gegen die entwürdigende Behandlung.

»Was regen Sie sich auf? Sie waren für acht Uhr bestellt. Bei Ihnen in Deutschland mag es üblich sein, Vorladungen nicht zu folgen. Bei uns in Italien ist so etwas strafbar! Ich kann Sie festnehmen lassen.«

»Bei uns werden Polizisten bestraft, die nachts andere Menschen zusammenschlagen!«

»*Che orribile!* Wer hat das getan?« Der Commissario machte ein entsetztes Gesicht.

»Sie!«

»Wann?«

»Mittwochabend!«

Der Commissario ging zur Tür und rief etwas in den Flur. Kurz darauf trat grinsend der junge Carabiniere ein, der das Protokoll des Überfalls aufgenommen hatte. Commissario Sassarella legte ihm den Arm um die Schultern und zeigte auf Frank.

»Dieser Deutsche behauptet allen Ernstes, dass ich ihn Mittwochabend niedergeschlagen hätte. Wir waren den gesamten Abend über zusammen. Du hättest doch etwas davon bemerkt, oder etwa nicht?«

Gespielt entrüstet blickte der Carabiniere zu Frank herüber. »Was für ein Unsinn. Das ist eindeutig Beamtenbeleidigung, eine wissentliche Falschaussage, Commissario.«

Es sah so aus, als suchten sie einen Vorwand für eine weitere Misshandlung. Wo blieb nur dieser verfluchte Anwalt? Am Telefon hatte er gesagt, er würde sofort kommen. Frank stand auf und schob sich an der Wand in Richtung Tür.

»Immer mit der Ruhe. Setzen Sie sich«, befahl der Commissario, hob den Zeigefinger und wandte sich an den Carabiniere. »Du bleibst hier. Wer weiß, was der Deutsche noch alles behauptet, um unsere Polizei zu verunglimpfen?«

Der junge Mann grinste böse und blockierte mit verschränkten Armen die Tür. Frank schwante nichts Gutes, als der Commissario Platz nahm, die Hände flach auf den Schreibtisch legte und vor sich hin starrte: »Wenn Sie noch einmal so eine verunglimpfende Behauptung von sich geben, kann ich leider für nichts garantieren. Und wenn Sie gar tätlich werden, müssen wir reagieren, in Notwehr, versteht sich. Ist das deutlich genug?«

»Ich sage nichts ohne Anwalt.«

»Sie wissen gar nicht, was wir von Ihnen wollen. Also lassen Sie Luft ab.« Der Commissario ließ sich Zeit, musterte Frank von oben bis unten, legte den Kopf zur Seite, stand auf, ging um den Schreibtisch herum und setzte sich auf den Tisch, ohne ihn aus den Augen zu lassen.

»Was soll das?«, sagte Frank. »Wollen Sie mich einschüchtern? Los, fragen Sie schon. Was wollen Sie wissen?«

»Wir haben unendlich viel Zeit, Signor Gatow.« Der Commissario schüttelte den Kopf. »Und Sie werden auch noch viel Zeit haben – sehr viel. Im Gefängnis nämlich.«

Breitbeinig stellte er sich vor Frank hin und zwang ihn, zu ihm aufzublicken. »Wo ist der Terminkalender von Niccolò Palermo?«

»Woher soll ich das wissen?«

»Sie haben ihn verschwinden lassen, weil Ihr Name darin erwähnt ist. Signora Palermo hat mitbekommen, wie ihr Mann den Termin mit Ihnen eingetragen hat. An den Namen Gatow erinnert sie sich gut.«

»Wir waren Montag um halb fünf verabredet. Und wie soll ich an den Terminkalender gekommen sein? Ich dachte, der ist … Graf Solcari sagte mir …«

»Ihre Beziehungen helfen Ihnen einen Dreck. Sie haben die Verabredung genutzt, um die beiden umzubringen!«

»Sie sind ja total übergeschnappt!« Frank wollte empört aufspringen, so absurd war diese Anschuldigung, aber der Carabiniere drückte ihn von hinten auf den Stuhl zurück.

»Die Sache mit dem Überfall ist frei erfunden!«, sagte der Commissario jetzt mit lauter Stimme. »Niemand hat die Männer mit den Sonnenbrillen gesehen. Das haben Sie sich alles ausgedacht, der billigste Trick, den ich kenne. Hat noch nie funktioniert.«

»Sie sind ja – wahnsinnig.« Panik erfasste Frank. Er sah sich schon unter Mordverdacht verhaftet.

»Außerdem haben Sie Francesco Folinari gegenüber behauptet, die Kamera sei beim Fotografieren in den Bergen heruntergefallen. Uns hingegen …«

Frank schüttelte den Kopf. Wie dumm diese Ausrede gewesen war, wurde ihm jetzt erst bewusst. Wieso hatte er nur so einen Quatsch erzählt? Aber woher wussten sie, dass er bei Folinari gewesen war? Verfolgten sie ihn heimlich überallhin?

»Wir werden Ihnen Fingerabdrücke abnehmen. Die Spurensicherung hat die ganze Nacht auf der Azienda gearbeitet. Ich bin mir sicher, dass man auch Ihre gefunden hat. Sie sind am Morgen in der Nähe der Azienda gesehen worden.«

»Ich habe mein Handy verloren, deshalb bin ich noch mal zurückgefahren und habe gesucht, oben auf dem Hügel …«

»Wollten Sie nicht in Wahrheit nachsehen, ob die beiden wirklich tot waren? Keine schlechte Idee, die Leichen in die Grube zu werfen. Nicht mal der Hund hat sein Herrchen gerochen. Aber die Leichen sind gut erhalten geblieben. Eine solche Kaltblütigkeit und Brutalität gab es hier nicht mehr, seit Ihre Wehrmacht bei uns gewütet hat!«

Frank wischte sich den Schweiß von der Stirn. »Diese alte Scheiße holt ihr immer dann aus dem Keller, wenn es euch passt. Sie glauben, Sie können sich einfach den Erstbesten vornehmen und ihn als Täter ausweisen. Ich war's nur nicht.«

»Dich bringen wir noch zum Reden, *amico mio.* Und das Motiv finden wir auch raus. Nächster Punkt: Weshalb haben Sie beim Verlassen des Hotels eine falsche Adresse angegeben? Sie sind nicht nach Gaiole ins Hotel gefahren, sondern haben sich bei einem Winzer versteckt.«

»Versteckt? Immerhin bin ich hierhergekommen, oder? Und dieses Mädchen, Laura, die Tochter des Hotelbesitzers, hat mich tagelang belästigt. Ich sollte Aufnahmen von ihr machen …«

»Du geiler alter Bock«, schrie der Carabiniere und stürzte sich auf Frank. »Du wolltest sie nackt fotografieren, aber nur wenn sie mit dir ins Bett geht!« Er packte Frank am Hals und riss ihn vom Stuhl. »Hat sie mir selbst gesagt. Du hast sie auf dein Zimmer bestellt!« Die beiden Männer stürzten zu Boden, der Commissario sprang hinzu und trat Frank heftig in die Seite. In diesem Moment wurde die Tür aufgestoßen.

»*Basta con questo!* Es reicht, Commissario!«, ertönte eine befehlsgewohnte Stimme, und zwei Männer stürmten in den Raum. Sie waren davon, was sie sahen, wenig begeistert. Die nachfolgenden Polizisten schlossen rasch die Tür und zerrten den wutschnaubenden Carabiniere von Frank weg.

Ein junger Mann mit langen schwarzen Locken, den Frank nie gesehen hatte, half ihm auf die Beine. »Ich bin Ihr Anwalt«, sagte er und wandte sich dann an den Commissario. »Ist das Ihre Art, mit Zeugen umzugehen?« Er schien ernstlich um Frank besorgt, der sich blass vor Schreck den Hals rieb.

»Mit Zeugen?«, schrie der Commissario. »Er ist der Täter! Er hat Niccolò ermordet und seinen Sohn … *misero farabutto!* Das werde ich beweisen!«

»Die Ermittlungen leite ich«, schnauzte ihn der bärtige Mann an, der vor dem Anwalt in den Raum gestürmt war. Er sah übernächtigt aus. Sein Hemd war durchgeschwitzt, die Hose zerknittert.

»Mein Name ist Rionero, ich leite die Mordkommission, und das hier, Signor Gatow, ist Ihr Anwalt, Avvocato Bartolomeo Pandolfini. Und Sie, Commissario, sind ab sofort vom Dienst suspendiert. Ob Sie ein Verfahren angehängt bekommen, entscheidet Signor Gatow.«

»Natürlich erstatten wir Anzeige«, sagte Pandolfini wütend, »darauf können Sie Gift nehmen.«

Frank begriff kaum, was um ihn herum passierte. Sein Hals schmerzte, und auch seine Seite tat höllisch weh. Ging es um ihn, um den Mord an den beiden Palermos oder um einen Machtkampf unter Polizisten?

»Wir entscheiden das später«, knurrte der Anwalt und führte Frank zu einem Stuhl. »Stellen Sie uns jetzt bitte einen Raum zur Verfügung, in dem ich ungestört mit meinem Mandanten sprechen kann. Und besorgen Sie uns einen anständigen Kaffee.«

Die beiden traten in den Gang hinaus. Zu seiner Überraschung sah Frank Scudiere auf sich zukommen, der ein Handy aus der Tasche zog.

»Für mich?«, fragte er.

Scudiere nickte. »Gib es mir zurück, bevor du wieder nach Deutschland fährst.«

»Am liebsten gleich«, antwortete Frank gepresst. Der Carabiniere hatte fest zugedrückt, der Kehlkopf schmerzte, das Schlucken tat weh. Erst das Kinn, dann die Nase, jetzt der Kehlkopf – den Nächsten, der ihn angriff, würde er zwischen die Beine treten …

Nachdem sie sich in einem kleinen Raum am Tisch niedergelassen hatten, erklärte Avvocato Pandolfini Frank und Scudiere, dass eigentlich sein Vater habe kommen wollen, dass dieser aber verhindert sei. Frank trank Wasser, nippte am Kaffee und am Grappa, und als er sich halbwegs erholt hatte, berichtete er vom Verhör, vom Überfall auf dem Weinberg und davon, wie er tags darauf die Kellerei von Palermo betreten und dem Hund Wasser gegeben hatte.

Pandolfini vermutete, dass man Franks Fingerabdrücke auf dem Eimer finden würde, hielt das jedoch nicht für gravierend. »Dumm ist allerdings, dass Sie bei Folinari eine andere Version zum Besten gegeben haben.«

Die Sache mit Laura wollte er auf sich beruhen lassen, solange sie keine Anzeige erstattete. Sassarella war zwar einstweilen aus dem Verkehr gezogen, aber nach wie vor ein Risiko. »Nehmen Sie sich vor ihm in Acht«, empfahl Pandolfini. »Er hat etwas gegen Sie persönlich. Ein übler Finger, er kann morgen wieder im Dienst sein. Ich weiß auch nicht, wer im Präsidium die Hand über solche Leute hält. Da ist immer Parteipolitik im Spiel.«

»Ich kann dir in den nächsten Tagen keine Hilfe sein, Franco«, sagte Scudiere. »Ich fliege morgen Abend nach Bari und komme erst Mittwoch oder Donnerstag zurück. Ich habe Kunden in Apulien, ein exzellentes Weingut, Primitivo di Manduria, ein toller Wein, und noch nicht zu teuer.«

»Jetzt während der Lese können Sie weg?«, wunderte sich der Anwalt.

Scudiere breitete ergeben die Arme aus. »Die Leute da unten sind ziemlich hilflos, wenig Erfahrung im Umgang mit Qualität. Meine Winzer hier wissen, was zu tun ist. Außerdem wird erst einmal gelesen, alles andere erledigen wir später.«

Franks Blick fiel auf die Uhr an der Wand, und er gab Pandolfini und Scudiere unvermittelt die Hand. »Entschuldigen Sie mich bitte, ich muss zu Strozzi!«

»Zu Avvocato Strozzi? Na, dann viel Spaß, und richten Sie ihm meine besten kollegialen Grüße aus«, meinte Pandolfini sarkastisch.

Das Weingut von Avvocato Strozzi lag rechts der Landstraße am Ende einer Ansammlung von Häusern. Frank hielt am Tor, stieg aus, ging zur Gegensprechanlage mit einer Kamera darüber und sagte seinen Namen. Als das Tor lautlos zurückschwang, fiel ihm ein, dass er Scudiere nichts von den manipulierten Proben erzählt hatte, und ohne seinen Rat unternahm er besser nichts – oder sollte er mit dem Grafen darüber sprechen? Es wäre interessant, über die Folgen der Manipulation ins Bild gesetzt zu werden, denn ein Scherz war das wohl kaum. Am liebsten hätte er selbst mit dem betroffenen Winzer gesprochen, aber er kannte nicht mal seinen Namen.

Frank sah sich um. An der linken Flanke des Hanges standen zwei Baukräne neben einer großen betonierten Fläche.

Wie tief der Berg aufgerissen war, ließ sich von Franks Standort nicht erkennen. Antonia Vanzettis neue Kellerei schien im Vergleich zu dieser geradezu winzig. Die Anlage war geschickt in die Umgebung integriert, und Frank konnte sich gut vorstellen, dass später kaum noch etwas davon zu sehen war, wenn alles von Erde bedeckt und mit Gras bewachsen war.

Auf dem Parkplatz neben der Villa stellte Frank den staubigen Volvo in den Schatten.

»Schön, dass Sie den Weg zu uns gefunden haben. Willkommen!« Avvocato Strozzi kam Frank entgegen und empfing ihn auf der Mitte der Freitreppe seines sehr gepflegten Hauses.

Frank hob den Arm. »Nicht bewegen, Avvocato. Bleiben Sie so stehen, das Licht ist ideal, das perfekte Porträt.«

Strozzi schien überrascht, tat aber, wie geheißen. Er trug einen erdfarbenen Maßanzug, eine grüne Krawatte und sehr teure Schuhe aus weichem, schwarzem Leder. Er zupfte das Sakko zurecht und strich sich in einer vornehmen Geste das Haar aus der Stirn, ganz der souveräne Schlossherr. Nur das eingefrorene Lächeln, das an einen zähnefletschenden Wolf erinnerte, passte nicht gut ins Bild, obwohl Frank es inzwischen für das einzig Ehrliche an dem Mann hielt. Dazu die eisigen, unerbittlichen Augen. Wie gnadenlos mochten diese Schlossherren ihre Kinder erziehen? Zu ebensolchen Schlossherren?

Frank dirigierte den Avvocato vor der Kamera nach rechts, schickte ihn nach links, ließ ihn den Kopf ein wenig senken oder heben. Es machte ihm Spaß, den Mann herumzuschicken.

»Nein, nicht so, ja, noch etwas mehr, gut, sehr gut, wunderbar ...« Er ließ Strozzi sich ins Licht drehen, in die Sonne blinzeln – dann winkte er ab. »Ausgezeichnet, Signor Strozzi. Sie sind das ideale Modell.«

»Normalerweise habe ich das Sagen, aber in Ihrem Fall

mache ich gern eine Ausnahme. Ein interessanter Mensch übrigens, Ihr Kollege, der zum Interview hier war. Sehr versiert, mit viel Verständnis für unsere Weine. Arbeiten Sie häufiger zusammen?«

Strozzi gab sich selbst die Stichworte zum Weiterreden. Frank musste nur ab und zu in Strozzis Richtung blicken und zustimmend brummen. Darüber hinaus konnte er sich um die Belichtung kümmern. Der Hausherr begann mit dem Rundgang.

»Was wird dort unten gebaut?«, fragte Frank und zeigte auf die Baustelle.

»Unsere neue Kellerei. Bisher haben wir den Wein hier unten gemacht.« Strozzi wies mit dem Finger auf den Boden. »Alles ist unterkellert, es gab früher keine Elektrizität, keine Kühlaggregate. Heute zieht man anderswo in einer Woche einen Zweckbau hoch, stellt Edelstahltanks mit Kühlung rein und schaltet den Strom an.«

»Aber die Baustelle sieht riesig aus. Wozu brauchen Sie eine so große Kellerei?«

»Das täuscht. Wir haben 27 Hektar, wir machen so an die 190 000 Flaschen, normalen Chianti Classico, und von der Riserva etwa 50 000 und einige Tausend Gran Selezione, früher noch die Super Tuscans für die USA. Mehr nicht, größere Mengen können wir nicht lagern.«

»Ah, deshalb der Neubau. Sie lassen extra eine Straße dorthin bauen? Das kostet sicher allerhand.«

»Regionale Entwicklung, Strukturförderung. Brüssel zahlt. Wir haben in den vergangenen Jahren auch viel Geld verdient, jetzt müssen wir investieren, damit wir konkurrenzfähig bleiben, und das auf höchstem technologischem Niveau.«

Frank unterbrach den Avvocato: »Lassen Sie uns doch hinübergehen. Ich würde gern das Innenleben der Anlage sehen. Gestern habe ich eine Kellerei besucht, da gibt es gar keine Pumpen mehr, da geschieht alles mittels Schwerkraft.«

Strozzi rümpfte die Nase. »Bei Antonia Vanzetti, nicht wahr? Esoterischer Firlefanz. Man sagt, das Pumpen würde den Wein stressen. Was glauben Sie, wie gestresst der Wein erst ist, wenn er … wo wohnen Sie in Deutschland?«

»In Hamburg«, antwortete Frank.

»… ja, bis der LKW in Hamburg ankommt? Das sind zweitausend Kilometer Schüttelfahrt. Wir liefern ein Drittel in die USA.«

»Bitte, können wir uns den Neubau ansehen?«, drängte Frank, denn Strozzis Vorträge gingen ihm auf die Nerven.

»Das geht leider nicht, ich muss hier auf jemanden warten, so lange kann ich mich Ihnen nicht widmen.«

»Ich gehe auch gern allein.«

»Das ist viel zu gefährlich. Hier bin ich für Ihre Sicherheit verantwortlich. Ein andermal gern, dann zeige ich Ihnen den Neubau, wenn Sie wollen.«

Ist ja gut, dachte Frank. Wenn der Avvocato ihm seine Baustelle nicht zeigen wollte, war das sein gutes Recht. Doch dass Strozzi ihm auf Schritt und Tritt beim Fotografieren folgte und ihn nicht eine Sekunde aus den Augen ließ, war ihm äußerst lästig, zumal er ständig seine »Weinphilosophie« zum Besten gab. Gerade klagte er über die Eigenbrötelei der Winzer. »Jeder kocht sein eigenes Süppchen – Wein, meine ich natürlich.« Er lachte. »Jeder macht den Wein auf seine Art. So werden wir die Herausforderungen der Zukunft nicht meistern. Wir erleben den Ansturm der osteuropäischen Länder, Rumänien, Bulgarien, massiv auch aus Übersee. Und hier bastelt jeder an seinem individuellen Tröpfchen. Das wird uns eines Tages Kopf und Kragen kosten. *Naturalmente,* der Verbraucher will Sicherheit, er will Weine, auf die er sich verlassen kann, die er kennt, die er in Deutschland trinkt und in Italien wiederfindet oder umgekehrt. Davon bin ich absolut überzeugt.«

Mittlerweile hatten sie den Rundgang beendet und waren zur Villa zurückgekehrt. Strozzi ließ Frank in der Halle warten. Nach einer Weile kam er mit einem in Leder gebundenen Büchlein zurück und drückte es ihm in die Hand. Machiavelli, *Il Principe.* Frank drehte das Buch um und sah den Abdruck des Prägestempels: eine Rosette im Kreis – das Zeichen der rechten Alleanza Nazionale, einer der Regierungsparteien, die sich krampfhaft bemühte, den Ruch des Neofaschismus loszuwerden. Es stimmte also wirklich. Strozzi vertrat sie im Parlament. Am liebsten hätte er dem Avvocato das Buch an den Kopf geworfen.

»Wenn Sie uns verstehen wollen, dann lesen Sie ihn ... Machiavelli wird völlig falsch eingeschätzt, kaum einer hat ihn wirklich verstanden. Er hat das Böse nicht erfunden, die Macht nicht geschaffen, die war längst vor ihm da. Er war nur der Chronist.«

Immer wieder schaute Avvocato Strozzi in Richtung Tor, er schien jemanden zu erwarten, und es war offensichtlich, dass Frank jetzt störte.

Also bedankte sich Frank für das Buch, und um nicht über das Thema zu sprechen, bei dem er unweigerlich mit Strozzi aneinandergeraten wäre, kam er auf den Wein zurück.

»Produzieren Sie selbst solche Weine? Weine, die man überall bekommt, wie eine Art Markenartikel?«

Strozzi schien sich über so viel Verständnis zu freuen. Seine herablassende Art aber stieß Frank ab. »Der Vergleich mit Markenartikeln trifft es nicht ganz, geht aber in die richtige Richtung. Die Menschen mögen nun mal das, was sie kennen, alles Fremde ist ihnen unheimlich, und süß muss es sein. Deshalb ist auch alles Süße so erfolgreich.«

»Auch weil Milliarden in die Werbung gesteckt werden«, wandte Frank ein.

»Genau. So muss man es machen. Sie haben es begriffen. Die Winzer hier sind rückständig. Der eine hat acht Hektar, der andere zwölf, der nächste fünfzehn und so weiter. Und jeder hat eine eigene Kellerei, eigene Tanks, eigene Maschinen – was für ein verantwortungsloser Umgang mit Kapital.«

Strozzi schaute Frank über den Rand seiner Sonnenbrille hinweg an.

»Man könnte fast den Eindruck gewinnen, dass in den Großkonzernen die wahren Sozialisten sitzen«, sagte Frank lauernd. »Sie übernehmen eine Firma nach der anderen, freundlich oder feindlich, bis alles nur noch einem Einzigen gehört, nur nicht dem Staat, sondern der Bank.« Frank war sich jedoch nicht sicher, ob Strozzi die Ironie verstand. »Sie sind doch Mitglied in Berlusconis Allianz, wenn ich nicht irre?«

Strozzi reagierte heftiger als erwartet. »Was hat man Ihnen erzählt? Dass wir Menschenfresser sind? Ausländerfeindlich? Reaktionäre, mit Truppen an der Seite der USA? Verstehen Sie mich richtig! In erster Linie bin ich Italiener, dann Toskaner, dann Winzer, und zuletzt bin ich Diener meiner Partei. Und über allem steht die Familie.«

Es fehlte nur noch, dass er sich bekreuzigte. »Wieso sind Sie nicht in Rom? Parlamentsferien?« Frank versuchte, seiner Stimme einen möglichst belanglosen Klang zu geben. Wie konnte er diesen Strozzi loswerden? Er wollte endlich in Ruhe fotografieren, aber der Mann tat ihm den Gefallen nicht.

»Der Wähler braucht mich hier, ich brauche ihn, es ist eine Zeit der gegenseitigen Bereicherung, um zu erfahren, was wir in Rom tun müssen, wie ich dort die Interessen der Bevölkerung am besten vertreten kann.«

Du meinst, deine eigenen, dachte Frank, als er sich umsah. Dieser Familie hat seit Jahrhunderten nichts gefehlt, und Strozzi wäre der erste Politiker, der seinen Einfluss nicht für persönliche Ziele nutzen würde. Er hatte genug Leute kennengelernt, denen es völlig egal war, was sie taten, Hauptsache, sie machten Karriere.

Strozzi redete unverdrossen weiter. »Nicht alle Produzenten von Chianti Classico sind dem Consorzio angeschlossen, nur 240 produzieren und füllen selbst ab. Glauben Sie, dass

240 verschiedene Geschmacksrichtungen dabei herauskommen, und – dass irgendjemand das schmecken kann?«

»Vorgestern auf der Verkostung habe ich …«

Strozzi fiel ihm ins Wort. »Sie vielleicht, aber nicht der durchschnittliche Konsument. Was hat der denn für eine Vorstellung vom Chianti? Zypressen, Sonne, schöne Häuser, den Duft von Rosmarin und Spaghetti mit irgendeiner Soße, Tomaten, ja, Tomaten. Wie so ein Wein schmecken muss, das weiß der doch gar nicht.«

»Haben Sie das auch unserem Redakteur gesagt?«

»*Dio me ne guardi!* Gott bewahre! Man muss den Leuten sagen, was sie hören wollen.«

Klar, dachte Frank, dazu war man schließlich Politiker. »Und was will ich hören?«

In dem Augenblick klingelte das Handy des Avvocato. »*Pronto … si, signora …*«, hörte Frank noch, dann war Strozzi mit raschen Schritten außer Hörweite.

»Wir müssen unsere Fotosession jetzt leider unterbrechen, Signor Gatow, *mi dispiace*«, sagte Strozzi mit bedauernder Miene, als er zurückkam. »Ich bekomme wichtigen Besuch. Lassen Sie uns hinaufgehen. Sie werden durstig sein. In unserer Bar haben wir alles, was das Herz begehrt.«

Frank folgte dem Avvocato durch einen Korridor mit Wappenschildern und Fahnen in den Salon, ließ sich in einen tiefen Ledersessel fallen und bat um einen Campari mit Orangensaft.

Strozzi reichte ihm das gewünschte Getränk und ließ Frank allein zurück, als ein silbergrauer Wagen neben der Terrasse hielt. Frank stand auf und ging neugierig zur Terrassentür. Er kannte die Dame, die aus dem eleganten Lancia Aurelia Cabriolet stieg.

9

Samstag, 2. Oktober

Sie wirkte sportlich und elegant, und ihr kurzes, stufig geschnittenes Haar unterstrich diesen Eindruck. Ihre Bewegungen waren klar und zielgerichtet. Als sie sich in Franks Richtung drehte, sah er ihr Gesicht viel deutlicher als im Halbdunkel des Ospedale Santa Maria: Es war asketisch und hart, soweit Frank das auf die Entfernung sagen konnte. Ihr Blick schien Avvocato Strozzi zu durchbohren.

»… war nicht richtig«, hörte Frank sie sagen. »So geht das nicht! Das war nicht abgemacht.«

»Was regst du dich auf? Wir brauchen konkrete Resultate. Wir kommen nicht schnell genug voran. Du hast deine Leute nicht im Griff, du bist nicht konsequent genug.«

»Dafür geschickter. Das Einzige, was ihr erreicht, ist, dass Staub aufgewirbelt wird. Ihr löst kein Problem, ihr zieht lediglich die Aufmerksamkeit auf euch. Denkt ihr überhaupt nach?« Ihre Stimme klang durchdringend und kalt.

Strozzi sah sich um und hielt ihr fast die Hand vor den Mund. »Still! Ich habe Besuch – ein deutscher Fotograf ist hier, ein schlichtes Gemüt zwar, aber er spricht fließend Italienisch.«

»Was will er?«, fragte die Frau ungehalten und schlug die Wagentür zu. »Schnüffelt er herum?«

Frank trat leise auf die Terrasse hinaus, hielt sich im Schatten der riesigen Bambuspflanzen, die als Sichtschutz zwischen Terrasse und Parkplatz standen.

»Ich glaube nicht. Er macht die Fotos für einen Weinführer. Ich habe dem Journalisten, der die Texte dafür schreibt, ein Interview gegeben. Wenn ich den Fotografen jetzt aussperre, fällt das auf, zumal ich auf der Liste des Consorzio stehe. Mit Sassa …«

»Das ist ein Trottel, das habe ich euch immer gesagt. Komm, gehen wir lieber rein. Ich sehe mir diesen Deutschen mal an.«

Während Strozzi die Frau zur Haustür führte, verließ Frank den Horchposten und nahm seinen Platz in dem tiefen Sessel wieder ein. Wer war diese Person, die ihn sich ansehen wollte, und was hatte Strozzi mit ihr zu tun? Und was lief zwischen dem Avvocato und dem Commissario?

Strozzi und seine Begleiterin ließen auf sich warten. Frank grübelte über die aufgeworfenen Fragen nach, gleichzeitig faszinierte ihn das Material des ungemein bequemen Sessels. Das hellgraue Leder war weich und kühl, aber nicht kalt. Die Polsterung passte sich der Form des Körpers an und gab gleichzeitig Halt. In diesem Sessel wurde man von ganz allein faul, und Frank hätte auf der Stelle einschlafen können. Der Tag war aufreibend genug gewesen. Wenn er sich jetzt ein wenig entspannen könnte … zumindest die Hitze war in den alten Villen erträglich, und das stechende Licht des Nachmittags war längst vorüber. Heute Abend würde er Antonia Vanzetti …

»*Posso presentarle la signora Tuccanese?*« Frank rappelte sich erschrocken auf, denn er war tatsächlich eingenickt, und Avvocato Strozzi stand vor ihm, neben ihm die Signora, was Frank zum Aufstehen zwang.

»Dieser Sessel ist zu einladend, Avvocato«, sagte Frank. »Vielleicht möchten Sie hier Platz nehmen, Signora?«

»Ich kenne die Gefahren dieses Möbelstücks bereits. Da platziert unser lieber Deputato immer seine politischen Gegner, wenn er sie zum Parteiübertritt verleiten will«, sagte die

Signora maliziös, hakte sich bei Strozzi ein und ließ sich zum Sofa führen.

»Von einem römischen Designer eigens für mich angefertigt«, schob Strozzi nach. »Carla, auch einen Drink? Martini auf Eis, wie immer?«

Strozzi ging an die Bar und machte den Drink. »Carla ist eine gute Freundin unserer Familie. Sie ist eine durch und durch erfolgreiche Frau: Sie besitzt wohl das größte Immobilienbüro in unserer Region, nicht wahr, Carla?«

Die Angesprochene nickte. »Wenn es Ihnen bei uns gefallen sollte und Sie ein Landhaus oder ein Weingut erwerben möchten, so ab anderthalb Millionen … um die Finanzierung kümmern wir uns auch. Es wird Ihnen hier gefallen, es gibt viele interessante Menschen, auch Landsleute von Ihnen, Schröder, Ihr Ex-Kanzler, sein Außenminister Fischer, die sogenannte Toskana-Fraktion.«

Ein guter Grund, die Gegend zu meiden, dachte Frank, aber das brauchte er der Maklerin nicht auf die Nase zu binden. Strozzi brachte den Martini und sah Signora Tuccanese dabei an. Eine Sekunde zu lange, dachte Frank, das war ein Blick mit einer Mitteilung – oder sah er nach allem, was in dieser Woche passiert war, schon Gespenster? Aber … sie war Maklerin?

»Sie betreibt ein Wellness-Hotel, unten an der Küste, wenn Sie dort mal Ferien machen, oder Ihre Frau? Carla führt eines der besten Restaurants von Genua, sie hält die Mehrheit an einem Gewerbepark und besitzt ein ehemaliges Kloster bei Lucca, heute ein Meditationszentrum.«

Das alles beeindruckte Frank wenig. Er kannte so viele reiche Leute und hatte sie fotografiert, dass Geschwätz über Besitz an ihm abperlte wie Wasser an öliger Haut. Mit niemandem hätte er tauschen mögen. Er gehörte nicht in diese Klasse, würde nie dazugehören und wollte auch nicht so sein wie sie, *per niente al mondo.* um nichts in der Welt. Unzufriedenheit und Habgier steckten hinter all dem. Angst um den

Verlust und Größenwahn. Das Haben war das Wichtige, nicht der Nutzen daraus oder der Genuss. Untereinander betrogen solche Leute sich nach allen Regeln der Kunst, jeder gegen jeden, und sie warteten nur auf einen Moment der Schwäche, um dem anderen das Fell über die Ohren zu ziehen. Die Signora hat das Geld, Strozzi die Verbindungen, vermutete Frank. Gehörte ihm diese Kellerei? Scudiere würde es wissen.

Carla Tuccanese hatte bei Strozzis Aufzählung nur zustimmend gelächelt, aber kaum hatte der Avvocato den Raum verlassen, begann sie Frank mit Fragen zu bombardieren: Wo er wohne, für wen er arbeite, wo er Italienisch gelernt und welche Winzer er fotografiert habe, was die so erzählten, wie und über welche Straßen er dorthin gekommen sei und wie er ihre Arbeitsweise beurteile. Sie verstand es, anderen plaudernd die Würmer aus der Nase zu ziehen, aber die letzte Frage wollte und konnte er nicht beantworten. Um sich ein Urteil über Winzer und Weine erlauben zu können, hätte er sich intensiver damit auseinandersetzen müssen, und das sagte er ihr.

»Dann tun Sie's doch! Wenn es einem gefällt, muss man bleiben. Sie sprechen unsere Sprache, mit ein wenig Übung und bei Ihrem Aussehen vermutet in Ihnen niemand mehr den Ausländer. Sie sind der Typ, der sich schnell integriert. Außerdem haben Sie bereits in Italien gelebt – also, wo ist das Problem?«

»Ich habe kein Problem, aber eine Tochter, und bei der kann ich mir kaum vorstellen, dass sie Lust dazu hätte, außerdem muss sie erst die Schule beenden.«

»Wissen Sie, den Kindern muss man zeigen, wo es langgeht. Zu viele Alternativen verwirren nur. Hier verdienen sich die Kinder erst einmal anderswo die Sporen, und später, wenn die Väter nicht mehr können, kommen sie zurück und übernehmen die Weingüter. Aber auch da hat sich vieles verändert, ein totales Durcheinander. Engländer, Holländer und Deutsche, alle machen Chianti, es ist chic. Es sind Industrielle, Verleger, Leute aus der Versicherungsbranche, Bankiers und Filmschauspieler. Einen echten Winzer finden Sie kaum noch.«

»So einen wie … Niccolò Palermo?«

Die Maklerin hob den Kopf und schwieg. Jetzt war sie auf der Hut, sie schien sich zu fragen, ob sie ihn bisher unterschätzt hatte.

»Ein tragischer Fall, eine Katastrophe«, erwiderte sie. »Wir kannten ihn alle – und seinen Sohn. So jung! Ich frage mich, weshalb es uns so sehr berührt, wenn ein junger Mensch stirbt. Sechzehn war er, wenn ich nicht irre? Hatte sein Leben noch vor sich.«

»Ich habe Palermo nicht kennengelernt«, sagte Frank. »Wir waren am Montagnachmittag, als er und der Sohn verschwanden, miteinander verabredet.«

»Sie waren mit Palermo veabredet?«

Frank nickte. »Ja. Aber zu einer Begegnung kam es leider nicht mehr.« Frank hatte wieder das mulmige Gefühl, das ihn seit Tagen begleitete, und ohne noch weiter darüber nachzudenken, erzählte er von dem Eindruck, den das Weingut auf ihn gemacht hatte, und von der Begegnung mit den Predigern, bis Strozzi hereinkam.

»Pierluigi! Unser Signor Gatow kann vielleicht etwas zur Aufklärung dieses grauenhaften Verbrechens beitragen«, sagte Signora Tuccanese erregt. »Möglicherweise hat er die Täter gesehen, die Palermo ermordet haben. Er sagt, da waren zwei Männer, die hätten ihn niedergeschlagen.«

»Das ist ja ungeheuerlich. Würden Sie – die beiden wiedererkennen?«, fragte Strozzi. Er wirkte mit einem Mal wie ein Hund, den man auf eine Fährte gesetzt hat, der aber das Wild für sich beanspruchte. »Da kämen wir der Klärung des Falles ja ein beachtliches Stück näher.«

»Selbst wenn sie direkt vor mir stünden, würde ich sie kaum erkennen. Nein«, sagte Frank ausweichend. »Ich habe der Polizei alles gesagt, aber meine Beschreibung ist zu vage, behauptet zumindest der Commissario in Castellina, aber der würde mich ohnehin am liebsten hängen sehen.«

Frank lachte, obwohl ihm gar nicht danach zumute war. Er bereute bereits, dass er der Signora auf den Leim gegangen war und von dem Überfall erzählt hatte. Was würden die beiden mit den Informationen anfangen? Wenn sie mit der Sache etwas zu tun hatte, was der Maklerin durchaus möglich war … und wenn er sich an das obskure Treffen in der Kapelle erinnerte, dann konnte auch der Avvocato seine Hände im Spiel haben … Wenn sie in irgendeiner Verbindung zu dem Doppelmord standen, dann, ja, dann was? Sein Mund wurde trocken, er schluckte. Er hatte sich verrannt.

»Sie übertreiben, Signor Gatow. Warum sollte man Ihnen hier etwas Böses wollen? Wir leben hier in einem Rechtsstaat … Noch einen Campari?« Strozzi zuckte zusammen, denn es klopfte an der Terrassentür, und ein Arbeiter rief nach ihm.

Die Maklerin nutzte den Moment, um sich zu entschuldigen, sie müsse sich frisch machen. Als sie den Raum verlassen hatte, stand Frank ebenfalls auf, er war zu unruhig, um still zu sitzen. Nervös trat er in die Eingangshalle hinaus und entdeckte an deren anderem Ende eine Toilette. Kaum hatte er die Tür hinter sich geschlossen, hörte er Signora Tuccaneses Stimme leise durch einen Lüftungsschacht oben in der Wand. Er stellte sich auf die Toilettenschüssel und lauschte. offenbar war sie nebenan auf der Damentoilette.

»… werden wir Ihnen zahlen, Signora. Ja, Sie können mir vertrauen, mein Wort gilt … nein, das wird bei der Bank hinterlegt. Ich kenne die Firma, absolut korrekt. Sie brauchen sich keine Sorgen zu machen. Ob sie den Betrieb erhalten? Natürlich, was sollten sie sonst machen? Das Haus müssten Sie selbstverständlich räumen, bestimmt lässt man Ihnen Zeit, Signora. Wichtig ist die Lese. Ja? … Das wird alles schriftlich genau fixiert. Sie brauchen sich um nichts …

nein, besser können Sie ... Was? ... Ganz gewiss. Ja, wie vereinbart ... doch, der Preis ist durchaus angemessen? Eins Komma fünf Millionen für das Land, dann die Gebäude – nein. Die Kellerei ... mehr als ...«

Was dann kam, verstand Frank nicht mehr, denn Signora Tuccanese drehte den Wasserhahn auf.

Da lief anscheinend wieder ein dickes Geschäft für die Maklerin, und wieder ging es um eine Kellerei. Wer verkaufte diesmal? Bislang wusste er lediglich von Josti di Chiarli, alle anderen hatten abgelehnt. Malatesta vielleicht? Der schien ziemlich mutlos zu sein. Der Tod seiner Pferde hatte ihn zu sehr mitgenommen. Wenn er jedoch darüber hinweg war ...

Als die Maklerin den Salon betrat, war Frank längst zurückgekehrt. »Ich muss mich leider verabschieden, Signora«, sagte er, während er sich erhob. »Reizend, Sie kennengelernt zu haben, leider habe ich noch Verpflichtungen, ich muss ...«

In dem Moment klingelte das Handy, das er von Scudiere erhalten hatte. War das der Consultore? Hier konnte er ihn schlecht auf die manipulierten Proben ansprechen ... Frank drückte die Antworttaste.

Es war Pandolfini, sein junger Anwalt, er hatte ein Gespräch mit dem Leiter der Mordkommission hinter sich. Eine Befragung sei unumgänglich, aber Frank könne allein hingehen, es sei nicht nötig, dass er, der Anwalt, mitkomme, der unbeherrschte Commissario sei einstweilen suspendiert. Sie verabredeten sich für Montag um zehn in Florenz.

»Es war ein äußerst interessanter Nachmittag«, erklärte Frank höflich und schüttelte Avvocato Strozzis Hand. »Besonders hat mir die Aufnahme gefallen, die ich von ihm auf der Treppe gemacht habe«, sagte er zu Signora Tuccanese.

»Haben Sie den Weinkeller gesehen? Da hätten Sie ihn auch gut fotografieren können, auf einem Barrique sitzend, ein schönes Glas in der Hand ...«

»Beim nächsten Mal«, sagte Strozzi, der sich über Tuccaneses feinen Spott ärgerte, und zog ein Scheckbuch aus der Tasche. »Sie wollten mir die Bilder von der Verkostung geben.«

Frank hob entschuldigend die Arme. »Die Bilder, die habe ich ja ganz vergessen, Avvocato, es tut mir unsäglich leid, ich muss sie erst auch noch sortieren.« Den Teufel würde er tun und sie Strozzi überlassen. Der Kellner war auf einem der Fotos zu sehen und sicher auch der Winzer, dem sie den Wein verdorben hatten.

Der Avvocato ließ nicht locker. »Ich kann einen Boten vorbeischicken.«

»Das ist gut, einen Reiter aus Florenz, wie damals. Nein, ich komme lieber selbst vorbei oder hinterlege sie im Consorzio.«

»Ganz wie Sie wollen«, antwortete Strozzi kühl und zog sich zurück. Carla Tuccanese hingegen ließ es sich nicht nehmen, Frank von der Freitreppe aus zu verabschieden.

Er blickte in den Rückspiegel und sah sie winken, als er in Richtung Ausfahrt fuhr – und riss im letzten Moment den Wagen nach rechts. Um Haaresbreite wäre er mit dem entgegenkommenden Auto zusammengestoßen. Der Fahrer gestikulierte wild. Frank stutzte – den Mann kannte er doch? Die Frage beschäftigte ihn den gesamten Rückweg nach Rondine über, selbst unter der Dusche ließ sie ihn nicht los. Erst als er an der verschlossenen Tür des Blumenladens in Gaiole rüttelte, wo er für Antonia Vanzetti Blumen kaufen wollte, fiel es ihm ein: Es war der sommersprossige Manager, der jetzt bei Josti di Chiarli das Sagen hatte. War er auch für Strozzi tätig?

Herzklopfen hatte Frank schon, als er den Wagen vor dem Büro der Tenuta Vanzetti parkte. Bis auf die kleine Autofocus hatte er keine Kamera dabei, hinter der er sich verstecken konnte, wie Christine immer wieder lästerte. Er fühlte sich nackt, als Antonia auf ihn zukam.

»Gut, dass Sie keinen Fotoapparat in den Händen haben,

sonst hätte ich mich nicht sehen lassen«, sagte sie und lächelte unsicher. »Wir haben bis eben gearbeitet, die Pflückerinnen sind sogar noch im Weinberg …«

Die Winzerin sah abgespannt aus. Sie war seit dem frühen Morgen zwischen Weinberg, Kellerei und Büro hin und her gerast und entsprechend müde, erklärte sie ihm. Ihre Frisur schien sich irgendwie aufzulösen, und ärgerlich versuchte sie, einige Strähnen wieder in dem Knoten unterzubringen, was ihr ohne Spiegel nicht gelang.

»Soll ich besser ein andermal wiederkommen?«, fragte Frank vorsichtig, in der Hoffnung, sie würde auf sein Angebot nicht eingehen.

»Nein, ich bin ganz froh, dass Sie hier sind. So habe ich einen Grund, die Arbeit zu unterbrechen. Später mache ich weiter, wir müssen heute Nacht die Trauben verarbeiten, die jetzt reinkommen. *Fare il viticoltore non è una passeggiata.*«

Welcher Beruf war schon ein Zuckerlecken? Irgendwann bekam man bei jedem Job vom Bücken Rückenschmerzen.

»Würden Sie Ihren Beruf aufgeben wollen?«, fragte Antonia Vanzetti und bedeutete Frank, ihr ins Haus zu folgen.

»Nie im Leben«, antwortete er. »Außerdem – was sollte ich sonst machen?«

»Mussten Sie sehr darum kämpfen, Fotograf zu werden?«

»Meine Eltern haben meinen Berufswunsch akzeptiert, sie haben das Studium an der Kunstakademie bezahlt, und mein Vater hat sich gefreut, dass er mir etwas ermöglichen konnte, was er nicht gehabt hat.«

»Da hatten Sie mehr Glück als ich«, sagte Antonia Vanzetti, und in ihrer Stimme schwang Traurigkeit.

Sie hatten einen Seiteneingang des Hauses erreicht, und die Winzerin hielt Frank die Haustür auf. Nach wenigen Schritten waren sie in der Küche, die er bereits kannte. Es duftete nach Knoblauch und Salbei. Eine junge Frau rührte in einem flachen Topf.

»Mögen Sie *fagioli all'uccelletto?*«

Frank nickte, aber weshalb das Gericht Bohnen auf Vögelchenart hieß, wo statt eines Vögelchens doch Tomaten hinzukamen, konnte ihm weder die Köchin noch Antonia Vanzetti erklären.

»Sie wundern sich, dass ich eine Köchin habe? Sagen Sie nichts. Das sehe ich Ihnen an. Wenn im Winter wenig zu tun ist, oder am Wochenende, dann koche ich gern, manchmal auch bei meiner Freundin Wanda. Aber sonst hat das Weingut Priorität. So, ich bringe Sie jetzt in den Salon, dann entschuldigen Sie mich bitte kurz. Sie mögen Fisch? *Triglie* haben wir als zweiten Gang, Rotbarben.«

Frank blieb allein im Salon und sah sich um. Der hohe Raum war hell und elegant in seiner Schlichtheit. Die fast unter die Decke reichenden Fenster ließen viel von dem wunderbar goldenen Licht des frühen Abends herein. Frank liebte solche Räume. Eigentlich waren es zwei, die ineinander übergingen: Der eine öffnete sich zur Loggia, der andere wies nach Norden zur Vorderseite des Hauses. Die Möbel hier waren schwerer, und an den Wänden hingen goldgerahmte Gemälde. Der andere war leicht, weit und offen, hier waren alte Accessoires wie Leuchter oder Buchstützen aus Elfenbein oder ein Wandbehang mit modernen Sitzmöbeln kombiniert. Dieser Raum bot einen Ausblick. Frank schaute durch die Loggia hinaus in den Abend über den Weinbergen und Wäldern.

Siedend heiß fiel ihm ein, dass er längst Christine hatte anrufen wollen. Er wählte die Nummer seiner Exfrau, aber dort ging niemand ans Telefon. Er ließ es ewig klingeln. Kurz bevor er auflegen wollte, um seinen Anrufbeantworter abzufragen, meldete sich Christine atemlos.

»Ich bin gerade die Treppe raufgerannt«, sagte sie, und Frank wusste, dass es eine Ausrede war, aber er fragte nicht weiter. Ihn interessierte vielmehr, ob bei ihr alles in Ordnung war, und Christine berichtete ausführlich. Als er zu Wort kam, fasste er sich ungewöhnlich kurz.

»Was ist mit dir? Hört sich an, als wolltest du nicht, dass ich komme«, sagte Christine beleidigt.

Frank wiegelte ab. »Du verstehst mich falsch, viel Arbeit, sehr viel Stress, es ist heiß und anstrengend, dauernd fremde Leute …« Er wusste, dass sie ihn sehr wohl verstand, denn im Moment wollte er sie tatsächlich nicht hierhaben. Er durfte Christine nicht in diesen Schlamassel hineinziehen. Jederzeit konnten die Prediger wieder auftauchen, jetzt, wo die Leichen der Palermos gefunden worden waren und sie annehmen mussten, dass er sich ihre Gesichter gemerkt hatte. Er wusste nicht einmal, wem er wirklich trauen konnte. Stefano vielleicht – und Malatesta.

»Wir können vielleicht noch ein wenig zusammen fotografieren, du und ich, wir könnten …«

»Was redest du für einen Unsinn, Papa. Deshalb komme ich doch. Du scheinst wirklich überarbeitet zu sein. Dabei beneiden dich alle, denen ich das erzähle, Weinlese in der Toskana, ein Traum.«

In diesem Moment hörte Frank draußen Schritte, und er versprach Christine, sich bald wieder zu melden.

Antonia Vanzetti war kaum wiederzuerkennen, als sie eintrat und Frank aufforderte, mit auf die Loggia zu kommen. Sie war entspannt und erholt, und da sie auf jegliches Make-up verzichtet hatte, wirkte sie besonders jugendlich. Vielleicht lag es auch am Licht. Frank blickte auf ihre Hände. Antonia trug keinen Ehering, nicht einmal ein Abdruck oder ein weißer Streifen war zu sehen. Also trug sie den Ring schon lange nicht mehr.

Die weiße Bluse mit dem großen Kragen kontrastierte mit ihrer gebräunten Haut, und der schwarze Rock hatte genau die richtige Länge, er endete kurz oberhalb der Knie. Passend zu der bequemen Garderobe trug sie schwarz-weiße Ballerinas. Verdammt, mir fehlt die Kamera, dachte Frank spontan. Aber wozu hatte er Augen und ein Gedächtnis?

Auf der Loggia war an einem großen Tisch für zwei Personen gedeckt. »Ich habe heute nicht Geburtstag«, sagte Frank, als er das festliche Arrangement sah.

»Ich brauche das ab und zu«, sagte Antonia Vanzetti. »Wenn Sie auf dem Land leben, allein, und von morgens früh bis abends spät schuften, haben Sie einen Ausgleich nötig. Ich gehe nicht viel unter Menschen. Mit Kollegen, ja, da treffe ich mich manchmal zum Essen im Restaurant, wie neulich in Siena.«

Sie griff nach der Flasche im Weinkühler, einem jungen, frischen Chianti Classico mit wenig Tannin. Er war lediglich im Edelstahltank ausgebaut worden – ohne jeden Schnickschnack, *senza cianfrusaglie,* wie sie es nannte. Als der Fisch aufgetragen wurde, war die Flasche bereits leer, und die Köchin brachte einen Weißwein.

»Es ist eine Cuvée, ich habe Chardonnay mit Pinot blanc verschnitten. Der Wein wird nicht im Stahltank vergoren, wie bei Weißwein üblich, vielmehr findet die Gärung in kleinen, lange genutzten Holzfässern statt, die ich aus Frankreich beziehe.«

»Barrique, aus Eiche, so viel weiß ich schon«, sagte Frank und kam sich sofort wichtigtuerisch vor.

Antonia Vanzetti lächelte nachsichtig. »*Giustissimo.* Jeden Tag lernt man ein wenig, wenn man hinschaut. Der Wein bleibt für ein halbes Jahr im Fass auf der Hefe, *sur lie,* wie die Franzosen sagen. Die Idee dazu habe ich von einem Freund, Sebastiano Castiglioni, vom Weingut Querciabella. Haben Sie da auch fotografiert?«

»Kommt noch, es ist eines der Letzten auf meiner Liste«, sagte Frank und probierte. Der Wein war wunderbar weich, er war rund und voll und gleichzeitig frisch, dabei hatte er nichts von den Spitzen, die er manchmal bei Weißwein bemängelte. Auch fehlte der Geschmack des Holzes, den er bei einigen Rotweinen wahrgenommen hatte, Nelke war es, oder etwas Ähnliches.

»Machen Frauen andere Weine als Männer?«, fragte

Frank, nachdem Antonia Vanzetti ihm erklärt hatte, wie die Trauben gezogen wurden und wie sie den Wein machte.

»Eine interessante Frage«, antwortete die Winzerin und musterte Frank, als versuchte sie ihn zu ergründen, sich darüber klar zu werden, was das für ein Mann war, der ihr gegenübersaß – mit der gebotenen Vorsicht.

»Ich denke schon, dass es einen Unterschied zwischen weiblichen und männlichen Winzern oder Önologen gibt. Andere Weine machen sie auf jeden Fall. Frauen achten mehr auf Balance, auf Eleganz und Harmonie. Bei Männern kommt es auf den ersten Eindruck an, auf das, was man sofort entdeckt, dann auf die Struktur und das Gewicht. Mit der Mode gehen Männer auch ganz anders um.«

»Haben Frauen die bessere Nase oder den besseren Geschmack?«

Antonia Vanzetti legte das Besteck beiseite. »Sie sind besser beim Testen! Da wir Kinder kriegen und sie verteidigen müssen, ich meine entwicklungsgeschichtlich, war es wichtig, Feinde schon von weitem zu wittern. Kann sein, dass es hormonell bedingt ist, jedenfalls riechen wir besser … wir machen früh Erfahrungen mit Düften, Cremes, Parfüm, mit den Düften der Küche.«

»Und was ist mit den Frauen, die sich hinter Parfümwolken verbergen?«

»Nichts anderes als mit den Männern, deren Zigarrenqualm die Luft verpestet. Mein … Ehemann ist so einer«, sagte sie nach einer kurzen Pause. »Wenn er mal hier ist, müssen wir danach zwei Wochen lang lüften.«

»Sie mögen ihn nicht besonders?«

Statt einer Antwort stand Antonia Vanzetti auf und begann, das Geschirr zusammenzustellen. Gemeinsam trugen sie es dann in die Küche.

»Er hat mir die Kinder weggenommen beziehungsweise sie auf ein Internat geschickt. Eine gerechte Lösung nannte er das. Er hat mich von Anfang an betrogen, trotzdem verweigert er die Scheidung. Er hat gedroht, mich ohne einen Cent dastehen zu lassen, wenn … wenn ich die Scheidung einreiche. Ihn mögen?« Antonia Vanzettis Augen funkelten, ihre linke Hand ballte sich unwillkürlich zusammen.

»Er hat mich hierher verbannt. Das haben die Florentiner schon immer mit ihren Feinden gemacht. Und heute würde er mir am liebsten die Tenuta wegnehmen. Ich mache Gewinne, meine Weine sind gefragt, prämiert und teuer. Aber alles trägt seinen Namen: Vanzetti. Die Gewinne allerdings gehören mir, und die investiere ich. Als er mir das zugesichert hat, hat er nicht geglaubt, dass ich je einen Cent verdienen würde.«

Nach einer kleinen Pause fragte sie: »Sie sind geschieden. Haben Sie sich friedlich getrennt?«

»Nein«, sagte Frank, und ihm schwante Unheil. Wenn er eine Frau kennenlernte und Interesse zeigte, kam das Gespräch unweigerlich auf das Thema, und das war keineswegs erbaulich.

Die Winzerin brachte ein Tablett mit diversen Grappe aus der Küche mit, und Frank stellte den Espresso auf den Tisch. Als er sich wieder gesetzt hatte, erzählte er vom ewigen Streit mit seiner Exfrau, die ihm ständig den Anwalt auf den Hals hetze.

»Dauernd geht es ums Geld. Dabei hat sie regelmäßige und gute Einkünfte. Bei mir ist das anders, je nach Auftragslage, aber für meine Tochter war immer gesorgt. Christine hat ein Zimmer in meiner Wohnung, sie hilft mir im Labor und fotografiert sehr gut. Ich glaube, dass es meiner Exfrau in Wirklichkeit um anderes geht.«

»Und worum? Männer sehen die Dinge meistens anders. Sie verstehen meine Skepsis?«

»Durchaus. Aber es macht keinen Sinn, darüber zu sprechen, wenn man die Antwort von vornherein nicht akzeptieren möchte.«

»Da haben Sie mich falsch verstanden«, sagte Antonia

Vanzetti vorsichtig. Sie merkte, dass sie eine empfindliche Stelle getroffen hatte.

»Wir haben uns an der Kunstakademie kennengelernt, es war Liebe auf den ersten Blick.«

»Kenne ich, und statt dass man sich Zeit nimmt …«

»Genau. Als meine Frau schwanger wurde, begannen die Schwierigkeiten. Ich wollte das Kind, sie nicht. Plötzlich war es für die Abtreibung zu spät. Bis heute wirft sie mir vor, ich hätte ihr das Kind angehängt. Ohne Christine, meint sie, wäre sie eine berühmte Designerin geworden, was nicht stimmt. Sie ist gut in der Ausführung, aber nicht kreativ. Und seit dreizehn Jahren bestraft sie mich dafür, dass ich sie verlassen habe. Damals war Christine fünf Jahre alt.«

»Ist es nicht meist umgekehrt, dass die Männer die Kinder nicht wollen? Achtzehn ist Ihre Tochter? Weshalb ist sie nicht mitgekommen, wenn sie auch fotografiert?«

Die Winzerin stand auf und holte mehrere Leuchter, und mit Bedacht zündete sie die vielen Kerzen an. Sie ist schön, dachte Frank, während er Antonia Vanzetti betrachtete, das flackernde Licht in ihrem Gesicht, und als könnte sie Gedanken lesen, lächelte sie ihn an und setzte sich wieder. Die Flammen standen senkrecht, kein Lüftchen regte sich, nur das Zirpen der Grillen war zu hören. Der Himmel war fast wolkenlos, die Sterne über den Hügelkuppen leuchteten.

Signora Vanzetti hob den Kopf. »Ein Wagen!«

Frank lauschte, doch er hörte nichts außer fernem Gebell und dem Ruf eines Käuzchens.

»Ich kenne hier jedes Geräusch. Entschuldigen Sie mich.« Sie stand auf und ging ins Haus. Kurz darauf hörte Frank einen Wagen auf den Hof fahren, und dann erklang die Stimme einer zweiten Person im Haus. Antonia Vanzetti kam mit der Frau zurück, die in Siena neben ihr gestanden hatte. Sie schien sehr aufgeregt zu sein.

»Ah, unser Hoffotograf.«

Frank stand auf. »Ich werde Sie jetzt besser allein lassen, meine Damen.« Artig begrüßte er Wanda Livonardi. Und zu Antonia gewandt, sagte er: »Es war ein wunderbarer Abend.«

»Ihr duzt euch noch nicht? Ich heiße Wanda, also, nichts mit Signora und so, ein Fisch namens Wanda; ich bin tatsächlich Fisch, geboren am 19. März. Setzt euch wieder hin, Kinder. Ihr steht herum wie die Säulen im Palazzo Orsini. Los, macht schon. Hast du Wein im Kühlschrank, Antonia, oder muss ich in den Keller?«

Nach einer Minute war sie zurück, streckte Frank eine Flasche Rotwein und den Korkenzieher entgegen. »Zumindest das lassen wir immer noch die Männer machen, sollen sie sich die Arme verrenken. Also, Antonia, weißt du, wer vorhin bei uns war?«

»Nein«, antwortete Antonia, »wie sollte ich?«

Wanda winkte ab. »Ein gewisser Mirco Tellure hat uns heute Nachmittag aufgesucht. Und weißt du, was er wollte?«

Antonia lachte. »Nein, Wanda, woher? Mach's nicht so spannend.«

»Dieser impertinente Mensch, anders kann man ihn ja wohl nicht nennen, will unser Weingut kaufen! Verstehst du? Total übergeschnappt, der Kerl, *completamente pazzo,* aber freundlich wie eine Viper – für einen Immobilienmakler in Colle Val d'Elsa arbeitet er. Hier, seine Karte. Cosimo ist mit irgendwelchen Leuten heute Nachmittag nach Montalcino gefahren. Cosimo ist mein Mann«, fügte sie für Frank hinzu und gab Antonia die Visitenkarte des Maklers.

Frank streckte die Hand danach aus. »Darf ich mal sehen?« Er blickte auf das Büttenpapier mit der verschnörkelten Schrift:

VIGNABELLA
Mirco Tellure
Compravendita di Immobili

Das sagte ihm nichts. Aber ihm fiel die Bitte des Grafen Solcari ein, ihn diskret, das hatte er betont, diskret über das Geschehen in der Region zu informieren. Irgendetwas war da im Gange. Josti di Chiarli, der verkauft hatte, der Brand bei Malatesta – und Giacomo Paese, der ein Kaufangebot erhalten hatte.

»Und Sie haben noch keine Offerte bekommen, Signora?«, fragte er Antonia Vanzetti.

»Jetzt ist mal gut«, fuhr Wanda dazwischen. »Sie heißt Antonia, und du bist Franco. So halten wir das bei uns.«

Frank hatte den Eindruck, dass Wanda über die Gefühle, die er für Antonia hegte, mehr wusste als er selbst, und der Blick, den sich die Frauen zuwarfen, sprach Bände.

»*Allora,* Franco, was willst du damit sagen?«

»Vor einigen Tagen war ich bei Giacomo Paese …«

»Wusstet ihr, dass sie dem die Strommasten abgesägt haben, wusstet ihr das?«, unterbrach Wanda aufgeregt und goss sich Wein nach.

»Ich war da, als der Strom ausfiel«, sagte Frank, »zusammen mit Stefano Scudiere.«

»Die haben ewig auf den Störungsdienst gewartet, der die Leitungen und Masten reparieren sollte. Die Polizei war auch da, und dann hat Giacomo auf eigene Kosten Monteure bestellt, da war die Leitung in null Komma nichts geflickt. Angeblich war der Störungsdienst woanders im Einsatz. So ein Unsinn. Die Maschinen laufen nicht, Pumpen, Abbeermaschinen, Kühlung der Tanks, zwei Tage lang kein Wasser – und das mitten in der Lese.«

»Ist bei dir noch nichts passiert, Wanda?«, fragte Frank die Winzerin.

»Mal den Teufel nicht an die Wand!«, rief sie entsetzt. »Aber wo du gerade Malatesta erwähnst, wir haben seine gesamte Ernte unterbringen können. Allerdings sind seine Trauben jetzt auf verschiedene Kellereien verteilt. Und das bedeutet sehr viel mehr Arbeit.«

»Wenn ich Francos Vermutung richtig verstehe«, unterbrach sie Antonia, »dann meint er, dass es jemanden gibt, der die Weingüter kaufen will, jemanden, der uns zum Verkauf zwingen will.«

Frank nickte. »Der Verdacht drängt sich auf.«

»Es ist genauso gut möglich, dass alles Zufall ist«, erwiderte Antonia.

Wanda pflichtete ihr bei. »Ja, es gibt immer Leute auf der Suche nach Weingütern. Man kann etwas drehen, sein Schwarzgeld verstecken. Offiziell zahlt man den Wert, der im Grundbuch oder auf der Rechnung steht, den Rest erhält der Verkäufer unter der Hand. Di Chiarli hat verkauft, sagst du. An wen?«

»Das musst du ihn fragen, ich weiß es nicht – doch, Moment, der Kellermeister hat es mir gesagt. Die Firma ist in Colle Val d'Elsa – oder in San Gimignano?«

»Kinder, *venite ragazzi!* Jetzt schenkt mir noch ein Glas ein, dann fahre ich wieder und überlasse euch eurem Schicksal. Wir müssen alle früh raus, aber das mit dem Makler musste ich unbedingt noch loswerden.«

Eine Viertelstunde später waren Antonia und Frank wieder allein. »Wanda ist wie ein Sturm, sie fegt durchs Haus, wirbelt alles auf, dann verschwindet sie, und der Staub legt sich wieder.« Antonia lachte, strich sich das Haar aus der Stirn, schenkte sich selbst noch Wein nach, dann setzte sie sich auf die Brüstung der Loggia und ließ die Beine baumeln. »Ohne Wanda hätte ich längst aufgegeben. Sie hat mir immer wieder gut zugeredet, besonders als mein Mann die Kinder ins Internat steckte, zuerst den Jungen, dann das Mädchen. Seit vier Jahren lebe ich hier ganz allein. Gut, die Angestellten, die Freunde, die Frauen der Winzerkollegen.«

Frank rang sich endlich dazu durch, sie das zu fragen, was ihn schon die ganze Zeit bewegte: »Lebst du … hier immer … nur allein?«

Antonia lächelte ihn charmant an. »Du meinst, ob ich einen Freund oder einen Geliebten habe?«

Frank brummte das Ja mehr, als dass er es aussprach, denn dass seine Frage dazu diente, das Terrain zu sondieren, war allzu deutlich.

»Finde es heraus, Franco«, sagte Antonia, legte den Kopf leicht in den Nacken und sah ihm in die Augen.

Frank verließ seinen Platz am Tisch, ging auf sie zu, und da sie ihre Haltung unverändert beibehielt, war ihm klar, was sie meinte. Ihr Mund war wunderbar warm und weich, und sie roch gut.

Als die Tür zur Loggia zufiel, befreite sich Antonia erschrocken aus der Umarmung. *»La maledetta strega«,* sagte sie leise, »diese verfluchte Hexe. Jetzt weiß sie es, und dann wird es morgen auch Massimo wissen, mein Mann. Jetzt wird er mir das Leben wieder zur Hölle machen …«

10

Sonntag, 3. Oktober

Die Dunkelheit in dem schmalen Tal zwischen den bewaldeten Hügeln war mit Händen zu greifen. Die Scheinwerfer rissen für Sekundenbruchteile die knorrigen Bäume aus der Schwärze am Straßenrand, und Frank fuhr langsam, die Kurven der einspurigen Straße waren eng. Er dachte an den Abend und fühlte sich leicht und bedrückt zugleich.

Natürlich beschäftigte ihn die Frage, ob eine Verbindung zwischen den Unglücksfällen und den Maklerofferten bestand. Jetzt hatte also auch Wanda Livonardi, Antonias Freundin, ein Angebot bekommen. Es blieb abzuwarten, ob auch dort etwas passierte.

Bin ich eigentlich der Einzige, der das alles sieht, der Augen im Kopf hat?, dachte Frank. Sind alle anderen nur mit sich selbst und ihrem Weingut beschäftigt? Es ist nicht auszuschließen, dass jemand den Brand bei Malatesta gelegt hat. Aber mehr noch als alle Vermutungen hatten ihn Antonias abschließende Worte geschockt.

Sie hatte Angst vor dem Vater ihrer Kinder. Der Mann musste verdammt viel Macht besitzen, oder sie hatte ihn früher zu sehr geliebt – bevor sie mit der Wirklichkeit konfrontiert wurde. Wenn Vanzetti tatsächlich so reich war, konnte er sich die besten Anwälte leisten, andere Menschen waren ihm verpflichtet, er verfügte über Beziehungen in alle Richtungen, in die Finanzwelt und die Politik. Da war es ein Leichtes, der ungeliebten Gattin das Leben zur Hölle zu machen. Wer einen guten Charakter hatte, wurde nicht reich, dazu war das Geschäft zu hart. Frank hatte bei seinen Reportagen genug gesehen, um das beurteilen zu können, auch wenn er »nur« fotografierte, wie viele meinten.

Antonias Furcht saß tief. Ob Hannelore jemals Angst vor ihm gehabt hatte? Er glaubte es nicht. Er war seiner Exfrau wahrscheinlich nur deshalb lästig geworden, weil er anders war, als sie ihn haben wollte. Er war ein Einzelgänger gewesen und geblieben, eine Flipperkugel, die ab und zu einen Anstoß bekam und zwischen den Polen hin und her schoss, mit dem bisschen Freiraum, den einem Erziehung und Lebensumstände ließen. Und Antonia saß da in ihrer Villa, mit ihren Angestellten, eingesponnen in ein Netz von Zwängen, und verschwendete ihre Liebe an den Wein. Schmeckte er deshalb so wunderbar?

Frank erreichte die Asphaltstraße und war nach zwei Kilometern an der Kreuzung nach Gaiole. Er bog links ab in Richtung Pianella und musste höllisch aufpassen, um in der Dunkelheit die Abzweigung nach San Sano nicht zu verfehlen. Einen Wegweiser gab es nicht, oder er hatte ihn bislang übersehen. Kein Wagen begegnete ihm, nirgends ein Licht. Trotzdem war er sicher, dass er die Verbindung nach Vagliagli finden würde. Schließlich entdeckte er den Wegweiser zum Podere Rondine und atmete auf.

Jetzt noch die scharfe Linkskurve, dann über die alte Bogenbrücke … was war das?

Ein Träger, nein, ein Pfeiler ragte aus dem Bachbett, oder war es eine riesige Schaufel? Frank trat hart auf die Bremse, nur der Gurt bewahrte ihn davor, dass sein Kopf aufs Lenkrad prallte. Dort, wo die Brücke gewesen war, ragte die Schaufel eines Baggers aus der Tiefe, wie im Horrorfilm die Hand des Toten aus dem Grab. Frank lief ein Schauer über den Rücken. Hier kam er nicht weiter.

Der Bagger musste erst die Begrenzung der Straße gerammt und dann die Brücke zum Einsturz gebracht haben, danach war er selbst in die Tiefe gestürzt. Ob der Fahrer verletzt war?

Frank stieg mit wackeligen Beinen aus. Eine Katastrophe nach der anderen, kein Tag, der glatt verlief, kein Abend, an dem er Ruhe fand. Bei Antonia war es wunderbar gewesen, aber weshalb war die Haushälterin im entscheidenden Moment aufgetaucht? *La maledetta strega!*

Und jetzt das ... War vor ihm schon jemand hier gewesen? Sollte er sofort Hilfe holen oder erst einmal selbst nachsehen, ob der Fahrer noch im Bagger war? Wenn er die Polizei alarmierte, würde vielleicht dieser Prügel-Commissario mit seinem Wadenbeißer-Carabiniere auftauchen, und er saß wieder in der Patsche.

Frank stellte ein Warndreieck weiter oben mitten auf die Straße. Nach einigem Suchen fand er seine Taschenlampe und machte sich an den Abstieg. Der Bagger war auf die linke Seite gefallen, die Fahrerkabine war von hier aus nicht zu sehen. Frank nahm die Taschenlampe zwischen die Zähne, um sich mit beiden Händen festhalten zu können, kletterte an Bäumen und Wurzeln in die Dunkelheit, riss sich an Dornen die Arme auf und hangelte sich an den Ketten des Baggers weiter nach vorn. MV-LEASING stand in großen Lettern an der Seite; die Motorabdeckung fühlte sich noch warm an, also war der Unfall erst vor kurzem geschehen.

Er sah das zersplitterte Glas, das Blut auf den Streben und den Steinen – und die Leiche, die vollkommen zerquetscht aus der Fahrerkabine hing.Frank konnte gerade noch die Taschenlampe aus dem Mund nehmen, bevor er sich übergab.

Renato Benevole erlöste ihn von der unfreiwilligen Totenwache. Fünfzehn Minuten nach dem Anruf tauchte er oben an der Straße auf, ließ den Motor seines Wagens laufen und die Scheinwerfer die gespenstische Szenerie beleuchten.

Benevole reichte Frank eine Flasche Grappa, destilliert aus Chianti-Classico-Trester. »Trink!«, sagte der Winzer. Zitternd nahm Frank die Flasche entgegen und trank einen großen Schluck. Dann zeigte er Benevole, wo der Tote lag. »Ist er wirklich tot? Wir können nichts mehr machen?«

Frank schüttelte nur den Kopf und nahm noch einen Schluck. »Wollen Sie ihn sehen?«

Diesmal war es Benevole, der den Kopf schüttelte.

Das Einzige, was Frank das Warten auf die Polizei erleichterte, war der Umstand, dass es sich hier offensichtlich nicht um Mord, sondern um einen Unfall handelte, obwohl sich auch Benevole nicht erklären konnte, was der Bagger, einen halben Kilometer von der Stelle entfernt, wo mit seiner Hilfe Weinberge angelegt wurden, nachts auf der Straße zu seinem Weingut machte. Immerhin stand vor der Brücke ein Verkehrsschild: Höchstgewicht 7,5 Tonnen.

»Was haben Sie?«, fragte Frank, als er bemerkte, dass der Winzer nervös wurde. »Kennen Sie den da unten?«

»Nein, das nicht. Nur ab morgen habe ich ein riesiges Problem: Zwei Drittel unserer Weinberge liegen jenseits der Brücke. Hier, diese Straße, ist die einzige Zufahrt nach Rondine. Wie kriegen wir die Trauben in die Kellerei?«

Frank wachte spät auf, und das Erste, woran er dachte, war der Abend mit Antonia. Er versuchte, sich ihr Gesicht vorzustellen, was ihm nur mit Mühe gelang. Er musste sie unbedingt wiedersehen, möglichst bald, sie würde das verstehen. Er nahm die Kamera und betrachtete die Fotos, die er von ihr gemacht hatte. Erst dann erinnerte er sich an den Toten im Bagger. Dessen Gesicht war ihm leider absolut gegenwärtig, und auch die dämliche Visage des Commissario.

Der hatte es sich nicht nehmen lassen, ihn noch an der Unfallstelle zu verhören. Die Ermittlungen im Fall Palermo waren ihm zwar aus der Hand genommen worden, nicht aber die Aufnahme von Unfällen.

Nein, er kannte den Baggerführer nicht persönlich, und er hatte ihn niemals irgendwo gesehen. Er wusste nicht, was der Baggerführer nachts auf der einsamen Brücke gewollt hatte. Nein, er konnte ein solches Fahrzeug nicht bedienen. Der Commissario verstieg sich sogar zu der Annahme, dass Frank den Fahrer dazu getrieben hätte, das Brückengeländer zu durchbrechen, oder dieser wäre bei dem Versuch, ihm, Frank, auszuweichen, abgestürzt.

»Ich treibe mit einem Volvo Kombi einen Zwanzig-Tonnen-Bagger vor mir her? Sagen Sie mal, Signor Commissario, wieso interessieren Sie sich nicht für die Frage, weshalb der Bagger überhaupt hier nachts rumfährt? Was hat er da gewollt, auf der Straße nach Rondine? Sie kennen meinen Anwalt. Wenn Sie so weitermachen, dann kassieren Sie die nächste Anzeige. Dabei kann Sie schon die erste den Job kosten.«

»Bis dahin habe ich dich längst da, wo du hingehörst, nämlich im Knast, *ragazzo mio.* Wir sehen uns um fünfzehn Uhr in Castellina auf dem Revier«, knurrte der Commissario tonlos. Damit war das Gespräch zu Ende gewesen und Frank entlassen. Auch wegen dieses Polizisten sehnte Frank den Tag herbei, an dem der Weinführer fertig war. Mit einer solchen Wut im Bauch schöne Fotos zu machen war einfach zum Davonlaufen.

Die Rettungsmannschaften mussten mit dem Schneidbrenner vorsichtig sein, denn Gras und Gestrüpp an den Abhängen waren knochentrocken und konnten wie Zunder brennen. Aber schließlich gelang es ihnen, die Kabine aufzuschneiden und die Leiche des Baggerführers zu bergen. Um das Wrack des Baggers heraufzuheben, wollte man Tageslicht abwarten, erst dann konnte man sich auch um die Brücke kümmern.

Gegen drei Uhr war Frank ins Bett gekommen, nachdem er die Fenster und auch die Läden fest verschlossen und sogar die Vorhänge zugezogen hatte, um möglichst lange schlafen zu können. Als er sie am Morgens öffnete, machte ihn die Helligkeit für einen Moment blind, die Sonne knallte direkt auf sein Fenster. Er nahm sich die Zeit für ein ruhiges Frühstück, wusch das Geschirr ab, schnappte sich eine Kamera und machte sich auf die Suche nach dem Winzer.

Renato Benevole arbeitete bereits an der Unfallstelle. Er war seit Tagesanbruch auf den Beinen. Er hatte versucht, Zimmerleute aufzutreiben, die ihm eine Behelfsbrücke bauten. Ihm selbst und seinen Leuten war das Wochenende egal, aber die Bauarbeiter hatten frei. Also blieb ihm nichts anderes übrig, als selbst Hand anzulegen.

Helfer würden die Kisten über den Steg auf die andere Seite tragen, und dort würde Benevole sie in Empfang nehmen und mit dem kleinen Trecker und seinem Hänger in die Kellerei fahren. So sah der Plan aus. Einige Male waren er und seine Arbeiter schon über die Brücke gelaufen – dann stürzte sie unter lautem Getöse ein. Glücklicherweise kam niemand zu Schaden. Am Nachmittag sollte mit der Hilfe eines Zimmermanns ein zweiter Versuch unternommen werden.

Ein Raupenschlepper wurde eingesetzt, der den Bagger aufrichtete. Nun sollte das Wrack auf den bereitstehenden Tieflader gezogen werden. Aber das Manöver misslang. Frank sah bei den Bergungsarbeiten zu, man würde den Bagger demontieren müssen. Nach einer Weile schlenderte er noch einmal zur eingestürzten Behelfsbrücke.

Die ganze Geschichte würde sehr viel mehr Zeit in Anspruch nehmen, als allen Beteiligten recht sein konnte, und weil Frank sah, dass er nicht helfen konnte, beschloss er, nach Castellina zu fahren

Im Café in der Via Roma in Castellina herrschte Sonntagsbetrieb. Touristen und einheimische Großfamilien machten sich die Tische streitig, der lange Tresen war dicht umlagert. Rechts in der Ecke hing der Fernsehapparat – Inter Mailand spielte gegen Juventus Turin. Im allgemeinen Lärm wäre seine Bestellung untergegangen, wenn der Wirt nicht gelernt hätte, den Gästen die Wünsche von den Lippen abzulesen.

Frank ging mit dem Kaffee und einem Sambuca auf die Terrasse. Jemand zupfte ihn am Hemd. Er drehte sich um. Es war der bärtige Polizist mit den müden Augen, Rionero, von der Mordkommission.

»Was tun Sie denn hier«, entfuhr es Frank.

»Ich bin ja erst in einer halben Stunde mit Ihnen verabredet. Da werde ich doch wohl einen Kaffee trinken dürfen«, konterte der Polizist. »Besser so, wir ersparen uns die ungemütliche Atmosphäre. Ich werde Sie bei Ihrem Freund Sassarella entschuldigen.« Rionero schien sich an dem Gedanken zu erheitern. »Oder vermissen Sie ihn? Ich kann meine Fragen auch hier stellen. Setzen Sie sich und erzählen Sie mir in aller Ruhe, was in der vergangenen Nacht passiert ist.«

Frank folgte der Aufforderung und hielt sich strikt an die Fakten. Aber er konnte nicht umhin, sich noch einmal über den Commissario zu beschweren. »Ich bin genau elf Tage hier. Am Donnerstag letzter Woche habe ich mit den Aufnahmen angefangen. Am Montag bin ich bei Palermo diesen beiden Männern begegnet. Abends habe ich die Anzeige gegen die beiden Männer erstattet. Zwei Tage später hat mich Ihr Commissario niedergeschlagen …«

»Das ist nicht mein Commissario«, sagte Rionero trocken.

»Die Schweinerei auf der Wache haben Sie selbst mitbekommen. Ich treffe mich morgen mit meinem Anwalt. Wir werden Anzeige erstatten, und Sie benenne ich als Zeugen.«

»Ich gebe Ihnen einen guten Rat, Signor Gatow, behalten Sie einen kühlen Kopf.«

»Soll ich das als Rat oder als Drohung verstehen?« Mit Franks Geduld war es nicht zum Besten bestellt. »Letzte Nacht wäre er wieder auf mich losgegangen, wenn nicht so viele Leute da gewesen wären. Was ist mit dem Mann los? Was hat er gegen mich?«

»Er gehört noch zur alten Garde, erst schlagen – dann fragen. Außerdem hält er Sie für den Täter.«

»Das ist absoluter Unsinn«, unterbrach ihn Frank heftig. »Das weiß er selbst.«

»Aber eine letzte Frage bleibt: Was haben Sie Dienstag früh auf der Azienda von Niccolò Palermo gemacht? Ein Zeuge hat Sie gesehen.«

Frank erklärte es ihm. »Und dann habe ich dem Hund Wasser gegeben. Es könnte sein, dass meine Fingerabdrücke auf einem Eimer sind.«

»Wieso haben Sie das getan?«

»Was? Dem Hund Wasser gegeben? Sollte ich ihn verdursten lassen?«

»Verstehen Sie etwas von Hunden? Was meinen Sie, wie lange der kein Wasser bekommen hat?«

»Ist das wichtig?«

»Ziemlich. Wir können nämlich wegen des Kohlendioxids den Todeszeitpunkt nicht genau bestimmen. Bei Sauerstoffmangel verläuft die Verwesung anders, sie geht in Fäulnis über. Aber wir arbeiten daran.«

»Am Vortag, als mich die beiden Männer niedergeschlagen haben, ist jemand über den Hof gelaufen. So wie er sich bewegte, nehme ich an, dass es der Junge war. Danach habe ich niemanden mehr gesehen.«

»Wann genau war das?«

Frank überlegte. »Schwer zu sagen. Ich war relativ zu früh dran.«

»An den Wagen können Sie sich nicht erinnern.«

»Ja und nein. Ich glaube, es war ein Landrover, aber diese modernen Geländewagen sehen sich alle ähnlich, deswegen kann ich wirklich nichts Genaueres sagen.«

»Und der Beschreibung der beiden Männer ist nichts hinzufügen?«

»Ich glaube, der Große war vom Typ her rothaarig.«

»Wieso fällt Ihnen das jetzt ein?«

»Weil ich da drüben gerade jemanden gesehen habe, der mich an den Mann erinnert. Er trägt ein grün kariertes Hemd.«

Rionero rückte den Stuhl nach hinten, drehte sich zur Seite und nestelte dann an seinen Schnürsenkeln. So konnte er in die angegebene Richtung sehen, ohne aufzufallen. »Ein Tourist. Vermutlich ein Skandinavier …«

»… oder ein Ire. Blass, rothaarig, Sommersprossen, etwas grobschlächtig. Beide sprachen Englisch, beziehungsweise Amerikanisch und Italienisch, beides fließend. Es gibt viele Nordamerikaner irischer Herkunft.«

Rionero rückte wieder an den Tisch. »Könnte der Unfall letzte Nacht etwas mit dem Tod der Palermos zu tun haben? Oder glauben Sie, dass der Mann zu Benevole unterwegs war, um heute – einen Graben auszuheben? Schwarzarbeit also, was die nächtliche Anfahrt erklären würde.«

»Nein! Die Winzer stecken bis über beide Ohren in der Lese und haben für etwas anderes gar keine Zeit.« Kaum hatte er es ausgesprochen, fiel ihm Strozzi mit seiner neuen Kellerei ein.

Womöglich sabotiert jemand die Weinlese von Renato Benevole, schoss es Frank in den Sinn, aber davon erzählte er Rionero lieber nichts. Es schien ihm zu weit hergeholt, und weshalb sollte er dem Chef der Mordkommission mehr Vertrauen schenken als Avvocato Strozzi? Er hatte nicht die geringste Ahnung, was hier lief. Eines jedoch wusste er: Er musste sich die Prediger und diesen Commissario vom Leib halten.

»Ich habe noch was für Sie«, sagte Rionero und griff nach einer Zeitung. Auf der Titelseite wurde über die Ermittlungen im Fall Palermo berichtet. Im dritten Absatz las Frank: *»Die Behörden prüfen gegenwärtig die Verstrickung eines deutschen Fotografen in den Mordfall, der im Chianti Classico eine Fotoreportage über herausragende Weingüter macht. Commissario Sassarella aus Castellina, einer der erfahrensten Ermittler der hiesigen Carabinieri, weist den Verdacht nicht von der Hand, dass sich der Fotograf aus anderen, bisher nicht bekannten Gründe hier aufhält.«*

Frank war blass geworden und ließ die Zeitung sinken. »Stammt das von Ihnen?«

»Nein. Das hat vermutlich Ihr Freund Sassarella lanciert.«

»Kann ich die Zeitung mitnehmen?«

Rionere überließ ihm das Blatt und erhob sich. Für ihn war die Sache für den Augenblick erledigt. Frank war erleichtert, verabschiedete sich und ging davon. Aus sicherer Entfernung und ohne dass Rionero es bemerkte, machte Frank Aufnahmen von ihm, einmal im Profil, einmal von vorn, wie bei einer erkennungsdienstlichen Behandlung.

»Bitte, Franco, geh«, flehte Antonia. »Ich habe dir schon am Telefon gesagt, dass ich keine Zeit habe. Weshalb kommst du her? Die Ernte, versteh doch, wir haben alle Hände voll zu tun. Nachdem du weg warst, habe ich noch bis drei Uhr gearbeitet.«

»Ich wollte nur schnell vorbeikommen und dich sehen. Außerdem muss ich dir was zeigen …« Frank wedelte mit der Zeitung herum.

»Es geht nicht, wirklich! Ich kann nicht. Versteh mich bitte.«

»Was soll ich verstehen? Erst küsst du mich, freust dich riesig, dass ich komme, und jetzt bist du abweisend.«

»Mach's mir nicht so schwer, bitte.«

»Dann sag, was los ist. So kann ich nicht gehen.«

Antonia stützte verzweifelt den Kopf in die Hände: »Massimo kommt, mein Mann! Er kann jeden Augenblick hier aufkreuzen.« Antonia biss sich auf die Lippen und starrte auf den Boden. Mit dem Fuß fuhr sie die Ritzen zwischen den Steinplatten entlang, mit denen ihr Büro ausgelegt war. Frank hatte den Eindruck, dass sie mit den Tränen kämpfte. »Zum ersten Mal seit langem wage ich etwas, ja, Franco, ich würde dich gerne kennenlernen, sehr gerne sogar, und sofort kriege ich die Quittung.«

Als sie den Kopf hob und ihn ansah, waren ihre Augen feucht. »Er will mir jetzt auch noch das Letzte nehmen, was mir geblieben ist. Er will die Weinberge und das Haus verkaufen, die schönen alten Weine im Keller, einfach alles.« Antonia atmete schwer, als bekäme sie keine Luft. »Ich soll verschwinden, einfach verschwinden. Und das sofort – mitten in der Ernte. Ehebrecherin hat er mich genannt, dabei war er der Hurenbock, von Anfang an, wie ich leider zu spät erfahren habe. Immer, immer hat er mit jungen Mädchen rumgemacht, die durften nicht älter als achtzehn sein, so wie ich bei meiner Hochzeit. Er muss einfach das Gefühl haben, dass er angebetet wird und überlegen ist. Als ich die kleinen Kinder hatte, war endgültig alles vorbei. Sind alle Männer so?«, fragte sie herausfordernd.

Frank zuckte mit den Achseln. »Viele ja, viele nicht, man kann nicht in einen Menschen hineinschauen, das ist auch mein Dilemma. Ich kann nur das abbilden, was sichtbar ist, und für jeden ist etwas anderes sichtbar. Meistens sehen wir das, was wir sehen wollen. Was wirklich ist, was da drinnen passiert«, er tippte mit dem Finger auf sein Herz, »das bildet sich nicht unbedingt auf der Oberfläche ab. Man kann das Sehen trainieren, so wie ich es mit Christine mache. Aber im Grunde genommen kommt man nicht umhin, die Menschen kennenzulernen, mit ihnen zu leben.«

»Das heißt, das Risiko bleibt?«

»Das ist unser Schicksal. Was ich mich frage – deine Eltern leben doch noch, oder?«

»Worauf willst du hinaus? Ja, sie hatten ein Weingut bei Gaiole, wo ich aufgewachsen bin.«

»Was sagten sie zu deinem Mann und seinem Verhalten?«

Antonia suchte lange nach einer Antwort und fuhr sich immer wieder durchs Haar. »Massimo Vanzetti hat sie gekauft. Sie fanden ihn großartig, von Anfang an. Mein Vater sagte, ich solle Massimo gehorchen. Männer mögen keine starken Frauen, und besonders dann nicht, wenn sie ihnen geschäftlich Konkurrenz machen. Aber ich glaube, dass er in Wirklichkeit Angst vor Massimo hat.«

»Und deine Mutter?«

»Sie findet, dass ich dumm bin, weil ich mir von Massimos Geld kein schönes Leben mache und mir stattdessen hier den Buckel krumm schufte. Ich würde schon sehen, was ich davon habe. Sie gibt mir die Schuld an unserem Streit, und außerdem, Männer seien eben so.«

»Nämlich wie?« Frank wurde wütend, er hatte diesen Unsinn zu oft gehört, um ihn widerspruchslos hinzunehmen: »Du weißt, dass das nicht stimmt. Männer wie Massimo behandeln andere Menschen auch nicht besser als ihre Frauen. Sie sind gnadenlos! Es kommt immer darauf an, was man sich gefallen lässt.«

Antonia ging zum Fenster und blickte über die Weinberge ins Tal. Die Sonne stand schon weit im Westen. Das Licht wurde weich und golden, Frank fand Antonia wunderschön.

»Ja, darauf kommt es an, was man sich gefallen lässt, und deshalb will ich auch, dass du gehst!«

Frank erschrak und wurde blass. »Was hat das mit mir … äh … mit uns zu tun?«, fragte er stockend. Er hatte geahnt, dass da noch etwas anderes in der Luft lag.

Antonia kehrte hinter ihren Schreibtisch zurück, der wie eine unüberwindliche Barriere zwischen ihnen stand. »Es hat mit dir und deinen kleinen … Models zu tun. Du weißt genau, was ich meine.« Ihre Stimme klang müde und verzweifelt.

Laura! Dieses Miststück. Damit konnte nur Laura gemeint sein. Keine achtzehn und durchtrieben wie eine Schlange. Was hatte sie ausgeheckt? Woher wusste Antonia von ihr?

Frank streckte beschwörend die Hände aus: »Antonia, bitte, das muss ein Missverständnis sein. Es ist nicht so, wie du denkst. Ich kann dir das erklären.«

Sie ließ ihn nicht ausreden: »Wenn einer mies ist, einen schlechten Charakter hat, dann ist das seine Sache. Damit muss er selbst klarkommen. Aber anderen etwas vormachen, hier das Opfer spielen, oder besser den Moralisten, das kenne ich von meinem Mann, und das hasse ich wie die Pest! Und, wie sagtest du eben, es kommt darauf an, was man sich gefallen lässt.«

»Hör zu!«, sagte Frank barsch. »Als ich hierherkam, hatte der Verlag für mich ein Hotel gebucht ...« Er berichtete ihr ausführlich von Lauras Erpressungsversuchen, von ihrem miesen Gigolo in Uniform und dessen gewalttätigem Chef. »Wer hat dir eigentlich dieses Märchen über mich und dieses kleine Aas aufgetischt?«, schloss er.

»Massimo hat es mir erzählt. Aber wenn es so ist, wie du sagst, wenn das alles nur Lügen und Intrigen sind ...« Ihr war die Erleichterung deutlich anzumerken. Der Wunsch bestand, ihm zu glauben, obwohl ein Rest von Skepsis blieb. »Ich kann mir auch denken, wieso er mir das erzählt hat. Er will mir wirklich jedes Glück zerstören.« Sie biss sich auf die Lippe, schlug die Augen nieder und streckte zaghaft die Hand nach Frank aus.

»Wieso weiß dein Mann eigentlich von mir?«

Antonia blickte zur Tür. »Donna Gorelli, die alte Hexe, meine Haushälterin, sie war seine Kinderfrau, ich glaube, sie liebt ihn abgöttisch – sie hatte selbst nie Kinder. Er hat mich gezwungen, sie weiter hier zu beschäftigen – angeblich war in seinem riesigen Penthouse in Mailand nicht genügend Platz. Ich hätte sie nie über die Schwelle treten lassen sollen. Ausgerechnet Massimo sprach von Treue seiner Familie gegenüber und dass er ihr hier das Gnadenbrot gibt. Mir war bald klar, dass sie die Zuträgerin für ihn spielt.«

Antonias Wut, seit Jahren überwacht zu werden, war mehr als verständlich, und gleichzeitig fiel Frank ein Stein vom Herzen, dass Antonia seine Erklärung akzeptierte. Sie hätte alles für eine Ausrede halten können. Doch irgendetwas stimmte immer noch nicht, und er dachte laut darüber nach.

»Wer kann von Lauras Schmierenkomödie gewusst haben? Ihre Mutter, der Vater eher nicht, ja, der Commissario und natürlich der kleine Carabiniere ... Aber, Antonia, wieso weiß dein Mann davon? Der gibt sich doch nicht mit solchen Flittchen ab …«

Antonia fiel ihm ins Wort. »Was hat Massimo mit der Polizei zu tun? Kleine Provinzpolizisten gehören normalerweise nicht zu seinem Umgang, eher die Polizeichefs. Wieso wissen dann die Carabinieri von dir und mir?«

Frank ging vor dem Panoramafenster auf und ab und versuchte Antonia schonend von den Vorfällen der letzten Nacht zu berichten.

»Ich verstehe das alles nicht«, entgegnete Antonia. »Wie passt das alles zusammen?«

»Ich habe nicht den blassesten Schimmer«, sagte Frank. »Ich weiß nicht, weshalb mitten in der Weinlese Grundstücke den Besitzer wechseln, warum man Strommasten absägt, Palermo und seinen Sohn umbringt, ein Bagger über die Brücke stürzt …«

»… und Malatestas Gut abbrennt.« Antonia schüttelte den Kopf. »Ich habe immer gedacht, den wirft nichts um, aber er ist überhaupt nicht mehr ansprechbar. Wir haben seine gesamte Ernte gerettet, und er stiert apathisch vor sich hin. Alles scheint ihm egal, der Verlust seiner Pferde hat ihn gebrochen.«

»Pferdehalter sind eine ganz eigene Spezies Mensch«, erklärte Frank, »die bringen sich um für die Tiere, hungern lieber, als dass sie ihr Pferd verkaufen. Was man ihrem Pferd antut, das tut man ihnen an. Das ist irgendwie eine archaische Beziehung, ähnlich wie bei Mensch und Hund.«

»Möglich. Mein Mann behandelt seinen Hund besser als die Kinder, von mir will ich lieber gar nicht reden.«

»Womit wir wieder beim Thema wären.« Frank stöhnte. »Eine letzte Frage habe ich noch. Kannst du dich an diesen einen Winzer bei der Verkostung in Siena erinnern? Der völlig aufgelöst war?«

»Meinst du Giorgio, Giorgio Amarone? Er hat seine Weinberge zwischen Radda und Gaiole. Kennst du die Villa Vistarenni, dieses Hotel, das so aussieht wie eine barocke Filmkulisse?«

Frank erinnerte sich, dort mehrmals vorbeigekommen zu sein. Ihm war dieses Gebäude natürlich aufgefallen, es war geradezu ein Fremdkörper in der Umgebung.

»Dort hat er sein Podere. Wenn du von Radda kommst, musst du dich links halten.«

Antonia hielt inne, bis Frank neben ihr stehen blieb. »Könntest du dir vorstellen, hier zu leben?«, sagte sie leise.

Frank sah Antonia erstaunt an. Auf diese Frage war er überhaupt nicht vorbereitet. »Wenn ich wüsste, wovon ich leben soll ...«, kam es über seine Lippen.

»Wovon du auch heute lebst. Fotografiere, fotografiere Weinberge, Rebstöcke, Trauben, Menschen bei der Arbeit, Keller, alte und moderne Anlagen, Verkostungen, das Umfüllen von Wein, die Barriques, mach Aufnahmen von alten Mauern, schönen Castelli. Der Wein bietet dir eine ganze Welt. Wenn du deine eigene Sicht der Welt und der Menschen hast und das in Bildern ausdrücken kannst, dann findest du überall Arbeit.«

»Mag sein, Antonia. Aber das klingt ja fast so, als gäbe es für dich keinen Platz hier. Du darfst dich nicht vertreiben lassen!«

»Wie soll ich unter diesen Umständen vernünftigen Wein machen? Ständig mit der Bedrohung leben, alles zu verlieren, wenn er es will? Ich bin einfach müde.«

»Geh nicht weg, sondern mach einen großartigen Wein, an dem niemand vorbeikommt, auch dein früherer Mann nicht. Und dein Mann ist er wohl schon lange nicht mehr.«

»Nein, seit zehn Jahren nicht mehr – allenfalls auf dem Papier.«

»Mach diesen Wein zum besten, den du in deinem Leben gekeltert hast. Du könntest ihn *Lacrime* taufen, nein, Tränen, das ist zu traurig – nenn ihn *Commiato,* Abschied ist besser –, Abschied vom Alten, um endlich anzukommen.«

»Darin bist du wohl Experte, oder? Du bist es so gewohnt, heute hier und morgen woanders zu sein. Du setzt dich ins Flugzeug, ins Auto und fährst einfach weiter. Hast du je daran gedacht, irgendwo zu bleiben?«

Jetzt wurde es schwierig. Frank spürte, wie es in ihm kribbelte. Anderen einen Rat geben war einfach, aber ihn selbst zu beherzigen war eine andere Sache.

»Dein Mann ist doch ein Mensch, oder?«

Antonia sah ihn verständnislos an. »Physisch gesehen, ja.«

»Jeder hat Schwachstellen, jeder hat etwas, wo er verletzlich ist, niemand ist unbesiegbar. Was ist sein wunder Punkt?«

»Er missgönnt mir meine Unabhängigkeit, er hasst Stärke bei anderen. Er kennt nur Sieger und Verlierer, und er selbst muss immer der Sieger sein. Wer hat diesen Mist eigentlich aufgebracht, die Welt nach Siegern und Verlierern einzuteilen? Massimo will, dass ihm jeder aus der Hand frisst, Widerspruch duldet er nicht …«

»Das meine ich nicht«, sagte Frank. »Wo ist er angreifbar? Was weißt du über seine Geschäfte?«

»Ich werde darüber nachdenken, Franco. Aber mach dir keine zu großen Hoffnungen. Das haben schon andere vor dir versucht. Massimo ist ein Fuchs. Und jetzt solltest du wirklich gehen. Ich möchte unter keinen Umständen, dass er dich hier antrifft.«

»Na und? Er wird sich endlich auf andere Verhältnisse einstellen müssen.«

»Wozu die Mühe? Du verschwindest ja doch wieder.«

11

Montag, 4. Oktober

»Es sieht ganz so aus, als bekämen wir Besuch«, sagte Wanda Livonardi, beschattete die Augen mit der Hand und starrte angestrengt ins Tal.

Unten, zwischen den sattgrünen Weinbergen und den silbern schimmernden Ölbäumen, die sich über den Ausläufer des Höhenzuges erstreckten, stieg eine weiße Staubwolke auf. Es schien sich um eine Kolonne von mehreren Fahrzeugen zu handeln. Frank hatte ein ungutes Gefühl. Der Anblick erinnerte ihn an die vergangene Woche, als die Gefahr auch aus dem Tal heraufgekommen war. In früheren Zeiten war es in der Toskana nicht anders gewesen, dachte er und erinnerte sich an Malatestas Worte. Damals waren es die feindlichen Reiter gewesen.

Wanda Livonardis Weingut lag südlich von Radda auf fünfhundert Meter Höhe. Von Giacomo Paeses Besitz trennten sie nur ein paar Kilometer. Hier oben wurde es nie sehr heiß, ein erfrischender Wind strich über die Hänge und durchlüftete die Rebanlagen, die auf gleicher Höhe oder unterhalb der Kellerei lagen. Das machte die Weinstöcke wenig anfällig für Pilzkrankheiten, und es wurden keine Pestizide gespritzt. Der mit Kalk und Ton durchsetzte Boden reichte nur knapp einen halben Meter tief, darunter begann der Fels, auch Lagen mit Sandstein kamen vor und viel Geröll. Die Bearbeitung war mühevoll, aber der Boden war geradezu ideal für ausdrucksstarke Weine. Und Wanda verzichtete auf Bewässerung.

»Wein muss kämpfen, um gut zu werden«, hatte sie gesagt.

Jetzt waren mehrere Fahrzeuge zu erkennen, die langsam an der Flanke des langen Berges heraufkamen.

»Polizei?« Frank griff zum wiederholten Mal in den Fotokoffer; die Bilder dieses Vormittags waren im Kasten, niemand hatte ihn gestört, keine Unterbrechung, kein Bergrutsch, keine Leiche im Keller – und jetzt das? Er setzte das Teleobjektiv auf die F4 und beobachtete durch den Sucher die in Staub gehüllte Karawane: drei Autos, das erste mit Blaulicht (was für ein martialischer Auftritt, dachte er), quälten sich durch eine Serpentine. Schlaglöcher, Geröll, Hitze – es war unwahrscheinlich, dass die Männer mit guter Laune hier ankamen. Vor einer Woche hatte er noch gedacht, die Toskana sei ein locker zu erledigender Auftrag, ein Bildband mit erbaulichen Motiven.

»Es ist die Polizei – und dann lese ich noch was«, sagte er zu Wanda. »*Guardia* … irgendwas mit *Finanzas,* kann das sein?«

»*Madonna. Dio me ne guardi!* Schlimmer als die Inquisition.« Wanda schlug theatralisch ein Kreuz. »Die Steuerfahndung. Ich habe nicht die geringste Ahnung, was sie wollen, aber sie wollen zu uns, sonst wohnt hier keiner mehr, kein Zweifel.« Wie ein Stier, der den Torero erwartet, ging sie mit gesenktem Kopf in Richtung Einfahrt.

Rechts vom Tor stieg der Berg weiter an, nicht sehr steil, aber zumindest so, dass man die Kellerei zur Hälfte hatte hineinbauen können. Fast alle Winzer nutzten den Berg auf diese Weise, damit hielten sie ihre Anlagen kühl, und das war gut und wichtig, sowohl beim Keltern wie auch bei der anschließenden Gärung und für die spätere Lagerung. Und im Winter sank die Temperatur innen nie unter den Gefrierpunkt, obwohl auf dieser Höhe oft Schnee lag.

Das Gebäude, ein Klinkerbau, war zwanzig Meter lang und wirkte neu und modern. An seinem Ende führten rechts einige Stufen auf eine überdachte Terrasse, von der aus man einen weiten Blick ins Tal hatte und ins Wohnhaus gelangte. Die Büroräume lagen zu ebener Erde, oben lebte Wanda mit ihrem Mann und den drei Kindern. Das Haus war eines der auffälligsten, die Frank bislang gesehen hatte. Es war in knalligem Karminrot gestrichen, und zwischen dem ersten und dem zweiten Stock zierte eine Wandmalerei die Front des Hauses: Ritter zu Pferde in glänzenden Rüstungen mit bunten Wimpeln an den Lanzen. Eine hervorragende Arbeit in Anlehnung an die Fresken, die zur Zeit der Medici im 15. Jahrhundert entstanden waren.

Noch weiter rechts, Frank drehte sich im Uhrzeigersinn, begann der mit Wein bestockte Hang. Derart steile Lagen waren selten, nichts war terrassiert, wie weiter unten, und Frank war zuvor für die Aufnahmen mühsam durch den Weinberg nach oben gestapft.

Wanda stand derweil mit in die Hüften gestemmten Armen mitten in der Einfahrt und zwang die Polizeifahrzeuge zum Halten. Die Frau hatte Nerven. Frank trat näher, als die Hüter der Finanzen ausstiegen und die Winzerin umringten. Der Mann vom Beifahrersitz des ersten Wagens, in blauer Uniform mit silbernen Litzen auf den Achselstücken, stieg als Letzter aus, nahm eine Mappe zur Hand und setzte hoheitsbewusst eine ebenfalls mit Silber verzierte Mütze auf.

»Sind Sie Wanda Livonardi, Besitzerin der Azienda Livonardi?«

»Ja, die bin ich. Was wollen Sie hier, Signor Capitano – wenn ich das Lametta auf Ihren Achseln richtig interpretiere?«

Verblüfft zog der Capitano die Augenbrauen hoch. Mit einem derart frechen Empfang hatte er nicht gerechnet. Frank schmunzelte. Die Frau gefiel ihm immer besser, respektlos, wie sie war, und dass sie auch vor drei Wagenladungen Polizisten nicht kuschte.

»Wir haben … äh, ich soll … also, hier, der Bescheid!« Damit entnahm er der Mappe ein Schriftstück und reichte es der Winzerin mit einer angedeuteten Verbeugung. Wanda las, während sich die Uniformierten um ihren Vorgesetzten scharten, der leise seine Anweisungen gab und seine Männer an die Türen der Kellerei schickte. Frank hatte den Eindruck, als würden die Gefolgsleute des Königs die Burg besetzen und die Burgherrin festnehmen. Doch die protestierte lautstark.

»So eine Bande! *Misera gentaglia!* Sie wollen mir den Betrieb stilllegen? Ich soll Überkapazitäten verarbeiten? Wo haben Sie denn den Quatsch her, Capitano? Nur weil ich ein paar Trauben von Malatesta zum Verarbeiten übernommen habe? Das haben andere auch. Vielleicht haben Sie gehört, dass seine Kellerei abgebrannt ist?«

»Das hat mich nicht zu interessieren, Signora. Wir werden das nachprüfen. Rufen Sie Ihre Mitarbeiter zusammen, die Arbeiten werden sofort eingestellt! Sofort! Das ist eine Anordnung. Sie können ja Beschwerde einlegen.«

»*Col cazzo! Col cazzo che lo faccio!* Einen Scheiß werde ich tun! Sollen mir die Trauben an den Rebstöcken eintrocknen? Wie soll ich meine Ernte einbringen?«

»Das geht mich nichts an, Signora, und Sie hätten sich das vorher überlegen sollen. Ich tue hier nur meine Pflicht.«

Frank zog die winzige Autofocuskamera aus der Tasche und fotografierte aus der Hüfte. Er hatte es in Situationen gelernt, in denen ihm sein Presseausweis lediglich Prügel eingebracht hätte.

Wanda schnaubte inzwischen vor Wut. »Ihre Pflicht, Capitano? Damit redet ihr euch immer raus, mit Pflicht. Aber, *caro mio,* jeder sucht sich seine Pflicht selbst aus. Den Job hier machst du freiwillig, Freundchen. Niemand hat dich dazu gezwungen. Da kannst du sagen, was du willst. Wer hat diesen Zettel hier unterschrieben?« Sie hielt die Verfügung dem Capitano vors Gesicht.

»Dottor Salentino, Leiter der …«

»Den knöpf ich mir vor«, fauchte Wanda. »Das ist doch

dieser Freund von Avvoccato Strozzi, alle in derselben Partei, alles Halunken, die stecken alle unter einer Decke …«

»Signora, das ist Beamtenbeleidigung.«

Wanda Livonardi drehte sich zu Frank um. »Wie findest du das? Da ist man hilfsbereit, unterstützt einen Kollegen, und der Staat fällt einem in den Rücken und will einem die Existenz zerstören. *Bella Italia!* Nun sag du doch auch mal was, Franco!«

»Was soll ich sagen? Ich weiß doch gar nicht, worum es geht.«

»Du weißt es nicht?« Wanda ging mit der Verfügung in der Hand auf ihn zu. »Hat Antonia dir nichts erzählt? Dass man auch ihr das Weingut wegnehmen will? Aber du bist ja nur der Fotograf, Hofberichterstatter, dich geht das alles ja gar nichts an.«

»Signora!« Der Ruf des Capitano schallte über den Hof, die Uniformierten machten sich daran, die befüllten Gärtanks zu plombieren, aber der Kellermeister und zwei Arbeiter stellten sich ihnen in den Weg. »Rufen Sie Ihre Männer zurück. Bitte, machen Sie uns keinen Ärger, Signora.«

»Einen Dreck werde ich tun«, sagte Wanda und zerriss die Verfügung. Ungläubig sah der Capitano die Schnipsel zu Boden flattern. Frank hoffte, dass er den richtigen Winkel gefunden hatte und die Aufnahme gelungen war.

»Unter diesen Umständen muss ich Sie leider festnehmen, Signora Livonardi«, sagte der Capitano mit aufgesetzter Strenge. Den Verfall seiner Autorität durfte er nicht zulassen, zumal die Augen seiner Untergebenen auf ihm ruhten.

»Geht aus dem Weg, tut, was die Beamten sagen«, rief Wanda ihren Arbeitern zu. »Bringt das, was wir heute lesen, in den alten Stollen und in die Kühlkammern, möglich, dass wir noch was retten.«

Der Capitano fasste sie am Arm, um sie zu einem der Wagen zu führen.

»Fass mich nicht an«, zischte Wanda und riss sich los, in

dem Augenblick machte Frank die letzte Aufnahme. Wenn sie gelungen war, dann gab sie ein sehr dramatisches Bild: Es sah aus, als wollte der Capitano die Winzerin schlagen und sie sich vor ihm schützen; dieses Bild konnte man der Presse zuspielen und Stimmung machen. Frank musste schmunzeln. Wanda warf ihm einen fragenden Seitenblick zu, er deutete ein Nicken an, und als sie lächelte, wusste er, dass sie begriffen hatte. Er näherte sich ihr, als sie sich in den Wagen setzte.

»Wie hieß der Makler, der dir vorgestern das Angebot gemacht hat?«

Wanda hob verständnislos den Kopf, dann runzelte sie die Stirn. »Meinst du, dass …« Sie blickte zum Capitano hinüber.

»Ich meine nicht nur, ich bin davon überzeugt!«

»Vignabella heißen die, in Colle Val d'Elsa. Fährst du hin?«

»*Immediatamente*, auf der Stelle. Soll ich meinen Anwalt auch zum Finanzamt in Florenz schicken?«

Nachdem die Steuerpolizei mit der Begründung, es würden nicht gemeldete Mengen Trauben illegal verarbeitet, den Betrieb stillgelegt, die Gärtanks plombiert und die Zugänge zu den Flaschenlagern versiegelt hatte, zog die Karawane ab. Wanda Livonardis Kellermeister hatte ihren Anwalt angerufen, der sie in Florenz erwartete, und Frank hatte Pandolfini erreicht und diesen ebenfalls dorthin gebeten. Danach hatte er Antonia angerufen, die ihm versprochen hatte, zwei Journalisten zu benachrichtigen. Sie würden sich auf den Vorfall stürzen, denn er enthielt politischen Sprengstoff. Die Zeitung stand in Opposition zur Regierungspartei, und die Journalisten rochen eine politische Intrige.

Antonia hatte außerdem erzählt, dass sich am Morgen Unbekannte in der Nähe des Weingutes herumgetrieben hatten. Treffen durften sie sich auf keinen Fall, denn Antonia hatte den Eindruck, dass ihr Mann sie beobachten ließ.

Frank solle sich keine Sorgen machen, sie würde sich wieder melden. Und damit hatte sie aufgelegt.

Missmutig fuhr Frank nach Radda, um Giorgio Amarone zu treffen, aber der Winzer wurde erst nachmittags zurückerwartet. Also blieb ihm Zeit für den Ausflug zu den Maklerfirmen Terranuova und Vignabella. Bei Fotojobs wie diesem benutzte er nie ein Navigationssystem, sondern Land- und Straßenkarten, denn so prägte er sich die gesamte Region ein. Den nördlichen Teil des Chianti Classico hatte er in den ersten Tagen kennengelernt. Seit vergangenem Montag war er mehr südlich der Linie Poggibonsi – Radda – Montevarchi unterwegs gewesen. Für die nächsten Tage standen Aufnahmen im Westen an, dort hatte er bislang lediglich mit Malatesta und Josti di Chiarli zu tun gehabt.

Mit der Ausbeute an Bildern, so wie Frank sie in Erinnerung hatte, war er mehr als zufrieden, ansonsten wuchs sich die Reportage zu einer Tortur aus. Lag es daran, dass er eine wesentliche Regel verletzt hatte, nämlich die, sich nirgends einzumischen? Er sollte nichts verändern, er sollte nicht teilnehmen, er sollte niemanden beeinflussen, sondern lediglich festhalten, wie es an einem Ort aussah.

Verhielt er sich Antonias wegen anders als sonst? War Malatesta, den er insgeheim bewunderte, der Grund – oder Stefano Scudiere und der Beginn ihrer Freundschaft? Oder ging ihm das Durcheinander mit diesem widerlichen Commissario und seinen absurden Verdächtigungen auf die Nerven? Ich bin mittendrin, dachte Frank zu seinem Entsetzen. Und es wird Zeit, dass ich da wieder rauskomme.

Aber stattdessen tat er das Gegenteil. Während er nach Poggibonsi fuhr, ließ er die Winzer Revue passieren, die er bislang fotografiert hatte. Diese Leute waren eigenartig. Sie waren völlig unterschiedlich und hatten doch viele Gemeinsamkeiten. Alle hatten etwas von einem Bauern, das Bodenständige und Erdige, eine tragende Ruhe, die sie befähigte, so lange auf den Wein zu warten, bis er gut war, und das konnte

Jahre dauern. Gleichzeitig erinnerten sie an einen Philosophen, anders ließ es sich kaum ausdrücken. Sie hatten ein Credo, waren fatalistisch, gaben ihr Leben der Natur hin, begriffen Regen und Hitze als etwas Unabänderliches und zeigten sich dabei sehr großzügig. Machte das der ständige Blick in die Ferne? Es war, als stünden sie irgendwo auf einem Berg und sähen in die Weite. Dann kam noch der Genuss hinzu, das Riechen und Schmecken, die Lust am Essen und Trinken, daran konnten sie sich begeistern, das war das Elementare. Und es zauberte ihnen oft ein Lächeln ins Gesicht. Frank hatte sie aufgekratzt erlebt, angeheitert, wütend, deprimiert oder verzweifelt, aber niemals betrunken.

Im vergangenen Sommer hatte er Fotos für den Geschäftsbericht eines Waschmittelkonzerns zu machen. Der Job wurde hervorragend bezahlt, die Aufnahmen waren technisch gesehen ein Kinderspiel gewesen, alles kein Problem. Aber an den Porträts der Vorstände und Aufsichtsräte war er schier verzweifelt. Die Aufgabe, den Männern, denn um solche handelte es sich ausnahmslos, wenigstens den Anflug von Lebensfreude ins Gesicht zu zaubern, war kaum zu lösen gewesen, nicht mit Licht und nicht mit guten Worten. Er sollte die Männer von ihrer positiven Seite zeigen, die aber war nicht zu finden. Neben Hochmut war ihnen die Gier nach Wachstum, Cash-Flow, Marketingstrategien und Shareholder-Values ins Gesicht geschrieben. Unter ihnen war nicht ein einziger richtiger Mann gewesen.

In Poggibonsi folgte Frank den Wegweisern nach San Gimignano und wurde über ein völlig idiotisches oder vielleicht nur von Einheimischen zu verstehendes System von Kreisverkehren um die Stadt herumgeführt. Dahinter begannen wahllos in die Gegend gebaute Straßen. Braun war das Land, trocken, verbrannt, es lechzte nach Regen, es wünschte sich Schatten und einige Monate Ruhe, es hatte für dieses Jahr sein Bestes gegeben und sehnte den Winter herbei. Jetzt mussten nur noch die Trauben gelesen werden.

Die hohen, rechteckigen Türme von San Gimignano sah Frank erst, als er auf dem Parkplatz unterhalb des Stadttors anhielt. Er konnte sich glücklich schätzen, bei dem Andrang von Autos, Campern, Motorrädern und Bussen einen Parkplatz gefunden zu haben. Aber ein Vergnügen war die Stadt nicht: Dicht gedrängt schoben sich Touristen lärmend an Souvenirläden, Galerien und Lebensmittelgeschäften vorbei in Richtung Zentrum, andere kamen ihnen von dort entgegen. Es war schauderhaft. Er sollte im Winter hierherkommen, nachts oder morgens um fünf, dann ließ sich vielleicht noch ein Hauch vom Mittelalter erahnen.

Im Augenblick allerdings war Geduld gefragt. Erfreulicherweise war der Weg zum Immobilienbüro einfach zu finden. Er brauchte nur bis zur Piazza della Cisterna zu gehen, wo Hunderte von Menschen mit offenen Mündern zu den Geschlechtertürmen aufblickten, die San Gimignano berühmt gemacht hatten. Dann hielt er sich links, bahnte sich einen Weg durch die Menge und ging weiter geradeaus – in die Via San Matteo.

Das Gebäude mit der Nummer 31 war ein vierstöckiges Eckhaus. Der Lebensmittelladen im Erdgeschoss bot wunderbare Pastasoßen in allen Variationen. Ein Regal war gefüllt mit getrockneten und eingelegten Pilzen, in einem anderen lagen alle Arten von Pasta, und im Fenster stand der übliche Vernaccia di San Gimignano, ein Weißwein, den er noch nicht probiert hatte. Er hatte keinen besonders guten Ruf.

Verdammt, deshalb bin ich nicht hier, dachte Frank und suchte an der Haustür links in der schmalen Gasse nach dem Firmenschild des Maklerbüros. Da stand Mattei auf einem Klingelschild, da wohnten ein Jacopo Bacci und eine Signora Fiorentini – aber keine Firma namens Terranuova. Wie war das möglich?

Frank betrat den Laden und sprach den korpulenten Verkäufer hinter dem Tresen freundlich an. »Ich suche eine Immobilienfirma, hier im Haus, Terranuova soll die heißen.«

»*Qui non c'è*«, sagte der Verkäufer und breitete bedauernd die Hände aus, »gibt's hier nicht.«

»Hat es die mal hier gegeben?«

»Nein, niemals. Das war immer nur mein Laden. Außerdem wohnen seit Ewigkeiten dieselben Leute hier.« Der Mann hielt inne. »Wie soll die Firma heißen?«

»Terranuova ...«

Er öffnete die Hintertür und rief seine Frau. Nach anfänglichem Zögern erinnerte sie sich. »Für die ist mal Post gekommen, wir hatten zwei oder drei Briefe, aber ein Büro? Nein, das gab es hier nie.«

Frank kaufte Käse und Salami, dazu Brot und Oliven und fotografierte das Ehepaar. Als er vor die Tür trat und die Menschen an sich vorübertreiben sah, blieb er stehen. Wenn es Briefe mit dem Namen der Firma gegeben hatte, hatte sich der Kellermeister von di Chiarli nicht geirrt. Dann gab es die Firma wirklich. Aber wo konnte er sie finden? Wem gehörte das Weingut jetzt? Frank gab sich einen Ruck und ließ sich vom Menschenstrom wieder aus der Stadt hinaustragen. Er packte die Lebensmittel in die Kühlbox und setzte sich hinters Steuer. Er hoffte in Colle Val d'Elsa auf mehr Glück.

Das hatte er auch. Er fand die Straße, das Haus mit der entsprechenden Nummer, einen modernen Bürobau, ein Messingschild mit dem Firmennamen Vinterra Immobile, dazu der entsprechende Briefkasten und darunter noch ein Schild, und genau das hatte er gesucht: Vignabella. Allerdings gab es wieder kein Büro. Angestellte von Vinterra gaben ihm die Auskunft, dass sie vor kurzem jemanden gesehen hätten, der den Briefkasten geleert hatte, aber an ein Gesicht konnte sich niemand erinnern. Wieder Fehlanzeige.

Waren das die berüchtigten Briefkastenfirmen, von denen man ab und an hörte, die ihre Anleger um Millionen betrogen? Di Chiarli hatte sein Gut verkauft, demnach gab es einen Käufer, und der müsste eigentlich im Grundbuch zu finden sein. Pandolfini würde ihm suchen helfen. Ob der junge Spund sich damit auskannte? Am Abend würde er ihn treffen.

Die Fahrt zurück zu Giorgio Amarone nutzte Frank, um sich nach weiteren Fotomotiven umzusehen. Er hatte mittlerweile mehr als die Hälfte der Winzer im Kasten, aber die Systematik der Rebsorten war ihm abhandengekommen, seit Scudiere weg war, und es fehlten hübsche Extras wie Brunnen, Restaurants, Hügel mit Zypressen und Pinien und Schafen. Darauf waren alle Bildredakteure scharf.

Frank fuhr bis Moterrigioni, ließ an der Tankstelle den Volvo waschen, der aussah, als hätte er an der Rallye Paris–Dakar teilgenommen, und trank an der Bar nebenan ein Bier, dabei aktualisierte er die Liste der bereits fotografierten Weingüter. Hätte er die neue Kamera als digitale Ausführung gekauft, wäre ein Extraspeicher nötig gewesen und ein Laptop, um die Bilder in vernünftiger Größe zu betrachten. So blieb ihm nur sein Gedächtnis, das aber war exzellent. Auch wenn er mehrere hundert Fotos machte, konnte er sich an jede einzelne Aufnahme erinnern.

Zum Labor würde er es nicht schaffen, also würde er die neuen belichteten Filme dem Anwalt geben – das war sicherer, als sie mit sich herumzuschleppen. Mit einem Mal verstärkte sich wieder das ungute Gefühl, dass ihm jemand folgte. Den Verdacht hatte er seit San Gimignano. Er stand auf und ging zu seinemWagen, aber niemand wechselte aufgeschreckt die Position, kein Wagen fuhr plötzlich los oder setzte zurück. Noch herrschte nachmittägliche Ruhe.

Kurz darauf nahm Frank den Weg nach Castellina Scalo, bog rechts ab und kam bei Checchi vorbei, einer Großkellerei, die auch auf dem Arbeitsprogramm stand. Links lag die Villa Cerna, ein imposantes Gebäude auf der Spitze eines Kegelberges, halb hinter Bäumen verborgen. Hier, im Tal der Staggia, am Fuß der Monti del Chianti, war das Land flach. Etwas abseits lag das Castello di Monteluna des Grafen

Solcari, mit dem er dringend reden musste, obwohl es Frank nicht behagte, den Zuträger zu spielen.

Frank kannte mittlerweile alle wichtigen Straßen im Chianti Classico, überall hier war er schon gewesen, aber er entdeckte trotzdem täglich Neues. In Liliano fand er die einzige Buchsbaumallee dieses Landstrichs. Die Sonne stand ideal für ein Foto mit der romanischen Kirche im Hintergrund. In den Hügeln dahinter hatte er in dieser Woche einige Weingüter auf dem Programm. Frank fuhr weiter, mittlerweile raste er genauso wie die Einheimischen, die er zuvor verflucht hatte, und kam kurz darauf wieder bei di Chiarli vorbei. Eine Viertelstunde später war er in Castellina, weitere fünfzehn Minuten später in Radda bei Giorgio Amarone.

Der Winzer war inzwischen zurückgekehrt und erwartete ihn in seinem Büro, einem mit Akten und Büchern vollgestopften Raum im Gebäude der Kellerei. Frank wusste nicht so recht, wie er das Gespräch beginnen sollte, da ihn eigentlich mit dem Winzer nichts verband. Er hatte lediglich beobachtet, dass bei der Verkostung seine Weine manipuliert worden waren. Und diese Beobachtung gab Frank nun preis. Er nahm das Risiko in Kauf, denn inzwischen galt er als Verdächtiger im Fall Palermo, und damit war Spekulationen Tür und Tor geöffnet. Nun kam es allein auf seine Überzeugungsgabe an. Reden war nie seine Stärke gewesen, wohl aber die Beschreibung von Bildern. Also schilderte er dem Winzer den Nachmittag in Siena wie einen Film.

Giorgio Amarone hörte aufmerksam zu und starrte dabei finster auf den vor ihm liegenden Papierberg. Erst als Frank geendet hatte, sah der Mann ihn an.

»Warum kommen Sie zu mir?«, fragte er. »Welches Interesse verfolgen Sie? Es könnte Ihnen doch egal sein, was bei uns passiert, ob einer verkaufen muss und ein anderer Bankrott geht.«

»Wenn Sie Zeitung gelesen haben, wissen Sie, dass ich im Fall Palermo verdächtigt werde. Ich will, dass die wirklichen Täter gefasst werden. Ich bin zusammengeschlagen worden, man behindert meine Arbeit, und Leute, die ich mittlerweile schätze, so wie Signor Malatesta, verlieren ihren Besitz.«

»Signor Gatow, Sie scheinen mir der Einzige zu sein, der alles weiß, bei dem alles zusammenläuft. Ich wusste lediglich von dem Brand und von den abgesägten Strommasten. Das Desaster mit meinem Wein in Siena konnte ich mir bis eben nicht erklären. Mir war bei der Probe allerdings der bittere Duft des Chianti aufgefallen. Wir haben den restlichen Wein in der Flasche zur Analyse in ein Labor gegeben, aber noch kein Ergebnis. Jetzt sehe ich natürlich alles in einem ganz anderen Licht.«

Amarone sprach von aktuellen Kreditverhandlungen mit seiner Bank und davon, dass ein missratener Jahrgang so schwer wog wie ein geplatzter Wechsel. Auch ihm habe man ein Angebot gemacht. »Ich fürchte, dass ich zusagen muss. Mir bleibt keine andere Wahl.«

»Aber Ihre anderen Weine sind doch gut.«

»Das spielt keine Rolle. Wenn die Zeitungen veröffentlichen, dass meine Weine bei der Prüfung durchgefallen sind, dann zählt nur das.«

»Von welcher Firma kam das Angebot?«

Amarone kratzte sich am Hals, dann lockerte er umständlich die Krawatte.

Frank hatte das Gefühl, dass der Mann ihm noch immer misstraute. »War es vielleicht Vinterra Immobile – aus Colle Val d'Elsa?«

Die Reaktion von Giorgio Amarone zeigte ihm, dass er ins Schwarze getroffen hatte.

»Es gibt gewisse geschäftliche Dinge, über die spricht man nicht. Sie kommen hier unangemeldet zu mir, ich kenne Sie nicht, weiß nichts über Sie, und dann soll ich Ihnen meine Geschäftsgeheimnisse anvertrauen?« Obgleich er lachte, spürte Frank sehr wohl seine Beklommenheit. »Mein Nachbar hat bereits verkauft. Aber an eine andere Firma, nicht an die, die mir das Angebot gemacht hat.«

»An wen? Wissen Sie es, rein zufällig?«

»Da müssen Sie den Winzer schon selbst fragen.«

»An Terranuova? Aus San Gimignano?«

Amarone sah Frank mit zusammengekniffenen Augen an. »Wie weit stecken Sie da mit drin?«

»Ziemlich tief«, sagte Frank, »eigentlich bis zum Hals.«

Die Sonne war bereits untergegangen, als er in Rondine ankam. An der eingestürzten Brücke musste er den Wagen stehen lassen. Renato Benevole und seine Leute waren noch immer dabei, eine einigermaßen stabile Behelfsbrücke zu zimmern.

Ein Arbeiter brachte Frank in seinem Kleinlaster zum Apartment und wartete freundlicherweise auf ihn, um ihn wieder zur Brücke zurückzubringen. Obwohl Frank hundemüde war, hatte er also keine Zeit, sich auszuruhen. Er duschte lediglich rasch, stopfte sich etwas Brot und Käse in den Mund, schüttete ein Glas Wein hinterher und machte sich wieder auf den Weg. Das Treffen mit Bartolomeo Pandolfini in Florenz hielt er für überaus wichtig.

Es war bereits kurz nach neun, als er wieder in seinem Wagen saß. In einer knappen Stunde sollte er in Florenz sein, und er musste noch durch die ganze Stadt und auf der anderen Seite des Arno die Kanzlei finden. Zumindest bis Florenz kannte er die Strecke gut, also fuhr er wie der Teufel bis nach Siena-Nord, wo die Superstrada Siena–Florenz begann. Auf ihr würde er viel schneller durchkommen als auf der Landstraße, und er konnte weiterhin richtig Gas geben.

Einen Moment lang wunderte er sich, dass ihm trotz der Geschwindigkeit ein Wagen folgte. Hoffentlich war es keine Zivilstreife. Doch bei Nacht auf dieser Strecke? Hier war zu wenig los, um gute Beute zu machen, und Beamte wollten schließlich auch irgendwann Feierabend machen.

Die Scheinwerfer huschten über den Wegweiser zur Ausfahrt Poggibonsi, und Frank wusste, dass er jetzt langsamer fahren musste, denn an mehreren Stellen wurde die rechte Fahrbahn erneuert, und die Baustellen waren katastrophal beleuchtet.

Der ihm folgende Wagen kam näher, schloss zu ihm auf, kam noch näher – verdammt, der würde doch nicht auffahren? Dann nahm der Kühlergrill fast den gesamten Rückspiegel ein, die Scheinwerfer blendeten nicht nur im Rückspiegel, sondern leuchteten das Innere des Volvo taghell aus. Frank konnte die Umgebung draußen nur noch schlecht erkennen. Am Steuer des Wagens hinter ihm musste ein Irrer sitzen, so dicht war noch nie jemand aufgefahren, der Bullfänger an der Stoßstange berührte fast Franks Wagen. Bullfänger? Ein Geländewagen? Der Wagen der Prediger, unten bei Niccolò Palermo, hatte der nicht Bullfänger gehabt?

Gerade als Frank sich dessen gewahr wurde, erfolgte der erste Stoß. Frank brach der kalte Schweiß aus, er packte das Lenkrad fester und gab Gas. Der zweite Stoß war kräftiger, die Heckklappe knackte, das Fahrzeug hinter ihm war PS-stark und schwer, sein Volvo wurde für den Bruchteil einer Sekunde instabil wie bei Aquaplaning. Vor Schreck tat Frank genau das Falsche und trat auf die Bremse. Sofort knallte der Bullfänger des Wagens hinter ihm wieder gegen die Hecktür und gab Frank das Gefühl, sich auf Glatteis zu bewegen. Die Tür blieb heil, ein Volvo war robust, aber er wurde nach vorn gestoßen, und die Lenkung reagierte kaum, obwohl der Volvo eine phantastische Straßenlage hatte. Der Verfolger fiel leicht zurück, nur um schnell wieder aufzuholen und ihn mit Wucht zu rammen. Frank gerann fast das Blut in den Adern. Jemand wollte ihn von der Straße schieben, wollte ihn umbringen. Flucht war sein einziger Gedanke.

Diesmal tat er unbewusst das Richtige. Er schaltete herunter und trat das Pedal bis zum Anschlag durch. Der Motor jaulte auf, die Nadel des Drehzahlmessers erreichte den roten Bereich, Frank riss den Schaltknüppel in den nächsten Gang, sein Auto machte einen Satz vorwärts. Er hatte sich immer darüber lustig gemacht, dass sein Vater schnelle Autos liebte, aber jetzt, in diesem Moment, war er ihm von Herzen dankbar.

Verflucht … vor ihm war eine dieser Baustellen, rasend schnell kam sie näher, der Wagen machte einen Schlenker, als Frank ihn auf die linke Fahrspur riss. Der Verfolger holte wieder auf. Frank wechselte auf die rechte Spur, der Wagen hinter ihm kam gefährlich nahe, die nächste Baustelle flog heran – da schaltete Frank die Scheinwerfer aus. Vor sich sah Frank jetzt nur noch die kaum reflektierenden Streifen an der Leitplanke, die beide Fahrbahnen trennte. Der Fahrer des Geländewagens hatte Frank fast wieder erreicht, die Tachonadel stand bei hundertsechzig – jetzt blendete Frank wieder auf, riss damit die Warnschilder aus der Dunkelheit, die Petroleumlampen der Baustelle waren vor ihm, er riss das Steuer nach links und sofort wieder nach rechts. Der Wagen schlenkerte wieder, die Reifen quietschten, Frank verlor beinahe die Kontrolle über das schleudernde Fahrzeug und krachte fast gegen die Leitplanke, er flog an der Baustelle vorbei und blickte in den Rückspiegel – hinter ihm schossen nur noch Lichter in alle Himmelsrichtungen.

Das Feuerwerk verlosch schlagartig, eine lang gezogene Rechtskurve nahm ihm die Sicht. Sein Verfolger war offenbar in die Baustelle gerast. Frank trat auf die Bremse, um nicht selbst aus der nächsten Kurve zu fliegen.

Ob ihm eines dieser modernen Sicherheitssysteme das Leben gerettet hatte, ABS oder ESP oder wie sie hießen? Sein Glück war es jedenfalls, dass der Wagen die Spur gehalten und so gut beschleunigt hatte. Doch jetzt begann der Wagen unruhig zu werden, und Frank bemerkte, dass es seine Hände waren, die unkontrolliert zitterten. Er fuhr langsamer, kam noch bis zum Stadtrand von Florenz, das Zittern wurde schlimmer, und kurz hinter der Piazza di Porta Romana musste er anhalten, denn auch über seine Füße hatte er die Kontrolle verloren.

»Ist Ihnen nicht gut?«, fragte der Taxifahrer besorgt, als Frank die Adresse des Anwalts auf der anderen Seite der Stadt nannte. »Soll ich Sie besser zu einem Arzt bringen?«

Frank winkte ab, aber auch seine Stimme zitterte. »Nein, nein. Fahren Sie ruhig, ich bin nur eben knapp einem Verkehrsunfall entgangen.« Frank wusste nicht, ob das den Fahrer beruhigte, zumindest musste er nicht zur Polizei fahren, um dort einen Heroinsüchtigen auf Entzug abzuliefern.

Die Wohnung von Bartolomeo Pandolfini lag in einem Patrizierhaus an der Piazza della Costituzione, eine Etage über der Kanzlei seines Vaters. Frank stand an einem der bis zum Boden reichenden Fenster und betrachtete die bei Nacht angestrahlten Mauern des Fortezza da Basso gegenüber. Der zweite Beruhigungstee, den der Anwalt für nervöse Klienten im Hause hatte, tat langsam seine Wirkung.

»Können wir beginnen? Sind Sie so weit?«

Frank nickte seufzend, und die beiden Männer setzten sich, Pandolfini in einen Sessel, Frank ließ sich auf das mit Brokat bezogene Sofa fallen, sicher ein Erbstück der alten Florentiner Familie.

»Hat jemand gewusst, dass Sie heute zu mir kommen?«

»Ich glaube nicht, dass ich es Renato Benevole gegenüber erwähnt habe. Als ich ihn vorhin getroffen habe, hat er die ganze Zeit nur von der neuen Brücke gequasselt.«

»Wer ist Renato Benevole?«

»Der Winzer, bei dem ich wohne. Die kaputte Brücke war die einzige Zufahrt zu seinem Grund und Boden.«

»Was steckt dahinter?«

»Eine Firma hat ihm viel Geld für sein Weingut geboten. Er hat natürlich abgelehnt, wie alle, oder fast alle, und gestern brach dann die Brücke ein.«

»Steht das mit dem Vorfall auf der Superstrada in Zusammenhang?«

»Woher soll ich das wissen! Ich war heute unterwegs, um diese Maklerbüros zu finden …«

»Das wird ja immer chaotischer«, unterbrach Pandolfini. »Gehen wir es systematisch an. Zurück zu meiner ersten Frage. Wer wusste, dass Sie heute nach Florenz kommen?«

Frank stellte die Tasse ab. Der Tee hatte seine Wirkung getan, und er lehnte sich zurück. »Ich habe mit niemandem darüber gesprochen, nicht einmal mit Wanda Livonardi oder Antonia.«

»Wanda Livonardi kenne ich, aber wer, bitte sehr, ist Antonia? Wen kennen Sie hier eigentlich noch alles?«

»Antonia Vanzetti, die Frau eines Winzers, nein, sie ist die Winzerin von der Fattoria Vanzetti. Der Mann macht andere Geschäfte.«

»Ist er etwa der Baulöwe aus Mailand? Was haben Sie mit dem zu schaffen? Entschuldigen Sie, dass ich so direkt frage, aber sonst kommen wir nicht weiter. Wir müssen Licht in die Sache bringen, am besten, bevor es zu einem neuen Anschlag kommt. Denn als etwas anderes kann ich die Sache eben auf der Superstrada nicht werten.«

»Nein, nein«, sagte Frank, »mit diesem Signor Vanzetti habe ich nichts zu schaffen. Bei seiner Frau habe ich das Weingut fotografiert – und mich – na ja, in sie verliebt. Das kann ja passieren, oder? Offenbar beruht es auf Gegenseitigkeit.«

Der Anwalt schüttelte fassungslos den Kopf. »*Lei ha perso la testa?* Sind Sie von allen guten Geistern verlassen? Wissen Sie, wer der Mann ist?«

»Nein, woher auch. Muss man ihn kennen?«

»Allerdings. *Che pasticcio!*« Pandolfini schüttelte fassungslos den Kopf. »Sie begeben sich in Teufels Küche. Der Mann kann Sie fertigmachen. Der kauft sich zwanzig Geländewagen und ebenso viele Männer, die Sie umbringen, wenn Sie seine Frau anrühren. Und vierzig Anwälte dazu, die beweisen, dass Sie eindeutig Selbstmord begangen haben.«

»Seine Frau? Er hat sie seit zehn Jahren nicht mehr angerührt. Das sagt sie zumindest.«

»Frauen erzählen viel. Vielleicht sucht sie einen angenehmen Geliebten. Außerdem ist das seine Sache, sie ist immer noch seine Frau, und die rührt kein anderer an, und wenn er sie ins Kloster steckt. Wir sind hier in Italien. In vornehmen Familien herrschen gewisse Umgangsformen.«

»Das merke ich.«

»Die haben Sie zu respektieren. Wir sind hier schließlich nicht in Deutschland.«

»Ach. Und Mord gehört auch zu diesen … Umgangsformen?« Frank merkte, wie ihm heiß wurde, er begann richtig wütend zu werden. Er musste endlich das Heft in die Hand bekommen, musste bestimmen, wo es langzugehen hatte. Er musste handeln – und vielleicht sollte er auch Angst haben.

»Besser, Sie brechen Ihre Arbeit hier ab und fahren nach Hause. Dann sind Sie zumindest in Sicherheit,« erklärte Pandolfini.

»Den Teufel werde ich tun.« Frank fühlte seine Lebensgeister zurückkehren. Er würde sich nicht einschüchtern lassen, von wem auch immer. Wenn ihm jemand vorschrieb, was er zu tun hatte, konnte er unangenehm werden. Er saß hier bei seinem Anwalt, und der hatte gefälligst zu tun, was er verlangte. Auf seinen gut gemeinten Rat sollte er allerdings hören, das war ihm durchaus klar, und er versuchte, seine Wut zu zügeln.

»Hören Sie, Avvocato. Ich muss meinen Auftrag hier auf jeden Fall abschließen. Ich kann es mir auch gar nicht leisten, die Arbeit abzubrechen. Ich brauche das Geld, nicht zuletzt, um Sie bezahlen zu können. So, und jetzt nehmen Sie sich am besten ein Blatt Papier und schreiben Folgendes auf: Name, Weingut, Datum, Sabotage ja/nein, Offerte ja/nein, Verkauf ja/nein, Makler …«

Der Anwalt starrte ihn mit offenem Mund an.

»Schauen Sie mich nicht so an.«

Kurz darauf standen alle Winzer auf der Liste, die in letzter Zeit Schwierigkeiten gehabt hatten, ob es sich um Stromausfall, geplatzte Kredite oder verdorbene Weinproben handelte. Dahinter war vermerkt, wem ein Angebot gemacht worden war, das Weingut zu verkaufen. Das war bei allen auf der Liste der Fall, die irgendwie Pech gehabt hatten – bis auf Antonia. In der letzten Rubrik standen die Namen der Maklerbüros, von denen Frank in diesem Zusammenhang gehört hatte: Terranuova, Vignabella, Tosca-Bile, Vinterra Immobile.

»Ich würde mich freuen«, sagte er lakonisch, »wenn Sie herausfinden könnten, wem diese Firmen gehören, wer dahintersteckt, wie viel bezahlt worden ist und was es mit den Firmen in San Gimignano und Colle Val d'Elsa auf sich hat.«

»Weshalb gehen Sie mit Ihren Fragen nicht zu einer Auskunftei?«

»Zum einen, weil ich keine kenne, und zum anderen, weil Sie mir von Stefano Scudiere empfohlen wurden.«

»Er hat nicht mich empfohlen, sondern meinen Vater.«

»Spielt das eine Rolle?«

»Wenn er gewusst hätte, dass ich komme, dann – « Pandolfini zögerte.

»Ich vertraue ihm, und das ist ausschlaggebend. Aber mich interessiert etwas anderes: Ein Weingut wird verkauft, es gibt einen Käufer, der verschwindet, der sich in Luft auflöst. Kann man feststellen, wem das Weingut gehört?«

»Den Besitzer müsste man im Grundbuch finden.«

»Kommen Sie da ran?«

»Ich denke schon, aber ich müsste wissen, wonach ich suchen muss.«

Frank nannte ihm zwei Namen. »Und wenn eine Firma, wenn der Käufer nicht mehr existiert, kann man dann rauskriegen …?«

»Wem sie gehört hat?« Endlich hatte Pandolfini verstanden, worauf Frank hinauswollte. »Dazu muss man einen Notar konsultieren. Ich könnte einen Freund bitten. Jetzt sagen Sie mir bitte noch eins: Weshalb das Ganze?«

Frank schwieg einen Moment. Vor seinem inneren Auge sah er wieder die beiden Männer auf sich zukommen.

»Ich denke, ich habe die Mörder von Niccolò Palermo und seinem Sohn gesehen. Sie haben mich verprügelt. Aber inzwischen haben sie wohl eingesehen, dass es ein Fehler war, mich am Leben zu lassen.«

»Verstehe«, war alles, was der Avvocato dazu sagte.

»Und jetzt rufen Sie bitte Signor Malatesta an!«

Der Anwalt blickte entrüstet auf seine Uhr. »Es ist kurz vor elf, Signor Gatow.«

»Na und? Aber wenn Sie meinen, dann rufen Sie ihn bitte gleich morgen früh an und fragen Sie ihn nach der Baugenehmigung für die Kellerei von Avvocato Strozzi, nach Umweltverträglichkeitsgutachten und was in solchen Fällen sonst noch alles wichtig sein könnte. Sie kennen sich da besser aus als ich.«

»Sind Sie nur Fotograf oder auch Detektiv?«

»Nur Fotograf – ah, gut, dass Sie das erwähnen: Können Sie mir einen großen Gefallen tun, einen sehr großen?«

Bartolomeo Pandolfini sah ihn fragend an.

»Würden Sie mich zu meinem Wagen begleiten? Ich möchte Ihnen noch ein paar Filme geben, die dringend zum Entwickeln ins Labor müssen. Und holen Sie die Abzüge dann bitte auch ab. Sie sollen zur Sicherheit bei Ihnen bleiben – am besten im Tresor.«

12

Dienstag, 5. Oktober

Früh am nächsten Morgen machte Frank sich erneut auf den Weg. Die Lese allerorten ging rasch voran, immer mehr Weinberge waren abgeerntet, in zwei oder drei Tagen würde es für Frank schwierig, einen Winzer für eine Porträtaufnahme vor tragende Rebstöcke zu stellen.

Er packte seine Ausrüstung auf die kleine Handkarre, die am Abend zuvor am Fuß der Treppe zum Apartment gestanden hatte. Der Zettel daran hatte keinen Zweifel am Verwendungszweck gelassen: *Per il Suo equipaggiamento fotografico, buona notte, Renato Benevole.*

Also hat er mich als möglichen Verdächtigen in seinem Kopf gestrichen, dachte Frank jetzt, die Suche nach einem neuen Quartier kann ich mir schenken. Das Wägelchen war etwas ungewöhnlich – aber hilfreich, um die Ausrüstung zur Brücke zu transportieren, wo sein Auto stand. Die Heckklappe war von dem Zusammenprall zwar eingebeult, aber mit Kraft und Geschick ließ sie sich öffnen und schließen.

Die Erntehelfer waren längst an der Arbeit, als bunte Punkte bewegten sie sich durch die Weinberge. Im Chianti Classico wurde von Hand gelesen, einmal wegen des steilen Terrains, zum anderen war dadurch sichergestellt, dass ausschließlich makellose Trauben geschnitten wurden. Damit die Beeren nicht platzten und vorzeitig zu gären begannen, wurden sie vorsichtig in Kisten gelegt und nicht, wie sonst üblich, in Bottiche geschüttet.

Frank nahm sich vor, nach San Donato zu fahren. Vielleicht fanden sich auf der unbekannten Strecke neue Objekte für die Kür, wie er sie sich vorstellte; er hatte den ganzen Tag dafür Zeit. Die Ruhe war dringend nötig, der Schreck der vergangenen Nacht saß ihm noch immer in den Gliedern.

Die Landstraße stieg bis zum Macia Morta auf 630 Meter an und blieb dann auf dem Bergrücken. Links öffnete sich der Blick bis fast hinunter nach Poggibonsi, rechts nahm dichter Wald die Sicht. Bei einem Hinweisschild zu einem Weingut bog Frank ab und folgte dem harten und staubigen Weg durch dicht stehende Eichen und Pinien. An einigen Stellen schimmerte der blanke Fels durch den Sand. Die Bodenwellen waren tief, der Wagen setzte auf und ächzte. Das tat er seit gestern immer häufiger.

Es hätte schlimmer kommen können, wesentlich schlimmer, mit gebrochenen Knochen im Krankenhaus oder gar im Tiefkühlfach der Pathologie, dachte Frank. Wer dort lag, dem war es egal, wer dem anderen das bisschen Margarine vom Brot kratzte, die das Leben für einen übrig hatte. Für Christine ist gesorgt, dachte Frank in einem plötzlichen Anfall von Mutlosigkeit. Die Beiträge für seine Lebensversicherung sind bezahlt, Christines Ausbildung ist sichergestellt, und für den Rest kann sie selbst aufkommen. Sie wird sich notfalls zu helfen wissen. Soll ich nun weitermachen oder doch besser meine Sachen packen und verschwinden?

Vorsichtig umfuhr er Schlaglöcher, schnitt die Bodenwellen schräg an und hatte immer ein Auge auf dem Rückspiegel. Hier würde er einem Geländewagen mit Allradantrieb nicht entkommen, der viel wendiger war und außerdem einen besseren Überblick bot. Bestimmt besaß auch Antonias Mann so ein Vehikel, Männer von diesem Schlag fuhren gern solche Panzer. Für die Winzer waren die Autos praktisch, sie konnten einen Hänger ziehen und kamen bei jedem Wetter voran. Darüber hinaus war es eine reine Statusangelegenheit.

Hatten die Prediger gestern Abend in dem Wagen gesessen und ihn gerammt – oder jemand anderes? Er waren zwei Personen gewesen, aber ein Gesicht oder gar das Nummernschild hatte Frank nicht erkannt. Sind sie tot oder nur verletzt? Nur? Wenn ich sie nun zu Krüppeln gemacht habe? Bin ich da noch im Recht? Aber wie hätte ich mir sonst helfen können? Nein, nicht helfen, mich retten war das richtige Wort. Und wenn dadurch andere ihr Leben gelassen haben? Lauern sie mir jetzt anderswo auf, um mich endgültig umzubringen?

Nein, es gibt nur eine Lösung. Ich muss herausfinden, was und wer hinter der ganzen Angelegenheit steckt. Bei einigen Winzern läuft alles glatt. Andere sind in ihrer Existenz bedroht, und ausgerechnet denen hat jemand das Angebot gemacht, ihr Weingut zu kaufen.

Was war bei Niccolò Palermo schiefgelaufen? Weshalb waren er und sein Sohn umgebracht worden? Wenn die Frau das Gut nicht weiterführen kann, muss sie es verkaufen. Hat die Maklerin Tuccanese am Samstag bei Strozzi mit ihr telefoniert? Wäre möglich … Was tut eigentlich die Polizei? Rionero immerhin scheint zuverlässig zu sein.

Überlegungen, Motive, mögliche Verbindungen und Schlussfolgerungen sausten Frank durch den Kopf, während er argwöhnisch die Umgebung musterte. Nicht dass er Gespenster sah, doch der nächste Angriff würde kommen, garantiert. Was dieser Baggerführer mitten in der Nacht auf der Brücke nach Rondine gewollt hatte, war nach wie vor unklar. Frank würde Renato Benevole besser nichts von seiner Vermutung sagen, dass die Brücke vielleicht absichtlich zum Einsturz gebracht worden war. Wenn das die Runde machte, kam er in noch größere Schwierigkeiten. Bei diesem Gedanken grinste er sarkastisch. War das möglich?

Die Straße machte jetzt einen scharfen Knick nach links – und von rechts bog ein anderes Sträßchen ein. Es führte zu einem offenen Tor, das von zwei Pfosten flankiert war – und obendrauf je eine Teufelsbüste aus angelaufener Bronze. Wer stellte hier Skulpturen auf, mitten in der Einöde? Frank stieg aus, trat durch das Tor und folgte dem Weg.

Über den Weinbergen tauchte, hoch gelegen, ein wehrhaftes Anwesen auf: ein großes Gebäude mit einem Turm, und neben dem geschlossenen Eingangstor eine weitere schwarz glänzende Skulptur. Unter einigen Ölbäumen standen weitere Figuren. Die rostigen, aus einer Stahlplatte geschnittenen menschlichen Umrisse erinnerten Frank an den *Molecule Man* von Jonathan Borofsky, an dessen riesige Werke am Ufer der Spree in Berlin. Diese hier waren im Vergleich dazu winzig und brauchten keine Löcher, damit der Wind durchfahren konnte.

Es gefiel ihm, dass jemand die Figuren einfach so in die Gegend stellte. Sie wirkten leicht und spielerisch, sie gehörten hierher, sie passten zum Charakter der Toskana – der sich allerdings zu verändern schien. Und Frank spürte wieder seine Müdigkeit. Die Anspannung, das Schleppen der Ausrüstung, das viele Autofahren, die kurzen Nächte. Dazu die Angst!

Die Teufelsbüsten blickten stur geradeaus, als Frank zurückkam, und nachdenklich betrachtete er ihre Gesichter. War es Kunst? Steckte etwas Spirituelles dahinter? Ein Schutz? Hielten sie Wache, damit die Bewohner des Hauses ruhig schlafen konnten?

Erschrocken fuhr Frank zusammen, als das Handy klingelte. Der Klingelton war entsetzlich, wie bei einem alten Wecker aus Blech.

Es war nicht der Consultore aus Apulien, sondern Malatesta. Er hatte die Nummer von Scudiere bekommen.

»*Come va?* Wie geht's?«

»*Così, così*«, antwortete Frank mehrdeutig, »es geht so. Kommt ihr voran – mit dem Aufräumen und der Ernte?«

»Alles den Umständen entsprechend«, meinte der Winzer ebenso vage. Zum Glück hätten sich einige Kollegen bereiterklärt, Trauben von ihm zu verarbeiten. Aber niemand hätte damit gerechnet, dass die Guardia di Finanza vier dieser Güter »befallen« und stilllegen würde. Und er fühle sich dafür verantwortlich.

Wanda Livonardi und zwei weitere Winzer seien in Florenz von einer Behörde zur anderen unterwegs. Wanda wolle Franks Fotos vom Brand in die Zeitung bringen und habe Reporter mobilisiert. Es sei eine Frage von Tagen, bis die Verfügungen aufgehoben würden und sie weiterarbeiten dürften. Die Trauben würde man in Kühlhäusern zwischenlagern. Wie sich das später auf den Wein auswirken würde, wusste Malatesta nicht. Eine Katastrophe, dass Scudiere verreist sei.

»Aber deshalb rufe ich nicht an, Franco. Wir haben etwas für dich als Fotografen, eine Entdeckung sozusagen!«

»Und was ist das?«

Malatesta zögerte kurz. »Das, äh, weiß ich im Moment selbst noch nicht so genau.«

»*Non capisco.* Du rufst mich an und willst nicht sagen, worum es geht?« Franks Geduld wurde auf eine harte Probe gestellt.

»Nein, im Moment jedenfalls nicht. Kannst du morgen früh kommen, hast du Zeit? Dann sind wir so weit.«

Womit wollte Malatesta ihn überraschen? Meistens überschätzten Laien die Bedeutung von Dingen, die sich zu fotografieren lohnten und die jemand veröffentlichen würde. »Warum ausgerechnet ich?«, grummelte er, obwohl seine Neugier längst geweckt war.

»Du hast uns geholfen, bei dem Brand, und jetzt möchte ich mich revanchieren. *Allora, vieni o no?* Kommst du oder kommst du nicht? Vergiss die Kameras nicht! Sei um sieben Uhr hier!«

»Okay, ich komme.«

»Denk an die Kameras«, wiederholte Malatesta. »Ich garantiere dir ganz besondere Bilder.«

Malatesta hatte aufgelegt. Frank stand mit dem Handy in der Hand auf dem Weg und starrte die Bronzeteufel an, als wüssten sie, was so geheimnisvoll war, dass Malatesta nicht davon sprechen wollte.

Frank fuhr bergab – bis zu den in Blau, Rot und Gelb bemalten Stelen inmitten von duftendem Rosmarin. Hundertwasser was here, ging ihm durch den Kopf. Er beschloss, dass ihm der Sinn jetzt erst einmal nach Frühstück stand, und er folgte der Straße bis ins Tal und von dort aus nach Panzano zum *La Curva*.

Eine Stunde später streckte Frank die Beine von sich, hörte dem Zwitschern der Spatzen über sich in den Platanen zu und lauschte dem Plätschern des Springbrunnens auf der Piazza. Wie sollte er sich die nächsten Stunden einteilen, diesen Tag ohne Termine, Horrormeldungen und Winzergespräche? Es ging ihm alles viel zu schnell. Dreizehn Tage war er unterwegs und hatte den Eindruck, überall durchgerast zu sein. Er erinnerte sich an Antonias Worte, und als in diesem Moment sein Handy wieder schepperte, hoffte er auf Gedankenübertragung.

Aber es war Strozzi, der Avvocato. Elegant war er ja, das musste man ihm lassen, aber der Anwalt wurde Frank zusehends unsympathischer. Daran änderte auch Strozzis Anliegen nichts, es steigerte eher Franks Misstrauen.

»Ich brauche Aufnahmen von meiner Azienda, von der Ernte, der Kellerei, den Mitarbeitern …«

»Wenn ich mit meinem Auftrag fertig bin, dann gern …«

»So lange kann ich nicht warten, Signor Gatow. Ich brauche die Fotos dringend, es gibt keinen besseren Zeitpunkt. Können Sie nicht gleich morgen kommen, die Zeit drängt«, unterstrich er.

»Auf keinen Fall. Da bin ich bei Malatesta. Wie lange das dauert, keine Ahnung. Außerdem bin ich nicht billig.«

»Habe ich mir schon gedacht. Was verlangen Sie?«

»Achthundert Euro pro Tag plus Material. Wenn Sie mir

einen Assistenten stellen, können Sie das Honorar für ihn von meinem abziehen.«

Strozzi zögerte. »Wo soll ich den herkriegen, Ihren Assistenten?«

Frank gab ihm die Nummer der Werkstatt in Florenz. »Könnte sein, dass Francesco Folinari Ihnen weiterhilft, besser noch sein Sohn. Der ist verdammt schnell«, sagte Frank und dachte dabei mehr an die Fahrkünste des jungen Mannes als an das Verlegen von Kabeln und Aufstellen der Reflektorschirme.

»Einverstanden«, sagte Strozzi, und Frank wunderte sich, denn normalerweise meckerten die Auftraggeber bei so einem Honorar, allerdings kannte er die italienischen Preise nicht.

»Aber wir machen einen Vertrag,«, schob Frank nach.

»Muss das sein?«

Achthundert Euro in bar waren nicht zu verachten, aber Strozzi hätte ihn in der Hand, wenn er das Geld schwarz nahm. »Ja, Herr Anwalt, das muss sein!«

»Wenn Sie meinen. Alles weitere morgen. Es könnte durchaus sein, dass wir noch mehr für Sie zu tun haben.«

Nicht schlecht, dachte Frank

»Wann genau sind Sie bei Malatesta?«

»Um sieben Uhr …«

»Sind Sie so pünktlich, wie man es den Deutschen nachsagt?«

»Ist das für Sie von Belang?« Frank reagierte verärgert. Er hätte Strozzi dankbar sein müssen, mit diesem Auftrag waren knapp zwei Monate Unterhalt für Christine gesichert. Und trotzdem war er gereizt – weil ihm dieser Strozzi zuwider war? Egal, er konnte sich die Auftraggeber momentan nicht aussuchen.

Frank ließ seinen Blick über den Platz schweifen. Ein Wohnmobil nach dem andern schlich vorbei, es schien sich um ein europäisches Campertreffen auf der Chiantigiana zu handeln. Die Schlange der Touristen vor dem *La Curva*, die nach Eis anstanden, reichte bereits bis auf die Straße.

Frank verzichtete lieber erst einmal auf sein Eis, setzte sich in den heißen Wagen, startete den Motor, schaltete die Klimaanlage ein und betrachtete die Landkarte. Wie würde er weiterfahren? Die Namen der Kellereien, die dem Consorzio angeschlossen waren, waren rot gedruckt, schwarz die anderen. Mit einem orangefarbenen Markierstift hatte Frank alle Betriebe gekennzeichnet, die er zu fotografieren hatte, und sie mit Grün übermalt, wenn der Job beendet war. Jetzt kringelte er die Namen der Weingüter ein, bei denen es Vorkommnisse gegeben hatte, allen voran die Azienda Palermo. Danach war Josti di Chiarli an der Reihe, Rondine von Renato Benevole, Giacomo Paese war das mit den Strommasten gewesen, Malatesta natürlich und die aufgedrehte Wanda, Antonias Freundin. Wenn er nicht irrte, dann waren Le Quattro Rocce und die Fattoria Stagione auch von der Finanzpolizei »befallen«. Wie hieß der vierte Betrieb? Als Frank sich noch zu erinnern versuchte, entdeckte er etwas, das ihn stutzen ließ: Nahezu alle markierten Winzer befanden sich nördlich von Radda oder nur geringfügig darunter. Malatesta war der einzige Ausreißer. Im Süden und im Westen war nichts geschehen, auch nicht nördlich von Siena.

Gab es da einen Zusammenhang? Er wollte Stefano fragen. Er rief auf seinem Handy an, aber das war abgeschaltet. Also legte er den Gang ein und fuhr los.

In Greve war Markttag und so gut wie kein Durchkommen. Handtaschen, Grünpflanzen, billigste Klamotten, Terrakottalöwen, Gemüse und jede Menge Menschen. Die riesige Plastik (die Hüftansicht von Michelangelos David in rostigem Stahl?) vor dem Palazzo Comunale war verdeckt von bunten T-Shirts und Tüchern. Diese touristischen Attribute verdarben jede Kulisse.

Da waren die Marktstände fotogener. An einem Stand für

Eisenwaren kaufte Frank einen Schürhaken. Er brauchte einen handfesten Knüppel für den Fall, dass sie wiederkämen. Und sie würden kommen, vielleicht waren sie sogar schon hier, auf dem Markt? Oder litt er bereits an Paranoia? Jeder Zweite in der Menge trug eine Sonnenbrille. Mindestens zwanzig Leute in seiner Umgebung hatten die klassischen Ray-Bans auf der Nase. Da fiel ihm plötzlich ein, wie er sich Gewissheit verschaffen konnte.

Rücksichtslos drängelte er sich zu dem Kiosk vorne an der Hauptstraße durch und ließ sich das Lokalblatt geben. Auf Seite fünf fand er die Meldung.

»*Incidente grave nella superstrada.*« Die Unterzeile erläuterte die Schlagzeile: »In Baustelle überschlagen. Ein Schwerverletzter. Wann handeln die Behörden?«

Ein Foto des zertrümmerten grauen Landrovers mit Bullfänger gab es auch. Der Beifahrer war schwer verletzt in die Klinik gebracht worden, berichtete das Blatt, dem Fahrer war bis auf eine leichte Kopfwunde und einige Prellungen nichts weiter passiert. Frank merkte, dass seine Hände wieder zitterten. Von einem zweiten Fahrzeug oder der Ursache des Unfalls war nirgends die Rede. Er konnte aufatmen, zumindest was das anging. Die Zeitung gab den Behörden die Schuld an dem Unfall, da sie Geschwindigkeitsbegrenzungen nicht durchsetzten und mangelhaft beleuchtete Baustellen zu Todesfallen wurden. Und in einem Nebensatz entdeckte Frank, was hinsichtlich der Prediger keinen Zweifel übrig ließ: Beide Unfallopfer waren US-amerikanische Touristen.

Das waren die Mörder von Niccolò Palermo und seinem Sohn. Kaltblütig, ohne jeden Skrupel. Einer von beiden war außer Gefecht gesetzt, zumindest ein Gegner weniger. Würde der zweite Mann jetzt nicht erst recht alles daransetzen, ihn, Frank, zu finden?

Worum ging es hier? Um Grundstücke, um den Kauf von Kellereien, um Weinberge? Für wen arbeiteten die Killer, wer bezahlte sie? Oder ging es um Erpressung? Wer betrieb die

Maklerbüros? Kapital und Grundstücke lösten sich nicht einfach in Luft auf.

Ich muss besser aufpassen, sagte sich Frank, ich muss jeden Schritt planen, mir jeden Gesprächspartner ansehen, genau auf jedes Wort hören, auf jeden Unterton. Ich darf mich um Himmels willen nicht von Gefühlen leiten lassen, dazu steht zu viel auf dem Spiel. Er dachte an Christine. Sie würde ihn noch eine Weile brauchen. Nichts, aber auch gar nichts darf ich von jetzt an dem Zufall überlassen. Ich muss hinschauen, rangehen, ja, und noch einen Schritt, noch näher – und das nicht nur beim Fotografieren! Damit war er immer gut gefahren.

Den Nachmittag über hielt er sich von größeren Ortschaften fern. An der östlichen Grenze des Chianti-Classico-Gebietes gab es ein schmales Sträßchen, manchmal nicht mehr als ein Feldweg, das kurz vor Florenz bei Strada begann und über Dudda und Lucolena bis nach Radda führte. So konnte er mit einem kleinen Umweg das Gut von Wanda Livonardi erreichen. Er wollte wissen, wie es weiterging. Und von da aus brauchte er lediglich eine halbe Stunde bis zu Antonia. Hoffentlich war ihr Mann nicht aufgetaucht.

Und Frank fotografierte: Weinberge, Olivenhaine, Menschen bei der Ernte. Blaue Trauben, weiße Trauben, Pflücker im Licht des Nachmittags, Pflücker im Gegenlicht. Blumen vor der Kellerei und hinter ihr, Barriques von oben, von der Seite, große Fässer, leere Fässer und Betontanks. Flaschenlager, Hände mit Gläsern, Probierstuben und vom Wein überrankte Mauern, Torbogen und Dächer. Eine Reiterin im Weinberg, ein Arbeiter auf dem Schlepper, eine Afrikanerin mit einer Kiste Weintrauben auf dem Kopf.

Ein schönes Bild, diese aufrechte Frau, das schönste an diesem Tag, Harmonie und Anmut in der Bewegung. Der Verlag wird es nicht nehmen, dachte Frank, sie wollen nur das sehen, was dem Klischee entspricht. Eine Schwarze im Weinberg – das passte doch nicht in die Toskana, wenn in

Wirklichkeit auch immer mehr Marokkaner die Italiener als Erntehelfer ablösten.

Da schepperte das Handy. Es gab Tage, an denen klingelte es unablässig, an anderen wieder gar nicht, dachte Frank verärgert und hielt an, denn mit dem Telefon am Ohr auf dieser Straße weiterzufahren wäre gefährlich gewesen.

»Wieso melden Sie sich nicht? Was ist los mit Ihnen?«

O Gott, nein, bitte nicht – aber das Stoßgebet half nichts. »Ich habe im Verlag angerufen, heute Morgen.«

»Weshalb haben Sie das Hotel verlassen, das wir Ihnen besorgt haben! Wo stecken Sie eigentlich?«

»Am Arsch der Welt«, hätte Frank ihr am liebsten gesagt, aber das wäre der Bildredakteurin des Verlags gegenüber dumm gewesen. Die Frau war für den rüden Umgang mit Fotografen berüchtigt, den sie an den Tag legte, nur nicht bei ihren Lieblingen. Die wurden gehätschelt, die nahm sie sogar mit ins Bett … Es schauderte Frank bei dem Gedanken.

»Da staunen Sie, was? Ja, ich bin wieder gesund und munter, und eines sage ich Ihnen gleich: Von mir hätten Sie den Auftrag nicht bekommen, niemals. Sie eignen sich nicht dafür. Sie sind Reportagefotograf – aber Porträt und *still life*, das können Sie nicht. Sie sind nur deshalb in der Toskana, weil ich krank war, damit das zwischen uns klar ist«, herrschte ihn Frau Oberländer an.

»Das weiß ich nur zu gut.«

»Dann ist ja gut. Meiner Vertretung wurde übrigens gekündigt. Sie sind nämlich nicht der Einzige, der völlig fehl am Platz ist.«

Dann war ihr Mobbing also erfolgreich gewesen. Ein Jahr hatte sie gebraucht, um ihre Stellvertreterin rauszuekeln. Frank wusste, dass sich die beiden Frauen nicht ausstehen konnten. Sie hatten völlig unterschiedliche Vorstellungen von Fotografie, aber sie hatten für eine Balance gesorgt; für den Verlag war das Doppelgespann sehr nützlich gewesen. Jetzt hatte sich die Waagschale zu einer Seite geneigt.

»Das Briefing wird geändert. Ich will schöne Bilder, die Welt im Sonnenschein, und keine Experimente, verstehen Sie? Freude, Farbe, das wollen unsere Leser. Niemand will wissen, ob Pflückerinnen unterbezahlt werden oder ob die Mafia Weingüter finanziert. Keinen Menschen interessiert es wirklich, ob da ein bisschen Chemie im Wein ist. Wir wollen diesen Weinführer im Weinhandel anbieten, also vermeiden Sie solche Themen. Hauptsache, die Bilder stimmen. Keine Ruinen, sondern Geranien, Zypressen, Ölbäume. Ich will keine dreckigen Hände sehen, keine verschwitzten Gesichter. Sie sind nicht Frank Capra und auch kein Giacometti. Schöner als die Wirklichkeit will ich es haben, blauen Himmel!«

»Den haben wir hier sowieso«, wandte Frank ein und wunderte sich, dass er so ruhig blieb. Was die Frau von ihm verlangte, war ein Idiotenjob, das konnte jeder. Dazu war er nicht fünfzehn Jahre lang durch die Welt gereist. »Ihre Kollegin hat mir einen gänzlich anderen Auftrag erteilt. Nähe zum Wein und zu seinen Menschen.«

»Was die gesagt hat, interessiert hier niemanden mehr. Und wenn Sie noch einmal für uns arbeiten wollen, dann richten Sie sich danach. Ich entscheide, welche Bilder genommen werden.«

Und ich drücke auf Aus, dachte Frank, und mache die Bilder, die angemessen sind. Aber was nutzt mir ein Ausfallhonorar von fünfzig Prozent? Ich muss meine Bilder gedruckt sehen, nur das ist der Beweis für Können und Erfolg, und nicht das Schöne, das im Archiv vergammelt. In gewisser Weise hatte die Frau sogar recht. Wer sich einen teuren Wein wie eine Chianti Classico Gran Selezione zu zwanzig oder dreißig Euro leisten kann, einen Supertoscana zu fünfzig, ob nun Arzt, Steuerberater oder Manager, der wollte nicht sehen, wie sich der Arbeiter beim Lesen mit der Schere in die Hand schnitt. Fazit? Traute sich keiner mehr, die Welt zu zeigen, wie sie wirklich war? Alles Party, alles schön. Eine

Mischung werde ich machen, überlegte Frank, jetzt nicht mehr ganz so wütend wie noch drei Minuten zuvor. Auf die Mischung kommt es an, wie beim Wein.

»Wie hältst du es«, fragte Frank und konnte sich nur schwer von Antonias dunklen Augen losreißen. »Ist dein Wein authentisch, wie ihr das nennt, oder machst du Zugeständnisse an den Massengeschmack?« Es war vielleicht nicht der richtige Ort für diese Frage, hinten auf dem Hänger mit den Trauben und Antonia am Steuer des kleinen Schleppers, der den Hang zur Kellerei hinaufkletterte. Aber diese Frage ließ Frank seit dem Telefonat mit der Bildredakteurin nicht los.

»Warte, bis wir oben sind«, schrie Antonia gegen den Lärm des Motors an. »Die Frage ist zu umfassend, verstehst du?«

Frank hob die Hand als Zeichen, dass er verstanden hatte, und schwieg für den Rest der kurzen Fahrt. Dafür hatte er Gelegenheit, Antonia zu betrachten: ihr Gesicht von schräg hinten, die etwas gewölbten Augenbrauen, die leicht geschwungene Nase, das energische Kinn und ihren schönen Mund, der jetzt angespannt wirkte, denn sie musste sich beim Rangieren in der Einfahrt konzentrieren, um den Hänger rückwärts in die Halle zu bugsieren, wo zwei Arbeiterinnen mit dem Abladen begannen und die Trauben in die Abbeermaschine kippten.

Antonia sah einen Moment lang zu, dann wandte sie sich an Frank und bedeutete ihm mit einem Blick, ihr zu folgen. Sie ging voran zum Wohnhaus.

»Ich stamme aus einer alten Winzerfamilie«, sagte sie. »Viel Land hatten wir nie, und reich waren wir auch nicht. Aber es ging uns immer ganz gut. Mein Vater machte den Wein so, wie er damals gemacht wurde, nach den alten Regeln mit Weißweintrauben im Chianti, in großen Fässern. Er wollte Menge erzeugen, das machten damals alle, und nicht Qualität, so wie ich heute. Er hat drei Kilo Trauben pro Rebstock geerntet, ich nur ein Kilo. Dafür hatte er 2500 Rebstöcke pro Hektar, ich habe 7000 gepflanzt. Wir haben zwar dieselbe Menge, aber mein Wein ist viel besser. Ich arbeite heute nach Erkenntnissen und Verfahren, die man früher nicht kannte. Die wichtigsten Lehrbücher kamen aus Bordeaux und waren auf Französisch geschrieben. Ich hatte in der Schule Französisch gelernt, daher konnte ich sie lesen. Und als man mir die Kinder wegnahm …«

»Du sagtest, sie seien erst vor ein paar Jahren ins Internat gekommen?«, unterbrach sie Frank. »Wieso?«

»Nein, nicht so, wie du denkst – in den Kreisen meines Mannes hat man ein Kindermädchen, das die Arbeit erledigt, baden, wickeln, füttern. Ich durfte die Kinder vorzeigen, wenn Besuch kam. Und nach und nach habe ich begriffen … ach, das gehört nicht hierher.« Antonia senkte den Blick und ging durch die Seitentür ins Haus zur Küche.

Es war deutlich, wie schwer es ihr fiel, über diese Zeit zu sprechen. Die alten Wunden waren längst nicht verheilt. Als würde sie seine Gedanken lesen, sagte sie: »Die schlimmsten Verletzungen fügen einem immer die Menschen zu, die einem am nächsten stehen.«

»Klar, die anderen kommen nicht so nah heran.«

Antonia füllte zwei Gläser mit Wasser und reichte Frank eines. Es war kühl und schmeckte frisch und mineralisch. »Aus unserer Quelle, unten im Tal.«

»Und was hast du danach gemacht, in Bezug auf den Wein natürlich?«

Antonia merkte, wie Frank ihr eine Brücke baute, um über das Thema hinwegzukommen, und lächelte. »Ich habe mich in der Weinliteratur vergraben. Studieren durfte ich auch nicht, da hätte mein Mann mich nicht unter Kontrolle gehabt. Ich durfte nicht arbeiten, während er riesige Geschäfte machte. Ich musste repräsentieren – das hat mich zu Tode gelangweilt. Ich sah ja, in welche Richtung sich die anderen Frauen veränderten, wie langweilig und hilflos sie wurden,

Karikaturen ihrer selbst. Als Massimo mich dann betrog und ich das nicht hinnehmen wollte, hat er mir die Azienda Vanzetti als Domizil angeboten. Ich habe das Beste aus meiner Verbannung gemacht – womit wir wieder beim Wein wären.« Jetzt lachte Antonia und streifte den Ausdruck von Trauer ab.

»Ich mache keine Zugeständnisse. Früher, ja, da habe ich es versucht. Aber dann wird man austauschbar, man verliert den Charakter. Den halte ich beim Wein für genauso wichtig wie beim Menschen. Und dass ich damit Erfolg habe, dass man mich respektiert und achtet, macht Massimo wahnsinnig. Er zeigt es nie, aber ich kenne ihn, innerlich schäumt er vor Wut. Und wenn ich nicht ganz falschliege, hat er sich längst was einfallen lassen, garantiert.«

Frank war eigentlich nicht danach, sich den Abend mit diesem unangenehmen Zeitgenossen zu verderben, er wollte lieber etwas über den Wein hören.

Antonia tat ihm den Gefallen: »Stromlinienförmig sollen die modernen Weine sein, möglichst glatt, ohne Kanten und Ecken, das ist der Trend, international. Bloß nichts Kompliziertes, einfach zu trinken heißt das. Verwechselbar und ohne Individualität, so sind die neuen Weine, die Marken – angeblich, damit der Verbraucher weiß, was er bekommt. Man schmeckt die Rebsorten nicht mehr heraus, Barrique liegt über allem, zur Not werden Eichenspäne ins Fass gekippt, das soll übrigens tatsächlich erlaubt werden. Das muss man sich mal vorstellen: Der Schein wird legal. Aber beim Chianti Classico darf das alles nicht sein.«

»Bist du da sicher?«, fragte Frank, der an der Richtigkeit ihrer letzten Behauptung zweifelte. In dem Moment ging die Tür auf, und im Türspalt erschien das verkniffene Gesicht der Haushälterin.

»*Scusi, signora.* Ich habe eine Männerstimme gehört, da dachte ich …«

»Alles in Ordnung. Alles!« Antonias barscher Ton ließ die

Haushälterin wissen, dass sie störte. Die Neugier der Frau galt natürlich Frank. »Sie können gehen. Ich brauche Sie heute nicht mehr.« Sie wartete, bis die Haushälterin die Tür geschlossen hatte, dann sagte sie: »Wir gehen essen, einverstanden? Ich will meine Ruhe haben. Hier werde ich nur bespitzelt. Ich mache mich schnell zurecht. Komm!«

Damit drückte sie Frank eine Flasche Weißwein und ein Glas in die Hand und zog ihn hinter sich her auf die Terrasse, wo sie ihn in einen Korbsessel drückte. Er ließ ihre Hand nicht los und zog Antonia zu sich herab. »Du bist eine wunderbare Frau.«

»Ich bin dreckig, ich bin verschwitzt, und meine Haare sehen aus wie ein Wischmopp. Also gedulde dich eine halbe Stunde.« Sie küsste ihn flüchtig und machte sich los.

Frank rückte den Sessel an den Rand der Loggia und legte die Beine auf die Brüstung. Ihm war, als spürte er noch ihre Lippen, als er versonnen ins Tal sah, das sich langsam mit Nebel füllte. Antonia gefiel ihm immer besser. Sie hatte Kraft, sie hatte einen starken, ungebrochenen Willen, auch wenn sie bei weitem nicht so laut war wie ihre Freundin Wanda. Antonia hatte alles gegen den Widerstand ihres Mannes aufgebaut, gegen ihn hielt sie es in Gang, sie organisierte die Lese, beschäftigte zwanzig Mitarbeiterinnen, und Frank hatte noch nicht ein unfreundliches Wort von ihr gehört. Dabei hatte sie mit einem gewaltigen Problem zu kämpfen, ihr fehlten die Kinder. Aber bei wem war schon alles im Lot? Trotzdem, er konnte von ihrer Einstellung lernen, sich durchzusetzen und eigene Wege zu gehen, nicht mit dem Strom zu schwimmen. Na ja, sie konnte es sich auch leisten. Hier war Geld im Überfluss, antike Möbel, Gobelins, Kristall, und der Mann ein superreicher Industrieller. Und genau das war der Haken.

Er selbst – mit seinen fünf Kameras, der Blitzanlage und ein paar Kanistern voll Entwickler in der kleinen Dunkelkammer … Den Volvo vom Vater geliehen, immer Streit mit seiner Exfrau wegen des Unterhalts. Auf Reisen suchte er die Hotels nach dem Preis aus und nicht danach, ob sie günstig lagen, und das Essen im Restaurant verkniff er sich oft. Mit zusammengebissenen Zähnen hörte er sich sogar den Sermon der Bildredakteurin an. Und jetzt, auf Antonias Loggia, hatte er das Gefühl, sich die wundervolle Aussicht über die sanften Hügel nur geliehen zu haben. Was sollte eine Frau wie Antonia mit ihm? Was hatte er zu bieten? Sich selbst, dachte er und nahm den Kopf wieder hoch.

»Da ist etwas, das ich nicht verstehe«, sagte Frank, als sie auf dem Rückweg vom Restaurant an Avvocato Strozzis Kellerei vorbeikamen. Franks Gedanken kreisten trotz Antonias Gegenwart unaufhörlich um dasselbe Thema. »Gestern taucht die Finanzpolizei bei Wanda auf, gleichzeitig werden die drei Kellereien geschlossen, die Malatestas Trauben verarbeiten. Auch du hast ihm eine Ladung abgenommen – und dich lassen sie in Ruhe.«

Unsicherheit und Zweifel wurden auch Antonia gegenüber immer stärker. Frank fehlte ein Fixpunkt, eine Konstante, etwas, woran er sich festhalten und orientieren konnte. Im Grunde genommen waren alle, die er in den letzten Tagen kennengelernt hatte, Fremde für ihn. Jeder war möglicherweise in Brandstiftung, Morde und Sabotageakte verwickelt: die Winzer selbst, dieser Commissario auf jeden Fall, dann Leute, die er nicht kannte, die Maklerin und Strozzi, sogar zwischen dem jungen Pandolfini und seinem Vater gab es Spannungen. Er konnte sich nur darauf verlassen, was er sah. Doch selbst der Augenschein mochte trügen.

Nur der Schimmer der Instrumentenbeleuchtung vom Armaturenbrett fiel auf Antonias Gesicht. Bei diesem Licht hätte er jede Regung wahrgenommen, jedes Zögern, jede mögliche Abwehr auf die Frage hin, die ihm eben erst in den Sinn gekommen war. Es war ihm fast peinlich gewesen, sie zu stellen, weshalb sie verschont wurde, womöglich verletzend. Antonia könnte sich angegriffen fühlen. Aber jetzt war es ausgesprochen, und er wollte es wissen, er brauchte Gewissheit. Antonia, so jedenfalls interpretierte Frank das, was er im Dunkeln erkennen konnte, zeigte ehrliches Erstaunen.

»Es ist richtig, was du sagst, Franco.« Nach einer längeren Pause fuhr sie fort: »Wanda hat mich das auch gefragt, als ich mit ihr telefoniert habe.«

»Und? Was hast du geantwortet?«

»Dass ich es nicht weiß, mehr kann ich dir beim besten Willen auch nicht sagen. Ich weiß nicht, warum niemand mein Weingut kaufen will.«

»Vielleicht, weil dein Mann es loswerden will«, fuhr Frank dazwischen.

»Wanda verkauft nicht, niemals, sie liebt ihr Land, genau wie ich, wie wir alle hier. Nur über ihre Leiche … hat sie gesagt.«

Vielleicht hatte Niccolò Palermo ähnlich empfunden. »Wie stand Palermo zu einem Verkauf?«

Antonia zuckte die Achseln. »Woher soll ich das wissen? So gut kannte ich ihn nicht. Aber das Land, der Wein, das ist unser Leben, das kann man schlecht verkaufen.«

»Aber vielleicht seine Seele.«

»Was soll ich dazu sagen? Ja, möglich, aber nur an den Teufel. Glaubst du an …?«

»Nicht an den mit dem Pferdefuß, aber an das Böse in uns, an die dunkle Seite, Habgier, Neid, Brutalität …«

Es war, als hätte er sich selbst das Stichwort gegeben. Er konnte sich nicht länger zurückhalten, es brach aus ihm heraus, stockend zuerst, er verhaspelte sich, ordnete die Gedanken erst beim Reden, Schlussfolgerungen vermischten sich mit Fakten. Dann kam ein solcher Schwall, dass es wie eine Flutwelle über Antonia zusammenschlug.

Er erzählte von seiner Angst, die ihn seit dem Vorfall nicht mehr losließ, Angst davor, erneut attackiert, vielleicht sogar ermordet zu werden, und von seiner Sorge um Christine und dass er nur aus zwei Gründen hier weitermachte: weil er das Geld brauchte und weil er sich verliebt hatte.

Das alles war zu viel für Antonia, sie hielt am Straßenrand, stellte den Motor ab und nahm Franks Gesicht in ihre Hände. »Die Angst ist das Schlimmste, nicht wahr? Ich kenne das.«

Frank sah sich um. Die Nacht war schwarz, nirgends ein Licht, doch, da, ein Scheinwerfer, der näher kam ... Das Auto rauschte vorbei – die Bremslichter leuchteten auf –, und der Wagen verschwand hinter der nächsten Kurve.

»Kommst du ... kommst du mit zu mir?« Diesmal zitterte Antonias Stimme ein wenig, als fürchtete sie die Antwort.

»*Con molto piacere*«, flüsterte Frank erleichtert. »Das ist genau, was ich mir gewünscht habe.«

»Wie schön. Das passiert ja nicht allzu oft im Leben.« Sie klang ein wenig traurig und einsam.

Antonia ließ den Motor an, und während sie schweigend zum Weingut fuhren, war sie es, die in den Rückspiegel blickte. Vor dem Haus empfahl sie Frank, seinen Wagen ein Stück weiter ober in einer Remise abzustellen, da würden ihn weder Passanten sehen noch ihre Angestellten. »Wenn die Hexe dich sieht, dann habe ich die Inquisition auf dem Hals, werde exkommuniziert und anschließend gesteinigt.«

»Gehört dein Mann zu den katholischen Fundamentalisten?«

»Was er besitzt oder besessen hat, gibt er nicht mehr her. Wenn er deinen Wagen findet, lässt er ihn zertrümmern, und du wirst dich mit den besten Anwälten Italiens herumschlagen müssen. Sie beweisen unwiderlegbar, dass du in den Graben gefahren bist. Wirklich, die kriegen das hin. Was glaubst du, weshalb ich nach etlichen Anläufen noch nicht geschieden bin? Er hat einmal, als es fast so weit war, sogar meinen Anwalt gekauft. Nach der Scheidung werde ich alles aufgeben müssen, ich kann dann höchstens als Kellermeisterin irgendwo arbeiten, und dann wird er auch noch meinen neuen Arbeitgeber bedrohen.«

Arm, aber frei, dachte Frank, stimmte offenbar doch nicht.

Fünf Minuten später hatte er sein Auto abgestellt und war zurück am Haus. Sie schlichen wie Siebzehnjährige, deren Eltern nichts merken durften, heimlich hinauf in Antonias Schlafzimmer. Es war ein großer hell grün gestrichener Raum. Schmale Perserteppiche bedeckten die Terrakottafliesen. Das Bett mit einer weinroten Seidendecke wurde von einem weiten, weichen Moskitonetz eingehüllt. Dieses Bett lud dazu ein, sich hineinzulegen, aber niemals allein.

Antonia trat ans Fenster und zog die Vorhänge auf. Das große Rechteck füllte sich wie ein Aquarium bis zum Rand mit Sternen.

»Kann man die auch vom Bett aus sehen?«, fragte Frank lachend und schlug das Moskitonetz zur Seite. »Hast du einen Wecker? Ich muss um sieben Uhr bei Malatesta sein.«

»Du brauchst keinen«, antwortete Antonia leise und ging zu ihm. »Du glaubst doch nicht im Ernst, dass ich dich schlafen lasse?«

Sie drückte ihn auf das Bett, kniete sich neben ihn und begann, vorsichtig sein Hemd aufzuknöpfen. »Mit der Liebe ist es wie mit dem Schwimmen. Auch wenn man lange nicht im Wasser war, man verlernt es nie.«

»Man muss nur die Angst vor der Tiefe überwinden«, sagte Frank, als er ihren Atem spürte.

13

Mittwoch, 6. Oktober

Irgendwann waren sie dann doch eingeschlafen, und die Dämmerung weckte sie. Beide waren frühes Aufstehen gewohnt, heute jedoch war es für Frank schlimmer als an einem nasskalten Novembermorgen in Hamburg. Keiner mochte als Erster ins Bad gehen und diese Nacht beenden, die Nähe auflösen, die zwischen ihnen entstanden war. Als sie Arm in Arm zusammenlagen, fühlten sie sich stark, jeder auf seine Weise. Doch bald, und der Moment der Trennung kam unweigerlich auf sie zu, waren sie wieder auf sich allein gestellt: Antonia war der Angst vor ihrem Ehemann ausgeliefert, Frank fürchtete die Prediger, die Polizei und deren schlampige Ermittlungen und obendrein den dubiosen Commissario. Und er machte sich Sorgen, dass der Anwalt etwas herausfand, was ihn noch tiefer in die Sache verstrickte.

»Wann kommt er denn, dieser Furcht einflößende Signor Vanzetti? Es hört sich ja an, als wäre er der Herrscher der Toskana.«

»Ich weiß es nicht. Er sagt es nie genau, er lässt alle im Unklaren. Man soll mit dem Gefühl leben, die Tür geht auf, und er kommt rein. Deshalb musst du jetzt auch gehen, bitte, Franco. Kaffee kann ich dir leider nicht anbieten. *La strega* werkelt bereits in der Küche. Hörst du sie?«

Zirruswolken zogen auf, was auf starke Höhenwinde schließen ließ. Die Fähigkeit zur Wetterprognose war bei der Arbeit unter freiem Himmel sehr hilfreich. Frank spürte die Veränderung. Das Wetter war nicht mehr so strahlend schön wie an den ersten Tagen. Die Luft wurde feuchter, verlor ihre Leichtigkeit, und auch das Licht war weißlicher und gebrochen und nahm vielem die Schärfe. Dabei war es gerade jetzt wichtig, einen klaren Blick zu haben. In einer Woche würde er hier fertig sein, Christine würde kommen, und dann? Was war mit Antonia, wie ging es weiter? Und kaum dachte er an einen möglichen Abschied, fühlte er einen Stich. Er konnte nicht einfach so weggehen und nach Hamburg fahren, als wäre nichts gewesen. Aber eine Lösung sah er auch nicht.

Er fand in Panzano einen Parkplatz direkt gegenüber dem *La Curva.* Am frühen Morgen stand niemand für ein Eis an, dafür veranstalteten die Fahrer diverser Lieferwagen, die hier frühstückten, einen ziemlichen Krach. Jeder kannte jeden, und alle redeten gleichzeitig. Die Szenerie gefiel Frank, er fand einen freien Platz am Fenster, wo ihn niemand anrempelte, und wieder zog die Fülle seines Frühstücks die Blicke auf sich.

Er wehrte sich gegen den Arbeitstag, hielt sich Objektivwechsel, Belichtungszeiten und Aufhellblitz noch eine Weile vom Leib, denn die Erinnerung an die vergangene Nacht war zu schön. Er fühlte den Körper dieser Frau in seinen Armen, roch den Duft ihres Haares, spürte ihren Atem an seiner Schulter, an seinem Hals, erinnerte sich, wie sie die Beine um ihn schlang … Gewaltsam riss er sich aus seinen Gedanken. Er musste zu Malatesta.

Als die Kellerei gebrannt hatte, war er hinter Scudiere hergerast, zuerst auf der Superstrada, danach über die Dörfer. Heute kam er von Osten, wie beim ersten Besuch. Die winzige Straße von hier in Richtung San Casciano war entsetzlich schmal; falls ihm jemand entgegenkam, gab es kein Entrinnen. Dementsprechend vorsichtig fuhr Frank. Er fand die Abzweigung zu Malatestas Weingut. Von nun an war der Weg nicht mehr asphaltiert. Die ersten beiden Kilometer ging es in engen Kurven durch den Wald bergauf. Eine traumhaft schöne Lage, leider nur schlecht zu erreichen.

Als Frank merkte, dass er zu früh dran war, stellte er den Wagen in einer fast zugewachsenen Schneise ab und öffnete die Wagentür. Er konnte noch ein wenig von Antonia träumen. Wie lange war es her, dass er sich so stark zu einer Frau hingezogen gefühlt hatte? Hier und da hatte es in den vergangenen Jahren mal eine Beziehung gegeben, aber es war immer darum gegangen, dass einer des anderen Bedürfnisse befriedigte. Zu dieser Nähe, wie er sie mit Antonia empfand, war es nie gekommen, oder Christine hatte sich dazwischengedrängt. Bei ihrer Mutter tat sie das nie.

Was war das? Ein Laut?

Frank fuhr zusammen, hielt den Atem an und lauschte. Stimmen waren zu hören, tiefe Stimmen. Männer! Er griff nach dem Schürhaken, den er zur Sicherheit neben der Handbremse deponiert hatte. Kampflos würde er sich nicht ergeben.

Nach einer Weile konnte er wieder klar denken, und er legte den Knüppel weg. Waldarbeiter, wer würde sonst um diese Zeit hier sein? Achtsam und konzentriert machte er sich auf den Weg in Richtung Weingut. Die Stimmen gewannen an Kontur, drei ließen sich unterscheiden.

»Das klemmt nicht …«, glaubte er jemanden sagen zu hören. Frank duckte sich, um nicht gesehen zu werden, dafür konnte er die Männer sehen. Sie hantierten an einem mit Rundholz beladenen Fahrzeug samt Anhänger … Frank schnappte nach Luft. Da – das blasse Gesicht, schwarzer Anzug, Krawatte, schwarze Sonnenbrille, ein Pflaster am Kopf. Als der Mann etwas sagte, war jeder Zweifel ausgeschlossen. Sein amerikanischer Akzent ließ unverkennbar auf den unverletzten Prediger schließen. Was tat der hier? Frank lauschte, aber er konnte die Männer noch nicht verstehen. Er musste näher hin. Und – wer waren die anderen? Woran bastelten sie herum?

Der Anhänger stand unmittelbar an der steil abfallenden Böschung oberhalb des Weges und drohte jeden Moment auf ebendiesen zu kippen. Da hätte ich vorbeigemusst, dachte Frank und schüttelte fassungslos den Kopf. Wenn die Baumstämme sich lösten oder der Hänger kippte, dann … ja dann würden sie jemanden zerschmettern oder in den Abgrund reißen. Diese Schweinebande! Einer der Männer zog an einem Seil, mit dem sie offenbar die Halterung für die Baumstämme lösen wollten.

Frank spürte kalte Wut in sich aufsteigen und presste die Lippen zusammen. Dieser gottverfluchte Prediger hatte noch immer nicht genug. Der Anschlag gilt mir, Frank war sich sicher, wem sonst! Oder leide ich jetzt schon unter Paranoia?

Während Frank die Männer beobachtete, beruhigte er sich allmählich wieder. Er war im Vorteil, er beobachtete sie und nicht umgekehrt. Wie sich die Dinge doch manchmal ändern, dachte er. Niemand hatte ihn bemerkt, also konnte er die Kamera holen und dieses Lumpengesindel in flagranti fotografieren. Die Fotos würde er Rionero von der Mordkommission übergeben, das hieß aber, dass sie sehr scharf sein mussten, und dazu musste er näher heran. Allerdings hatte er vergessen, den Akku der Digitalkamera aufzuladen, und so musste er die alte Spiegelreflex nehmen. Da passte das 200er Objektiv, dafür brauchte er relativ viel Licht, und es war dunkel im Wald. Er konnte einen 400-ASA-Film einlegen, aber wenn er zu weit entfernt war, machte das grobe Korn des Films womöglich die Gesichter unscharf. In der Kamera war ein 100-ASA-Film, zehn Aufnahmen standen ihm noch zur Verfügung. Das ging, einen 200er steckte er vorsichtshalber ein. Er konnte bei der Aufnahme ruhig liegen, also war eine lange Verschlusszeit möglich. Allerdings lag dort ziemlich viel trockenes Holz herum, das knackte – die Sache war doch nicht ganz so einfach. Aber er musste das Risiko eingehen.

Die Männer wechselten ständig ihren Standort, und es

blieb Frank nichts anderes übrig, als von oben zu kommen. Die Gesichter mussten erkennbar sein, sonst war der ganze Aufwand umsonst. Und jetzt ging es um alles oder nichts.

Von Bäumen gedeckt, kroch er näher, erinnerte sich an die Vipern, die es hier gab, beruhigte sich jedoch mit dem Gedanken, dass sie jetzt schliefen. Sie zogen es vor, sich nachmittags in der Sonne aufzuwärmen und erst nachts auf Jagd zu gehen. Also bestand keine Gefahr. Hoffentlich warnte nicht irgendein Vogel mit seinem Gezeter die Männer, aber die machten selbst Lärm. Sie waren jetzt knapp dreißig Meter entfernt und begutachteten ihre tödliche Falle.

Höchst befriedigt und mit einem bösen Lächeln im Gesicht drückte Frank auf den Auslöser. Als sich aber der Verschluss der Kamera in einer Achtelsekunde öffnete, der winzige Spiegel nach oben und dann zurück schnellte, erschrak er zu Tode. Die Kamera machte höllischen Lärm. Jetzt haben sie mich, dachte er – *Madonna* –, aber nichts geschah. Die Männer schienen ausschließlich auf ihr Mordwerkzeug konzentriert. Frank fasste Mut, drückte wieder ab, hielt den Atem an und wartete. Er kroch näher, wurde mutiger, dort, hinter die Ginsterbüsche, musste er hin. Wenn man das Bild später richtig vergrößerte, konnte man die Beteiligten hundertprozentig erkennen.

Es geschah bei der vierten oder fünften Aufnahme … Frank war bis auf weniger als fünfzehn Meter herangerobbt, als der Prediger lauernd den Kopf hob und in seine Richtung blickte. Zuerst machte er nur einen oder zwei Schritte in seine Richtung, dann erklomm er langsam die Böschung, Frank kroch rückwärts, konnte den Abstand halten, bis er gegen eine junge Pinie stieß, die zu schaukeln begann. Jetzt war dem Prediger klar, was dort vor sich ging.

Frank sprang auf und rannte bergauf, er hörte die Schritte hinter sich, das Knacken der Äste. Vögel stoben davon, Schreie hinter sich, er hörte einen trockenen Knall, und neben ihm platzte die Rinde von einem Baum. Der Kerl schoss auf ihn! Hätte Frank eine Waffe gehabt, er hätte zurückgeschossen, ach, illusorisch.

Es war ein Wildwechsel, eine kaum sichtbare Spur zwischen Büschen und Bäumen, der Frank folgte und die ihn rettete. Der Verfolger sah sie nicht, stolperte, verlor Zeit, weil er sich unter den Ästen bücken musste, vielleicht war er auch noch vom Unfall auf der Superstrada angeschlagen. Jedenfalls stellte er die Verfolgung ein, und das war Franks Glück. Er lief langsam und gebückt weiter und erreichte die ersten Rebzeilen von Malatestas Weinberg, den er im Schutz des Blattwerks erklomm. Niemand folgte ihm.

Hatte der Prediger ihn erkannt? Sicher, sonst hätte er nicht geschossen. Würden er und seine Kumpane verschwinden oder die Gegend nach ihm absuchen? Wenn sie den Volvo fanden, würde der Prediger ihn an der verbeulten Heckklappe wiedererkennen – im Wagen waren die Kameras … Vielleicht würden sie sein Auto in Brand stecken und damit sogar einen Waldbrand riskieren Doch Menschen seines Schlags interessierte das einen Dreck. Der Mann war ein Killer, einer, der für Geld Menschen tötete, abgefeimt und skrupellos. Ihn, Frank, sollte er beseitigen, den einzigen möglichen Zeugen am Mord von Niccolò Palermo.

Während Frank über die Koppel zum Gut ging, wartete er auf die Rauchsäule in seinem Rücken. Doch das befürchtete Inferno blieb aus, sie hatten den Wagen nicht entdeckt, dafür ragte jetzt die schwarze Ruine von Malatestas Kellerei vor ihm auf.

»Länger hätten wir nicht gewartet«, sagte der Winzer brummig und betrachtete stirnrunzelnd die Kamera in Franks Hand. Ihm schien, als wäre der Fotograf nicht einmal mit dem Notwendigsten hier aufgetaucht, und damit hatte er gar nicht so unrecht. »Wir haben deinetwegen gewartet. Ich muss die Arbeiter bezahlen, jede Stunde kostet Geld.«

»Welche Arbeiter?«, fragte Frank und sah sich auf dem Hof um.

Schutt und Trümmer waren beiseitegeräumt worden, und man hatte das Fundament freigelegt, auf dem die Kellerei gestanden hatte. Dort saßen drei Männer, rauchten und warteten auf irgendein Zeichen.

Malatesta hob den Arm. »*Avanti, all'opera!*«

Frank begriff nichts, bis ihn der Winzer zu der Stelle zog, wo die Männer mit Spitzhacken den Boden aufrissen.

»Verstehst du jetzt, worum es geht?«

Frank sah auf ein mit groben Steinen ausgefülltes Rechteck. »Du meinst … darunter ist eine Art Kammer?«

Malatesta nickte eifrig. Seine Frau kam aus dem Wohnhaus und brachte den Kellermeister mit, und man begrüßte sich.

»Ich weiß nicht, was da unten ist und ob es wichtig ist, aber du solltest der Erste sein, der hier fotografiert«, sagte Malatesta. »Meine Frau hat mich darauf gebracht. Du bringst die Fotos in die Zeitung, exklusiv, vorausgesetzt, wir finden was. Ihr seid doch immer auf der Jagd nach Bildern!«

Frank nickte, obwohl er eine andere Auffassung vertrat, doch jetzt war nicht der Moment für Debatten über Moral und sein berufliches Selbstverständnis. »Und das habt ihr erst jetzt entdeckt?«

»Ja, weil dort ein Gärbottich stand, solange ich denken kann, und beim Brand ist die Zementschicht über den Steinen in der Hitze geplatzt.«

Die Arbeiter legten die erste Lage von Bruchsteinen frei und entfernten den Mörtel. Als sie die Steine aus dem Rechteck hoben, kam eine ausgetretene Treppenstufe zum Vorschein, demnach führte ein Treppenschacht nach unten. Bei den Schlägen der Spitzhacken war deutlich zu hören, dass ein Hohlraum darunter lag. Die Kamera in Franks Händen war denkbar ungeeignet für Aufnahmen in engen, dunklen Räumen, die er unten vermutete. Er brauchte das Weitwinkelobjektiv und den Blitz, und er fragte Malatesta, ob ihn jemand zu seinem Auto bringen könne.

»Ich habe mich sowieso gewundert, wo du hergekommen bist«, sagte der Winzer, mehr verstimmt als erstaunt. Er gab dem Kellermeister seinen Autoschlüssel. »Beeilt euch, wir machen inzwischen weiter.«

Der Anhänger mit den Baumstämmen war zurückgelassen worden, lediglich das Drahtseil, mit dem man die Baumstämme gelöst hätte, war verschwunden. Den Weg ringsum hatte eine Zugmaschine aufgewühlt, und der Kellermeister war außer sich.

»Haben Sie das gesehen? Stand der Hänger vorhin auch so da? War jemand hier? Waldarbeiter?«

»Äh, was?« Mehr kam von Frank nicht, und er tat, als ginge ihn das nichts an.

»Ich meine Waldarbeiter oder so?«

»Ja, vorhin, als ich heraufkam.«

»*Ah, ecco!* Haben Sie deshalb Ihren Wagen hiergelassen?«

»Ja. Ich kam nicht durch. Vorne in der Schneise müsste er stehen.«

Hoffentlich war dem so, sonst war Schluss mit der Reportage. Für den Geschmack der Bildredakteurin in Hamburg hatte er längst nicht genügend bunte Bildchen gesammelt, außerdem fehlten Porträts von einigen Winzern und deren Weingüter.

Aber der Wagen stand da, und fast freundschaftlich klopfte Frank dem unversehrten Volvo aufs Dach. Rasch fuhren die beiden Männer zum Weingut zurück, und Frank kam gerade noch rechtzeitig, um zu sehen, wie der Boden im Treppenaufgang einbrach. Steine polterten in die Tiefe. Als der Staub sich verzogen hatte, zog ein scharfer, kalter Geruch herauf, der Geruch von Fäulnis und Muff wie aus einer Gruft.

Der Hofhund lief herbei und wollte in die Öffnung springen, aber Malatesta griff ihm in den Nacken und riss das jaulende Tier zurück. »Bindet ihn an. Nicht dass er erstickt, da ist vielleicht Kohlendioxid!«

Die Signora nahm ihrem Mann den Hund ab, der Kellermeister brachte Lampen, und der Winzer stieg mit einer Kerze, die er in Kniehöhe hielt, als Erster hinab ins schwarze Loch. Frank folgte ihm, dahinter der Kellermeister und dann Signora Malatesta. Die Treppe schien gar nicht enden zu wollen, Mörtelbrocken kullerten über die Stufen, es klirrte. Also lag unten Glas. Am Fuß der Treppe blieben alle stehen. Der Keller war lang und schmal, teils gemauert, teils aus dem Fels gehauen. An den Wänden zogen sich Regale aus Stein, die zum Teil bis unter die Rundbögen mit Flaschen gefüllt waren. Darüber zog sich ein dichtes Gespinst von grau-schwarzen Schimmelpilzen oder Spinnweben.

Malatesta säuberte eine Flasche, das Etikett war lesbar: »1941!«, sagte er fasziniert und hob die Flasche wie eine Trophäe. »Die hat bestimmt mein Großvater abgefüllt. Ich glaube, hier unten war seit Kriegsende kein Mensch mehr.«

Frank begann sofort zu fotografieren. Die Blitze ließen die Szenerie noch schauerlicher wirken, als sie ohnehin war, aber der Schimmelpilz sog das Licht auf, und im Licht des Blitzes sah Frank Reflexe, die er so nicht wollte. Hier gute Aufnahmen zu machen würde schwierig werden.

»Dahinten geht es weiter«, flüsterte der Kellermeister, leuchtete in einen Seitengang mit einem rostigen Gitter und zog erschrocken den Kopf ein, als ihm von der Decke hängende Spinnweben durchs Gesicht fuhren. Obwohl er Keller gewohnt war, war ihm dieser hier gar nicht geheuer.

Frank überlegte bereits, wo er die Blitzanlage aufstellen sollte, am besten mit unter die Decke gerichteten Reflektoren oder Lichtquellen hinter den Schleiern der Schimmelpilze, als er den Schrei hörte: Schrecken und Überraschung. Malatesta und der Kellermeister standen am Ende des Gangs zum zweiten Raum, vor ihnen lagen unförmige Haufen aus Uniformen, Kragenspiegel, Koppel, vom Schimmel zerfressene Militärstiefel und darüber Helme der deutschen Wehrmacht. Tote Soldaten? Daneben waren Munitionskisten gestapelt, und rechts an der Wand lagen Karabiner und Handgranaten.

Signora Malatesta stand mit schreckgeweiteten Augen daneben, als ihr Mann mit dem Fuß Uniformfetzen beiseiteschob, in Erwartung, ein Skelett zu finden. Der Kellermeister kratzte an einem der Koppelschlösser, und ein Hakenkreuz kam zum Vorschein.

»Da haben Sie Ihre Bilder, Franco«, murmelte er grinsend, aber seinem Chef war nicht nach Scherzen zumute. Er schluckte und wandte sich ab. Seine Frau ging zu ihm und sprach leise auf ihn ein.

Frank durchsuchte den angrenzenden Raum und fand drei Panzerfäuste, eine Kiste mit Dynamit und zwei Maschinenpistolen.

»Dass mir niemand etwas anrührt, bevor alles fotografiert ist«, ließ sich Malatesta vernehmen. »Fang schon an, Franco, los.«

»Hast du gewusst, was hier liegt? Hast du mich deshalb herbestellt?«

»Ich habe es geahnt«, sagte Malatesta gefasst. »Ich habe meinen Großvater nie kennengelernt. Ich wurde erst nach seinem Tod geboren. Mein Vater hat mir erzählt, dass er nach der Landung der Alliierten in Sizilien die Partisanen unterstützt hat. Politisch hat er mit niemandem sympathisiert, weder mit dem König noch mit Mussolini, mit Hitler sowieso nicht, wie mein Vater erzählte. Maria! Wir müssen ihn sofort holen«, sagte Malatesta erregt zu seiner Frau. »Hier muss ihr Waffenlager gewesen sein. Wahrscheinlich haben sie es zugemauert, als die Deutschen auf dem Rückzug durchmarschierten und plünderten. Seit damals hat niemand meinen Großvater jemals wiedergesehen.«

Der Anblick der eingesponnenen Flaschen, die schwarzen Schatten, die verrosteten Karabiner vor den groben Mauern und der Hall seiner eigenen Stimme ließen Frank einen Schauer über den Rücken laufen.

Malatesta wandte sich zum Gehen. »Mach deine Bilder, Franco, von mir aus den ganzen Tag, aber rühr nichts an. In Florenz gibt es das Istituto storico della Resistenza in Toscana, die erforschen den Widerstand gegen die deutsche Besatzung. Wir sollten einen Historiker holen, damit der sich alles ansieht, die Polizei will ich hier nicht haben, das gibt nur Ärger. Übrigens, habe ich es dir schon gesagt? Das Feuer neulich, das hat jemand gelegt.«

»Das habe ich mir gedacht«, sagte Frank, der mit nichts anderem gerechnet hatte, und legte einen 400-ASA-Film in die Kamera, den er wie einen 1600er belichtete. »Sind diese Weine überhaupt noch genießbar?«

»Wir machen keinen Bordeaux. Alles, was bei uns älter ist als 1990, kannst du vergessen. Länger als zwanzig Jahre hält sich Sangiovese selten. Die neuen Supertoscana, die aus Merlot und Cabernet, mit denen man Ende der achtziger Jahre begonnen hat, die halten. Das sind ja auch die Rebsorten des Bordelais. Weine von Château Latour zum Beispiel, die brauchen fünfzig Jahre Reife, bis man sie überhaupt erst trinken kann.«

Malatesta schüttelte energisch den Kopf. »Die Weine damals sind auch nicht im Barrique auf lange Haltbarkeit vorbereitet worden, dazu bringen sie nicht genügend Tannin mit. Wir werden irgendwann einige Flaschen öffnen und probieren, ich sage dir Bescheid.«

Frank wunderte sich über den Winzer. Obwohl er sehr ergriffen war, schien er sich über den Waffenfund mehr zu freuen als über die Weinvorräte. Er weiß mehr, als er sagt, dachte Frank, aber er wollte nicht in der Vergangenheit dieser Familie wühlen, besonders nicht als Deutscher. Entweder Malatesta erzählte von sich aus, oder er ließ es bleiben. Er schien viel von seinem Großvater zu halten, und doch wurde ihm mulmig, als er die Uniformen und Waffen betrachtete.

Wo immer Frank in Europa fotografiert hatte, überall waren Hitlers Mitmarschierer gewesen und hatten grausige Spuren hinterlassen. Ob dieser Großvater Malatesta ähnlich gesehen hatte?

»Er will verkaufen! Er hat es gesagt.« Antonias Stimme überschlug sich fast am Telefon. »Einen Käufer hätte er, sagt er, sogar einen von hier!«

Das wundert mich gar nicht, dachte Frank, der auf dem Wege zum Grafen Solcari war. Er musste sich Klarheit über den Grafen verschaffen und brauchte ihn als eine Art Lebensversicherung. Wenn Solcari aber dazugehörte und ihn nur aushorchen wollte?

Glücklicherweise war Stefano Scudiere aus Apulien zurück, so viel wusste er. Frank hätte ihn gerne bei einem Gespräch mit Pandolfini dabeigehabt. Vielleicht hatte der Anwalt etwas über die Immobilienfirmen in Erfahrung gebracht. Außerdem mussten die neuesten Filme dringend ins Labor.

»Könnte der Verkauf der Tenuta nicht eine Finte von deinem Mann sein?«, versuchte Frank Antonia zu beruhigen. Es war für ihn schwierig, sich diesen Ehemann, der seit Jahren keiner mehr war, bildlich vorzustellen. Ein Foto von ihm oder ein Gemälde, wie in solchen Kreisen oft üblich, hatte Frank nicht gesehen, und Antonia hatte ihm auch keins gezeigt. »Ist es ein fieser Trick, um dich unter Druck zu setzen?«

»*Probabilmente no.* Nein, das glaube ich nicht. Außerdem weiß er von dir, ich habe es dir neulich bereits gesagt, als wir über seine kleinen … Models … gesprochen haben. Er ist hier herumgeschlichen, als hätte er jemanden erwartet – oder zumindest deine Zahnbürste. Die Hexe muss es ihm gesteckt haben. Ich hasse diese Frau!«

»Wirf sie raus!«

»Das geht nicht.«

»Warum nicht?«

Antonia fühlte sich zu einer Erklärung gedrängt. »Er lässt es nicht zu. Sie ist seine Kinderfrau, sie hat ihn großgezogen, sie behandelt ihn wie ihren Sohn. Die würde sich für ihn umbringen.«

Vielleicht war sie am Ende seine Mutter, der Seitensprung des Vaters, der sein schlechtes Gewissen mit einer Anstellung auf Lebenszeit beruhigt hatte, um seinen Ruf nicht zu gefährden? Feine Leute regelten das manchmal so, damit alle, die davon wussten, stillhielten. Möglich, dass der Sohn, Antonias Ehemann, es nicht wusste. Aber Frank behielt das für sich, es hätte Antonia noch mehr zur Verzweiflung gebracht. »Wo bist du jetzt?«, fragte er.

»In der Kellerei, da habe ich Ruhe, er hasst den Geruch des Chianti.«

»Wann sehen wir uns wieder?«

»Momentan sieht es schlecht aus.«

»Ich muss dich aber sehen, es ist wieder was passiert. Der Prediger, der unverletzte, jagt mich. Außerdem muss ich mit dir und Wanda sprechen, ich habe eine Idee, wie wir …«

»Frank, bitte nicht, gerade jetzt, wo er hier ist.«

»Gut, dann fahre ich allein zu Wanda. Sie wird mir sicher helfen. *Ciao.*« Beleidigt schaltete er das Handy ab.

Hatte er sich in Antonia getäuscht? Es schien ihm, dass sie ihre Angelegenheiten nicht auf die Reihe bekam. Frank konnte sich zwar vorstellen, dass ihr Mann sie schikanierte, aber es gab Gesetze, und auch in Italien war die Scheidung nicht nur »auf italienisch«, möglich, also durch Mord. Er selbst steckte bis über beide Ohren in Schwierigkeiten, hatte gerade einen Anschlag überstanden, und andere Leute lösten nicht einmal ihre Eheprobleme – oder war er ungerecht? Stand ihr das Wasser genauso bis zum Hals wie ihm?

Missmutig steuerte er den Wagen bergab durch die Kurven hinter Castellina und erinnerte sich an die Etruskergräber oben links im Wald an der Straße nach Vagliagli. Er hatte sie noch immer nicht aufgesucht.

Kurz darauf erreichte er Fonterùtoli, dem Weingut musste er auch noch einen Besuch abstatten. Es war eine Ansammlung uralter Häuser rechts der Chiantigiana, und das Restaurant direkt an der Straße gehörte dazu. Er beschloss, dort etwas zu essen. Lieber noch hätte er sich irgendwo in den Schatten gelegt, nichts getan, nichts gedacht und in den Himmel gestarrt. Antonias Abfuhr hatte ihm die Laune verdorben. Ihm war danach, alles hinzuschmeißen. Irgendwie würde er zurechtkommen, finanziell, er hatte immer einen Ausweg gefunden. Wie konnte er nur annehmen, dass ihr kleines Techtelmechtel für Antonia mehr war als eine Affäre? Pandolfini hatte recht, der Seitensprung erhält die Ehe, hatte er gesagt.

Als Frank die Tür zur Osteria öffnete, merkte er, dass er den Ort zwar richtig, doch den Zeitpunkt falsch gewählt hatte. Das Lokal war brechend voll. Er wandte sich, noch missmutiger als zuvor, zum Gehen.

»*Franco! Eh, gatto, così non va!* Du kannst doch nicht einfach gehen!« Die Stimme gehörte Giacomo Paese. Er war von seinem Platz an einem Tisch aufgestanden und winkte Frank zu.

Frank zögerte, dann gab er sich seufzend einen Ruck. Zum einen wollte er niemanden verärgern, zum anderen war es schöner, in Gesellschaft Mittag zu essen. Es würde ihn aufmuntern, es gab ihm das Gefühl, nicht ganz allein dazustehen, und wer wusste, ob er nicht noch einmal seine Hilfe benötigen würde?

Die Männer an Paeses Tisch waren Einkäufer aus Turin und Verona. Man trank Giacomos Wein, der neben dem von Fonterùtoli und etlichen anderen Winzern in den meisten Restaurants im Chianti angeboten wurde.

Als Frank anderthalb Stunden später die Osteria verließ, hatte er hervorragend gegessen und vom Wein einen heftigen Schwips. Beim Reden trank man den Wein einfach weg, und Paese hatte zum Espresso noch Grappa bestellt. Der war gut gegen die Angst vor irgendwelchen Predigern, aber zum Fahren eigentlich weniger geeignet. Wer die Masten abgesägt hatte, wusste Paese immer noch nicht, die Carabinieri hatten nichts in Erfahrung gebracht. »Aus Zeitmangel«, hatte Paese erklärt. »Sie unterstützen die Mordkommission und müssen die Sache mit dem Baggerführer aufklären.«

Beduselt wie er war, hätte Frank am Tisch beinahe verraten, dass er die Mörder von Niccolò Palermo kannte, im letzten Moment aber hatte er es sich noch verkniffen. Er sollte wirklich nur mit dem Anwalt und Stefano darüber reden. Antonia hatte er bereits zu viel erzählt. Nicht auszudenken, wenn das, was sie wusste, an den Falschen geriet. Doch wer war der Falsche, wer der Richtige? Scheißegal, sagte sich Frank, er saß sowieso in der Tinte, und das ausgerechnet mitten im schönsten Weinbaugebiet der Welt.

Zumindest war Wanda bereit, sich mit ihm zu treffen und ihn bei seinem Vorhaben zu unterstützen, das er vage angedeutet hatte. Ob er Artischocken möge und Fasan, und er könne auch ihren Mann kennenlernen. Frank stimmte erfreut zu.. Obwohl er im Moment satt war, für Essen und Wein war er immer zu haben.

Bis zum Castello des Grafen war es nicht weit. Kaum hatte Frank die Fototasche geschultert, sank seine Laune wieder in den Keller. Avvocato Strozzi kam mit ausgestreckter Hand auf ihn zu, wie immer perfekt gekleidet: Heute war es der beigefarbene Leinenanzug und der olivgrüne Schlips, dazu hellbraune Mokassins. Oben in der Tür zum Verkostungsraum stand der Graf in Jeans und kurzärmeligem Oberhemd und wandte den Blick hilfesuchend gen Himmel.

Ihn quält dieser lästige Besucher genauso wie mich, dachte Frank, dabei weiß er noch gar nicht, was ich zu berichten habe. Wieso ist Strozzi hier?

»Es freut mich überaus, Sie zu sehen, wo Sie ja fast schon zu uns gehören …«, begann der Avvocato seinen Wortschwall, klopfte Frank vertraulich auf die Schulter und nickte ihm aufmunternd zu. »Kommen Sie voran? Sind Sie mit uns zufrieden? Man hört überall von Ihnen. Mal tauchen Sie da auf, mal dort. Sieht ganz so aus, als gehörten Sie mittlerweile wirklich dazu, unser Hoffotograf, nicht wahr?« Strozzi begleitete Frank die Stufen zum Haus hinauf.

»Es ist sehr wichtig, dass Menschen wie Sie uns besuchen, Signor Gatow. Ihre Arbeit hat eine große Bedeutung für uns, für Europa, für den europäischen Weinbau. Die weltweite Konkurrenz schläft nicht. Wir haben uns viel zu lange auf unseren Lorbeeren ausgeruht. Jetzt kommt die Strafe. Die Weinwelt ist im Umbruch. Vor zehn Jahren waren die Gewinne sicher, aber inzwischen schwächelt die Weltwirtschaft, wir verlieren Märkte, die Leute sind preisbewusst geworden. Die Masse achtet auf den Preis, wir hingegen und unsere Kunden auf Qualität, und so soll es auch sein. Sie können sich jedoch vorstellen, dass es uns als guten Westeuropäern wenig Freude macht, dass uns inzwischen die Oligarchen des Ostens unsere besten Weine abkaufen.«

Während Strozzi weiter über den neuen Geist salbaderte, der durch das Chianti wehe, entkorkte der Graf zwei Flaschen, bemerkte Franks fragenden Blick und zuckte hilflos mit den Achseln.

»Wir dürfen den US-Markt nicht aus den Augen lassen, wir müssen uns nach ihm richten. Das Vertrauen der Amerikaner gegenüber Europa ist inzwischen auf dem Nullpunkt angekommen. Ihre Regierung hat da einiges ...«

»Das ist nicht meine Regierung«, warf Frank ein. »Das ist die deutsche Regierung ...«

»... umso besser, ich bin auch konservativ. Tradition und Moderne, nur so können wir uns den Herausforderungen der Globalisierung stellen ...«

»Und die sind?«, unterbrach Frank.

Zum ersten Mal geriet Strozzis Redefluss ins Stocken. »Äh, na ja, zum Beispiel, sehen Sie, die billigen Weine aus Chile oder Argentinien. Und dann, äh, tritt Mexiko auf den

Weltweinmarkt, die Chinesen schicken ihre Leute bereits zum Studieren oder Spionieren nach Bordeaux. In den USA gibt es eine Überproduktion an Trauben, das macht die Preise kaputt.«

»Sollen wir toskanische Weine für zwei Euro pro Flasche anbieten?«, fragte der Graf. »Bei Verkostungen in den USA hören wir immer wieder, dass die Verbraucher europäisch gemachte Weine mögen, aber sie werden einem nach Zucker und Barrique schmeckenden, simpel gemachten Wein immer den Vorzug geben.«

Frank fürchtete, dass Strozzi sein Lieblingsthema aufgriff, doch der Avvocato winkte ab. Billigwein sei nicht die Berufung des Chianti, und er entwickelte eine Marketingstrategie, die darauf basierte, die Aktivitäten zu bündeln. Frank verstand davon nur so viel, dass Strozzi Weingüter zusammenfassen wollte, die dann unter einem Namen auftreten sollten.

»Wollen Sie die verschiedenen Trauben alle in einen Bottich schütten und über …«, warf der Graf ein.

Strozzi fiel ihm ins Wort. »Homogen, homogen müssen sie sein, von gleicher Beschaffenheit …«, und während der Avvocato dem Grafen sein Konzept darlegte, schweiften Franks Gedanken ab. Er sah die Karte des Chianti Classico, die Mehrzahl der von Sabotage betroffenen Güter lag relativ nahe beieinander. Stefano kannte sie alle, er würde beurteilen können, ob hier Weine von gleicher Beschaffenheit produziert wurden.

Strozzi redete und redete. Wenn Frank versuchte, das Gespräch zu einem Ende zu bringen, fachte es der Avvocato wieder an; kam es zwischen Frank und dem Grafen zu einem Zwiegespräch, drängte Strozzi sich sofort dazwischen. Irgendwann gaben Frank und der Graf auf. Der Politiker ließ sie weder ausreden, noch ging er auf ihre Argumente ein – ein typischer Vertreter seines Berufsstands, dachte Frank. Er musste seine Aussprache mit dem Grafen verschieben, obwohl es so dringlich war. Eines jedenfalls hatte sich im Gespräch herausgeschält: Graf Solcari plädierte für die Unabhängigkeit auch des kleinsten Winzers. Das schloss ihn aus dem Kreis der Verdächtigen aus. Dafür predigte Strozzi die Zusammenlegung vieler Weingüter und fasste sogar eine gemeinsame Verwaltung ins Auge.

Predigen – das war es. Frank starrte den Avvocato durchdringend an. Nur Strozzi hat es gewusst, dachte Frank, ihm habe ich erzählt, dass ich mich mit Malatesta verabredet habe, um sieben Uhr. Dann hat er dem Prediger den Tipp gegeben?

Strozzi bemerkte die Veränderung in Franks Haltung. Ihm wurde unbehaglich unter Franks bohrendem Blick. »Was – was haben Sie? Ist etwas nicht in Ordnung?«

14

Mittwoch, 6. Oktober

Das war die Stelle, wo er die Prediger ausgebremst hatte: Ihr Geländewagen hatte die Absperrungen der Baustelle durchbrochen, die Warnlampen zertrümmert und rechts neben der Fahrbahn eine Schneise ins Gebüsch gepflügt. Frank gab wieder Gas, er hatte alles gesehen, ein Wunder, dass sie überlebt hatten. Und einer der beiden war so verdammt lebendig, dass er bereits eine neue Attacke gegen ihn, Frank, gestartet hatte. Aus Schaden wird man angeblich klug, hieß es. Wäre es besser gewesen, wenn …?

Frank gab wieder Gas und dachte den Gedanken nicht zu Ende. Er wusste nicht, wie er damit weiterleben könnte, zwei Menschen auf dem Gewissen zu haben. Wie andere damit umgingen, Soldaten oder Polizisten, war ihm völlig egal, es war deren Sache. Er verurteilte alle, die sich auf Befehle beriefen und nicht selbst die Verantwortung übernahmen. Den sogenannten Befehlsnotstand hatten die Machthaber erfunden, damit ihnen die Gefolgsleute treu blieben. Aber hatten die nicht alle Ja gesagt, Ja, ich werde gehorchen? Das war freiwillig geschehen. Wer gab den Predigern die Anweisungen? Er bekam seine von der Bildredakteurin. Nein, er würde die Bilder machen, die er für angemessen hielt. Antonia diente ihm als Vorbild.

Während er weiter in Richtung Florenz fuhr, versuchte Frank so etwas wie eine Bestandsaufnahme zu machen. Für ihn war dieser Auftrag mit erheblichen Gefahren verbunden. Konnte er das verantworten? War es das wert? Nie zuvor war das Risiko derart hoch gewesen. Er konnte aussteigen, jederzeit, allerdings zu einem hohen Preis … Wer in den Regen kommt, wird auch nass, sagte er sich dann. Wenn er die Fotos, die er jetzt ins Labor brachte, anschließend der Polizei übergab, ließ sich das Schlimmste für ihn und andere verhindern, und er konnte in Ruhe weiterarbeiten. Was aber, wenn die Prediger den Spieß umdrehten und ihn als Unfallverursacher darstellten? Nein, sie wollten ihn nicht auf der Anklagebank, sie wollten ihn tot sehen.

Noch vor Beginn der Stoßzeit erreichte Frank das Labor, gab die Filme zum Entwickeln ab und wartete in einer Bar ganz in der Nähe. Die Stunde, die es dauern würde, konnte er gut zum Nachdenken gebrauchen.

Wer stand auf der gegnerischen Seite? Zuallererst die Prediger, natürlich. Der Commissario aus Castellina, obwohl Frank sich nicht sicher war, ob dieser nur borniert war, ob er einfach die Deutschen hasste oder ob er einem Plan folgte. Dann wahrscheinlich Strozzi und die Maklerin, Signora Tuccanese. Hielt sie die Verbindung zu den Immobilienfirmen? Er musste Pandolfini kontaktieren.

Mit Wanda, diesem menschlichen Tornado, konnte er rechnen, die Frau war eine phantastische Verbündete. Auch Malatesta war geradeheraus und konnte zupacken. Der Graf als Präsident des Consorzio schien sich eher neutral zu geben. Scudiere würde ihm sicher helfen. Mit den Weicheiern Josti di Chiarli und Amarone war wenig anzufangen. Na ja, so übel sah es doch nicht aus.

Und Antonia? Obwohl es ihm wehtat, er musste der Wahrheit ins Gesicht sehen. Sie trug einen Sack ungelöster Probleme auf dem Rücken und hatte einen furchteinflößenden Ehemann gegen sich. Möglich, dass dieser nur ein Papiertiger war. Und schließlich Rionero von der Mordkommission. Er machte einen ganz passablen Eindruck, aber wo ermittelte der Mann eigentlich?

Das Handy klingelte. »*Pronto?*«

»Franco? Hier ist Stefano, *ciao, come va?* Geht's gut?«

»Wurde Zeit, dass du wieder da bist. Du wirst gebraucht. Wie war's im Süden?«

Scudiere ignorierte die Frage. »Wir sollten uns unterhalten. Ich würde gern wissen, wie deine Arbeit vorangeht und ob ich dir irgendwie helfen kann. Macht der Anwalt seine Sache gut?«

»Vielen Dank für dein Interesse, ich glaube ja, aber ich habe noch keine Ergebnisse.«

»Keine Ergebnisse«, fragte Scudiere interessiert nach. »Wo steckst du?«

Frank sah sich um. »In Florenz …«

»Wo genau?«

»Weiß ich nicht, hier gibt's kein Straßenschild.«

»Und was machst du?«

»Was soll die Fragerei? Ich trinke Cappuccino und warte.«

»Und worauf?«

»Auf besseres Wetter, *ragazzo mio.* Wieso quetschst du mich so aus?«

»Nur so, aus Interesse. Wir sollten uns treffen.«

»Das finde ich auch. Und zwar bald. Ich habe viele Fragen, aber die stelle ich dir nicht am Telefon. Ich muss dich um etwas bitten.«

»Ich tue dir gern einen Gefallen, worum geht's?«

»Um Avvocato Strozzi. Er baut eine riesige Kellerei, viel größer als die, die er für seine eigene Ernte braucht, das kann sogar ich beurteilen. Jeder benötigt heutzutage zum Bauen ein Umweltgutachten. Malatesta hat mir gesagt, dass es verboten ist …«

»Was hast du mit Malatesta zu tun?«, fuhr Scudiere dazwischen.

»*Ma che ti salta in mente?* Wir haben doch gemeinsam den Brand gelöscht.«

»Ich rate dir dringend, dich aus den Angelegenheiten dieser Leute herauszuhalten. Du machst dir keine Freunde.«

»Hör mal, ich bin in Schwierigkeiten.«

»Kein Wunder, wenn du nach Baugenehmigungen von lokalen Fürsten fragst. Bist du lebensmüde? Mach deine Fotos. Du bist hier nicht in Deutschland.«

»Ich weiß, ich weiß. Aber ich dachte eigentlich, dass du mir hilfst.«

»Das tu ich gern, jedoch wird nicht alles, was echte Hilfe ist, auch als solche verstanden. Kapiert? Nun sag schon, wo steckst du?«

Statt Scudiere Auskunft zu geben, drückte Frank auf die Aus-Taste. Wie schön, dass das so einfach ging. Er hasste es, wenn man ihn bedrängte. Wieso war Stefano derart ruppig? Unten im Süden war wohl nicht alles so gelaufen, wie er es sich vorgestellt hatte.

Dann rief Frank wegen des Fototermins am nächsten Tag beim Weingut Querciabella an. Die Sekretärin bat ihn, einen Tag später zu kommen, der Winzer müsse dringend zum Zahnarzt und wolle nicht mit geschwollener Backe fotografiert werden. Das sind die Widrigkeiten meines Berufs, dachte Frank, heuchelte aber Verständnis. Die Arbeit dauerte dadurch länger und kostete mehr Geld, sein Geld. Das Ende der Reportage verschob sich weiter nach hinten, weiter in Richtung von Christines Ankunft.

Schließlich ging Frank hinüber ins Labor, um die Kontaktbögen anzuschauen. Die Großkontakte in Schwarz-Weiß waren hervorragend geworden, sowohl die Aufnahmen vom Prediger oben im Wald wie auch die aus Malatestas Gruft – in Schwarz-Weiß wirkte die Szenerie geradezu dramatisch und gespenstisch. Er durfte zufrieden sein. Rionero war bestens gelungen, der brauchte tatsächlich Schlaf. Und Strozzi strahlte in seiner unangenehmen Vitalität und Beredsamkeit. Der sollte für Potenzmittel werben. Von den wichtigsten Bildern ließ Frank mehrere Abzüge anfertigen; dazu musste er die Filme im Labor lassen, wo sie allemal besser aufgehoben waren als bei ihm.

Inzwischen begann sich der Verkehr zu stauen. Frank schob sich über die Ponte da Verrazzano und ließ sich von den Wegweisern zur Autobahnauffahrt Firenze-Sud leiten, fuhr dann weiter durch Ponte a Ema und fand die Zufahrt zur Chiantigiana. Es war der kürzere Weg, um zu Wanda Livonardi zu gelangen.

Signora Tornado, wie er sie insgeheim nannte, trug heute das Haar nicht streng zurückgekämmt und zum Knoten gebunden, sondern offen. Gelöst fiel es ihr über die Schultern und ließ sie weitaus zugänglicher erscheinen als sonst. Sie strahlte, und Frank machte ihr ein Kompliment.

»Das hat einen guten Grund, Franco. Wir haben gewonnen! Ich habe es geschafft, auch dank deiner Hilfe! Ab morgen dürfen wir weitermachen, ich und die anderen. Alle Siegel der Finanzpolizei werden entfernt. Also, Sieg auf der ganzen Linie.«

»Wer hat dir und den anderen das eingebrockt?«

»Das kriege ich noch raus, das garantiere ich dir. In der Finanzbehörde hatte jemand plötzlich die Verfügung gegen mich auf dem Schreibtisch, und dann nahm alles seinen behördlich-bürokratischen Lauf. Ich habe Beziehungen zur Justiz, ich kenne jemanden, der mir helfen wird. So, und jetzt stelle ich dir meinen Mann vor, Cosimo, und dann habe ich noch eine Überraschung für dich.«

Franks Bedarf an Überraschungen war eigentlich gedeckt, sie hatten sich in letzter Zeit zumeist als unerfreulich herausgestellt, doch als Antonia ihm entgegenkam, strahlte er. Erstaunlich, wie das Erscheinen dieser Frau sein Befinden schlagartig verbesserte.

»Ich bringe es nicht über mich, dich in dem Schlamassel allein zu lassen. Mein Mann wollte einiges mit mir besprechen, ich habe mich darüber hinweggesetzt, obwohl er tobte.«

»Wir werden einen Weg finden, wie du das Gut behalten kannst«, sagte Wanda, »wir finden für alles einen Weg.« Diese Plattitüden hatte Frank zu oft gehört. Nur bei Wanda klang es, als stünden auch die entsprechende Kraft und eine Idee dahinter.

Erst kurz vor der Kellertreppe bemerkte Frank, dass sie ihn diskret dorthin geführt hatte.

»Ich möchte dir gern unseren Weinkeller zeigen.«

Bitte keine Waffen oder tote Soldaten, dachte Frank und ließ sie vorgehen. Er hätte sich lieber um Antonia gekümmert. Während Frank halbherzig die Sammlung internationaler Weine betrachtete, die Wanda und ihr Mann nie im Leben würden trinken können, klärte die Winzerin ihn über Antonias Ehe auf.

»Ich halte es für wichtig, dass du Bescheid weißt. Antonia hat Massimo kennengelernt, als sie siebzehn war. Er sah gut aus, unverschämt gut, das tut er immer noch. Wir schwärmten alle für ihn, und er hatte Charme, er war witzig, er war arrogant, *Madonna,* schon damals, vor zwanzig Jahren, *incredibile.* Seine Familie gehört zu den reichsten nördlich von Florenz, kein Adel von Geblüt, sondern Geldadel. Baumaschinen, Reifen, Autohandel. Alle Bagger und Raupenschlepper, die du hier siehst, mit denen sie die Weinberge bearbeiten, gehören ihm.« Einen Augenblick lang glaubte Frank Begeisterung in Wandas Stimme zu hören.

»Baumaschinen, sagst du? MV-Leasing – das stand auf dem verunglückten Bagger.«

»Ja, Massimo-Vanzetti-Leasing, die Firma gehört ihm.«

Während Wanda erzählte, dass Antonia ihren zehn Jahre älteren Mann mit achtzehn Jahren geheiratet hatte, sah Frank wieder die Aufschrift auf der Seite des Baggers im

Dunkel der Nacht vor sich, als hätte sie ihn auf etwas aufmerksam machen wollen. Und genauso den zerquetschten Fahrer …

»Mit neunzehn und einundzwanzig kamen die Kinder«, fuhr Wanda fort, »Maria und Cesare, bombastische Namen. Maria, die Mutter Gottes – und Caesar, der Herrscher Roms, Senator, Feldherr … Massimo verlor das Interesse, und Antonia weigerte sich, seine *donna di casa* zu spielen, eine Edelmatrone, abgestellt zum Kinderkriegen und Repräsentieren. Ob man dem Vogel die Gitterstäbe vergoldet, spielt keine Rolle, Franco, gefangen bleibt er dennoch. Massimo hat Antonias Vater das Weingut abgekauft, angeblich für sie, aber in Wirklichkeit wollte er verhindern, dass sie es erbt.«

Frank schüttelte den Kopf. »Ihre Eltern haben mitgespielt?«

Jetzt war es an Wanda, sich zu wundern. »So schlimm würde es schon nicht werden, haben alle gemeint. Und als nichts mehr ging, kam die Verbannung.«

»Auf das Weingut?«

»Das haben die Florentiner schon vor fünfhundert Jahren gern gemacht, nicht nur mit ihren Frauen. Nur der Krieg hörte nicht auf. Jedes Jahr werden Antonias Weine prämiert, offiziell die der Fattoria Vanzetti, zwei Gläser mindestens im Weinführer *Gambero Rosso* und neun von zehn möglichen Punkten im *Veronelli* – jeder weiß, dass es ihrer Leistung zu verdanken ist, und das ist ein ewiger Stachel in Massimos Fleisch. Er wird sie rauswerfen, rausekeln oder rausklagen und sich teure Önologen kaufen, die ihre Arbeit machen, er glaubt, die kriegen das hin. Aber da irrt er sich. Nur – wenn sie aufmuckt, wird Massimo sich die besten Anwälte Italiens holen.«

»Wieso ist sie auf seine Gnade angewiesen?«

»Das Gut gehört ihm. Vanzetti ist Spezialist für freundliche und feindliche Übernahmen, meist feindliche: Er übernimmt marode Firmen, entlässt die Arbeiter, baut die Firmen wieder auf und verkauft sie. Oder er macht aus zweien eine. Ein gnadenloses Management.«

»Und Frauen? Er wird doch eine Geliebte haben, eine Freundin – oder zwei?«

»Ihm nachzuspionieren ist lebensgefährlich. Es hat mal jemand gewagt, der wurde halb totgeprügelt. In meinen Augen ist er ein Verbrecher.«

»Und jetzt?«

»Hilf ihr, bleib noch ein bisschen. Ihr Reporter seid euer Leben lang nur auf der Durchreise, oder? Ich glaube allerdings, du bist auch nicht allzu glücklich? Antonia hat das angedeutet.«

»Das hat andere Gründe«, sagte Frank ausweichend, »darüber würde ich gern später mit euch sprechen.«

Nach dem Essen zögerte Antonia ihren Aufbruch hinaus, obwohl sie dringend in ihrer Kellerei erwartet wurde. Die mögliche Begegnung mit ihrem Mann stand ihr bevor. Außerdem gefiel es ihr gut an Franks Seite. Immer wieder blickte sie ihn erwartungsvoll, voller Zuneigung, aber auch mit einer gewissen Skepsis an.

Er wäre lieber mit ihr allein gewesen, statt von seinem Besuch bei Strozzi und dem Zusammentreffen mit Carla Tuccanese und ihrem Telefonat zu berichten. Seine erfolglosen Versuche, die Maklerfirmen in San Gimignano und Colle Val d'Elsa zu finden, gehörten dazu, und auch das »rein zufällige« Zusammentreffen mit Strozzi beim Grafen Solcari.

»Wieso kreuzt der da auf?«, fragte Antonia und kratzte den Zucker aus ihrer leeren Espressotasse. »Strozzi und der Graf können sich nicht ausstehen. Strozzi will seit Jahren Präsident des Consorzio werden, aber wir Winzer sind uns zumindest so weit einig, dass wir keinen Politiker als Vorsitzenden wollen. Ihre Motive sind meistens undurchschaubar.

Und er macht keinen guten Wein. Er ist stromlinienförmig, glatt und ohne Charakter.«

»Sprichst du von Strozzi oder von seinem Wein?«, warf Wanda lachend ein.

»Vom Wein, der geht gerade noch, aber der Mann ist absolut ungenießbar. Den Villa Strozzi zu beurteilen überlasse ich lieber Franco«, sagte Antonia. »Kauf ihn dir im Supermarkt, dann weißt du gleich Bescheid. Massengeschmack, wie seine Parolen im Wahlkampf.«

»Du wolltest etwas vorschlagen, Franco, wir haben dich unterbrochen«, sagte Wanda. »Worum geht's?«

»Als man dir das Angebot gemacht hat, das Weingut zu kaufen, hat man da einen vernünftigen Preis geboten?«

»Sicher, sonst hätte ich überhaupt nicht mit ihm geredet.«

»Du hast abgelehnt, und dann kam die Guardia di Finanza und hat den Laden zugemacht, nicht wahr?«

Wanda dachte einen Moment lang nach, dann blickte sie auf. »*Ah, ecco,* sehr klug, darauf willst du hinaus.«

»Wenn man die Maßnahme, dich unter Druck zu setzen, als Erfolg wertet, müsste jetzt ein neues Angebot kommen. Oder du selbst rufst den Makler an, tust zerknirscht und bittest ihn her. Dann ziehst du die Tuccanese hinzu, als Beraterin sozusagen. Ich würde den Vermittler spielen, mich kennt sie. Dann müsste man die beiden miteinander konfrontieren. Ich glaube, die Tuccanese steckt mit drin, denn bei Strozzi hat sie mit jemandem über ein Weingut verhandelt. Ich weiß nur nicht, über welches. Ich glaube mittlerweile, dass Palermo umgebracht wurde, weil er nicht verkaufen wollte. Und Strozzi will toskanische Weingüter zusammenfassen und baut eine riesige Kellerei.«

Das Schweigen, das sich nach seinen Worten über die Runde legte, hätte Frank fotografieren können. Er sprach an, was einige ahnten, aber niemand bis zu Ende zu denken wagte, geschweige denn laut sagte. Es ließ sich nicht vermeiden, dass beide Winzerinnen seine Worte auf sich bezogen. Die Frauen versuchten, sich über kurze Blicke miteinander zu verständigen.

Wandas Ehemann Cosimo setzte mehrere Male zum Sprechen an, bis er sich einen Ruck gab. »Weshalb, mein lieber Franco, gehen Sie damit nicht zur Polizei?«

Alle hörten, wie Wanda Luft holte. »Was glaubst du eigentlich, wo du lebst, mein liebster Gatte? Wie es scheint, geht es hier um viele Millionen, und du glaubst in der Heimat aller Verbrecherorganisationen an die Staatsmacht? Du glaubst ja nicht einmal an Gott!«

»So war das nicht gemeint, *cara mia.* Du verstehst mich nicht, Wanda.« Cosimo hob entschuldigend die Arme. »Mich interessieren Francos Beweggründe, ich habe nicht gesagt, er soll die Sache der Polizei überlassen. Schließlich arbeite ich selbst beim Staat«, sagte er zu Frank gewandt. »Ich habe einen Lehrstuhl für Geologie, an der Uni von Bologna, müssen Sie wissen.«

Den Professor nahm Frank ihm ab, aufmerksame Neugier lag auf dem schmalen Gesicht des Intellektuellen, der allerdings den materiellen Seiten des Lebens auch einiges abzugewinnen verstand, wie seine Lust am Essen und die Freude am Wein gezeigt hatten. In seinem wachen Blick traf er auf eine gewisse Übereinstimmung. Was Frank an ihm besonders gefiel, war die Ruhe, die er dem Wesen seiner Frau entgegensetzte.

Frank stand auf. »Dann sind Sie genau der Mann, den ich suche! Ich würde Ihnen gern etwas zeigen. Wenn Sie sich einen Moment gedulden, ich hole eben nur eine Karte aus dem Auto.«

Als Frank aus dem Haus trat, erschrak er. Der Parkplatz, auf dem sein Wagen stand, lag völlig im Dunkeln. Wenn andere über seine Wege Bescheid wussten, stand er dann auch hier unter Beobachtung? Er blickte in die Nacht und sah nichts außer einzelnen Laternen und grobe Mauern in ihrem Lichtkreis, dafür waren die Schatten umso schwärzer, die Dunkelheit war wie eine undurchdringliche Wand.

Im weiten Bogen ging Frank um den Volvo, bevor er die Seitentür öffnete und die Karte mit den Weingütern herausnahm. An der Haustür warf er noch einen misstrauischen Blick zurück. Seine innere Unruhe nahm zu.

Die anderen waren sich inzwischen einig geworden, zum Schein auf das Angebot von Vignabella einzugehen und Carla Tuccanese zum Gespräch einzuladen. Cosimo fand im Internet ihre Homepage nebst Adresse und Telefonnummer.

Derweil breitete Frank seine Karte auf dem Esstisch aus, und alle steckten die Köpfe zusammen. So kam er endlich in Antonias Nähe, und sie griff unter dem Tisch nach seiner Hand.

Frank gab einen umfassenden Bericht darüber ab, was sich auf den von ihm markierten Weingütern abgespielt hatte, worauf Cosimo aus seinem Arbeitszimmer eine geologische Karte des südöstlichen Chianti holte.

»Ohne Bodenproben ist eine genaue Aussage nicht möglich. Aber nach allem, was ich weiß, sind die Böden dieser Weingüter ziemlich ähnlich, wir nennen diesen Bodentyp Alberese. Hier ist der Skelettanteil hoch, das heißt viel Kies und Steine. Dazu kommt die Höhenlage, die ist bei den betreffenden Gütern ähnlich, 350 bis 500 Meter. Also gibt es Parallelen beim Mikroklima. Das sind zwei wichtige Komponenten, die sich auf die Trauben auswirken.« Cosimo richtete sich auf. »Wir liegen auch in der Zone, hörst du, Wanda, wir gehören also dazu. Und jetzt?«

Es war Frank unangenehm, in diesem Kreis als Laie seine Vermutungen vorzubringen, doch er wagte es: »Wenn man eine Firma kauft, verspricht man sich Gewinn, Macht, Kontrolle, oder man will die Konkurrenz ausschalten. Ich glaube, das ist bei Weingütern genauso wie bei anderen Firmen. Aber keiner will verkaufen. Also wird Druck ausgeübt. Die

Frage ist nur, von wem? Wurde die Brücke nach Rondine absichtlich zum Einsturz gebracht, und wer hat den Baggerführer losgeschickt? Wer hat die Prediger auf mich angesetzt, wer bezahlt sie? Wer hat genug Kenntnisse über die Weinberge, die technische Ausstattung der Kellereien, die Maschinen, Gebäude und so weiter, um geeignete Weingüter auszusuchen? Nach welchen Vorgaben? Und wer steckt hinter den Maklern? Und … ja, wozu das Ganze?«

»Hat überhaupt irgendwer verkauft?«, fragte Antonia.

»Drei oder vier … das müsste rauszukriegen sein.«

»Dann gibt es jemanden, der sie alle haben will, dazu braucht man Geld, so viel bringt kein einzelner Winzer auf, sondern nur eine Gesellschaft.«

»Muss nicht sein«, wandte Frank ein. »Es können auch mehrere Einzelkäufe gleichzeitig stattfinden.«

Wanda winkte ab. »Das wäre ein unwahrscheinlicher Zufall, daran glaube ich nicht. Nein. Da plant jemand einen Großbetrieb. Dazu braucht man einen homogenen Rohstoff, also Trauben, die sich in der Qualität und Beschaffenheit ähneln. Auf das Ausgangsmaterial kommt es an, man kann es im Keller nicht mehr verändern, höchstens verderben oder Marmelade daraus machen.« Damit spielte sie auf die dicken, schweren und beinahe öligen Weine an, so genannte Fruchtbomben, aber die kamen bereits wieder aus der Mode.

»Natürlich finden wir auf allen Weinbergen unterschiedliche Klone, das heißt verschiedenes Erbgut in den Weinstöcken. Aber da wir in den nächsten Jahren wegen der Überalterung sowieso die Hälfte aller Weinberge neu anlegen werden, sehe ich kein Problem … Ich mache nur drei verschiedene Weine, Antonia vier, es gibt Leute hier, die machen zehn verschiedene. Das ist ziemlich unrentabel.«

Cosimo war derselben Ansicht. »Mir leuchtet das durchaus ein, meine Liebe. Aber wer kauft die Güter und die Weinberge?«

»Die Maklerfirmen«, sagte Frank. »Morgen kann ich euch wahrscheinlich mehr sagen.«

»Ich dachte, es gibt sie gar nicht«, warf Cosimo ein, ohne von der Karte aufzublicken.

Wanda schüttelte heftig den Kopf. »Alles hinterlässt Spuren. Bei der Höhe der Kaufpreise kann nur ein solventer Käufer dahinterstecken, eine Kapitalgesellschaft, ein Großinvestor … außer natürlich …«

»… außer was?«, fragte Antonia.

»… außer man ruiniert uns vorher, das senkt den Preis. Wenn sie uns den Betrieb vierzehn Tage lang geschlossen hätten, wäre die gesamte Ernte futsch gewesen. Wir hätten Land verkaufen müssen, um weitermachen zu können, gutes, mit Wein bestocktes Land, verstehst du, nicht den billigen Wald. Und du, Franco, du schwebst auch in Gefahr?«

»Allerdings. Wenn ich die ganze Zeit aufpassen muss, ob einer hinter mir her ist, kann ich mich kaum auf meine Arbeit konzentrieren. Je schneller wir wissen, wer dahintersteckt, desto besser für mich. Der Commissario in Castellina …«

»Dieser Trottel, ein Idiot ist das«, ereiferte sich Wanda. »Will Bürgermeister werden. Vielleicht schafft er es tatsächlich. Strozzi unterstützt ihn, Parteigenossen, Neofaschisten!« Sie machte eine Geste, als würde sie sich übergeben.

»Beruhige dich doch«, murmelte Cosimo, noch immer über die Karte gebeugt, und erhielt einen Rippenstoß als Quittung.

Antonia und Wanda verließen unauffällig den Raum und kamen kurz darauf mit einem Bündel mit Bettzeug zurück. »Du fährst nicht nach Rondine. Es ist zu gefährlich«, sagte Antonia. »Und dann bei Nacht über diese Behelfsbrücke. Nein. Du kommst mit zu mir. Wir haben im Tal eine Art Ferienhaus. Früher hat da mal der Kellermeister mit seiner Familie gewohnt. Jetzt steht es leer, da findet dich niemand.«

Frank fand den Vorschlag höchst akzeptabel. »Und dein Mann?«

»Der hat es längst vergessen, der war hundert Jahre nicht mehr da unten.«

Der Waldweg, auf dem Frank mit seinem Wagen Antonia folgte, war selbst bei Tag kaum befahrbar. Da beide mit Standlicht fuhren, konnte Frank sich nur an ihren Rücklichtern orientieren.

Die neue Unterkunft, die dritte, seit er mit seinem Auftrag im Chianti Classico begonnen hatte, war lange nicht bewohnt worden und roch muffig. Wasser war vorhanden, es kam aus einer nahen Quelle, elektrisches Licht fehlte, dafür gab es im Haus mehrere Petroleumlampen.

Antonia umarmte ihn fest. »So gern ich bleiben würde«, sagte sie schließlich, »ich muss noch einen Blick in die Kellerei werfen. Dafür kannst du dir deine Gesellschaft aussuchen: Füchse, Wildschweine, Eulen, was du willst.«

Die Stille nach ihrer Abfahrt war anders als das Schweigen oben bei Wanda Livonardi, als er das Gespräch auf den Mord an Niccolò Palermo gebracht hatte. Kein Auto, kein Klappern von Maschinen, nicht einmal das Brummen des Kühlschranks in der Küche. Einfach nur Stille. Es war unheimlich, nur das eigene Herz schlagen zu hören oder ab und an ein Knacken im Gehölz. Er hörte, wenn er einen Gegenstand berührte, er hörte, wie er das Wasserglas vom Tisch nahm, die Tür ins Freie öffnete und seine leisen Schritte auf dem Waldboden.

Wie hatte es so weit kommen können, dass er sich verstecken musste? Ob er morgen den Weg heraus aus diesem Wald fand? Was tat Antonia in diesem Moment? Stritt sie mit dem Ehemann? Es musste eine Möglichkeit geben, sie aus seinen Klauen zu befreien, es gab fast immer einen Ausweg. Auch für ihn selbst. Er würde das hier mit heiler Haut hinter sich bringen, allein schon Christines wegen. Müsste, würde, sollte, könnte …

Als ihm wieder einfiel, dass Vipern nachts auf Jagd gingen, kehrte er ins Haus zurück und leuchtete in allen Räumen den Boden sowie alle Regale ab und öffnete jeden Schrank. Nicht dass sich zu allem Übel auch noch Schlangen eingenistet hatten …

15

Donnerstag, 7. Oktober

Seine innere Uhr weckte ihn wie so oft um fünf. Antonia hatte wirklich an alles gedacht, auch an Handtuch, Seife und Zahnbürste. Der einzige Mensch, der sich sonst so um ihn sorgte, war Christine. Er nahm einen Eimer mit Schöpfkelle und ging zur nahen Quelle. Es war eigenartig, am frühen Morgen nackt im Wald zu stehen und sich eiskaltes Wasser über den Körper zu gießen. Zum ersten Mal hatte er das Gefühl, hierher zu gehören, es schien ihm wie eine Taufe.

Punkt sieben Uhr traf er bei Fonterùtoli ein, porträtierte die beiden Brüder, die das Weingut leiteten, fotografierte von unten nach oben, was man normalerweise nicht tat, beide auf einer Brüstung. Die Bruchsteine der Mauer passten hervorragend zu ihren erdfarbenen Sakkos und den markanten Gesichtern. Es war eine gekonnte Verbindung aus Natur und Mensch, der beste Ausdruck für eine Familie, die seit fünfhundert Jahren diese nach Siena geneigten Hänge beherrschte.

Als auch der Gärkeller und die Barriques fotografiert waren, die auf viele einzelne Keller verteilt waren, blieb nicht mehr genug Zeit für ein Frühstück in Castellina. Frank nahm an, dass Pandolfini pünktlich in der *Pasticceria Gilli* an der Piazza Repubblica erschien. Es war das berühmteste Café in Florenz. Carla Tuccanese hatte ihr Büro, soweit Frank sich erinnerte, zwei oder drei Straßen weiter.

Er betrat das Café, das mit seinen holzgetäfelten Wänden und den Marmortischen aus einer anderen Epoche stammte. Die Uhr über der bleiverglasten Tür zum Speisesaal zeigte Viertel vor zehn. Frank war zu früh und setzte sich draußen an einen der Tische: Bauhaus-Stühle, rosa Tischdecken, von silbernen Klammern gehalten, und Kellner, die ihren Beruf noch gelernt hatten. Aber ein Frühstück nach seinem Geschmack hätte ihn fünfundzwanzig Euro gekostet, das gab der Spesensatz nicht her. Er beließ es bei einem Croissant und einem Cappuccino und genoss die Aussicht auf die Piazza.

Auf dem Nebentisch lag eine herrenlose Zeitung, und Frank blätterte sich durch die üblichen Meldungen: Zank in der Regierung um italienische Soldaten im Irak, italienische Erdbebenopfer lebten seit zehn Jahren in Baracken, Korruption im Süden und die Formel 1. Im letzten Teil des Blattes kamen Klatsch und Tratsch. Auf einem Foto war ein blondes Mädchen zu sehen, der aktuelle Superstar, der soeben von Dreharbeiten aus Kalifornien zurückkam. Daneben ihr neuester Latin Lover, der eher an einen kolumbianischen Drogenbaron erinnerte. Gestern war sie in Rom angekommen. Das Pärchen kam gerade von der Zollkontrolle – und hinter ihnen – nein, das war unmöglich, hinter ihnen –, aber der war doch in Bari? Frank nahm die Lupe aus der Fototasche und betrachtete das Gesicht. Kein Zweifel, das war Stefano Scudiere.

»So ist das, wenn man älter wird«, hörte er plötzlich eine Stimme hinter sich und fuhr zusammen.

»Haben Sie mich erschreckt!« Frank schnappte erleichtert nach Luft, als er Pandolfini erkannte.

»*Scusi, scusi,* das wollte ich nicht. Wen hatten Sie erwartet? Einen von den Predigern, wie Sie die Leute nennen?« Der Anwalt zog einen Stuhl heran und setzte sich.

»Ich weiß nicht, wen oder was ich erwartet hatte, aber ich bin schon wieder durcheinander. Schauen Sie, das Foto hier.«

»Ganz hübsch, aber Dutzendware, die gibt's preiswert beim Chirurgen.«

»Das meine ich nicht. Ich meine den Mann dahinter.«

Pandolfini starrte das Foto an. »Ist das nicht unser Freund Scudiere?«

»Eben, das ist es, was mich verwirrt. Die Frau hier kommt aus San Francisco, und Scudiere hat mir gesagt, er sei in Apulien.«

»Das haben wir gleich geklärt«, meinte Pandolfini, zog das Handy aus der Tasche und rief in einem Reisebüro an. Er sagte die Flugnummer durch, die auf einer Anzeigetafel zu sehen war, wartete einen Moment schweigend und bedankte sich. »Es stimmt, die Flugnummer gehört zu dem Alitalia-Flug aus San Francisco. Was könnte Stefano dort gemacht haben?«

»Weshalb erzählt er mir, dass er nach Apulien fliegt, und in Wirklichkeit ist er in San Francisco?«

»Er wird Gründe haben.«

Frank lachte. »Das nehme ich stark an. Nur welche?«

»Vielleicht kommen wir darauf. Spannend, in was Sie mich da reingezogen haben«, murmelte der Anwalt. »Der Fall nimmt ungeahnte Dimensionen an. Lassen Sie besser die Finger davon, das habe ich Ihnen ja bereits empfohlen, die Sache lässt sich schwer überblicken. Da sollten sich andere drum kümmern.« Pandolfini machte eine gewichtige Pause. »Wenn es nicht so interessant wäre, würde ich den Auftrag wieder abgeben. Der Risikofaktor ist hoch.«

»Das ist nichts Neues.« Frank zog aus einem Umschlag die Bilder, die er gestern Morgen vom Prediger und seinen Helfern gemacht hatte. »Das ist einer der Mörder von Niccolò Palermo. Er und zwei andere bereiten gerade einen neuen Anschlag auf mich vor … hier, die Lupe.«

»Sind Sie von allen guten Geistern verlassen?« Avvocato Pandolfini war entsetzt. »Und die haben Sie nicht gesehen?«

»Doch, haben sie. Und geschossen hat er auch.«

Pandolfini betrachtete die Leute an den Tischen ringsum vor dem Café und beugte sich über den Tisch. »Dann mache ich es lieber kurz: Die Firmen Vignabella und Tosca-Bile gibt es nicht mehr. Die wurden aus dem Firmenregister gestrichen.«

»Das wussten wir bereits.«

»Wir wussten aber nicht, dass sie von einer Firma mit dem Namen Vinterra-Immobile übernommen wurden. Den Namen kennen wir ebenfalls.«

»Allerdings, das ist ein Briefkasten in Poggibonsi. Wem gehört diese Vinterra? Die Firma will einer Bekannten von mir die Weinberge abkaufen. Von der Sache mit der Guardia di Finanza haben Sie gehört?«

»Haben Sie das Foto gemacht? Sehr gut, dramatisch, einfach gekonnt, wie die Signora sich gegen den Übergriff des Beamten wehrt. Manipulation?«

»Im richtigen Moment abdrücken! Der Rest ist Technik.«

»Das tun Mörder auch.«

»Der Vergleich ist nicht besonders witzig, Avvocato«, sagte Frank böse. »Was ist mit dieser Terranuova?«

»*Va bene.* Die hat wohl das Weingut von Josti di Chiarli übernommen, aber dann wurde es sofort weiterverkauft. Mein Fazit: Die Firmen, die Weingüter kauften, wurden sofort danach aufgelöst und die Güter weitergegeben, ich nehme an, damit die wirklichen Käufer nicht in Erscheinung treten. Dann kauft eine andere Gesellschaft das Gut und verkauft es weiter … oder sie wurde wieder aufgelöst und so weiter. Ich glaube, die Firmen wurden nur zu diesem Zweck gegründet. Kostet eine Kleinigkeit, aber es verschleiert die Transaktionen und schützt die Drahtzieher.«

»Haben Sie in dem Zusammenhang etwas über eine gewisse Immo-Toscano gehört?«

»Ja, gerade eben. Es ist eines der größten Maklerbüros bei uns. Haben Sie heute keine Nachrichten gehört?«

»Ist mir was Wichtiges entgangen? Ich höre beim Fahren kein Radio. Ich achte mehr auf Verfolger.«

»Man hat sie heute Morgen gefunden. Direkt vor ihrer Wohnung. Ein einziger Schuss in den Kopf. Auftragsmord. Keine Zeugen, keine Spuren.«

»Wen?«

»Na, die Inhaberin von Immo-Toscano.«

»Carla Tuccanese ist tot?« Frank starrte den Avvocato entsetzt an.

»Spekulation, dunkle Geschäfte, Urkundenfälschung, eine alte Rechnung, niemand weiß Genaues, alles ist möglich. Ist erst vier Stunden her. Sie kannten die Dame? Hat sie mit der Sache auch was zu tun?«

Frank nickte, biss sich auf die Unterlippe und erzählte Pandolfini von ihrem Plan und den Zusammentreffen.

»Tja, da müssen Sie sich jetzt was anderes einfallen lassen, Signor Gatow. Ach, über unseren verehrten Strozzi habe ich noch etwas gefunden. Der steht gar nicht mehr als Besitzer von Villa Strozzi im Grundbuch.«

Frank sah Pandolfini verständnislos an. »Ich soll weitere Aufnahmen von seinem Weingut machen, und gestern war er beim Grafen Solcari.«

»Das Grundbuch ist ausschlaggebend. Die Änderung ist einen Monat alt. Eine Firma namens VINinVEST ist neuer Besitzer. Ich habe Ihnen den Namen hier aufgeschrieben. Vielleicht kann uns Scudiere mehr dazu sagen, der kennt Strozzi gut.«

Frank verzog das Gesicht zu einer Grimasse. »Stefano kennt Strozzi gut? Was haben die nun miteinander zu tun?« Panik und Empörung stiegen jetzt in Frank hoch. Der, den er für einen Freund gehalten hatte, stand mit Strozzi in Verbindung? Er betrachtete den Zettel. VINinVEST. Sehr einfallsreich, der Name. Frank schüttelte den Kopf. Vier Tote, dachte er, und wenn ich nicht aufpasse, bin ich der fünfte.

Er sah in die Menschenmenge auf dem Platz. Wenn von

dort aus jemand auf ihn schoss, konnte der Täter unerkannt entkommen. In seinem Magen breitete sich ein sehr ungutes Gefühl aus.

Pandolfini erhob sich. »Machen Sie sich keine Sorgen, Sie bekommen gleich Verstärkung. Ich würde ja gern bleiben und das alles mit Scudiere erörtern, aber ich habe einen Termin bei Gericht.«

»Madonna, *dio mio,* tun Sie das nicht!« Frank sprang erregt auf, packte den verblüfften Anwalt an den Armen und schüttelte ihn. »Tun Sie das auf keinen Fall, reden Sie nicht mit ihm, dann bin ich erledigt.«

Einige Leute an den Nachbartischen sahen zu den beiden herüber.

»Sie meinen doch nicht etwa, dass Scudiere involviert ist?« Panodolfini zeigte sich ungläubig und entrüstet gleichermaßen.

Frank legte Pandolfini die Hand auf die Schulter und bedeutete ihm, sich wieder zu setzen. »Er hat mir geraten, besser gar nichts zu unternehmen. Er spielt eine Rolle, und ich ahne langsam, welche. Dass ich mich derart in ihm täuschen konnte.«

Pandolfini erhob sich erneut. »Ich muss gehen, ich muss zu einer Verhandlung! Hier«, er drückte Frank einen Fünf-Euro-Schein in die Hand, »zahlen Sie für mich. Rufen Sie heute Nachmittag an oder kommen Sie zu mir.« Damit drehte er sich um und verschwand in der Menge.

Frank ging sofort zum Tresen und zahlte. Stefano Scudiere durfte er nicht begegnen. Als er aus der Tür trat, stand am Ende des Gangs, der zwischen den Tischen zur Piazza führte, ein Mann, den er kannte. Er trug einen dunklen Anzug, darunter ein weißes Hemd, Schlips und eine Sonnenbrille. Er war mittelgroß, hatte rötliches Stoppelhaar und sah ihn an.

Rechts der Terrasse stand ein zweiter Mann, und wenn Frank sich nicht irrte, war es einer der Kerle aus dem Wald.

Richtig. Sein Kollege hatte weiter links Position bezogen und steckte sich lässig eine Zigarette an. Frank bekam weiche Knie. Unter Menschen bin ich sicher, dachte er, aber wenn ich gehe, fallen sie über mich her. Zur Hölle … wie komme ich zum Wagen? Wenn mir jetzt nichts einfällt, bin ich … Aber ihm fiel etwas ein.

Knapp fünfzehn Minuten später schob ein junger Mann sein knallrotes Motorrad durch den Gang zwischen den Tischreihen der Pasticceria. Eine derartige Respektlosigkeit hatte sich in der hundertjährigen Geschichte des Cafés bisher niemand erlaubt. Die Ober waren vor Entsetzen so gelähmt wie die Gäste. Niemand griff ein, keiner stellte sich dem Motorrad in den Weg, und fasziniert verfolgten alle, wie der junge Mann genau neben Frank die schwere Maschine anließ.

Als der Motor der 500er Kawasaki aufheulte, schwang sich Frank hinter Sergio Folinari auf den Soziussitz. Sofort schoss die Maschine nach vorn, und der Prediger rettete sich mit einem Sprung zur Seite. Schlingernd raste die Maschine im Slalom zwischen den Menschen über die Piazza und verschwand im Gewirr der Gassen.

Kaum hatte Folinari ihn vor dem Kommissariat von Castellina abgesetzt, stand Frank schon vor dem Carabiniere. »Ich will den Chef der Mordkommission sprechen«, sagte er und legte den braunen Umschlag auf den Tisch, um sich das Hemd in die Hose zu stecken. »Commissario Rionero leitet doch noch den Fall Palermo?«

»Was geht Sie das an? Außerdem ist er nicht da. Was wollen Sie von ihm?« Der Carabiniere streckte die Hand nach dem Umschlag aus.

»He, liegen lassen!« Frank zog den Umschlag blitzschnell zurück. »Das ist meine persönliche Angelegenheit, die geht Sie nichts an.«

In diesem Moment ging eine Tür auf, und eine Frau trat in den Korridor. Deutlich vernahm Frank Rioneros Stimme.

»Also ist er doch da! Was erzählen Sie mir für Unsinn?«, blaffte er den Carabiniere an.

»Was ist da draußen los?«, rief der Chef der Mordkommission. »Kann man denn hier nie in Ruhe arbeiten?«

»Ein Mann ist hier«, sagte die Frau, »dieser Deutsche, ich glaube, er will zu Ihnen, Commissario.«

»Dann soll er herkommen, *porca miseria.*«

»Sie haben es gehört, lassen Sie mich durch«, sagte Frank wütend zum Carabiniere, der nur widerwillig zur Seite trat.

Sich nach Rioneros Befinden zu erkundigen war überflüssig. Er sah noch schlechter aus als bei ihrem letzten Zusammentreffen: müde, abgearbeitet und blasser als jeder Kellermeister, den Frank bisher zu Gesicht bekommen hatte. Er machte nicht den Eindruck, als wäre er im Fall Palermo vorangekommen.

»Wir treten auf der Stelle«, brummte er, nahm die Brille ab, putzte sie mit einem Zipfel seines Hemdes und verzog angeekelt das Gesicht. »Wir finden kein Motiv. Wir haben auch Sie überprüft. Nein, keine Sorge, alles in Ordnung. Wir sollten noch einmal auf den Nachmittag zurückkommen, als Sie bei Palermo waren. Diese beiden Männer, die Sie verprügelt haben, ich bin geneigt, Ihnen zu glauben.«

»Ich kann sie beschreiben«, erklärte Frank aufgeregt.

»Ach ja?«

»Einen der beiden habe ich inzwischen zweimal wiedergesehen, gestern im Wald und gerade eben, im *Gilli* in Florenz. Das Café kennen Sie bestimmt.«

Rionero sah Frank aus rot geränderten Augen an und kroch fast über die Schreibtischplatte. Erst jetzt bemerkte Frank dessen lange Wimpern, die so dicht waren, dass sie ihm beinahe das Aussehen eines ägyptischen Pharaos verliehen.

»Ich habe Ihnen sogar ein Foto mitgebracht.«

»Ich suche mich krank nach irgendwelchen Tätern, und

Sie spazieren einfach hier herein und haben sogar Fotos? *Da non credere?*«

»Die Aufnahmen stammen von gestern. Und bei den Fotos, die ich heute gemacht habe, weiß ich noch nicht genau, ob sie was geworden sind, ich habe sie aus der Hüfte heraus gemacht. Da schneidet man jemandem leicht den Kopf ab.«

»Wenn's weiter nichts ist – manch einer hätte nichts anderes verdient. Los, los, zeigen Sie her!« Rionero fuhr mit der Hand über die Schreibtischplatte und stieß dabei den randvollen Aschenbecher zu Boden. Es kümmerte ihn nicht. »Die Bilder, her damit!«

Bevor Frank ihm den Umschlag reichen konnte, erhob Rionera sich, ging raschen Schrittes zur Tür und öffnete sie schwungvoll. »Ich will jetzt nicht gestört … Was machen Sie denn hier?«, entfuhr es ihm, als er die Gestalt links neben der Tür im dunklen Flur bemerkte. »Machen Sie Ihre verdammte Arbeit«, fuhr er den Carabiniere an, »oder haben Sie nichts zu tun?«

Er knallte die Tür zu. »Wäre ich bloß in Florenz geblieben«, sagte er wütend. »Hier weiß man nicht, wem man trauen kann. Übrigens, Ihr Freund, der Commissario, ist wieder im Dienst. Er hat bestimmt Freunde in Florenz, Protektion … So, nun zeigen Sie endlich die Bilder.«

Frank gab sie ihm, und Rionero betrachte sie eingehend.

»Ich kann Ihnen das nicht verübeln, der Mann ist wirklich kaum zu beschreiben.« Er kniff die Augen zusammen, setzte die Brille auf und wieder ab. » Wenn es um einen Politiker ginge, dann säße hier längst eine Sonderkommission von zwanzig Mann, Fahrzeuge hätte ich, Hubschrauber …«

»Es geht wahrscheinlich um einen Politiker«, sagte Frank zaghaft.

»*Porca miseria,* nein, bitte, bitte tun Sie mir das nicht an …« Rionero raufte sich die Haare. »Ich hasse solche Fälle. Die bringen einem nichts als Scherereien, und zuletzt wird man degradiert oder versetzt.« Er verzog das Gesicht und sah aus, als würde er augenblicklich zu weinen anfangen. Er bot dabei einen so jammervollen Anblick, dass es schon wieder komisch wirkte. Frank konnte sich nur mit Mühe das Lachen verbeißen. Dann begann er seinen Bericht.

»Wir machen uns selbstständig, Signor Gatow. Wir machen eine Detektei auf, Sie und ich. Da verdienen wir bestimmt besser«, meinte Rionero, nachdem Frank ihm wohl dosiert erzählt hatte, was seit jenem Nachmittag oberhalb des Weingutes von Niccolò Palermo geschehen war. Sein Manöver auf der Superstrada ließ er vorsichtshalber unerwähnt, genau wie die Affäre mit Antonia.

»Ich muss Ihre Aussagen selbstverständlich überprüfen. Allein auf Ihr Wort hin kann ich nichts veranlassen. Das dauert. Sie müssen morgen wiederkommen und alles zu Protokoll geben. Und … fühlen Sie sich bedroht?«

»Fühlen ist gut, ich werde ganz konkret bedroht. Sehen Sie diese Konstruktion auf dem Anhänger, diese Baumstämme? Die waren für mich bestimmt und nicht fürs Sägewerk.«

»Damit wären Sie das fünfte Opfer in dieser Angelegenheit.« Rionero breitete die Arme aus wie ein Priester beim Segen. »Aber ich kann Ihnen beim besten Willen keinen Polizeischutz besorgen.«

»Den will ich auch nicht, ich könnte mich nicht mehr bewegen, außerdem lässt sich niemand fotografieren, wenn die Polizei neben mir steht.«

»Wenn ich Sie nicht brauchen würde, müsste ich Ihnen raten, fahren Sie so schnell wie möglich nach Hause. Die Sache kann sogar für mich heikel werden … dieser Strozzi …« Rionero kaute nervös an seinem Daumennagel. »Als Erstes muss ich nach Florenz, ins Präsidium. Bei Politikern muss man überaus vorsichtig sein.«

Frank nickte. »Sie kennen Strozzi?«

Rionero lachte auf. »Wer kennt den nicht? *Canaglia.* Stockreaktionär, aber der wäre auch links außen, wenn sich damit mehr verdienen ließe.« Er seufzte, rieb sich die Augen und stand auf. »Tut mir leid, dass ich Ihnen nicht einmal einen Espresso anbieten kann. Der Automat ist kaputt. Geben Sie mir für alle Fälle noch Ihre Handynummer. So. Ich bringe Sie wenigstens zur Tür, sonst schnappt dieser Terrier wieder nach Ihrer Hose. Mal sehen …«

Rionero riss die Tür mit einem Ruck auf, aber der Carabiniere war fort. Frank verließ das Gebäude, ließ sich auf den Sitz des Wagens fallen, startete den Motor und stellte die Klimaanlage auf volle Touren. Mit der Abkühlung kam eine gewisse Erleichterung, auch wenn die Sache noch nicht ausgestanden war.

Eigentlich hätte Scudiere ihm den Rücken freihalten sollen – sein Name zumindest verwies darauf, denn auf Deutsch hieß *scudiero* Schildknappe. Frank schüttelte den Kopf. Es war ihm ewig nicht passiert, dass er sich in einem Menschen derart getäuscht hatte. Stefano hatte Stil, war gewandt, schien hilfsbereit, offen und freundlich, beruflich eine Koryphäe, einer der besten Berater überhaupt, kein schlechtes Wort hatte er über ihn gehört – und dann so etwas. Ein Trauerspiel. Doch statt auf Stefano wütend zu sein, ärgerte Frank sich über sich selbst. Wie blauäugig ging er durch die Welt? Wie leicht war er ihm auf den Leim gegangen … Was hatte Stefano in San Francisco gewollt?

Es war zu spät zum Mittagessen, deshalb fuhr Frank zur Bar in der Via Roma. Als er den Fuß auf die erste Stufe zur Terrasse setzte, schnarrte das Handy: *»Pronto?«*

»Franco Gatow?«

»Sind Sie es, Rionero?«

»Ja! Nur eine kurze Frage: Haben Sie den Umschlag wieder mitgenommen?«

»Nein, der war für Sie bestimmt.«

»Sind Sie ganz sicher?«

»Klar!«

»Hier ist kein Umschlag. Dann hat ihn jemand … verflucht, *accidenti al diavolo!*«

»Gestohlen? Ich bringe Ihnen Abzüge, aber das dauert. Ich komme heute nicht nach Florenz. Dort könnte ich …« Aber Rionero hatte das Gespräch längst beendet.

Wieder einen Tag verloren. Wer hatte die Bilder geklaut? Der Commissario war wieder im Dienst, oder war es sein Terrier gewesen? Frank war der Appetit vergangen, und die bekannte Übelkeit stellte sich ein. Er ging zur Bar und bestellte eine Tasse Tee, und der Barmann, der ihn mittlerweile kannte, kam dem Wunsch missbilligend nach. Frank lehnte sich mit dem Rücken gegen den Tresen und betrachtete die Touristen. Diese Leute waren zu beneiden. Sie machten Ferien in der wunderschönen Toskana, genossen das grandiose Wetter, konnten in Ruhe Weingüter besichtigen, in den blauen Himmel schauen, abends friedlich essen gehen …

Er musste zurück nach Rondine, er brauchte frische Kleidung, und womöglich machte sich Benevole Sorgen, weil er letzte Nacht nicht aufgekreuzt war. Dabei hatte er bestimmt genug mit seiner Brücke und der Weinlese zu tun.

Die grauenvolle Straße durch den Wald nach Vagliagli wurde von Tag zu Tag schlimmer, doch je häufiger Frank sie benutzte, desto mehr verlor sie ihren Schrecken, und er lernte die tiefsten Schlaglöcher zu umfahren. Besonders lästig war der feine Staub, der durch sämtliche Ritzen drang, weshalb er alle Kameras in Plastiksäcke einpackte, besonders jetzt, wo die Heckklappe nicht mehr richtig schloss.

Kurz vor der Behelfsbrücke blockierte ein silberner Geländewagen den Weg. Das Unterholz auf beiden Seiten war zu dicht, um daran vorbeizukommen, und Frank trat hart auf die Bremse. Hätten die Räder blockiert, wäre er dem anderen in die Flanke gerutscht, so aber blieb er kurz davor stehen. Ein neuer Überfall, kam es Frank in den Sinn, und er war fast erleichtert, als Stefano Scudiere ausstieg und um den Kühler herum auf ihn zukam. Aber das musste nicht bedeuten, dass ihm hier keine Gefahr drohte. Er konnte seine Hilfstruppen im Wald postiert haben. Frank ließ die Scheibe ein wenig herunter, verriegelte die Türen und legte den Rückwärtsgang ein.

»Steig aus, Franco! Steig aus.« Scudiere griff nach der Fahrertür. »Komm raus. Ich will reden, nur mit dir reden! Wirklich.«

Scudiere war groß, größer als er, mindestens eins neunzig, er war bestimmt zehn Jahre älter, dafür war er sportlich, richtig durchtrainiert vom ständigen Ablaufen der Weinberge, *camminare la terra oder fare il giro?* Wie hieß das nochmal? Frank vergewisserte sich, dass der Schürhaken rechts von ihm neben der Handbremse lag.

»Steig endlich aus. Ich tue dir nichts, und hier ist auch sonst keiner.«

»Was willst du?«

»Reden, Franco. Wir müssen eine Lösung finden.«

»Du, ihr oder wer auch immer, ihr müsst eine Lösung finden!«

»Nein, wir beide.«

»Ich habe zu viel mitgekriegt, nicht wahr?«

»Du sagst es.«

Scudiere schien nicht aggressiv zu sein, Frank hatte vielmehr den Eindruck, dass er verzweifelt war. Vielleicht bestand doch keine akute Gefahr, dass er ihn umbrachte. Aber Scudiere hatte sich als hervorragender Schauspieler erwiesen. Er schlug die Augen nieder.

»Franco, ich kann dich gut leiden, und ich möchte nicht, dass dir was passiert, wenn es sich vermeiden lässt.«

Frank stieg aus. »Wenn es sich vermeiden lässt? Du drohst mir? Ihr, wer immer das sein mag, ihr habt nicht mit mir gerechnet.« Er durfte ihn um Himmels willen nicht merken lassen, dass er bei der Polizei gewesen war. Aber jetzt, nach dem Diebstahl der Fotos, war es nur eine Frage der Zeit, bis die Gegenseite alles wusste.

»Dass jemand wie du im Chianti auftaucht, war nicht einkalkuliert, jemand, der sich auf allen Gütern herumtreibt.«

»Gestern – und heute auch, da wollte dieser Prediger mich umbringen. Ist es das, was du vermeiden möchtest?«

»Welcher Prediger?«

»Du kennst sie, die beiden Typen mit den Sonnenbrillen und den dunklen Anzügen.«

»Es wurden zu viele Fehler gemacht.«

»Fehler?«, schrie Frank wütend. »Fehler nennst du das? Drei oder vier Tote? Du fackelst Malatestas Kellerei ab, bringst seine Pferde um, hilfst auch noch beim Löschen und nennst das Fehler?«

»Lass uns nicht über Moral streiten, Franco. Hau einfach ab. Das ist mein guter Rat. Verschwinde. Pack deine Sachen, heute noch, am besten sofort. Lass dich hier nie wieder blicken – länger kann ich dich nicht schützen.«

»Du schützt mich?« Frank schüttelte den Kopf und lehnte sich an den Wagen. »Vor wem? Bisher habe ich mich selbst geschützt.«

»Sei nicht so naiv. Wenn ich dir das sage, sind wir beide erledigt.«

»Und wenn wir uns gemeinsam da rausziehen? Vielleicht kannst du ja noch abspringen?« Eine vage Hoffnung bestand noch, dass Frank ihm eine Brücke bauen konnte, er durfte nichts unversucht lassen.

Scudiere blieb äußerlich gelassen, viel zu gelassen für Franks Empfinden. »Ich sagte bereits, du bist naiv. Stell dich nicht so dämlich an. Sie schlagen dich tot, wenn sie dich kriegen.«

»Und wenn ich vielleicht mitmachen will?«

»Wobei? Bei dem Projekt?«

»Geld kann man immer brauchen«, bluffte Frank und hoffte inständig, dass Scudiere nichts von seinem Treffen mit Rionero wusste. Er konnte zumindest Zeit schinden.

»Was hast du der Polizei erzählt?«

Jetzt wurde es kritisch. Frank bemühte sich um einen distanzierten, überlegenen Gesichtsausdruck. »Nichts habe ich erzählt. Auf mich eingeschlagen haben dieser dämliche Commissario und das kleine Arschloch, das ihm nachläuft. Sie halten mich für den Mörder der Palermos.«

»Das glaube ich nicht, aber sei's drum. Wir werden es herausfinden. Gib mir mein Handy zurück.« Scudiere streckte die Hand aus.

»Nein, ich brauche ein Telefon. Wenn du es haben willst, dann hole es dir.« So wie Frank den bisherigen Verlauf des Gespräches einschätzte, würde Stefano ihn nicht angreifen. »Weshalb hast du es mir gegeben? Damit ihr immer wusstet, mit wem ich Kontakt aufnehme?«

»Ich sagte es bereits, du weißt Dinge, die nicht für dich bestimmt sind und die du nicht verstehen kannst. Das alles ist eine Nummer zu groß für dich.«

»Wie für Signora Tuccanese?«

»Wie kommst du darauf?«

»Sie ist tot, Kopfschuss!«

Es gelang dem Consultore nur halbwegs, seinen Schrecken zu verbergen. Das war nicht gespielt, das war echt. Wieso wusste er nichts von dem Mord?

»Sieht so aus, als hättest auch du nicht alles in der Hand.« Frank sagte es eher absichtslos, dabei mochte diese Erkenntnis für Stefano Scudiere lebenswichtig sein.

»Hau ab, Franco. Noch einmal sag ich es nicht! Pack deine Kameras zusammen, mach deine Fotos sonstwo, im Piemont oder auf Sizilien, aber nicht hier. Ich bitte dich sogar darum. Der Rest liegt bei dir, ich habe dich gewarnt. Mehr kann ich nicht für dich tun.«

»Ich will wirklich mitmachen.«

»Das ist nicht dein Ernst?«

»Sprich mit deinen Leuten, gib mir Bescheid, dann kann ich immer noch entscheiden, ob ich verschwinde. Okay?«

Scudiere gab Frank zögernd die Hand. »Ob man Verwendung für dich hat, kann ich nicht sagen, aber mach keinen Fehler, *ragazzo mio.*«

»Das gilt für dich ganz genauso.« Frank drehte sich abrupt um und setzte sich in den Wagen, setzte ein Stück zurück, sodass Scudiere an ihm vorbeifahren konnte. Auf gleicher Höhe ließ er das Fenster herunter. »Noch was. Man will die Fotos, alle, selbstverständlich auch die Negative.«

»Wenn ich mitmachen kann, kriegt ihr sie!«

16

Donnerstag, 7. Oktober

»Bist du wahnsinnig? Du kannst doch nicht einfach hier auftauchen. Wenn mein Mann …«

Frank legte Antonia den Zeigefinger auf den Mund und zog sie in den Schatten der Rebzeilen. Am Boden waren beide von der Pflückerkolonne nicht zu sehen, die etwa zwanzig Meter entfernt arbeitete, und er konnte Antonia küssen. »Wie ich mich danach gesehnt habe.«

»Du bist total verrückt«, flüsterte Antonia und strahlte. »Wieso rufst du nicht vorher an? Ich hätte ganz woanders sein können.«

»Warst du aber nicht, und ich hätte dich überall gefunden. Ich kann mein Telefon nicht mehr benutzen. Scudiere hat es mir gegeben, damit er mich überwachen kann.«

»Stefano? Was hat der damit zu tun?«

»Ja, Stefano, man glaubt es nicht, ein Herr von Welt, immer gepflegt und äußerst charmant. Er weiß, worum es geht, angeblich um ein größeres Projekt, es hat etwas mit San Francisco zu tun, er war gerade dort. Er hat mich gewarnt, sie würden mich gehen lassen, wenn ich noch heute verschwinde …«

»Sie? Wer sind sie?«

»Darüber sagt er nichts.«

»Und – tust du es?«, fragte Antonia erschrocken.

»Ich habe vorhin mit dem Chef der Mordkommission gesprochen und ihm gesagt, was ich weiß, fast alles. Nichts von dir und mir, natürlich. Er will es nachprüfen, und dann wird man sehen. Davon habe ich Scudiere natürlich nichts erzählt. Wenn sie das wüssten, dann ginge es mir so wie der Maklerin.«

Antonia verstand nicht, was Frank meinte. »Wanda hat sie angerufen, aber sie war nicht in ihrem Büro.«

»Die kommt auch nie wieder.«

»Wieso? Was ist ...?«

»Weil sie im Leichenschauhaus ist. Man hat sie umgebracht, vor ihrem Büro, erschossen, heute Morgen.«

Antonia kauerte sich auf den Boden und schlang die Arme um die Knie.

»Ist das eine Mafia-Geschichte?«, fragte Frank. »Weißt du wirklich nichts darüber?«

»Auf Sizilien hat sie bestimmt mit Weinbau zu tun, um Geld zu waschen. Das kann ich mir vorstellen, aber nicht hier, zumal Scudiere drin hängt.«

»... und Avvocato Strozzi.«

»Bist du sicher?«

»Absolut. Er wusste, dass ich zu Malatesta fuhr, demnach hat er dem Prediger Bescheid gesagt, und er wusste auch von dem Treffen mit Solcari. Da hat er rumgelabert und mich keine Sekunde mit dem Grafen allein gelassen. Meine Termine sind bekannt, weil alles vom Consorzio koordiniert wird. Er brauchte dort nur nach mir zu fragen.«

»Wir müssen Giacomo Paese warnen, und Malatesta und die anderen, die mit Scudiere zusammenarbeiten.«

»Nichts da! Wir machen niemanden scheu.«

»Aber wenn ihnen was passiert?« Antonia fasste nach Franks Hand. »Ich möchte dich nicht verlieren, Franco, mein Lieber ...«

»Kann ich mich weiterhin in eurem Häuschen verstecken? Sie sollen glauben, dass ich noch bei Benevole auf Rondine bin. Scudiere hat mich dort abgefangen, und bei Benevole habe ich mich auch kurz sehen lassen.«

»Natürlich kannst du das. Wissen die alles von dir?«

»Vermutlich.« Frank betrachtete Antonia, die seinem Blick auswich. Er würde zu gern wissen, weshalb die Guardia di Finanza nur ihren Betrieb verschont hatte.

»Bleib im Haus, solange du willst. Nur darf es niemand merken, vor allem nicht Massimo.«

»Was ist mit ihm – und dir?«

»Nichts. Er wohnt im Nebenhaus, wir sehen uns so gut wie gar nicht. Er ist ständig unterwegs, und ich habe meine Arbeit. Jetzt macht er einen Bogen um mich, das ist neu, sonst bin immer ich ihm ausgewichen. Er macht mir nicht einmal Vorwürfe. Er hat lediglich gesagt, dass er was unternimmt, falls das mit meiner neuen Affäre an die Öffentlichkeit kommt. Es würde dem Ruf seiner Familie schaden, außerdem sei es den Kindern gegenüber eine Unverschämtheit. Dabei haben ihn die Paparazzi schon dreimal mit irgendwelchen Schauspielerinnen oder Edelnutten erwischt und in die Zeitung gebracht. Ein Widerling. Große Männer seien eben begehrt, hat er damals gesagt und gelacht. Ich könne froh sein, dass er mich geheiratet hat, sonst würde ich immer noch in unserer alten Wohnküche leben.«

»Das tust du ja, und wie es aussieht, auch sehr gern!« Frank lachte laut, und Antonia erschrak. Er streckte den Kopf über die Rebzeile. »Keine Sorge, deine Frauen sind weit weg.«

»Ich glaube, in dem Häuschen bist du einigermaßen sicher, aber – hast du einen Plan?«

»Einen Plan? Vielleicht. Ich muss die Zusammenhänge begreifen, und ich muss wissen, wer *die* sind, von denen Scudiere sprach. Außerdem will ich herausfinden, was er in San Francisco getrieben hat. Dabei muss ich höllisch aufpassen, dass sie …«

Antonia horchte auf. »Sieh zu, dass du verschwindest, die Pflückerinnen kommen.«

»Alle wollen, dass ich verschwinde.«

»Ich komme heute Nacht zu dir, und jetzt hau ab, *allocco*, du Dummkopf, niemand darf dich hier sehen.«

Frank kroch durch die nächste Rebzeile und lief dahinter gebückt auf den Waldrand zu. Er war sich sicher, dass keiner ihn entdeckt hatte.

Das Handy wollte er nicht benutzen, solange er nicht wusste, wie Scudiere seine Gespräche hatte überwachen können. Deshalb fuhr er nach Gaiole, wo er eine Bar mit einem öffentlichen Telefon fand, und sagte von dort aus alle Termine für die nächsten beiden Tage ab. Er musste sich damit abfinden, dass die Sache hier länger als geplant dauerte. Vonseiten des Verlags bestand kein unmittelbarer Zeitdruck, die Bilder konnte er notfalls eine Woche später liefern. Nur vier Betriebe inklusive Winzerporträts fehlten noch auf seiner Liste, das waren Querciabella und Nittardi, Cennatoio und Castello di Bossi – alles Weingüter der ersten Liga. Das waren drei, höchstens vier Tage Arbeit, wenn sich das Wetter hielt. Alle anderen Aufnahmen waren im Labor und bei Pandolfini sicher, wenn der Anwalt nicht auch ein doppeltes Spiel trieb, aber bei seiner Skepsis Stefano gegenüber war kaum davon auszugehen. Es war wirklich nervtötend, wenn immer Zweifel blieben. Weshalb hatte Stefano ihm diesen Anwalt empfohlen? Weil er ihn aus der Sache raushalten wollte? Oder war da etwas falsch gelaufen? Scudiere hatte den Vater geschickt, aber der Sohn war gekommen. Oder baute Stefano vor, für den Fall des Falles?

Eine Woche zuvor hätte Frank die Zeichen kaum bemerkt. Jetzt aber sah er die fremden Wagenspuren sofort, hielt an, sah sich um und stieg aus. Es lag ein anderes Profil über dem von seinen Reifen: es war grober, breiter, die Reifen standen weiter auseinander. Der andere Wagen musste schwerer sein als sein Auto, die Abdrücke hatten sich tief eingegraben. Wartete der Prediger bereits auf ihn?

Frank stellte den Volvo knapp einen halben Kilometer vor

dem Häuschen in einen Seitenweg und ging zu Fuß weiter. In der Stille des Waldes, kurz vor Einbruch der Dämmerung, trug der Schall weit, und er erkannte die Stimme eines der beiden Männer, die an dem Tisch vor seinem Quartier Platz genommen hatten: So redete nur Avvocato Strozzi. Ein grüner Porsche-Geländewagen, wohl der teuerste seiner Klasse, stand auf dem Wendeplatz ein Stück abseits, am Steuer ein jüngerer Mann, den Frank nie zuvor gesehen hatte, ein zweiter hatte neben dem Haus auf dem Weg Posten bezogen und kaute gelangweilt auf einem Grashalm.

Mit der Zeit bekomme ich Übung im Anschleichen, dachte Frank, als er über den Boden kroch, nur knackten diesmal keine Äste, dafür raschelte das trockene Laub der Eichen, was es ebenso schwierig machte, sich geräuschlos zu bewegen. Allerdings bot ihm das Gelände Schutz. Er schlich in einer Bodenwelle näher und schlug einen Bogen rechts um das Häuschen. Plötzlich flog ein Fasan auf. Frank erschrak fürchterlich, eine Autotür klappte, er warf sich in eine Kuhle und hielt die Luft an. Stimmen wurden laut, jemand kam näher und kehrte wenige Meter vor Frank um. Als wieder Ruhe eingekehrt war, kroch er unter dem rostigen Zaun hindurch in den verwilderten Garten und fand Deckung unter weit ausladenden Rosmarinsträuchern. Von hier aus ließ sich der Platz vor dem Haus einsehen. Das Licht der späten Sonne fiel durch eine Schneise und beleuchtete zwei Männer am Tisch unter dem Vordach.

Keine fünfzehn Meter vor ihm saß Strozzi, elegant wie immer. Nur – wer war sein Begleiter? Der Mann mochte Mitte vierzig oder älter sein, jedenfalls jünger als Strozzi. Er sah besser aus als der Anwalt, hatte gebräunte Haut und tiefschwarzes lockiges Haar. Frank hätte ihn für einen Süditaliener gehalten mit seinen scharf geschnittenen und vornehmen Zügen, ein klassischer Frauentyp. Das schmale, klare Gesicht unterstrich seine Überlegenheit noch. Ein Genießer war das keinesfalls, eher einer von denen, die nichts freute und die niemandem trauten. Er wirkte wie ein Raubtier, das auf der Lauer lag.

Wenn sich zwei Männer der sogenannten besseren Gesellschaft mitten im Wald trafen, noch dazu mit ihren Leibwächtern, konnte das nichts Gutes bedeuten. In einem Café oder einer Bar hätten sie es bequemer gehabt, aber man hätte sie zusammen gesehen.

»... zu viel investiert, als dass wir uns zurückziehen könnten.« Das waren die ersten Worte, die Frank verstand. Zum Glück sprach der Unbekannte klar und akzentuiert.

»Bei veränderter Sachlage ändert sich auch das Risiko. Wir müssen die Sache erneut abwägen«, entgegnete Strozzi.

Die Stimme des Unbekannten klang kalt. »Ich dachte, Sie hätten es erledigt.«

»Manchmal entwickeln sich die Dinge anders. Besser einige Millionen verlieren als das gesamte Projekt.« Versuchte Strozzi, sich aus irgendetwas herauszureden?

»Es geht hier nicht um das Geld Ihrer Wähler, Strozzi. In diesem Fall habe ich das Kapital organisiert, achtzehn Millionen sind es mittlerweile. Wir werden auch nicht eine Million verlieren! Wir werden alles wie vorgesehen realisieren«, sagte der Unbekannte, lehnte sich zurück und betrachtete seine Hände, die flach auf der verwitterten Tischplatte lagen. »Ich muss mich anscheinend selbst um einiges kümmern.«

»So, wie Sie sich das vorstellen, geht es nicht.« Strozzi griff nach der Flasche, Brandy oder Cognac, Frank konnte es nicht genau erkennen, und schenkte das Glas seines Gesprächspartners halb voll, dann sein eigenes, ließ die Flüssigkeit darin kreisen und nahm einen kräftigen Schluck, stellte das Glas zurück, setzte die Ellenbogen auf den Tisch und faltete die Hände.

Frank war verblüfft. Er hatte einen Strozzi vor sich, den er bislang nicht kannte, klar, bedacht und konzentriert. Wer von beiden, Strozzi oder der Fremde, die Zügel in der Hand hielt, wurde bei seinen nächsten Sätzen klar:

»Die Unruhe, Dottore, lag meines Erachtens am Zeitdruck und an den Methoden, die man nur im Notfall anwenden sollte, da stimme ich Ihnen zu. Wir haben unsere Verhandlungsmacht überbewertet, doch letztlich brachte die unglückliche Auswahl der Akteure den Stein ins Rollen.«

»Sie behaupten, die Amerikaner hätten eigenmächtig gehandelt, die Situation eskalierte, als der Sohn dem Vater zu Hilfe kam? Avvocato«, die Stimme des Fremden klang fast mitleidig, »habe ich mich jemals mit Halbheiten abgegeben? Palermo hat ihnen gedroht. Ich kenne Ihr Gutachten über die neue Kellerei, es wies handwerkliche Mängel auf, das ist die Wahrheit. Sie haben meine Leute benutzt, um Ihre Fehler zu – beseitigen. Sie sollten lediglich die Bereitschaft stimulieren, dass die Leute verkaufen. So war es vereinbart. Anscheinend haben Sie Ihre Fähigkeiten überschätzt. Und was die Wahl des Personals angeht – da ich die Aktion finanziere, wähle ich die Mitarbeiter zukünftig selbst aus.«

Strozzi wirkte keineswegs eingeschüchtert. »Ich habe niemals für diese extremen Maßnahmen plädiert. Das Ergebnis befriedigt mich genauso wenig wie Sie, Dottore.« Strozzi senkte die Stimme. »Im Übrigen darf es keine Hinweise auf uns geben! Wir müssen leider noch weitere Glieder aus der Kette entfernen.«

»*Senza dubbio*, ohne Zweifel. Dass die Dame in unserer Partie schwach wird, hätte wiederum ich nicht gedacht. Drei, würde ich sagen!«

»Zwei«, sagte Strozzi nach einer Pause. »Die Vorgehensweise ist bereits geklärt, er hat seine Aufgabe hier und in San Francisco erfüllt, und als Berater haben wir bereits einen besseren.«

»… außerdem wird er frech und zu teuer.«

Sprachen die Männer von Scudiere?, fragte sich Frank. Oder hatten außer ihm noch andere mit San Francisco zu tun?

»Wie ist der Zustand des Unfallopfers?«, fragte der mit Dottore Angesprochene. »Noch im Koma?«

»Nein, nicht mehr, er liegt jetzt auf der Intensivstation. Da reicht ein Stecker, ein Schlauch …«

»Könnte das sein Partner erledigen?«

»Scheint mir in dem Fall angeraten«, sagte Strozzi fast flüsternd, »ich kläre das. «

Frank packte eine heillose Wut. Am liebsten hätte er sich auf die Männer gestürzt. Sie wollten den Prediger auf der Intensivstation durch seinen Kumpel ermorden lassen? Was für Bestien! Frank musste die Leibwächter im Auge behalten, denn einer von ihnen machte eine Runde, oder vertrat er sich nur die Beine?

»Wir müssen rasch handeln«, fuhr Strozzi fort, »bevor er vernehmungsfähig wird.«

»Seinen Partner schicken wir danach nach Südafrika«, pflichtete der Fremde bei. »Ich weiß schon, wer ihn dort übernehmen kann.«

Was meinte der Fremde mit *übernehmen?* Ermorden? Klar, dass sie die Prediger aus dem Verkehr ziehen mussten. Frank schauderte vor der grenzenlosen Fähigkeit dieser beiden Männer, andere ins Unglück zu stürzen.

»Wir sind bislang nirgends in Erscheinung getreten, dabei bleibt es. Was die Winzer angeht, so sind wir steckengeblieben. Ihr Verschulden, Avvocato. Es war geplant, das Chianti-Projekt in drei Monaten an San Francisco zu übergeben. Von den zwanzig ausgewählten Winzern haben wir lediglich fünf überzeugt. Aber wir brauchen mindestens zweihundert Hektar, damit die Investition sich amortisiert.«

»Sie bringen Ihre fünfzehn Hektar ein?«

»*Lo faccio volentiere.* Es wird mir ein Vergnügen sein.« Der Fremde deutete ironisch eine Verbeugung an.

»Ihre Frau räumt das Feld nicht kampflos. Die Azienda Vanzetti ist ihr Lebenswerk, soweit ich das beurteilen kann.«

»Nein. Ich habe sie ihr überlassen, als Spielplatz, damit sie Ruhe gibt …«

Dann war der Fremde … Frank stockte der Atem. Unglaublich! Der gut aussehende Mann, der hier über Leben und Tod verhandelte, war … Massimo Vanzetti, Antonias Ehemann? Wozu noch zwanzig Weingüter, wenn er von Geburt an so viel Geld hatte, dass er es nie würde ausgeben können? Wozu Mord, Sabotage, Urkundenfälschung und was noch alles? Bestechung sicher auch, denn ohne die lief sowieso nichts.

Mit diesem eiskalten Manager oder Wirtschaftskriminellen hatte Antonia zwei Kinder? Dabei sah Vanzetti ganz und gar nicht aus wie ein Mörder, aber jetzt, wo Frank mit Vanzettis eiskalter Art in Berührung gekommen war, strategisch nannte man dieses Denken wohl in solchen Kreisen, verstand er Antonias Angst. Frank fragte sich, wie er Vanzetti porträtieren würde. Vor schwarzem Marmor, glatt und glänzend musste er sein, kalt … Jetzt fielen Frank die großen Hände auf: raffen, greifen, packen, festhalten – Antonias Angst kam ihm abermals in den Sinn, und er wunderte sich über seine absurden Gedanken in dieser Situation.

Mein Wissen nützt einen Dreck, dachte Frank und stöhnte innerlich, gegen die Armee von Anwälten und Killern, die dieser Mann in Bewegung setzen konnte – Antonia musste dringend in Sicherheit gebracht werden.

»Meine Frau wird sich mir in den Weg stellen?« Massimo Vanzetti, der die meiste Zeit verbindlich lächelte, verzog boshaft das Gesicht. »Sie ist mit zweiundzwanzig geistig stehen geblieben, Avvocato, nach dem zweiten Kind. Das ist häufig so bei Frauen, wenn ihre biologische Funktion erfüllt ist. Die Besitzverhältnisse sind vertraglich geregelt. Sie hat keine Chance.«

Strozzi rieb sich die Augen. »Könnte es sein, lieber Dottore, dass Sie Ihre Frau unterschätzen? Sie hat Erfolg, sie hat

Freunde, sie führt den Betrieb hervorragend, ihre Weine sind großartig, wenn ich mir ein Urteil erlauben …«

»Ihr Urteil, Avvocato, interessiert mich einen Dreck«, zischte Massimo Vanzetti. »Meine Frau hat nicht annähernd genug Grips für ein Kreuzworträtsel. Sie hat bis heute ihre Ohnmacht nicht begriffen. Und – hinter ihren Erfolgen steckt allein diese Livonardi, von ihr stammen die Ideen, die hetzt unsere Frauen auf. Aber auch ihre Kellerei und ihre Weine werden wir bekommen! *Accidenti! Diavolo!* Teufel auch!« Massimo Vanzetti fletschte in verhaltener Wut die Zähne. Der Raubfisch hatte seine Beute im Blick.

Strozzi rührte das nicht. »Sie sind zu emotional, Dottore, das kenne ich gar nicht von Ihnen. Lassen Sie die Gefühle beiseite. Die erste Runde ging immerhin an Wanda Livonardi.«

»*Colpa di Lei,* Strozzi, Ihre Schuld! Sie haben vor Ort das Netzwerk geschaffen, wenn es denn eines ist und die Belastung aushält. Sie haben die Kontakte zur Steuerbehörde … zur Polizei.«

»Es war Ihr Vorschlag, Dottore! Wir sollten die Winzer wirtschaftlich schwächen, sie zur Aufgabe bringen und sie dann übernehmen.«

»Wer wird Ihnen das glauben?« Jetzt war es Vanzetti, der sich das Glas randvoll schenkte und es in einem Zug leerte. Er schien unsicher.

Strozzi bedeutete dem Leibwächter, sich weiter zu entfernen, dann sprach er leise weiter. Frank schloss die Augen, um sich besser konzentrieren zu können. »Was Sie, Dottore, anscheinend nicht verstehen, ist, dass hier niemand verkaufen will – weder für Geld noch für gute Worte, und für Drohungen sind diese Leute überhaupt nicht zugänglich. Sie kämpfen um jeden Weinstock, sie sind stolz auf ihre Weine, sie lieben ihr Land, sie kleben regelrecht daran. Zur Not schleppen sie die Trauben auf dem Rücken in die Kellerei, wie dieser Benevole.«

»Der mit der Brücke?«

Strozzi nickte.

»Es hat mich den Bagger gekostet. Auch ein Fehlschlag«, beklagte sich Vanzetti. »Stümperhaft, genau wie der Brand.«

»Den Bagger zahlt die Versicherung.«

»Nicht der Brand hat die Leute aufgebracht, sondern der Tod der Pferde. Was hat Scudiere sich eigentlich dabei gedacht, beim Löschen zu helfen? Ich habe sein Foto in der Zeitung gesehen. Will er seine Haut retten? Er wird zum Risiko. Wir haben den Investoren bislang nur fünf Güter gesichert, mit unseren sind es sieben, Kinkerlitzchen, Avvocato. Ich reise nächste Woche in die Vereinigten Staaten, San Francisco steigt nur in die Verträge ein, wenn alles bis Ende nächsten Jahres geregelt ist, das ist die Deadline. Fünf Jahre kalkulieren sie für die Durchsetzung der weltweiten Chianti-Marke.«

»Man kalkuliert immer langfristig«, unterbrach Strozzi, »man kann verschiedene Weine unter demselben Namen vertreiben, in verschiedenen Ländern wohlgemerkt. Niemand vergleicht den in Deutschland angebotenen Chianti mit der Version für Nordamerika.«

»Wenn Sie im Marketing so gut sind, weshalb sagen Sie ihnen das nicht«, bemerkte Vanzetti ärgerlich.

Strozzi hielt weiter dagegen. »Sie haben den Kontakt zur Basis, verloren, Dottore. Wir Politiker wissen, was die Winzer denken und fühlen. Wir müssen zuhören, damit wir unsere Ziele so darstellen, dass sie glaubhaft wirken.«

»Dann sorgen Sie auch dafür, mein lieber Avvocato! Noch ein Fehler, und Sie schnorren sich das Geld für Ihren nächsten Wahlkampf bei den Tagelöhnern in Montalcino zusammen.«

»Und was machen wir mit diesem Fotografen?«

»Ist er wirklich ein Erpresser?«, erkundigte sich Vanzetti.

»Nein, er blufft. Er kommt viel näher an die Winzer heran als die Behörden, er hat Fotos, die uns kompromittieren.

Mein Verbindungsmann in Castellina hat sie sichergestellt, aber es gibt bestimmt Negative.«

Dann war der Commissario Strozzis Informant? Daher also war der Avvocato über die Ermittlungen informiert.

»Jemand muss mit ihm – äh – reden«, ließ Vanzetti wissen. »Und jetzt möchte ich aufbrechen.«

Wie lange Frank hinter dem Rosmarinstrauch liegen geblieben war, nachdem die Männer weggefahren waren, vermochte er nicht zu sagen. Und wie er sich die Zeit um die Ohren geschlagen hatte, bis Antonia aufgetaucht war, ebenso wenig. Jetzt aber erhellten zwei Windlichter notdürftig den Tisch vor dem Häuschen, an dem Strozzi und Vanzetti am späten Nachmittag gesessen hatten. Antonia breitete ein weißes Tuch auf den verwitterten Brettern aus und stellte Wein- und Wassergläser vor die Teller. Sie hatte bis spät in der Kellerei gearbeitet und danach alles im Wagen hergebracht.

Es war ein enormer Aufwand gewesen, doch es war für sie die einzige Chance, sich ungestört mit Frank zu treffen; ihr erschien dieser Platz sicher, zumal Vanzetti mit Geschäftsfreunden in Florenz verabredet war.

Ungewöhnliche Situationen waren Frank durchaus vertraut, der Beruf brachte das mit sich – aber ein Festessen spät am Abend, mitten im Wald mit einer Frau, deren Ehemann ihn vermutlich mit zwei anderen auf die Todesliste gesetzt hatte, mit der Selbstverständlichkeit eines Hobbygärtners, der die Maulwürfe in seinem Garten vergast? Frank fühlte sich, als ginge er an einem Abgrund entlang. Innerlich aufgewühlt, zwischen Panik und Verliebtsein, dem Wunsch zu bleiben, sich ganz an diesen Augenblick zu verlieren, und gleichzeitig erinnerte ihn der Autoschlüssel in der Hosentasche daran, dass er jederzeit verschwinden konnte. So hatte ihn in seinem Leben nur Christines Geburt aufgewühlt.

Der Wald ringsum schloss ihn und Antonia gegenüber der Welt ab. Es war ihr Universum, mit niemandem mussten sie die Sterne teilen, die so hell funkelten, dass man glaubte, sie greifen zu können. Frank betrachtete Antonias Hände, als sie ein Messer zurechtrückte, ein Glas nach rechts schob, er beobachtete, wie sie sich aufrichtete, das widerspenstige Haar zum dritten Mal verzweifelt im Nacken zusammenband und dabei befangen lächelte. Eigentlich waren beide todmüde, doch in diesen Momenten des Zusammenseins fühlten sie sich ungeheuer wach.

Antonia eröffnete das Essen mit Crostini al Fegato, nur leider waren die gerösteten Brotscheiben nicht mehr ganz kross, dafür war der Aufstrich aus Hühnerleber, Speck, Petersilie und Sellerie für Frank etwas absolut Neues und Schmackhaftes. Antonias Chianti Classico Riserva aus dem Millenniumsjahrgang fügte sich hervorragend ein. Es war kein hundertprozentiger Sangiovese, allerdings frisch wie die meisten guten Weine dieser Rebsorte, und er besaß sowohl Tiefe wie auch ein schönes Aroma von Waldbeeren. Frank meinte, Blaubeere und Kirsche zu riechen, aber mit Veilchen, dem angeblich typischen Duft des Chianti Classico, haperte es wieder.

»Wahrscheinlich weißt du nicht, wie ein Veilchen riecht.«

»Und wie riecht es?«, fragte Frank.

»Na, wie Veilchen eben, und Blaubeere wie Blaubeere, beschreiben lässt sich Wein nur mit Vergleichen, die andere nachvollziehen können, und nicht mit prosaischen Sätzen. Den hier habe ich noch im alten Stil gemacht, mit weißen Rebsorten, Malvasia und Trebbiano – schön frisch und doch fest, oder?«

Frank zuckte mit den Achseln. Wie konnte ein Wein fest sein? Aber er genoss ihn, und er passte zum Essen. Der Risotto mit Pilzen war noch warm, Antonia hatte ihn in einer feuerfesten Form heruntergebracht, das Ragout des süß-sauren Wildkaninchens musste warm gemacht werden, und Frank fachte im alten Küchenofen ein Feuer an. Hoffentlich roch niemand den Rauch und alarmierte bei der akuten Waldbrandgefahr die Feuerwehr. Das wäre ein unpassendes Ende für dieses überaus gelungene Nachtmahl.

Es half Frank, sich aus der Spannung zu befreien, die ihn seit Strozzis und Vanzettis Abfahrt gefangen hielt. Als er sich stabil genug fühlte, um Antonia von dem Treffen der beiden Männer zu berichten, gab er das Gehörte so gut es ging wieder.

Verständlicherweise war Antonia entsetzt. Bestätigt zu bekommen, dass Massimo ein Verbrecher war, ein Krimineller, der andere sogar zum Mord anstiftete, war entsetzlich. Wie auch immer sie zu ihm stand – er war der Vater ihrer Kinder!

Vanzetti hatte bislang zwar niemanden umgebracht, aber er gab den Auftrag dazu. Frank nannte es »eine neue Qualität«, er hatte diesen Ausdruck gewählt, um Antonia nicht zu verletzen, obwohl die Wirklichkeit gnadenlos war und Wörter wie Mörder, Killer oder Verbrecher ihm passender erschienen, besonders, als er vom Ende des Gespräches erzählte.

Strozzi und Vanzetti wussten von seinen Fotos, Stefano hatte die beiden offenbar über Franks Kontakte informiert, und dem Prediger war er zum zweiten Mal entwischt. Seine Rolle als unfreiwilliges Bindeglied zwischen den Winzern war offensichtlich. Nüchtern betrachtet blieb seinen Feinden in Bezug auf seine Person kein Spielraum. Jetzt jagten ihn nicht mehr nur die Prediger, sondern eine ganze Organisation, die sicherlich über einen entsprechenden Stab von Mitarbeitern verfügte, für jeden Zweck – für jeden!

»Dann musst du davon ausgehen, dass sie in diesem Moment bei Rondine auf dich warten«, sagte Antonia nach einer Ewigkeit des Schweigens in der nächtlichen Stille. »Du fährst morgen in aller Frühe nach Deutschland zurück. Ich gebe dir zwei von meinen Handwerkern mit, in ihrer Gegenwart wird dich niemand angreifen. Bitte, tu mir den Gefallen, Franco.« Sie rückte näher zu ihm und legte eine Hand auf seine Schulter. »Ich kann deine Sachen aus dem Apartment holen. Mir wird Massimo nichts antun. Und was das Geld angeht, das dir entgeht, ich gebe es dir. Ich will dich in Sicherheit ...«

»Angst«, sagte Frank langsam, »Angst ist das Schlimmste, Antonia. Das wollen sie, dass man Angst vor ihnen hat. Mit Angst macht man Leute gefügig, in der Familie, der Politik, in der Wirtschaft. Sie ist das Fundament von Macht: Winzer terrorisieren, bis sie den Kopf verlieren und Fehler machen oder aufgeben. Angst lähmt, weißt du, sie vernebelt das Gehirn, sie macht krank – und sie verdirbt einem den Appetit!« Sein Lachen klang nicht ganz echt, ein Misston blieb. »Auch wenn ich von hier verschwinde, lassen sie mich nicht in Ruhe. Außerdem kommt Christine.«

»Na und«, unterbrach ihn Antonia, »was nutzt dem Mädchen ein Vater, der nicht mehr ...« Sie sprach den Satz nicht zu Ende. »Strozzi und Massimo werden handeln, er lässt sich nicht aufhalten, er wird alle beiseiteschieben, die sein Projekt gefährden, und du gehörst dazu, nach allem, was du sagst. Zur Not macht er sich selbst die Hände schmutzig. Es war ihm nie wichtig, geliebt zu werden, aber er wollte immer, dass man ihn fürchtete.«

Frank stand auf, um den Tontopf mit dem Wildkaninchen vom Feuer zu holen. Zurückgekehrt, stellte er den Topf auf einen Untersetzer. »Du verlangst von mir als Fotografen, dass ich die Augen schließe? Das wäre so, als ob ihr Winzer euch bei der Weinprobe die Nase zuhalten würdet.« Er hob den Deckel und schnüffelte in den aufsteigenden Dampf. »Kaninchen mit Schokolade? Ist ja irre. Und was ist da noch drin?«

»Basilikum, Pinienkerne, Rosinen, Essig und Wein, es ist ein altes Rezept von hier.«

»Kochst du immer so wunderbar?«

»Wenn ich jemanden bekochen darf, der gerne isst, ja.«

»Dann bleibe ich«, sagte Frank, obwohl ihm das Essen wie eine Henkersmahlzeit vorkam.

»Es gibt zwei Möglichkeiten – nein, drei, wie du da rauskommst, oder wir – und die anderen Winzer!« Antonia gab sich nicht geschlagen. »Erstens: Du informierst Graf Solcari und überlegst gemeinsam mit ihm, was zu tun ist. Ich halte ihn für integer. Zweitens: Du schließt Frieden mit Stefano, und wir lösen sein Problem, oder vielmehr unser Problem zusammen. Er weiß viel, vielleicht sogar alles über das Projekt und kennt die Hintermänner. Dabei bekommt er eine Chance, seine Haut zu retten, er ist intelligent. Die dritte Möglichkeit – du lässt neue Abzüge machen, und ich übergebe sie der Polizei, gleich morgen. Und du wartest irgendwo … ich habe Freunde in Genua, das ist nicht weit und groß genug, um für ein paar Tage unterzutauchen.«

»Das wäre dir das Liebste, nicht wahr? Aber es wäre leider auch das Dümmste. Du siehst, was dabei herauskommt, die Fotos verschwinden.«

»Vielleicht ist die Mordkommission mit ihrer Untersuchung ja vorangekommen.«

»Bei den Beziehungen, über die Strozzi verfügt? Der lässt Rionero in ein Fischerdorf auf Sardinien versetzen. Auf keinen Fall. Ich bleibe hier. Und jetzt bitte die andere Flasche.« Frank sah sich nach dem Korkenzieher um. »Ich lasse mich nicht vertreiben, ich lasse mir von anderen nicht ihren Willen aufdrängen, besonders jetzt, wo ich dich getroffen habe. Soll das auch vernichtet werden? Die Kinder bist du schon los, jetzt ist dein Weingut dran. Und was dann? Immer weiter zurückstecken, immer klein beigeben? Niemand ist unbesiegbar, auch Massimo nicht. Und mir will so ein dahergelaufener Politiker vorschreiben, wo und was ich zu fotografieren habe? Nein, meine Liebe, das nicht. Ruf Wanda an, bring all die Winzer zusammen, die von der Sabotage betroffen sind.«

»Glaubst du etwa an Solidarität? Die Leute sind undankbar und wankelmütig, es geht ihnen nur um Gewinn – das ist nicht von mir, sondern von Machiavelli.«

»Eben, wo es doch um ihren eigenen Arsch geht! Entschuldige. Denk an Wandas Mut und an den Hass von Malatesta. Sag ihm, wir wüssten, wer seine Pferde umgebracht hat, das Fohlen, dann ist er in fünf Minuten hier und macht alles nieder. Er ist der Härteste von allen. Lass mir morgen dein Handy hier, dann kann ich mich mit dem Grafen verabreden. Ich muss sowieso noch in seinen Keller. Und du? Bleibst du hier, heute Nacht?«

»Wie soll das gehen, auf dem schmalen Bett?«

»So wie vorgestern, wir müssen ja nicht schlafen.«

17

Freitag, 8. Oktober

Unbehelligt erreichte Frank das Castello des Grafen Solcari. Er sei auf dem Weg vom Consorzio hierher und werde jeden Moment eintreffen, sagte die Sekretärin, Frank solle ruhig mit der Arbeit beginnen. Mit diesen Worten schloss sie die Tür zum Keller auf. Aufgrund besonderer Klimabedingungen in diesem Teil des Chianti Classico wurden die Trauben auf Solcaris Weinberg zuletzt reif. Der Graf wollte am nächsten Morgen mit der Lese beginnen.

Frank fuhr den Wagen direkt vor die Kellertür und lud sein Equipment aus. Er schleppte die Kameras, Kabel, Akkus und Reflektorenschirme über die Eisentreppe nach unten, vorbei an der langen Reihe gemauerter Tanks, die innen mit Kunstharz ausgekleidet waren und bei vielen Winzern statt des Edelstahls wieder in Mode kamen. Dann stellte er die Blitzlampen und Schirme in einem der hinteren Barriquekeller auf. Hier war das Kreuzgewölbe am besten erhalten, und auf dem fünfhundert Jahre alten Mauerwerk zeigten sich die wenigsten Flecken. Insgesamt gab es fünf Kellerräume, alle verwinkelt, ineinander übergehend und dem U-förmigen Grundriss des Kastells folgend. Es musste eine verteufelte Mühe sein, die schweren Fässer durch die Räume zu bewegen, sie zu füllen und den Wein schließlich wieder abzuziehen. Es roch nicht muffig, aber es roch nach Wein, nach Zimt und Nelke vom Eichenholz der neuen Barriques und nach altem Gemäuer.

Die Fotos würden die wenigste Arbeit machen, eine Belichtungsreihe bei verschiedenen Blenden dauerte nicht lange, aber davor musste der Raum ausgeleuchtet werden. Frank zog etliche Meter Kabel von der Trommel und brachte seine Scheinwerfer in Position. Er war etwa eine Stunde konzentriert bei der Sache, als er einen Windhauch wahrnahm. Kurz darauf fiel die Kellertür ins Schloss. Endlich, Graf Solcari war eingetroffen. Frank konnte weiterarbeiten und dabei dem Grafen seine Beobachtungen mitteilen. Es wurde auch höchste Zeit.

Aber dem Geräusch vom Zuschlagen der Tür folgten keine Schritte. »Graf Solcari?« Franks Ruf hallte durch die Keller und verlor sich zwischen den Wänden.

»Sind Sie das?« Frank hielt inne – und lauschte. Bildete er sich ein, dass etwas wie rollende Kiesel auf dem Steinboden zu hören war? Die Kellerbeleuchtung erlosch. Jetzt brannte nur noch seine kleine Arbeitslampe. Angestrengt lauschte er und hörte doch nur seinen eigenen Atem.

Geräuschlos legte er die Kamera auf das nächstliegende Fass. Wieder lauschte er und wurde unruhig. Da war jemand! Er täuschte sich nicht. Er war hier unten nicht mehr allein. Erst jetzt bemerkte er die riesigen Schatten, die die Fässer warfen, und die bodenlose Finsternis am Ende des Gangs, eine Dunkelheit, die alles in sich aufsog. Und irgendwo tropfte Wasser. Frank fuhr ein Schauder über den Rücken.

Ich werde ein paar Schritte gehen, dachte er. Vielleicht konnte er so den anderen zu einer Bewegung veranlassen und dadurch dessen Standort ausmachen. Drei Schritte brachten Frank quer durch den Gang zur nächsten Fassreihe. All seine Sinne waren auf die Dunkelheit ausgerichtet. Wer kam da?

Es war, wie er vermutet hatte. Zwei Schritte waren zu hören, vermutlich aus dem übernächsten Keller, doch dann war es wieder still. Es war keine Einbildung, da war tatsächlich jemand, und diese Person verfolgte offenbar üble Absichten, sonst hätte sie sich längst bemerkbar gemacht.

Wenn ihm jemand auflauerte und er ruhig stehen blieb, musste der andere sich bewegen, um an ihn heranzukommen. Frank kauerte sich zwischen zwei Fassreihen und wartete. Wieder hörte er etwas, nur ließ sich das Geräusch nicht orten, er wusste nicht, ob es von vorn oder von hinten kam, der Schall brach sich an Wänden und Rundbögen und wurde als Echo zurückgeworfen. Und er kauerte auf dem kalten Boden, ohne Möglichkeit zur Gegenwehr. Er saß quasi auf dem Präsentierteller, war ein leichtes Ziel. Und das Fatale war, dass durch die untereinander verbundenen Kellerräume von zwei Seiten an ihn heranzukommen war.

Die Konzentration auf die Stille schmerzte in seinem Kopf: Nichts. Doch … da war es, ein Schlurfen, ein Schritt. Sandkörner knackten unter einer Sohle. Frank robbte zum Gang, um an die Kabeltrommel zu kommen und den Strom zu unterbrechen. Dann wäre es überall dunkel. In dem Moment aber, als er aufsprang, um den Hauptschalter des Transformators zu erreichen, hörte er ein ploppendes Geräusch, spürte gleichzeitig einen Lufthauch, und etwas knallte in das Holz des Fasses hinter ihm. Im selben Moment erlosch das Licht. Frank warf sich zu Boden. Da hatte jemand geschossen, er roch es. Da war jemand mit einer Pistole. Das konnte nur der Prediger sein – und er hatte mit ihm dasselbe vor wie mit Carla Tuccanese. Zumindest wusste Frank jetzt, aus welcher Richtung der Angreifer kam.

Die Angst war wie weggeblasen, Frank war wieder klar im Kopf. Jetzt kam ihm sein fotografisches Gedächtnis zugute. Er wusste, wie die Reihen mit den Fässern ausgerichtet waren, dass es Doppelreihen waren, an die man von jeder Seite herankam, und es standen wegen der beengten Verhältnisse hier unten höchstens drei oder vier Barriques nebeneinander. Rechts war ein langer und ein leicht abschüssiger Gang, links ein Raum mit einem Knick. Sein unsichtbarer Gegner war, so hoffte Frank, zum ersten Mal hier unten. Stefano Scudiere würde sich an die Räumlichkeiten bestimmt erinnern, aber weder hatte er für Solcari gearbeitet noch würde er Frank mit dem Revolver jagen. Es kam nur der Prediger infrage. Frank wusste, wie er aus dem Keller entkommen konnte, aber jetzt hatte er eine Idee, wie er den Prediger ausschalten konnte. Die Chance zumindest bot sich.

Zum Umstellen seiner Geräte brauchte Frank nur wenige Handgriffe. Die Geräusche, die er dabei machte, würden dem Prediger seinen Standort verraten, und genau das bezweckte er. Als er die Taschenlampe einschaltete, schoss der Prediger sofort auf den Punkt, wo der Lichtstrahl die Gewölbedecke traf. Frank hatte genug gesehen: Der Prediger stand im Durchgang zu seinem Keller – und in Reichweite der großen Blitzlampe auf dem Dreibein. Der Prediger machte einen Schritt und stolperte über das Kabel, das quer durch den Gang gespannt war. Die Lampe kippte auf den Mann zu, gleichzeitig knippste Frank den Schalter an.

Gleißend helles Licht blendete den Prediger. Er stolperte, riss im Fallen die linke Hand hoch, um sich zu schützen, und schoss ins Leere. Frank zog den Befestigungskeil unter einem der Fässer heraus und stieß es in Richtung seines Gegners. Der Mann rappelte sich auf, sprang zurück, prallte gegen die Wand und verlor dabei seine Pistole. In dem Moment drückte das Fass ihn gegen die Wand. Die Blitzlampe zerschellte am Boden, und schlagartig wurde es wieder dunkel.

Der Schrei des Predigers hallte durch die Räume und brach sich an den Wänden. Frank sprang mit dem kurzen Stativ in der Hand aus der Deckung hinter den Fässern, schaltete den zweiten Scheinwerfer ein und stürzte sich auf seinen Gegner. Er war bereit, ihm den Schädel einzuschlagen, aber der Mann schrie und schrie. Er saß mit dem Rücken gegen die Wand, seine Augen waren weit aufgerissen, er schien das Eichenfass auf dem Schoß zu haben, sein linkes Bein darunter war merkwürdig verdreht.

»*Get that barrel off! Oh fuck, get it off, oh my God*«, schrie er und verdrehte die Augen. »*Get it off! Please, ah …*« Die Schmerzen mussten grauenhaft sein, er warf die Arme immer wieder hilflos in die Höhe, aber das Fass war schwer und hielt ihn am Boden. Frank blieb außerhalb der Reichweite des Mannes stehen und blickte ungerührt auf ihn hinunter.

Mitten im Gang lag die Pistole, vorn war eine dicke schwarze Hülse aufgesetzt, offensichtlich der Schalldämpfer. Frank hatte so ein Ding bislang lediglich im Film gesehen. Er bückte sich und nahm die Pistole in die Hand. Sie war schwer, und wahrscheinlich funktionierte sie wie andere auch. Er drückte den Sicherungshebel nach vorn. Jetzt musste er rasch handeln. Er rannte zum Ausgang, stolperte die Treppe hinauf und riss die Tür auf.

Im hellen Sonnenlicht stand, kaum zehn Meter von Frank entfernt, Scudiere vor seinem Wagen und neben ihm der Graf.

Frank rannte auf die beiden zu. Als Scudiere die Pistole sah, stieß er Solcari zur Seite und riss die Wagentür auf. In diesem Moment aber war Frank schon bei ihm und drückte ihm die Mündung der Waffe an den Kopf. »Du kommst mit, du Drecksau«, schrie er außer sich, »du kommst mit! Und Sie auch, Graf, bitte schnell, unten liegt ein Schwerverletzter.«

Graf Solcari hatte nicht den geringsten Schimmer, was hier vor sich ging, aber Franks Entschlossenheit überzeugte ihn.

»Du musst mich verstehen, Franco, sie haben mich gezwungen«, jammerte Scudiere und hob die Arme.

»Ich verstehe alles, Stefano, und zwar verdammt gut. In den Keller, los! Du wärst der Nächste gewesen, nach mir, das haben sie gestern beschlossen. Aber du kapierst gar nichts.«

Dann wandte er sich an den Grafen. »Schalten Sie alle Lampen an, die es unten gibt,. Ich erkläre Ihnen später alles. Und rufen Sie einen Krankenwagen!«

Zu dritt eilten sie die Kellertreppe hinunter, Frank als Letzter. Der Prediger schien an Kraft verloren zu haben.

»Hilf ihm«, sagte Frank zu Scudiere und unterstrich den Befehl mit einer Bewegung der Pistole. »Roll das Fass zur Seite.«

»Wer ist der Mann?«, fragte Solcari entsetzt. »Er hat auf Sie geschossen?«

»Fragen Sie Scudiere, der kennt ihn gut, nicht wahr, Stefano?«

Der Consultore war leichenblass. Alles Blut war aus seinem Gesicht gewichen, als er unter größter Anstrengung das Barrique zur Seite rollte. Vielleicht war er klug genug, sich irgendwie aus der Affäre zu ziehen. Frank hoffte es für ihn.

»Rufen Sie einen Krankenwagen für den da«, bat Frank den Grafen und zeigte mit der Pistole auf den Prediger, der sich am Boden krümmte. Sein Oberschenkel schien zertrümmert zu sein, vielleicht sogar das Becken, aber es war kein offener Bruch. »Sagen Sie, es war ein Unfall, alles andere regeln wir später.«

»Ich weiß doch gar nicht …« Graf Solcari ruderte hilflos mit den Armen.

»Ein Unfall! Der Mann hier wird den Teufel tun und den Mund aufmachen, genauso wenig wie sein Kollege, der liegt schon im Krankenhaus. Es war ihr dritter Versuch, mich umzubringen.«

»I get you, motherfucker, I kill you«, röchelte der Prediger. Die Schmerzen mussten höllisch sein, aber das kümmerte Frank in diesem Augenblick nicht im Geringsten. Zum ersten Mal sah er die Augen des Predigers, kalt und starr. War der Typ auf Drogen?

»Weshalb? Weshalb will er Sie töten? Was geht hier vor sich? Was wissen Sie?« Graf Solcari blickte von einem zum anderen. »Wir müssen dem Mann helfen.«

»Er ist nicht in Lebensgefahr«, sagte Frank ungerührt, »und bei dem, was er anderen angetan hat, ist es um ihn allemal nicht schade. Sie hören es ja, er will mich immer noch umbringen. Aber der kommt in seinem Leben hoffentlich nie wieder aus dem Knast. Später erkläre ich Ihnen alles. Nur so viel – es geht um einen Konzern, der sich Weingüter einverleiben will, und wer nicht verkauft, wird umgebracht, wie Niccolò Palermo oder Signora Tuccanese, die Sie ja vielleicht kennen.«

Der Graf nickte. »Flüchtig, sehr flüchtig.«

»Wie dem auch sei. Ich muss jetzt weg, mit dem hier«, Frank zeigte mit der Pistole auf Scudiere, der stumm dastand. »Er kriegt seine allerletzte Chance, aber nur, weil ich ihn früher einmal mochte; verdient hat er sie nicht. Er hat den Killer hergefahren!«

Frank sah auf die Schuhsohle des Predigers. Da war es, das Muster, der Balken mit dem Kreis, wie auf dem Foto von der Stelle, wo sie ihn verprügelt hatten. Er wandte sich von dem Mann ab, der ohnmächtig geworden war. »Geh vor, Stefano!«, sagte er, die Pistole noch immer auf den Consultore gerichtet. »Wenn du Zicken machst, drücke ich ab, das schwöre ich dir, bei allen Heiligen der Toskana, von Florenz und Siena zusammen, und auch im Namen von Machiavelli. Ich habe das Buch aufmerksam gelesen. *Die Menschen sind undankbar, wankelmütig, falsch, feige bei Gefahr und gewinnsüchtig,* das hat er geschrieben, Stefano. Los, geh endlich!«

Auf dem Hof dirigierte Frank Scudiere zu seinem Wagen. »Du rufst jetzt Strozzi an und bestellst ihn ins Hotel Imperiale, auf die Dachterrasse. Du hättest ihm dringend etwas mitzuteilen. Dann fährst du mich nach Florenz.«

Frank wandte sich noch einmal an den Grafen, der hilflos mit seinem Mobiltelefon in der Hand im Burghof stand. »Graf Solcari! Würden Sie mir bitte die Fototasche bringen? Stellen Sie sie auf den Rücksitz.«

»Der Verletzte unten, wir können ihn nicht ...«

»Oh doch, wir können! Er und sein Partner haben Palermo und auch dessen Sohn umgebracht. Ich sollte der Nächste sein, dann sollte sein eigener Partner im Krankenhaus dran glauben und dann du, Stefano. Sie brauchen dich nicht mehr.«

»Woher willst du das wissen?«, fragte Scudiere ungläubig.

»Das erfährst du noch rechtzeitig. Ruf endlich Strozzi an! Gibt es bei euch in Italien so was wie eine Kronzeugenregelung? Habt ihr bestimmt, seit den Roten Brigaden. Stefano, überleg es dir.«

Scudiere tippte Strozzis Nummer ein und meldete sich nach einem kurzen Moment des Wartens, den Blick auf den Revolver gerichtet. Seine Hand zitterte.

»Avvocato? Stefano hier. Es ist etwas schiefgegangen … Wir müssen uns dringend sehen … es steht alles auf der Kippe. Warum? Kann ich Ihnen jetzt nicht sagen, hier – äh – sind Leute. McEvern? Nein, der ist unterwegs … wieso? Ja, ich sage es ihm. Wir treffen uns um sieben im Imperiale, ich erkläre Ihnen dann alles, auf keinen Fall bei Ihnen, auch nicht bei Van … nein, im Imperiale, auf der Dachterrasse, das ist sicherer. Bitte pünktlich. *Va bene, ciao.*«

»Hat er was gemerkt?« Frank griff nach dem Handy und schaltete es ab.

»Ich glaube nicht. Er wollte mehr wissen, aber ich sollte ja nichts sagen.«

Frank hatte den Eindruck, dass Stefano sich in sein Schicksal ergab, dass er sogar erleichtert war, dass sich für ihn die Geschichte dem Ende zuneigte. Die große, kräftige Gestalt des Consultore verlor an Form, ähnlich wie eine Sandburg, die von der Flut weggespült wird. Er würde keine Mätzchen mehr machen.

Aber für Strozzi fängt es erst an, dachte Frank genüsslich, während Scudiere auf die Superstrada einbog. Frank hatte die Hand mit der Pistole auf dem Schoß liegen, die Mündung zeigte auf Scudiere.

»Wen rufst du an?«, fragte er, als Frank sein Handy aus der Tasche kramte.

»Pass besser auf den Verkehr auf! Hier ist gerade neulich einer fast umgekommen.« Frank tippte die Nummer von Rionero in sein eigenes Handy ein und hoffte dringend, dass der Kommissar in seinem Büro war.

»*Pronto?* Ja, ich bin's, der Fotograf. *Scusi,* aber ich muss mich jetzt kurz fassen. Haben Sie die Bilder wieder gefunden? Nein? Der Commissario hat sie geklaut, Sassarella, oder sein Dackel, der Carabiniere. Wo ich bin? Auf dem Weg nach Florenz … Es wäre hilfreich, wenn Sie kommen würden. Um 19 Uhr, Hotel Imperiale, Dachterrasse, am Arno, Sie kennen es? Bestens, es kommen noch einige andere Leute. Bringen Sie vorsichtshalber Verstärkung mit … ich habe die Mörder, falls Sie das interessiert. Wie viele? Mindestens zwei, wahrscheinlich mehr. Bis gleich.«

Bevor Rionero antworten konnte, unterbrach Frank die Verbindung. Das gesamte Gespräch über hatte er Scudiere nicht aus den Augen gelassen.

»Du musst die Pistole entsichern, sonst funktioniert sie nicht«, sagte der Consultore mit einem Seitenblick.

Frank drückte den Hebel links vom Griff der Pistole nach vorn und kam sich dabei furchtbar lächerlich vor. Aber Scudiere hätte nicht deutlicher machen können, dass er aufgegeben hatte. Als Nächstes rief Frank Avvocato Pandolfini an und bestellte ihn ebenfalls auf die Dachterrasse. Es würde ein spannendes Treffen werden …

»Jetzt bist du dran«, sagte Frank zu Scudiere. »Erzähl mir alles, was du weißt. Du kannst übrigens langsamer fahren, wir sind zu früh. Entweder du übernimmst die Rolle des Kronzeugen, dann schützt dich auch die Polizei, oder deine Freunde bringen dich um, so wie Signora Tuccanese. Der Kerl eben im Keller, der sollte als Nächstes seinem Kollegen im Krankenhaus die Schläuche rausziehen, dann wollten sie dich abservieren, es war bereits alles geregelt, sie hätten sogar einen Nachfolger für dich, haben sie gesagt. Zuletzt sollte der Ami nach Südafrika, wahrscheinlich, um dort zu verschwinden. Feine Freunde hast du dir ausgesucht, Stefano. Los, und jetzt red endlich!«

Stockend begann Scudiere zu erzählen. Massimo Vanzetti hatte ihn vor etwa drei Jahren angesprochen und gefragt, ob er sich an einem globalen Projekt beteiligen wolle. Er bot ihm die Chance, zwischen fünfzehn und fünfundzwanzig Weingüter zu betreuen, er müsse die Vorarbeiten leisten und die Auswahl in Bezug auf die geeigneten Güter treffen. Er sei der ideale Mann dafür, die Winzer hätten Vertrauen, er sei angesehen und könne sich überall bewegen. Da war nichts Illegales dran gewesen. Hunderttausend Euro pro Jahr hätte Vanzetti ihm gezahlt.

Das wahre Ziel des Projekts hatte er erst nach und nach erfahren: Zwanzig Weingüter sollten zu einer Großkellerei zusammengefasst werden, um einen homogenen Wein zu produzieren, einen Chianti Classico für den breiten Geschmack – rund, weich, voll, nicht zu viel Tannin und fruchtig, einfach zu trinken. So ein Wein würde natürlich nicht mehr die Eigenheiten ausdrücken, die sich durch das Terroir der einzelnen Winzer ergaben, durch Boden und Mikroklima. Einen Wein für den Weltmarkt wollten sie, den man in französischen Supermärkten genauso gut verkaufen könnte wie in Australien und Nordamerika.

Frank schüttelte den Kopf. »Nach außen hin vertrittst du eine ganz andere Position, und man nimmt sie dir sogar ab.«

»Das ist auch meine echte Überzeugung.«

»Was bei dir echt ist, das werden wir später sehen; aber erzähl weiter!«

»Vanzetti kauft Firmen und fügt sie zusammen, er denkt eigentlich nur in großen Strukturen«, sagte Scudiere. »Der Dottore, wie ihn alle nennen, redet nur über Konzentration der Kräfte, Konzentration von Manpower, Konzentration von Kapital, Kostensenkung und mehr Einsatz von moderner Technologie – die US-Amerikaner, die Australier, alle würden es uns vormachen. Nur die Europäer lebten hinter dem Mond. Ausschließlich Global Player hätten eine Chance, alle anderen würden untergehen. Wer bei der Globalisierung nicht dabei sei, dem drohe der wirtschaftliche Tod.«

»Und wer nicht mitmachen wollte, dem habt ihr mit dem Tod gedroht«, fuhr Frank dazwischen.

»Ich habe niemanden bedroht«, verwahrte sich Scudiere.

»Nein, du nicht, Stefano. Du bist nur die Weinberge abgelaufen, *camminare la terra* – oder wie hast du das genannt? Und hast die Weingüter ausgesucht, und darüber bin ich dir auf die Spur gekommen.«

»Du?«

»Ja, ich. Kaum zu glauben, was? Ich habe allerdings von einem Geologen erfahren, dass die Güter, bei denen die Sabotageakte auftraten, etwas gemeinsam haben, nämlich die Zusammensetzung des Bodens und die Höhenlage. Nach deiner Philosophie vom Terroir fehlt nur noch das Klima. Weiter, wer ist das in San Francisco?«

Frank spürte, wie viel Überwindung es Scudiere kostete, darüber zu sprechen. Auch für das, was er jetzt erzählte, hatte Massimo Vanzetti den Anstoß gegeben. Er hatte das Projekt aufbauen und dann einem Getränkekonzern übergeben wollen, der weltweit operierte. »Woodlands heißt der Konzern mit Firmensitz in San Francisco. Aber die sind auch in Spanien, da machen sie Sherry und Markenweine aus Tempranillo-Trauben, in Mexiko Tequila, in Frankreich Armagnac und so weiter. In Deutschland besitzen sie eine große Genossenschaft, es sind internationale Spezialitäten, die sie dann als einheimisches Produkt verkaufen.« Scudiere seufzte. »Es ist alles nur Show, alles nur Image, aber so ist es eben.«

»Wer hat das alles finanziert?«, fragte Frank nach einem Moment des Schweigens. »Berater wie dich, Stefano, das Killer-Duo, die Scheinfirmen und Makler – niemand arbeitet umsonst, auch der Baggerführer war nicht umsonst. Kriegt seine Witwe eine Rente von euch?«

Scudiere warf ihm einen gequälten Blick zu. »Angefangen

hat Vanzetti mit Geldgebern in Italien und in anderen europäischen Ländern, die seine Strategie für richtig hielten, einen gehobenen Wein für gehobene Ansprüche, einen, den man kennt. Und dann brachte er Woodlands ins Spiel.«

»Warst du bei ihnen in San Francisco?«

»Woher weißt du das?«

»Die italienischen Paparazzi waren so frei, mir ein Bild von deiner Ankunft zu zeigen.«

»Mit diesem Filmstar? So eine Scheiße.«

»Ganz genau.«

Franks Handy klingelte. Antonia wollte sich vergewissern, dass er noch am Leben war, und Frank gab ihr einen kurzen Überblick über die Lage. Sie versprach, sich nicht von der Stelle zu rühren und Wanda zu bitten, zu ihr zu kommen. Diese temperamentvolle Frau war allein mehr wert als drei gestandene Bodyguards.

»Ich muss mal«, sagte Scudiere, bevor sie die Stadtgrenze erreichten.

»Such dir einen Platz im Freien«, knurrte Frank.

»Du – du würdest wirklich auf mich schießen, Franco?«

»Wie du siehst, habe ich jetzt entsichert …«

»Das hätte ich nicht gedacht«, erwiderte Scudiere.

»Ich auch nicht«, sagte Frank und ließ Scudiere neben einer Tankstelle halten, wo er sich in die Büsche stellen konnte. Er hoffte inständig, dass Stefano keinen Blödsinn machte. Hoffentlich war dieser Horror bald vorbei. Es reichte, er hatte die Schnauze gestrichen voll … aber irgendwie musste er diese Angelegenheit zu Ende bringen. Heute war Freitag, am kommenden Mittwoch wollte Christine kommen, bis dahin mussten die Fotos fertig sein.

»Woher willst du wissen, dass sie mich auch auf der Liste hatten?«, fragte Scudiere kleinlaut, als er sich wieder hinters Steuer setzte.

»Wieso hatten? Haben! Vanzetti hat es zu Strozzi gesagt.«

»Dann – willst du nicht Strozzi, sondern Vanzetti?«

»Einen nach dem anderen, Stefano. Wenn wir Strozzi haben, dann kommt Vanzetti von allein.«

»Warum machst du das alles? Wegen Vanzettis Frau?«

»Warum? Wer kennt schon all seine Beweggründe. Ausflüchte und Lügen bekommt man als Antwort, aber nie die Wahrheit. Aber mir scheint, du hast nichts verstanden, Stefano.«

Frank schüttelte resigniert den Kopf. Das Leben ist zu kurz, um schlechte Weine zu trinken, kam ihm in den Sinn. Man muss den Satz umformulieren, dachte Frank: Das Leben ist zu kurz, um es mit den falschen Leuten zu verbringen. So wie es aussah, hatte Scudiere sich nicht die richtigen Leute ausgesucht.

18

Freitag, 8. Oktober

»Nimm die Pistole endlich runter«, flehte Scudiere, als sie sich eine halbe Stunde vor der vereinbarten Zeit dem Hotel Imperiale näherten. »Bitte, tu mir den Gefallen. Es könnte sich ein Schuss lösen. Ich haue nicht ab.«

Frank hielt die Waffe trotzdem weiter auf den Consultore gerichtet, obwohl seine Hand inzwischen ziemlich verkrampft war und er Stefano glaubte. Der Mann war am Ende, fertig, erledigt und kraftlos, er sah es an den glanzlos gewordenen Augen. Aber Frank durfte sich keine Schwäche erlauben, es stand zu viel auf dem Spiel. Eine winzige Unachtsamkeit – und sie würden ihn umbringen.

»Wenn Strozzi hier ist, tu ich dir den Gefallen gern«, sagte Frank unwillig, »bis dahin bist du meine Lebensversicherung, Stefano.« Er warf einen letzten raschen Blick zurück auf den Arno und die im abendlichen Verkehrschaos verstopften Straßen, bevor sie in die Tiefgarage des Hotels einbogen. Er musste damit rechnen, dass Strozzi unten Leute postiert hatte. Deshalb ließ er Scudiere langsam fahren, dann wenden und so parken, dass der Wagen für eine mögliche Flucht bereits in Fahrtrichtung stand. »Jetzt gib mir die Wagenschlüssel, her damit!« Frank nahm den Schlüssel entgegen und trat, ohne die Türen zu verriegeln, hinter Scudiere. Er legte ein Hemd über den Arm mit der Pistole. »Zum Fahrstuhl!«

Notgedrungen gehorchte der Consultore, und gemeinsam

fuhren sie hinauf ins Foyer des Hotels. Dort mussten sie in einen anderen Aufzug umsteigen. Zu Franks Erleichterung war nicht ein einziges bekanntes Gesicht in der Halle zu sehen. Unbehelligt fuhren sie hinauf zur Dachterrasse.

Der Abend war so, wie jeder Fotograf sich Florenz wünschte. Das Abendrot ließ den wolkenlosen Himmel leuchten und tauchte die Stadt in ein rosafarbenes Licht. Die drei Bögen des Ponte Vecchio spannten sich über den Arno, ein leiser Wind kräuselte das Wasser. Die eng stehenden Häuser der Stadt schienen weiter zusammenzurücken, die Dächer verschwammen, ein feiner Dunst verwischte harte Linien und Kanten. Links wölbte sich die zweifarbige Kuppel des Doms, flankiert vom Campanile und dem grauen Turm des Palazzo Vecchio.

Was für ein friedlicher Anblick, dachte Frank. Er versuchte sich zu entspannen und warf einen Blick auf den Consultore: Stefano tat ihm leid. Trotz allem, was er getan hatte, empfand er noch immer Sympathie für ihn. Er wusste, der Mann würde lange auf diesen wundervollen Anblick verzichten müssen. Wie viele Jahre er hinter Gitter kam, hing vom Verlauf des Prozesses ab und von der Sichtweise der italienischen Justiz.

Scudiere hatte feuchte Augen, als er die Szenerie vor sich betrachtete. Wahrscheinlich nimmt er den Anblick seiner Stadt noch ein letztes Mal ganz in sich auf, dachte Frank, während er Scudiere zu einem Tisch am Rand der Terrasse dirigierte. Von hier aus überblickte er sowohl den Ausgang des Fahrstuhls als auch den Treppenaufgang und wähnte sich vor Überraschungen sicher. Die Buchsbäume in den Terrakottatöpfen waren nicht hoch genug, niemand konnte sich dahinter verstecken.

»Wenn Strozzi kommt, winkst du ihm zu, verstanden?« Frank setzte sich so, dass er vom Eingang her nicht gleich zu erkennen war. »Und mach nicht so ein Gesicht, als wärst du auf einer Beerdigung.«

Der Consultore ließ sich kraftlos in den Korbstuhl fallen, nickte und sah Frank ratlos an. Erst jetzt schien ihm die Tragweite seines Verhaltens bewusst zu werden. Ein Kellner nahm ihre Bestellung entgegen, brachte kurz darauf den gewünschten Kaffee und für den Consultore einen doppelten Cognac. Die beiden Männer tranken und warteten schweigend. Außer ihnen saßen noch drei weitere Gäste auf der Terrasse. Etwas weiter rechts telefonierte ein jüngerer Mann anscheinend mit seiner Freundin, ihnen schräg gegenüber hatte ein Ehepaar Platz genommen – gänzlich unverdächtig, aber Frank behielt den jungen Mann lieber im Auge. Dann sah er auf die Uhr: Noch fünf Minuten bis zur verabredeten Zeit. Würde Strozzi pünktlich sein? Würde er überhaupt auftauchen? Wiederum, warum sollte er sich absetzen? Was aber, wenn der Commissario ihn informiert hatte? Rechnete er damit, dass Frank in die Offensive ging? Wohl kaum, dazu fühlte er sich bestimmt viel zu sicher. Leute seines Schlages hielten sich für unbesiegbar. Womöglich brachte er Massimo Vanzetti gleich mit, aber der hielt es sicher für klüger, im Schatten zu bleiben, wenn er das Gespräch im Wald richtig interpretierte. Strozzi brachte wahrscheinlich Leibwächter mit, die ihm als Abgeordnetem zustanden, damit musste er rechnen und auch damit, dass die durch den Ausfall der Prediger entstandene Lücke längst durch einheimische *assassini* geschlossen war.

Fragen über Fragen schossen Frank durch den Kopf. In einer Stunde bin ich schlauer, versuchte er sich zu beruhigen. Aber das ekelhafte Gefühl, dass es ihm den Hals zuschnürte, wollte nicht weichen. Worauf hatte er sich eingelassen? Wenn Strozzi schlau war, woran er nicht zweifelte, und die politische Masche fuhr, konnten sie ihn als wild gewordenen Terroristen abknallen. Und wenn der Anwalt nicht kam? Wo blieb Rionero, wieso ließ sich der Kommissar so viel Zeit? Panik ergriff Frank …

Zwei Geschäftsleute betraten die Terrasse, ließen sich

gleich neben dem Eingang nieder und begannen eine lautstarke Debatte, bei der es um einen Bankrott gegangenen Fußballverein ging. Die beiden erschienen Frank harmlos, doch ein Zucken in Scudieres Gesicht weckte seinen Argwohn. Das waren keine Geschäftsleute, sie waren nur so angezogen, sie wirkten viel zu gewöhnlich, einer von ihnen hatte ziemlich ungepflegte Hände …

Dann kam Strozzi – nicht aus dem Fahrstuhl, sondern aus dem Treppenhaus. Scudiere winkte, Strozzi grüßte zurück und kam auf sie zu. Als er Frank erkannte, stand ihm der Mund offen. Er blieb stehen. »Sie?«

»Ja«, sagte Frank gedehnt. »Und zwar ziemlich lebendig. Enttäuscht? Setzen Sie sich, machen Sie es sich bequem, Avvocato. Mein Anwalt müsste auch jeden Moment eintreffen.«

»Ihr was?«

»Mein Anwalt, der sich mit Ihren Scheinfirmen befasst und …«, Frank zog den nächsten Satz absichtlich in die Länge, »… und mit den Geschäften Ihrer leider auf so dramatische Weise verstorbenen Signora Tuccanese.«

Strozzi sah kalt auf Scudiere herab, dessen Blick die Marmorplatte des Tisches zu durchbohren schienen. Der Avvocato begriff, dass er getäuscht worden war. »Das wirst du bereuen, Scudiere«, sagte er voller Verachtung, »das schwöre ich dir!« Seine Augen wurden klein und gelb, Hass und Mordlust lagen in seinem Blick.

Frank war sich im Klaren darüber, dass er die Kontrolle über die Situation keinesfalls verlieren durfte. »Ihren Killer, diesen McEvern, finden Sie im Operationssaal und dann wahrscheinlich im selben Zimmer wie sein Kollege. Wie der nun wieder heißt, weiß ich nicht, ist aber auch egal?«

Avvocato Strozzi würdigte Frank keines Blickes, dafür rüttelte er Scudiere und versuchte, in seinem Gesicht zu lesen. »Hast du etwa geredet?«

»Nein, ich habe nichts …«, stammelte der Consultore und starrte zum Eingang.

Strozzi wandte sich provokativ an Frank. »Dann haben Sie gar nichts in der Hand, Sie Hanswurst, Sie bluffen ja nur.« Er lachte gekünstelt und verzog hämisch das Gesicht.

»Oh doch, Signor Deputato, schauen Sie – dort unten.« Frank winkte Strozzi näher heran, der Anwalt musste sich vorbeugen – erschrocken zuckte er zurück, als er in die Mündung der Pistole blickte.

»Hat mir Ihr Mister McEvern überlassen. Wie nennt ihr Politiker diese Dinger? Verhandlungsmacht?«

»Was wollen Sie?«

»Das habe ich bereits unserem lieben Consultore erläutert. Hat er Ihnen nichts davon gesagt?«

Strozzi musterte Scudiere eingehend, er traute ihm nicht mehr, die Lage hatte sich geändert, und Strozzi zögerte. »Nein, Stefano hat mir nichts gesagt. Ich wusste nicht einmal, dass er mit Ihnen geredet hat.«

»Sie sind unglaubwürdig, Avvocato, und das macht es so schwer, mit Ihnen ein Arrangement zu treffen. Es kompliziert die Sache, wenn ich davon ausgehen muss, dass Sie Absprachen nicht einhalten wollen, aber das bringt Ihr Politikerberuf wohl so mit sich.«

Strozzi fühlte sich von diesen Beleidigungen nicht im Geringsten berührt. »Sagen Sie, was Sie wollen, und schwatzen Sie nicht unnötig herum. Also?«

»Es gibt zwei Möglichkeiten«, sagte Frank gedehnt. »Entweder Sie lassen mich umbringen, aber damit hatten Ihre Leute bisher wenig Glück. Mein Name ist Gatow, wie Sie wissen, und eine Katze fällt immer auf die Füße. Das hätten Sie bedenken sollen. Außerdem gibt es Fotos von allen Beteiligten. Also bleibt Ihnen nur Zusammenarbeit.«

Amüsiert zuckte der Avvocato mit den Achseln. »Warum sollte ich mit Ihnen zusammenarbeiten und in welcher Angelegenheit? Sie sprechen in Rätseln.«

»Zuerst haben Sie Palermo und seinen Sohn ermorden lassen, dann starb der Baggerführer, nachts an der Brücke.

Ein Unfall, ohne Zweifel, aber vielleicht war Ihnen das ganz lieb, denn möglicherweise hat er auch das Feuer bei Malatesta gelegt. Ein Mitwisser weniger. Ähnlich ging es der armen Signora Tuccanese. Wurde ihr Firmenimperium brüchig, oder wollte sie nach dem Mord an den Palermos nicht mehr mitmachen? Zu viele Fehler, Avvocato, alles eine Nummer zu groß für Sie, und das Geld für Ihren nächsten Wahlkampf werden Sie nicht mal von den Landarbeitern in Montalcino kriegen …«

Strozzi stierte Frank mit aufgerissenen Augen an, endlich hatte er kapiert. »Was wissen Sie? Was weiß er?«, fuhr er Scudiere an.

»Er wusste bereits alles.« Der Consultore hob abwehrend die Hände und rückte mit dem Stuhl aus der Schusslinie. Jetzt erst wurde Frank klar, dass Scudiere nichts mehr fürchtete als Strozzi.

»Wie viel? Was sind Ihre Bedingungen?«, fragte Strozzi berechnend.

»Ich will, dass Vanzettis Weingut auf seine Frau überschrieben wird, auf Antonia Vanzetti.«

»Ha, das ist gut.« Avvocato Strozzi lehnte sich zurück, prustete los vor Lachen und hielt sich den Bauch. »Daher weht also der Wind«, sagte er und schnappte nach Luft. »*Cupido.* Sind Sie eigentlich größenwahnsinnig, oder sind Ihnen die Säfte zu Kopf gestiegen? Für so dumm habe ich Sie nicht gehalten. Wissen Sie, mit wem Sie sich anlegen? «

Frank grinste Strozzi an. »*Si, signor deputato e avvocato,* mit einem ziemlich ekelhaften Haufen menschlichen Abfalls, *sporcizia umana.* Der Consultore sucht den Weinberg aus, Sie beackern ihn, und Massimo Vanzetti erntet, und gedüngt wird mit den Menschen. Nach mir wollten Sie Stefano umbringen lassen.«

»Spielen Sie sich nicht auf. Kleine Leute, mein lieber Franco, machen immer denselben Fehler. Ihr haltet die Krümel für den Kuchen. Wir bringen euch Bescheidenheit bei, damit ihr euch nicht die Finger verbrennt. Ihr glaubt, was euch von Gerechtigkeit gepredigt wird, aber die Trüffel, die essen wir, ihr dürft sie nur ausgraben. Das Weingut von Signora Vanzetti ist nicht verhandelbar, es gehört ihrem Mann. Ich habe da nichts zu sagen. Und wenn Sie so viel wissen, wie Sie vorgeben, dann müsste Ihnen klar sein, dass Sie Florenz nicht lebend verlassen – und du übrigens auch nicht, Stefano.«

Strozzi hob die rechte Hand, als wollte er sich das Haar aus der Stirn streichen. Frank wurde von hinten gepackt. Jemand drückte den Arm mit der Pistole nach unten, ein Schuss löste sich, der Querschläger jaulte irgendwohin, dann polterte die Waffe auf den Boden. Zwei Männer rissen Frank an den Armen hoch, es konnten nur die beiden vom Eingang sein, denn deren Plätze waren verlassen, und auch der Mann mit dem Telefon war aufgesprungen und drückte dem Consultore etwas in den Rücken. Mit Strozzis Hilfe zerrten die Männer Frank zum Geländer der Terrasse. Er schlug um sich, strampelte, warf sich nach links und rechts. Tief unter sich sah er den Arno. Er riss die Arme nach oben, zog die Beine an, kam mit den Füßen ans Geländer, nahm alle Kraft zusammen und stieß sich nach hinten ab. Im Fallen riss er die Männer zu Boden, sie ließen ihn los, er drehte sich und landete auf Händen und Füßen.

In diesem Moment fielen mehrere Schüsse. »*Basta!*«, schrie jemand und schoss wieder in die Luft: Rionero stürzte mit erhobener Waffe und einer Gruppe Polizisten aus dem Treppenaufgang. Während Strozzis Leibwächter sogar im Liegen brav die Arme hoben, sprang der Avvocato auf, um in Richtung Ausgang zu rennen. Frank trat ihm mit aller Wut in die Beine. Ohne sich abfangen zu können, knallte Avvocato Strozzi auf die Steinplatten und rührte sich nicht mehr.

»Das war knapp, Signore«, sagte Frank keuchend zu Rionero und rappelte sich mühsam auf.

Der hob beschwichtigend die Hände. »Jemand hat den

Strom abgestellt, als wir im Fahrstuhl waren. Alles in Ordnung?«

»Alles bestens, die Knochen und die Kamera sind heil«, sagte Frank.

Rionero bückte sich nach der Pistole. »Ist das die Waffe, mit der Carla Tuccanese getötet wurde? Sind da Ihre Fingerabdrücke drauf?«

Frank nickte und bewegte sich unauffällig auf seine Fototasche zu. Mit der Autofocus machte er einige Aufnahmen aus der Hüfte heraus. Als Rionero und ein Polizist neben dem ohnmächtigen Strozzi niederknieten, als sollte dieser die Letzte Ölung erhalten, stahl er sich ins Treppenhaus. Es wusste, dass er schnell sein musste. Er rannte die fünf Stockwerke hinunter, grüßte den Carabiniere in der Hotelhalle und lief Bartolomeo Pandolfini in die Arme.

»Bin ich zu spät?«, stieß der junge Anwalt hervor, das Gesicht gerötet und genauso atemlos wie Frank. »Schneller ging's nicht … ist die Polizei da?«

»Strozzi ist oben, auf dem Dach, wir haben ihn. Den Consultore auch, er will aussagen, nur so kann er sich retten. Gehen Sie zu ihm, er braucht jetzt einen guten Anwalt. Er soll als Kronzeuge aussagen, dann kommt er besser weg. Er soll alles zugeben, ich helfe ihm.«

»Hier, die Unterlagen, die Sie haben wollten«, Pandolfini drückte Frank einen großen Umschlag in die Hand. »Die Transaktionen liefen über Maklerbüros, die eigens für den Kauf der Weingüter gegründet wurden. Die Kosten waren zwar hoch, aber so ließ sich das Vorhaben geheim halten.«

»Weiß ich alles, und weiter?«, erwiderte Frank ungeduldig.

»Letztlich liefen die Fäden bei der VINinVEST zusammen. Die Firma wird von einer anderen Gesellschaft kontrolliert, von MV-Leasing.«

»Massimo Vanzetti?«

»Ja, aber es stecken noch andere Geldgeber drin, einige

kenne ich bereits, nach anderen suche ich noch, Geldwäsche ist ein kompliziertes Thema. Carla Tuccanese verwaltete alles über ihre Firma und schickte ihre Makler los. Sobald ein Weingut gekauft worden war, löste man die Käuferfirma auf, und das Grundstück ging an den neuen Besitzer. Der verkaufte das Weingut dann weiter, manchmal ging das über drei Zwischenhändler. Diese Dokumente können in einem Prozess wichtig sein … und Massimo Vanzetti …«

»*Buonissimo,* ich muss los, bis später!«

»*Un momento,* Signor Gatow!« Der Anwalt packte Frank am Ärmel. »In dem Umschlag sind andere Dokumente, ich bin zufällig darauf gestoßen, sie könnten Ihnen sehr nützen.«

»Wobei?«

»Massimo Vanzetti … Das müssen Sie lesen!«

»Danke, da will ich gerade hin.«

»Lesen Sie es vorher, es ist wichtig«, rief Pandolfini ihm noch nach, als Frank bereits die Treppe zur Tiefgarage hinunterrannte. Dort stand Scudieres Wagen. Er ließ den Motor an und raste viel zu schnell die Zufahrtsrampe hinauf.

Nach zehn Minuten war er auf der Autobahn in Richtung Rom, nach weiteren fünfzehn Minuten hatte er die Ausfahrt Valdarno erreicht und die Berge des Chianti Classico im Osten umfahren. In viel zu hohem Tempo durchfuhr er Montevarchi und benötigte für die Serpentinenstrecke nach Gaiole noch mal fünfundzwanzig Minuten. Frank konnte nur hoffen, dass im Moment alle Polizisten zu Hause bei Pasta und Rotwein saßen.

Gut möglich, dass Vanzetti bereits über die Vorfälle in Solcaris Weinkeller informiert war. Und wenn der korrupte Commissario Sassarella vom Einsatz im Hotel wusste, dann wusste es auch Vanzetti längst. Jemand wie er hatte außerdem unbegrenzte Möglichkeiten, irgendwo unterzutauchen. Bei seiner kriminellen Energie und seinem Geld war es ein Leichtes, sich einen neuen Pass zu besorgen, und Leute seines Kalibers nahmen die Zielfahnder erst fest, wenn Verjährungsfristen ins Spiel kamen und keiner der früheren »Geschäftsfreunde« mehr durch Aussagen gefährdet war. Mit ein bisschen Glück aber konnte Frank ihn trotzdem überraschen. Es musste einfach klappen. Franks größte Sorge allerdings war, dass Vanzetti Antonia etwas antun könnte.

Als Frank schweißgebadet auf dem Parkplatz vor der Tenuta Vanzetti zum Halten kam, standen dort Antonias Wagen und der protzige Porsche-Geländewagen, den er im Wald hatte stehen sehen. Also war Vanzetti da – hoffentlich nicht auch sein Fahrer, der ihn zu dem Treffen mit Strozzi begleitet und die Friedfertigkeit eines Pitbulls ausgestrahlt hatte. Im Obergeschoss des Hauses war alles dunkel, unten brannte Licht, in der Kellerei wurde gearbeitet – wo war Antonia? Verdammt, wo war sie? Hier oder bei ihren Weinfässern?

Frank fürchtete sich vor dem, was jetzt auf ihn zukam, und seine Gedanken überschlugen sich. Was wusste Vanzetti? Hatte Strozzi ihn informiert, dass und wo er sich mit Scudiere treffen wollte? Möglich, dass er es verheimlicht hatte; die Spannung zwischen den beiden gestern, die latenten Vorwürfe waren kaum zu überhören gewesen. Dass der zweite Prediger aus dem Verkehr gezogen war, konnte Vanzetti unmöglich wissen, nein, auf keinen Fall. Demnach ... er musste ihn für tot halten. War das seine, Franks, Chance? Konnte er das für sich ausnutzen? Wohl kaum, denn diese Sorte Männer ließ sich durch nichts aus dem Konzept bringen. Er würde sich wahrscheinlich noch nicht einmal wundern, wenn seine eigenen Kinder ihn hinters Licht führten. Vielleicht würde ihm das sogar imponieren, es entsprach wahrscheinlich seiner Auffassung von »Familienehre«, was auch immer das sein mochte.

Pandolfinis Umschlag ... Frank hatte ihn schon wieder ganz vergessen. Der junge Anwalt war brillant, aber wie er ihn bezahlen sollte, war ihm schleierhaft. Was würde er verlangen? Er könnte die Nachweise über die Käufe der Weingüter sicher auch für die Verteidigung des Consultore verwenden – der hatte Geld – und beweisen, dass Scudiere mit diesen Geschäften und demnach mit den Morden nichts zu tun hatte. Frank konnte sich nicht vorstellen, dass Stefano jemanden erschoss. Andererseits hatte er den Killer zu seinem Einsatz gefahren, das war Beihilfe. Galt das auch für Italien? Aber jetzt galt es erst einmal, die Dokumente, die Pandolfini ihm gegeben hatte, zu überfliegen.

Die Behördensprache war kompliziert, und erst beim zweiten Lesen dämmerte es ihm. Genial! Dieser Pandolfini war einfach genial. Das wird Vanzetti das Genick brechen, dachte Frank. Er war bis gestern für Frank eine abstrakte Größe gewesen, ein Scheusal von einem Ehemann, ein katastrophaler Vater, herrschsüchtig und machtbesessen – gestern war er zum Feind geworden, zum Todfeind.

Frank wusste, dass er auf der Hut sein musste. Möglicherweise besaß Vanzetti eine Waffe. Zum Weingut gehörten viele Hektar Wald. Sicherlich besaß er das Jagdrecht und somit auch einen Waffenschrank. Allerdings erinnerte sich Frank nicht, ob er im Haus etwas Derartiges gesehen hatte.

Er steckte die Papiere zurück in den Umschlag, hängte sich die neue Kamera um den Hals, setzte den Blitz aufs Gehäuse, sah sich ruhig um und ging langsam die Stufen hinauf. Er öffnete leise das Portal und trat lauschend in den langen, dunklen Flur. Antonias Stimme war klar und deutlich zu hören. Frank näherte sich leise der Loggia. Jetzt redete Vanzetti – Frank blieb stehen – ja, es war Massimo Vanzetti, dann wieder Antonia. Ein Wort ergab das andere, der Streit eskalierte … So stritten nur Ehepaare.

»… von dir Widerling nicht zerstören«, schrie Antonia, und ihre Stimme überschlug sich fast.

»Das ist es, was ich am wenigsten ausstehen kann«, entgegnete Vanzetti kalt, »hysterische, keifende Weiber. Jeder

Stein hier gehört mir, jeder Weinstock, jedes Fass. Ohne mich wärst du ein Nichts! Signora Nobody.«

»Wer hat denn aus diesem verkommenen Weingut einen Spitzenbetrieb gemacht?«

»Mit meinem Geld hast du herumgespielt, und ohne deine Busenfreundin Wanda hättest du gar nichts zustande gebracht.«

»Du erträgst meinen Erfolg nicht, den Erfolg einer Frau. Du bist primitiv und du bist neidisch. Du hast dich so verrannt, dass du noch immer nicht begriffen hast, wen du vor dir hast.«

»Es ist mir völlig egal, was du gemacht hast oder denkst oder bist. Ich, und sonst niemand, ich habe dich hier agieren lassen, und wenn ich Schluss sage, basta, dann ist Schluss, kapiert? Du trägst zwar unseren Namen, aber bilde dir nicht ein, dass sich daraus irgendwelche Rechte ergeben.«

»Da irrst du dich gewaltig. Das werden wir sehen. Außerdem weißt du genau, was ich hier gemacht habe. Du erträgst es nicht, dass die Frau, mit der du verheiratet warst, sich selbst einen Namen macht, dass dir jemand die Stirn bietet, dass es jemand wagt, sich gegen dich aufzulehnen, so wie damals, als ich mich geweigert habe …«

»Das ist es, du hast dich immer nur geweigert, geweigert, dich anzupassen, du hast nicht mitgemacht, nichts hat dir gepasst, meine Familie nicht, nicht die bessere Gesellschaft, deine Rolle als Frau, du warst gegen alles. Was warst du denn, bevor ich dich genommen habe? *Una piccola contadinella*, ein kleines Bauernmädchen! Wenn ich dich nicht da rausgeholt hätte und wenn ich deinem Vater nicht den Hof und die Weinberge abgekauft hätte, dann hättet ihr nichts mehr zu beißen gehabt.«

Vanzetti sprach schnell, abgehackt, immer wieder machte er eine Pause, um seine Worte wirken zu lassen. »Ich sehe sie noch vor mir, die kleine schmutzige Küche, das Wachstuch auf dem Tisch, deine Mutter, die sich die Hände an der Schürze abwischt, und wie es da roch, in diesem Haus: Es roch nach Armut, ha, es roch nach richtig armen Leuten. Der Geruch haftet noch immer an deinen Kleidern.«

In Vanzettis Stimme lag so viel Verachtung für die Herkunft seiner Frau, dass es Frank peinlich war, heimlicher Zeuge dieser Auseinandersetzung zu sein. Da fiel ihm ein, was in den Dokumenten stand, die er in der Hand hielt.

»Wir haben gelebt, und wir haben gut gelebt«, sagte Antonia mit fester Stimme. »Wir hatten genug zu essen und zu trinken. Meine Eltern haben allen Kindern eine gute Schulbildung ermöglicht, und gekauft hast du unser Weingut nur, damit ich auf dich angewiesen bleibe und mir jede Möglichkeit zur Selbstständigkeit genommen wird. Die Leute um dich herum, die Frauen, die bleiben nur, weil du sie bezahlst. In deiner Nähe halten es nur Nutten aus.«

»*Che stupidaggine.*« Vanzetti lachte. »Bist du eine von ihnen? Wo hast du den Blödsinn her? Aus deinen Frauenzeitschriften? Überleg dir gut, was du sagst, wenn du die Kinder jemals wiedersehen willst. Meine Anwälte können …«

»Du bist ein widerliches Stinktier! Ein Mörder.«

Das war für Frank das Stichwort einzugreifen. Er stieß die Glastür so fest auf, dass einige der kleinen Scheiben aus den Bleirahmen fielen. Antonia war im Begriff, sich auf ihren Mann zu stürzen, der vom Tisch, an dem er gesessen hatte, aufsprang. Frank drückte in der Sekunde auf den Auslöser seiner Kamera, als Vanzetti mit der Hand zum Schlag ausholte.

Vanzetti erstarrte mitten in der Bewegung und sah zu Frank herüber, den er ja nicht kannte. Antonia stieß Vanzetti zurück, dieser taumelte, dann wich sie vor ihm zurück, erschrocken über ihren eigenen Mut. Angsterfüllt blickte sie von einem Mann zum anderen.

»Macht sich gut in den Schlagzeilen: Großinvestor prügelt Ehefrau«, rief Frank.

»Wer ist dieser Paparazzo? Raus, du Hund! Verschwinde, bevor ich dich hinausprügele!«

Frank deutete eine Verbeugung an. »*Mille grazie* für das eindrucksvolle Foto, Signor Vanzetti, tausend Dank. Wir werden es im Prozess gegen Sie verwenden. Betrug, kriminelle Vereinigung, Anstiftung zum Mord in mehreren Fällen, Brandstiftung und jetzt versuchter Totschlag.«

»Was reden Sie da für einen Unsinn? Wer sind Sie? Was wollen Sie?«

»Gatow ist mein Name, ich bin Fotograf, wie Sie ganz richtig erkannt haben. Gestern Nachmittag im Wald haben Sie sich über mich unterhalten, mit Ihrem Freund, dem ehrenwerten Avvocato. Der wurde übrigens vor einer Stunde in Florenz verhaftet, genau wie Ihr Flying Winemaker auch. Scudiere wird demnächst mehr den Flugzeugen nachschauen statt selbst zu reisen.«

»Dann bist du der verdammte …«

»*L'ha capito finalmente?* Endlich kapiert? Ja, genau der und zwar ganz lebendig. Hat nicht geklappt mit dem Mord. Dafür ist Mr. McEvern ziemlich angeschlagen. Und sein schöner Landrover ist auch hin, oder war es Ihrer? Schau mal, Antonia, ich habe etwas überaus Interessantes über die Hexe mitgebracht, hier, in diesem Umschlag sind Dokumente, die beweisen, dass …«

Mit drei Schritten war Antonia bei ihm.

»Dann ist dieser Paparazzo da dein Beschäler?«, knurrte Vanzetti böse. Er zog den Kopf zwischen die Schultern, das Kinn schob sich nach vorn, die Oberlippe entblößte die Zähne wie ein Raubtier. Nur lag er diesmal nicht auf der Lauer, jetzt sah er aus, als wollte er zupacken. Aber er zögerte, ihn interessierten die Dokumente, seine Augen wanderten immer wieder zu dem Umschlag.

Antonia zog die Fotokopien heraus und überflog sie. Ungläubig schaute sie Frank an, dann ihren Mann. »Ist das wahr?«

»Was ist das, was habt ihr da?« Vanzetti wurde unruhig, er kniff die Augen zusammen, war kurz davor, nach dem Umschlag zu schnappen. Plötzlich war er gar nicht mehr der attraktive Mann, für den die Frauen schwärmten.

»Kopien, Signore, nur Kopien. Ob Sie die zerreißen oder verbrennen, spielt keine Rolle. Rufen Sie doch mal nach Ihrer … Haushälterin, Ihrer Spionin, oder sollten wir lieber sagen … Ihrer … Mutter?« Jetzt war es an Frank zu lachen. »Eine saubere Familie, diese Vanzettis, besonders der verehrte Herr Vater.«

Antonia blätterte hastig in den Papieren, überflog den einen oder anderen Absatz, dann sah sie Vanzetti fassungslos an. Der stierte von einem zum anderen. Zum ersten Mal hatte er eine Situation nicht unter Kontrolle, andere bestimmten jetzt das Geschehen.

»Wer am lautesten nach Moral schreit, hat den meisten Dreck am Stecken. Sie und Ihre Familienehre, Vanzetti, eine einzige Farce.« Frank genoss die Ratlosigkeit seines Gegners.

»Zeig her!« Unerwartet schnell sprang Vanzetti vor und riss Antonia die Blätter aus der Hand. Einige Bögen flatterten zu Boden, Vanzetti bückte sich, überflog ein Blatt, dann das nächste und verlor zusehends die Fassung.

»Deine Haushälterin war früher das Hausmädchen seiner Eltern – und die Geliebte seines Vaters. Massimo ist ihr Sohn«, sagte Frank zu Antonia. »Anzunehmen, dass er sich deshalb von Menschen mit einfacher Herkunft gleichzeitig abgestoßen und angezogen fühlt. Man hat damals die Frau im Haus behalten, um einen Skandal zu vermeiden, und dann das Kind als legitim ausgegeben, nicht wahr, Signor Gorelli? So müssten Sie eigentlich heißen, wie Ihre Mutter, denn Sie wurden nie adoptiert.«

Vanzetti wich alle Farbe aus dem Gesicht, und er stürmte wutentbrannt an Frank und Antonia vorbei, stieß die Glastür so heftig auf, dass sie gegen die Wand knallte und die letzten Scheiben zu Bruch gingen. Dann rannte er die Treppe hinauf in den ersten Stock. Oben schrie und tobte er, zwischen seinen Worten war die leise Stimme der Mutter zu hören, dann brüllte Vanzetti wieder. Was er sagte, war unten nicht zu verstehen.

»*Madonna,* so habe ich ihn noch nie erlebt«, sagte Antonia jetzt und schüttelte Frank am Arm. »Raus hier, lass uns verschwinden, sofort.« Sie versuchte, ihn von der Loggia zu ziehen. »Du kennst ihn nicht, Franco! Der ist zu allem fähig, wenn er wütend wird. Ich weiß, wie er ist. Bitte, komm, ich flehe dich an!«

Wäre Massimo Vanzetti mit einem Messer auf Frank losgegangen, er hätte eine Chance für sich gesehen. In diesem Moment aber trat Antonias Ehemann mit einem Gewehr in den Händen aus dem dunklen Flur und zielte auf Frank.

Damit war die Situation total verändert, die Waffe schuf klare Verhältnisse. Frank wich zurück und dachte daran, wie Stefano sich gefühlt haben mochte, als er in die Mündung der Pistole geblickt hatte.

»Massimo, sei vernünftig, leg das Gewehr weg.« Seine Mutter war ihm nachgelaufen und stand händeringend hinter ihm. Auch Antonia ging auf ihn zu.

Vanzetti hob das Gewehr: »Bleibt, wo ihr seid. Dich will ich gar nicht, Antonia, dich hatte ich bereits.« Seine Stimme klang ruhig, überlegt und damit hoch gefährlich. »Ich will ihn, den Paparazzo. Ich werde nicht zulassen, dass er meine Familie in den Dreck zieht. Mein Vater war ein ehrenwerter Mann, er hat meine Mutter geliebt. Er war ein wunderbarer Vater, ein großartiger Mensch, intelligent und gütig, ich bin stolz auf ihn, er war immer für seine Familie da.«

»… und für all die vielen hübschen Frauen, von denen damals die Rede war«, unterbrach Antonia und winkte verächtlich ab. »Deshalb ist seine Frau ihr halbes Leben lang krank gewesen. Sie haben sie in einem Sanatorium versteckt. Das habe ich leider erst erfahren, nachdem ich allein hier gelebt habe. Und deshalb ist auch Signora Gorelli so verbittert.

Weil sie nur eine von vielen war und weil sie sich schämt. Massimo, sie war gerade fünfzehn, als dein ehrenwerter Vater sie geschwängert hat.«

»Das hat sie aber nicht davon abgehalten, mir zehn Jahre lang zu berichten, was hier im Haus geschah. Ich wusste alles, aber das ist kein Grund, meinen Vater in den Dreck zu ziehen, das wird dir nicht gelingen. Er war ein überaus erfolgreicher Mann.«

»Und wie ist er zu seinem Geld gekommen?«, wandte Antonia ein. »Darüber kursieren ganz andere Geschichten. Wucherzinsen und Erpressung. Für einen geradezu lächerlichen Preis hat er den Bauern ihr Hab und Gut abgekauft. Er hat Firmen in den Ruin getrieben – und sie dann übernommen.«

»Nichts davon wird an die Öffentlichkeit dringen, die Medien werden schweigen, ich habe die besten Kontakte …« Vanzetti sprach mit solcher Entschiedenheit, dass kein Zweifel daran aufkam, wie sicher er sich dessen war. »Aber was werden meine Kinder von mir denken?«

»Was sie über Ihre schmutzigen Machenschaften denken, ist Ihnen wohl egal?«

»Das sind Geschäfte. Sie wissen nicht, was es bedeutet, Geschäfte zu machen. Ihr Dummköpfe wisst nicht, wie dumm ihr in Wirklichkeit seid, wie leicht ihr glaubt, was man euch erzählt.« Vanzetti schwenkte das Gewehr, er zielte mal auf Frank, mal auf Antonia. Er schien die Angst zu genießen, die er in den Gesichtern sah.

»Umwälzungen haben immer Opfer gefordert, Gewalt war immer der Geburtshelfer der Geschichte. Kehr du ruhig zu deinen Weinfässern zurück, Antonia, ich lasse dich weiter in deiner Sandkiste buddeln, ich aber schaffe den Weltkonzern für edle Weine. Du wirst es erleben. Die Sache ist längst nicht vorbei, wir Florentiner setzen uns immer durch. Und du, du schwachbrüstiger Paparazzo«, Vanzetti zielte wieder auf Frank, »du meinst, du kannst einfach hier hereinspazieren und mit meiner Frau schlafen? Du glaubst, du kannst ungestraft meine Ehre besudeln, meine Familie beleidigen – mit deinen lächerlichen Dokumenten? Diesen Unsinn glaubt doch keiner … den Quatsch zerreißt jeder Anwalt in der Luft.«

»Es ist wahr, Massimo«, kam es leise von der Mutter. »Du bist mein Sohn.«

»Halt den Mund!«, schrie er, außer sich vor Zorn. »Kein Wort mehr davon. Raus! Alle beide! Aber dieser miese kleine Paparazzo, der bleibt. Ich hätte nicht übel Lust, dich als Jagdtrophäe an die Wand zu nageln. Aber so bedeutend bist du nicht. Glaubst du etwa, ich lasse dich laufen, Frank Gatow? Ja, ich kenne deinen Namen. Manchmal gibt es Nieten wie dich, die kommen durch einen Zufall nach oben, und dann sehen sie das hier«, Vanzetti machte eine ausholende Geste, »die sehen unseren Wohlstand und drehen durch, werden größenwahnsinnig. Aber mit denen sind wir ganz schnell fertig.«

»So wie mit Niccolò Palermo und seinem Sohn?«, warf Frank ein. Sofort bereute er, die Toten erwähnt zu haben. Moral hatte im Leben des Massimo Vanzetti keine Bedeutung. Wer die Macht hat, ein Unrecht zu tun, der nutzt sie – hieß es bei irgendeinem klugen Philosophen. An Vanzettis Macht gab es in diesem Moment keinen Zweifel, mit dem Finger am Abzug.

»Weshalb wehrt sich auch dieser Dummkopf von Palermo? Man hat ihm genug Geld für sein Weingut und die Reblagen geboten. Es war ein Unfall, eine Verkettung unglücklicher Umstände. Sie hätten dich an dem Nachmittag gleich abknallen sollen. Dann müsste ich mir nicht die Hände schmutzig machen.« Vanzetti grinste widerlich, Frank empfand mehr Ekel als Angst und starrte auf die Speichelbläschen in Vanzettis Mundwinkeln, die sich beim Sprechen bildeten. »Du bist bei uns eingebrochen, Paparazzo, ich handle in Notwehr.«

»Massimo, im Namen der Mutter Gottes, tu es nicht«, flehte seine Mutter und hängte sich an seinen Arm, aber er schüttelte sie ab wie ein lästiges Insekt und wandte sich wieder Frank zu. Er schien die Situation auszukosten.

»Du meinst, du kannst die Winzer ungestraft gegen mich aufhetzen, meine Kreise, meine internationalen Geschäfte und Investitionen zerstören? Es geht hier um Größenordnungen, die liegen um Lichtjahre von deinen Vorstellungen entfernt.«

»Sie zerstören Ihre Welt doch selbst, Vanzetti ...«

Der Angesprochene hielt das Gewehr dicht vor Franks Gesicht. »Nein, *ragazzo,* so einfach ist das nicht. Du bist das Problem. Meinst du etwa, du reist einfach wieder ab und hinterlässt hier einen Scherbenhaufen?«

Vanzetti musste aufstoßen und wischte sich mit dem Handrücken über den Mund. »Und was das Schlimmste ist, du beschmutzt das Andenken meines Vaters und das meiner Mutter mit deinen ekelhaften Behauptungen«, er warf einen verächtlichen Seitenblick auf seine Mutter, der die Tränen übers Gesicht liefen, »... diese Frau hier meine ich nicht ...«

Frank wusste, dass er Ruhe bewahren und auf den richtigen Moment warten musste, um Vanzetti zu überwältigen. »War er zu geizig, dein Vater, Geld für eine Nutte auszugeben? Es musste das Zimmermädchen sein? Eine Fünfzehnjährige? Für die hast du doch auch eine Vorliebe, wie man sagt. Aber Bastarde gibt es bekanntlich in allen noblen Familien, nicht erst seit Shakespeare.«

Massimo Vanzetti wurde puterrot, er hob die Waffe und zielte auf die Kamera, die Frank vor der Brust baumelte. »Ich hasse dich nicht einmal, kleiner Paparazzo, nein. Du bist mir völlig egal. Für einen Prozess gegen mich muss sich erst einmal ein Staatsanwalt finden. Den kaufe ich mir, die Richter auch und die Anwälte der Gegenseite dazu. Ich bezahle sie besser, weißt du, sie werden im Verfahren Fehler machen, Formfehler, Verfahrensfehler, ganz so, wie ich das will, und das werden meine Anwälte dann nutzen. Habe ich bislang nicht immer gewonnen? Antonia wird es dir bestätigen, nicht wahr, meine Liebe?« Er lächelte Antonia heimtückisch an.

Vanzettis Stimme wurde wieder leiser, er flüsterte beinahe. »Es stört mich auch nicht, du Papagallo, dass du mit meiner Frau fickst. Nimm sie dir, ich habe das hinter mir, damals war sie noch schön, aber im Bett war sie immer ein Bauernmädchen. Weißt du, was ich an dir nicht mag? Deine Kamera. Du hast uns alle fotografiert, Stefano, die liebe Carla, unseren allseits geschätzten Avvocato, unsere Freunde aus San Francisco – und eben hast du sogar ein Foto von mir gemacht – das hat bislang noch keiner aus deiner Zunft gewagt.«

Frank drückte auf den Auslöser, um Vanzetti mit dem Blitz zu blenden und sich dann auf ihn zu stürzen. Aber in die blendende Helligkeit mischte sich im selben Moment ein gewaltiger Knall. Frank spürte einen schrecklichen Schlag vor die Brust, wurde nach hinten geschleudert, und Feuer raste durch seinen Arm.

Er lag auf dem Boden, bekam fast keine Luft und drehte mühsam den Kopf nach links. Er sah die Wunde in seinem Oberarm klaffen, sah das pulsierende glänzende Blut. Todesangst ergriff ihn. Aber sein Wille zu überleben war größer. Er erinnerte sich vage, dass es eine Stelle unterhalb der Achselhöhle gab, an der man das Blut abdrücken konnte. Instinktiv fasste er zu …

Aus dem Augenwinkel heraus sah er, dass Antonia mit dem Bronzeleuchter in der Hand dastand und dass Vanzetti langsam in die Knie sackte und dann lautlos vornüberfiel.

»Hilf mir, Antonia«, sagte Frank mit leiser Stimme, »bitte, mir ist … ich kann … nicht …«

Epilog

Donnerstag, 21. Oktober

»Wie viele Weingüter haben wir noch vor uns?«, fragte Christine.

Frank blickte auf den zerknitterten Arbeitsplan: »Zwei, dann sind wir fertig!«

»Schade, ich könnte die ganze Woche so weitermachen.« Christine blickte amüsiert auf ihren Vater, der wütend versuchte, einhändig die Karte auf seinem Schoß zusammenzufalten, dann sah sie wieder auf die Landstraße. Sie fuhr langsam, ihr fehlte die Übung.

»Ja, wir sind fast durch«, murmelte Frank und kämpfte weiter mit dem widerspenstigen Plan. Sein linker Arm war dick verbunden und quer vor der Brust ruhiggestellt. Die Operation und der hohe Blutverlust hatten Frank sehr geschwächt. Er hatte nicht einmal Christine vom Bahnhof abholen können, das hatte Antonia ihm abnehmen müssen. Er hatte sich vor dem ersten Treffen der beiden gefürchtet, aber sie verstanden sich auf Anhieb. Christine verzichtete auf ein weiteres Eifersuchtsdrama, denn sie hatte sich verliebt, zum ersten Mal in ihrem Leben, und sie hatte ihren neuen Freund Olaf, einen drei Jahre älteren Studenten, gleich mitgebracht. Das war die eine Überraschung. Die andere war, dass sie heimlich den Führerschein gemacht hatte. Auf Antonia war sie nicht Franks wegen eifersüchtig, aber sie hatte ein Auge auf Olaf, denn die Arbeit im Weinberg und im Keller faszinierte ihn, und er wich Antonia kaum von der Seite.

Vor einer knappen Woche war Frank aus dem Krankenhaus entlassen worden, seit Montag fuhr Antonia ihn zu den Weingütern, die für den Weinführer noch fehlten. Gemeinsam suchten sie Motive aus, Christine baute die Kameras auf und richtete das Licht ein, Frank kontrollierte nur hier und da die Blende oder den Bildausschnitt. Christine machte ihre Sache ausgezeichnet. Ohne sie hätte er den Auftrag nicht termingerecht vollenden können. Aber auch das war jetzt nicht mehr wichtig, denn die Bildredakteurin hatte den Verlag von einem Tag auf den anderen verlassen. Es hieß, Reiseabrechnungen seien manipuliert gewesen.

»Morgen Vormittag sind wir bei der Fattoria Nittardi, mit dem Minotaurus auf den Torpfosten, ich habe dir davon erzählt. Nachmittags fotografierst du Castello di Bossi, unten in Berardena. Das kriegst du alleine hin. Von dort aus siehst du die Türme von Siena, ein wunderbarer Blick, aber für eine gute Aufnahme ist es zu weit. Es ist jetzt bereits zu viel Dunst in der Luft.«

»Kannst du die Entscheidung vielleicht mir überlassen?« Christine nahm den Blick nicht von der Straße.

Frank seufzte. Er war froh, dass seine Tochter so engagiert war, andererseits fiel es ihm gar nicht leicht, die Arbeit aus der Hand zu geben.

»Wirst du die Finger wieder ganz normal bewegen können? Was meinst du?«

»Das weiß keiner. Das ist wie bei Massimo Vanzetti. Niemand weiß, ob er jemals wieder richtig laufen und sprechen wird.«

»Meinst du, er bleibt gelähmt? Wie schrecklich. Von einem einzigen Schlag?«

Frank zuckte mit den Achseln. »Die Halswirbelsäule ist verletzt. Selber schuld.«

»Wird Antonia dafür bestraft?«

»Nein, das war eindeutig Notwehr, außerdem wäre ich sonst verblutet.«

»Dann hat sie dir das Leben gerettet?«

»Das kann man so sagen. – So, da vorn musst du abbiegen.«

»Das ist aber nicht der Weg zu ihrem Gut.«

»Da will ich auch nicht hin, ich will dir zeigen, wo alles anfing.«

Sie hatten Fonterùtoli hinter sich gelassen und waren nach Quercegrossa gekommen, wo links ein Weg nach Vagliagli abzweigte, der nicht mit Schlaglöchern übersät war. Das Gerüttel des Wagens hätte Frank kaum ausgehalten.

Die Landschaft war ihm lieb geworden, besonders jetzt, wo die Bedrohung vorüber war: Eichenwälder, daneben die brachliegenden Felder und die Weinberge, die in den Herbstfarben rot und gelb aufloderten, dazu die späte warme Sonne. Als sich der Wald öffnete, lag die Azienda von Niccolò Palermo vor ihnen.

»Weshalb haben diese Prediger, wie du sie nennst, den Sohn und den Vater eigentlich umgebracht? Das war doch idiotisch! Ist dadurch nicht erst alles aufgeflogen?«

»Stimmt«, sagte Frank und biss sich auf die Lippen. Seine Augen wurden feucht, die Erinnerung war schmerzhaft, er schluckte und wandte sich ab, damit seine Tochter nicht sah, wie er um Fassung rang. Er räusperte sich, um sich von dem Kloß im Hals zu befreien. »Dort links, oben auf dem Hügel, wo die Rebzeilen enden, haben sie mich niedergeschlagen. Da vorn kannst du anhalten, da habe auch ich damals den Wagen abgestellt.«

Frank stieg aus und wischte sich über die Augen. Damals? Es war noch nicht einmal vier Wochen her. Er fragte sich, wie er das alles hatte überstehen können, und als sie ausgestiegen waren, legte er den gesunden Arm um Christines Schultern. Gemeinsam gingen sie auf die Azienda zu. Kein Laut war von dort zu hören.

»Wenn einer hier baut, muss es die Umweltbehörde genehmigen«, sagte Frank in die Stille hinein. »Die wird von einem Beirat unterstützt und kontrolliert. Palermo war in diesem Beirat und hat herausgefunden, dass Strozzi die Genehmigung für seine neue Kellerei manipuliert und Beamte bestochen haben musste, sonst wäre die Baugenehmigung niemals erteilt worden. Deshalb haben sie ihn umgebracht. Der Leiter der Mordkommission hat erzählt, dass die Prediger bei Palermo eigentlich nur Druck machen sollten, auf Anweisung von Strozzi. Vanzetti wusste angeblich davon nichts. Palermo hätte ziemlich heftig auf sie eingeprügelt. Dann hat der Sohn gesehen, wie sie seinen Vater erschossen – den Jungen haben sie eine der Treppe hinuntergeworfen … er hat sich das Genick gebrochen. Die Dinge eskalieren manchmal, ohne dass man es will.«

»So wie bei dir auf der Superstrada – und im Keller des Grafen? Papa, das hätte ich dir nie zugetraut.« Bewunderung lag in Christines Stimme.

Frank seufzte. Was sollte er dazu sagen? Ich mir auch nicht? Er war leichtsinnig gewesen, ein Narr. Doch – hatte er eine Wahl gehabt? Hatte man überhaupt jemals eine?

Aber jetzt wollte er nicht weiter grübeln, sondern sich endlich Palermos Weingut ansehen. Antonia und Wanda wollten es kaufen und gemeinschaftlich betreiben, denn der Kaufvertrag zwischen Signora Palermo und Carla Tuccanese war nicht rechtsgültig gewesen.

Was mit den anderen Weingütern geschehen sollte, nachdem Tuccaneses Immobilienimperium zerfallen war, darüber würden sich die Anwälte wie die Hyänen streiten. Strozzi hatte angeblich bereits in der U-Haft schon wieder das große Wort geführt, das hatte Rionero berichtet, als er zu Frank ins Krankenhaus gekommen war, um ihn zu vernehmen. Aber er sei dünn wie ein Strich geworden. Offenbar bekam ihm die Gefängniskost nicht. Es war ihm nicht gelungen, Haftverschonung durchzusetzen. Dazu waren die Beschuldigungen zu schwer: Anstiftung zum Mord, Beihilfe, Betrug, Urkundenfälschung, Bestechung, und dabei hatten die Ermittlungen erst begonnen.

»Dieser Consultore, dieser Stefano«, sagte Christine ohne Überleitung, »den würde ich gern mal kennenlernen. Sei ehrlich, wart ihr wirklich befreundet?«

Frank stutzte. »Wie kommst du darauf?«

»Du sagst nie etwas Schlechtes über ihn, dabei hat er dich ans Messer geliefert.«

Stefano Scudiere – der Mann war ein Rätsel, nicht nur für Frank. Im Grunde war sein Verhalten unverzeihlich, kriminell, und trotzdem hielt ihn niemand für einen Verbrecher.

»Nein, ein Freund war er nicht.« Frank blieb stehen. »Er hätte es werden können. Er hat mit uns ein Feuer gelöscht, das seine eigenen Verbündeten gelegt haben. Er hat mir meinen Anwalt besorgt. Pandolfini hat mich vor den korrupten Polizisten geschützt, hat die Firmenverflechtung aufgedeckt und Vanzettis Familienverhältnisse geklärt. Außerdem hat er Strozzis gefälschte Gutachten aufgetrieben. Ich habe von Stefano gelernt, und er hat mich gewarnt.«

»Wieso hat er gegen sich selbst gearbeitet?«

»Was weiß ich? Vielleicht, weil er unbewusst die Nase voll hatte, weil es vielleicht der einzige Weg war, sich zu befreien.« Frank betrachtete das Weingut und genoss den Anblick der Weinberge. »Man macht im Leben manchmal Dinge und fragt sich später, was das eigentlich sollte.«

Christine musterte ihren Vater. »Du siehst aus, als würdest du gerne hierbleiben – Franco Gatto.«

Unsicher erwiderte Frank ihren Blick. »Das sieht man mir an? Schon möglich. Ich könnte für die Winzer arbeiten, Aufnahmen für ihre Prospekte machen, mich auf Weinfotografie spezialisieren.«

»Aber Antonia hat doch ein tolles Weingut, ich glaube, die ist jetzt stinkreich. Da kannst du …«

»Was ist denn in dich gefahren?«, brauste Frank auf. »Soll ich meinen Beruf aufgeben und den Hausmann spielen, mich aushalten lassen?« Frank hob erbost den gesunden Arm, als wollte er etwas abwehren.

»Ruhig, Papa, ruhig. Du liebst Antonia doch?«

»Was hat das damit zu tun? Du und ich, wir machen erst einmal unsere Arbeit zu Ende. Dann fahren wir zurück nach Hamburg. Ich, äh, wir geben die Bilder ab, und dann sehen wir weiter. Allerdings«, Frank zögerte, »eine Zeitung in Florenz hat mir das Angebot gemacht, als Fotoreporter für sie zu arbeiten. Meine Bilder von Strozzi auf der Dachterrasse und von Vanzetti haben ihnen ziemlich gut gefallen, sehr lebendig, besonders das mit Antonia, auf dem Vanzetti den Arm hebt … und dann der Prediger, vor dem *Café Gilli,* das aus der Hüfte, und Wanda in den Händen der Finanzpolizei.«

»Stimmt, das finde ich am coolsten.«

Das Tor des Weinguts öffnete sich, und der alte Kellermeister, den Frank aus der Bar in Castellina kannte, kam ihnen entgegen. Frank hörte Hundegebell, ein großer rotbrauner Setter drängte sich an dem Alten vorbei, rannte schwanzwedelnd auf Frank zu und sprang ihn freudig an.

»Was willst du noch?«, fragte Christine und sah ihren Vater das Tier liebevoll streicheln. »Du hast eine neue Frau, jetzt auch einen Hund, da fehlt nur noch …«

»Was sind denn das für Töne?«, unterbrach Frank seine Tochter und stemmte empört den gesunden Arm in die Hüfte. »Seit wann redest du solchen Unsinn?«

Danksagung

So wie es nicht nur auf den Winzer allein ankommt, damit ein großer Wein entsteht, so wäre dieser Roman nicht ohne die Unterstützung vieler hilfsbereiter und gastfreundlicher Menschen zustande gekommen. Mein besonderer Dank gilt *Silvia Fiorentini* vom Consorzio Chianti Classico, die mich bei den Recherchen in der Toskana tatkräftig unterstützte.

Zu den Winzern, die mir den Chianti Classico in all seinen vielfältigen Variationen nahegebracht haben, gehören: *Sebastiano Castiglioni* von Querciabella; Baron *Giovanni Ricasoli-Firidolfi* vom Castello di Cacchiano; *Peter Femfert* von der Fattoria Nittardi; *Mario Schwenn* von Dievole; Baron *Francesco Ricasoli* vom Castello di Brolio; *Emiliano Alessi* vom Weingut Cennatoio inter Vineas; *Paolo Barzagli* von Villa Mangiacane; *Andrea Cecchi* von Villa Cerna, *Alessandro Landini* von der Fattoria Viticcio und *Jacopo Bacci* vom Castello di Bossi.

Gabriela Tani und *Carlo Ferrini* unterstützten mich mit ihrer Erfahrung und ihrem technischen Wissen als Önologen. Und *Elena Mattei* aus Florenz ließ mich in ihre duftenden Töpfe und Pfannen blicken.